河南大学文学院词学研究丛书　　孙克强　刘军政／主编

词曲文体与批评

以明代为中心

冯珊珊　著

社会科学文献出版社
SOCIAL SCIENCES ACADEMIC PRESS (CHINA)

总　序

河南大学坐落于开封。开封，亦称东京汴梁，战国以来多次建都于此，号称八朝古都，其中以北宋首都最为著名。作为"一代之文学"的宋词与开封结下了不解之缘，河南大学作为百年老校亦得益于宋词之都的"江山之助"，词学教育代有传承，同时也是词学研究的重镇。

一

公元960年，赵宋王朝建立，首都定为开封。在中国文学史上，词这种新文体迎来了新时代。宋词作为"一代之文学"，与词体在北宋的新变，以及北宋开封城市面貌的新变紧密联系在一起。

词体在北宋的新变，主要体现为慢词的异军突起。虽然词体成熟于晚唐五代，但当时流行的是小令，这是"诗客曲子词"的通行之体，由近体诗演变而来。直至北宋真宗、仁宗时期，从福建来到开封考进士的柳永，从胡夷里巷、教坊新腔以及前代宫廷曲调中整合出慢词新声。这种新声迅速风靡整个词坛，无论士人学子，还是市井小民，竞相追捧，一举改变了小令一统天下的局面。从此慢词长调成为宋词的主流形态，宋词开始具有自身独特的风格和气派，与唐五代词相区别，宋词作为"一代之文学"方才实至名归。

北宋开封城市面貌的新变，也是促进词的创作不断走向繁盛的重要原因。开封堪称中国乃至世界第一个现代意义的大都市。在北宋之前，中国的都市，比如长安，出于安全的需要，同时受到经济的制约，实行坊市制。坊市制的主要特点是：城中有坊（里），坊有坊门，有官员和士兵把守。城中的居民居住于坊之中，包括歌妓在内的各行业人员分类聚集居住。夜晚城门、坊门关闭，城市实行宵禁，市民没有夜间的消费和娱乐活动，这就导致以夜生活为平台的歌妓活动受到极大限制，词曲演出的发展必然受到限制。

北宋初期经济快速发展，人口大量增加，坊市制逐渐遭到破坏，终至崩溃。宋仁宗时，开封城的坊市制已经实际取消。柳永的《看花回》描写了开封取消坊市制后的面貌：

玉城金阶舞舜干。朝野多欢。九衢三市风光丽，正万家、急管繁弦。凤楼临绮陌，嘉气非烟。雅俗熙熙物态妍。忍负芳年。笑筵歌席连昏昼，任旗亭、斗酒十千。赏心何处好，惟有尊前。

这首词写出了一座不夜城的繁华景象：酒楼妓馆灯红酒绿，遍布全城大街小巷，通宵达旦。与音乐美酒相伴的是歌妓，她们是酒筵歌舞中的主角。有文献证明，开封城歌妓的数量在宋仁宗朝之后猛增至数万，甚至超过十万。歌妓的数量直接关系着词曲的创作。一方面，词的传唱主要依靠接受过演唱训练的歌妓群体；另一方面，歌妓的日常演出需要不断推出新曲、新词。因此，庞大的歌妓数量客观地反映了词曲表演的繁荣。

柳永的《看花回》这首词，真实地记录了北宋开封的城市风貌，展现出中国城市的发展，在一千年前已经达到了新的高度。这首词也昭示了方兴未艾的宋词，很快融入宋代富有商业气息和市民风味的城市生活方式中，最终达到了词体发展的最高峰。柳永生活的开封，无疑是一座发展迅猛、日新月异的繁华大都会。

慢词的兴起是宋词繁盛的内在因素，城市格局的变化则是宋词繁盛的外部因素。而这一切均发生在北宋的开封。词体在宋代达到了最高峰，北宋的开封是词体繁盛的起飞之地。

开封的宋词伟业启幕于南唐后主李煜的到来。北宋开宝九年（976），李煜以亡国之君的身份被送到开封，宋庭安置他在都城西北，此地今称"孙李唐王庄"，其实应该写作"逊李唐王庄"，意为逊位的李唐王居住处。值得一提的是，此庄与今日的河南大学金明校区仅有咫尺之遥。

李煜在开封的生活虽然尊贵，但实为阶下之囚，相传"终日以泪洗面"，悲伤痛悔之下，他创作了许多感人至深的词作流传于后世，如："独自莫凭阑。无限江山。别时容易见时难。流水落花春去也，天上人间。"（《浪淘沙令》）"问君能有几多愁？恰似一江春水向东流。"（《虞美人》）"剪不断，理还乱，是离愁。别是一般滋味在心头。"（《相见欢》）。清人冯煦也认为，北宋引领创作的晏殊与欧阳修等重要词人"靡不祖述二主""同出南唐"（《蒿庵论词》），足见南唐词人对宋代词风的影响。李煜在开封的幽禁生活虽然不长，但他的创作却能深入人心，对宋词的影响更为直接。

二

谈及河南大学作为词学教育和研究重镇的确立，应该提到龙榆生主编的《词学季刊》1933 年创刊号刊登的词坛消息，该消息历数当时国内各著名大学词学学科任教教授十数人，其中河南大学就有邵瑞彭、蔡嵩云、卢前等三人。这三位教授均是当时词学界赫赫有名的人物，由此可见河南大学的词学教育和研究在当时大学教学乃至民国词学中的地位。

河南大学的词学教育颇有传统。在 1924 年 6 月河南中州大学（河南大学前身）《中州大学一览》中，《毕业标准暨课程说明》记载，中国文学系开设有"词曲"课程，课程纲要为："本课程选授纯文学文及关于文艺批评之著作，旨在养成学生于文艺有赏鉴及创作能力。"河南大学的词曲课程注重培养学生的鉴赏和创作能力。从其历年开设的课程来看，河南大学在全国诸大学中也是较早开设并且十分重视"词曲"及其课程教学的大学。以其后来在"词曲"学上所取得的研究和创作实绩来看，河南大学也是确立了旧体诗词教学与研究传统的一所大学，这足以证明，河南大学在民国时期的大学词学版图中，占据着非常重要的地位。

据《河南大学校史》记载，1924 年河南大学易名为河南中州大学，其国文系开设词曲课程，之后不久，国内词学名师竞相云集于此。

1930 年国文学系开设"词选"课程，由缪钺讲授，时间一年。

缪钺（1904－1995），字彦威，江苏溧阳人，著名词学专家。1924 年北京大学文预科肄业。缪钺先生的论文《论词》，提出词体特征为"文小""质轻""径狭""境隐"，成为词学经典表述。值得一提的是，缪钺先生在解放后曾第二次来到河南大学中文系任教。

1931 年开始，邵瑞彭、蔡嵩云、卢前三位词学大师同时在河南大学任教。

邵瑞彭（1888－1938），一名寿篯，字次公，浙江淳安人。先后加入光复会、同盟会。曾当选国会众议院议员。邵瑞彭拜晚清四大家之一的朱祖谋为师，词学传其衣钵。先后任北京大学、北京师范大学、中国学院教授。应清史馆赵尔巽之邀，协修《清史稿·儒林文苑传》。1931 年邵瑞彭受聘为河南大学中国文学系主任，从此寓居开封，直至逝世。

卢前（1905－1951），字冀野，别号饮虹。江苏江宁人。1922年进入东南大学国文系，受教于民国词学大师吴梅先生。他曾出任国民参政会四届参议员，受聘在金陵大学、河南大学、暨南大学、光华大学、四川大学、中央大学等学校讲授词学、戏剧等。有《词曲研究》等著作多种，是民国时期著名的词曲学大师。

蔡嵩云（1891－1950年后），名桢，字嵩云，号柯亭词人。江西上犹人。早年求学于两江优级师范学堂。著有《柯亭长短句》《柯亭词论》《词源疏证》《乐府指迷笺释》《作法集评唐宋名家词选》等。值得注意的是，蔡嵩云在河南大学执教时编著的《作法集评唐宋名家词选》。在此书《例言》中，他特意说明："本编为河大国文系《词选》讲稿，所选各名家词，以作法昭著可供学子取则者为准，故与其他选本微有不同。"篇末注明"民国二十二年癸未春日，蔡嵩云写于河南大学之西斋。""西斋"即西斋房，位于今河南大学明伦校区主干道西侧，与东侧的东斋房遥遥相对，是为国家级文物保护单位。

所谓名师出高徒，在三位大师教导指引下，河南大学的学生中走出了著名的词学家杨易霖。

杨雨苍（1909－1995），字易霖，四川犍为县孝姑镇人。民国二十三年（1934）毕业于河南大学，不仅在河南大学学习词学，而且十余年追随恩师邵瑞彭。著有《周词订律》《词范》《紫阳真人词校补》《读词杂记》等。邵瑞彭曾为杨易霖《周词定律》作序云："犍为杨易霖，从余问故且十载，精研仓雅，尤通韵学，偶为诗余，能窥汴京堂奥。闻余言，爰有《周词定律》之作。书凡十二卷，专论清真格律，审音揆谊，析疑匡谬，凡见存词籍足供质证者，甄采靡遗；于同异之辨，是非之数，尤三致意焉。犹之匠石挥斤，必中矱栝；离娄纵目，弗失豪芒。羽翼前修，衣被来学。不惟美成之功臣，抑亦词林至司南也。"杨易霖音韵学功底深厚，以精于词律而闻名十词学研究界。

以上谈到的邵瑞彭、卢前、蔡嵩云三位词学大师具有一些共同的特点：

第一，他们的词学思想源于清代常州词派，从张惠言、周济、端木埰、晚清四大家，再到吴梅等词学家，可谓学有传承，积淀深厚。他们崇尚常州词派意内言外、比兴寄托的宗旨，强调意格与音律并重，尤其是对北宋周邦彦词的音律成就十分推崇，不仅加以总结研究，而且进行摹作、和作，细加体会。

第二，秉承传统，在词学教学过程中，理论与创作并重。早在二十年代，河南大学的王履泰教授就创编《孤兴》《文艺》杂志，刊发河南大学文学院国文学系师生的研究论文和诗词作品。在缪钺任教时期，河南大学学生于1931年创立文学社团"心心社"，并创办文学半月刊《心音》，刊发师生的诗词作品。三十年代在邵、蔡、卢三位教授的指导下，河南大学师生成立了金梁吟社、梁园词社等词社，定期填词习作，编辑有《夷门乐府》词选，刊发词作。

第三，重视词法，蔡嵩云编撰讲义《作法集评唐宋名家词选》，在自评部分侧重于讲论每首词的章法结构，揭示其作法脉络。蔡嵩云特意说明编选宗旨："所选各名家词，以作法昭著可供学子取则者为准"。这一点是与词学课程重视创作相一致的。

民国时期河南大学的词学教育研究，名师汇聚，先后来这里讲授词学的名家不胜枚举，诸如王履泰、段凌辰、李笠、胡光炜、朱师辙、缪钺、邵瑞彭、卢前、蔡嵩云、姜亮夫等等。词社活跃，创作繁盛。河南大学作为词学重镇闻名遐迩。

三

1952年开始，全国性的高等学校院系专业调整，调整后河南大学许多师资甚至学科，被调到国内其它院校，但中文系古代文学专业的师资随着一批名师的加盟反而有所加强。仅以在词学领域有所成就的名师而言，有三位有必要特别说明，他们是任访秋、高文、华锺彦。

任访秋（1909－2000）先后毕业于北京师范大学中文系和北京大学国学门研究所，解放后终身任教于河南大学。任先生是古代、近代、现代文学研究的专家，尤其是在近代文学研究领域可谓泰山北斗。不过，任访秋先生在民国学界崭露头角却是在词学领域。

晚清民初，王国维的《人间词话》和胡适的《词选》相继出版，二书均体现出了"反传统"的思想观念，打破了清代中后期以来常州词派词学思想笼罩词坛的局面，产生了巨大的影响。任访秋先生敏锐地注意到王国维、胡适二人词学主张的相似性，于1935年的《中法大学月刊》第7卷第3期上发表《王国维〈人间词话〉与胡适〈词选〉》一文，指出："这两部书在近代中国文学批评史上占的地位太重要了，而两书的作者又都是近代中国学术界之中坚，故彼等之片言只字，亦莫不有极大之影响。自两书刊行后，近几年来一般人对词之见解，迥与前代不侔。王先生为逊清之遗老，而胡先生为新文化运动之前导。但就彼二人对文学上见地上言之，竟有出人意外之如许相同处，不能说不是一件极堪耐人寻味的事。"任访秋先生此文实是一个重大发现，即发现了民国新派词学的兴起，以及新派词学的思想源头。

高文（1908－2000）毕业于金陵大学中文系及国学研究班，词曲学师从吴梅先生，曾担任金陵大学中文系主任，建国后调入河南大学中文系任教授。高文先生以唐代文学研究的成就享誉学界，他主编撰著的《全唐诗简编》、《唐文选》等获得了很高的声誉。高先生亦曾发表词学著述，其《词品》刊于《金声》杂志1931年第一卷第一期。其《词品》仿司空图《诗品》以及清人郭麐《词品》之例，以四言韵文形式概括词体风格五种：

一　凄紧：芦花南浦，枫叶汀州。关河冷落，斜照当楼。白杨萧瑟，华屋山丘。试听悲笳，凄然似秋。风露泠泠，江天悠悠。银湾酒醒，残月如钩。

二　高旷：神游太虚，包举八纮。万象在下，俯视众生。野阔沙静，天高月明。参横斗转，银汉无声。意趣所极，不可为名。如卧北窗，酒醒风轻。

三　微妙：云敛气霁，独坐夜阑。遥听琴韵，声在江干。心无尘虑，始得其端。如临秋水，写影曾峦。苹花渐老，菡萏初残。蓬窗秋雨，小簟轻寒。

四　神韵：灵机偶触，忽得真旨。不名一象，自然随喜。婉约轻微，神会而已。即之愈远，望之似迩。白云在天，靡有定止。一曲琴心，高山流水。

五　哀怨：文章百变，以情为原。潇湘听瑟，三峡闻猿。能不感伤，动其烦冤。秋坟鬼唱，旅谷朱门。缠绵悱恻，敦厚斯存。班姬之思，屈子之言。

用韵文形式撰写文学批评文字，尤其是用四言诗体形容词体风格，展现了高文先生的词学造诣和见识。

华锺彦（1906－1988），先后毕业于东北大学和北京大学，词学师从俞平伯，先后执教于东北大学、东北师大，1955年后终身任教河南大学。华先生学术视野极为广阔，从《诗经》、汉魏文学，至唐诗、明清小说，无不深研，尤其在词曲研究领域备受学界推重。

华锺彦先生的《花间集注》于1935年由商务印书馆出版，是《花间集》最早的注本。著名词学家顾随先生作序。《花间集》是第一部文人词总集，乃百代词家之祖，对后世产生了深远的影响，成为后世词"当行本色"创作道路的典范。民国之前，《花间集》虽然版本众多，其编集的目的都是为读者提供摹写的范本。《花间集注》却完全不同，它创造性地采用了解释词句、疏通意旨兼及鉴赏的新体式，开《花间集》赏析之先河，以教学和普及推广为目的，呈现出显著的现代大学教材的特征，具有文学经典普及的性质，成为民国时期新派词学在词籍注释领域的学术范本。华锺彦先生的《花间集注》是第一部具有现代学术性质的《花间集》注本，具有里程碑的意义。

以上三位教授具有颇多共同的特点：第一，他们均具有深厚的词学造诣，且均在民国时期已经在词学研究领域有所建树。第二，他们解放后先后来到河南大学，终身任教河南大学，且均担任过中文系主任、副主任的行政职务，在师生中享有极高的声望。第三，他们均为既博又专的学者，根据教学的需要在学术上曾涉猎多个领域，但又有自己的学术专长，具有很高学术知名度。

四

民国词学分为新旧两派。所谓"旧派"也被称为"体制内派"。"体制内派"的词学批评往往更注重词体的内在结构，讲究词体的学术规定性。旧派的学术渊源是由清代的常州词派传承而来，大都是常州词派的传人，主要是晚清四大家及其弟子。所谓"新派"，也对应地被称之为"体制外派"。新派的词学家大都受西方文艺思想影响较深，是一批新型的学者。他们受西方的教育思想浸润很深，多并不以词学为主业。新派也被称为北派，主要因为他们大都生活在北平和天津一带京津地区。如王国维、胡适、胡云翼、郑振铎、俞平伯等人。从新派词学的发展历史来看，王国维是启蒙者，胡适是奠基者，胡云翼是开拓者。从前后任教河大的词学教授的学术渊源来看，邵瑞彭、蔡嵩云、卢前、高文属于旧派；任访秋、华锺彦具有新派的色彩。以今天的学术眼光来看，无论旧派、新派，皆有可贵的学术理念和建树，皆是宝贵的词学教育遗产。河南大学今天以葆有这样的遗产而自豪。

新世纪以来，河南大学的词学研究又开辟了新的局面，词学研究稳步前行。邹同庆和王宗堂合著《苏轼词编年校注》（中华书局 2002 年）、孙克强《清代词学》（中国社会科学出版社 2004 年）、岳淑珍《明代词学批评史》（社科文献出版社 2014 年）、刘军政《中国古代词学批评方法》（人民出版社 2015 年）、陈丽丽《南宋孝宗时期词风嬗变研究》（中国社会科学出版社 2019 年）等著作的出版，显示出河南大学的词学研究薪火相传，步步坚实。

为了巩固和加强词学研究，在河南大学文学院的大力支持下，河南大学文学院词学研究中心得以组建，重新整合了词学研究力量，确定了三个研究方向：词学文献的整理与研究，词学批评史研究，词史研究。如今河南大学的词学研究具有显著的学术特色：文献与理论并重，以文献整理考辨为基础，以批评史、词史、学术史的建构为方向，以发扬传统、勇于创新为精神动力。这套"河南大学文学院词学研究中心词学研究丛书"的出版，是河南大学词学研究新的起点，展望未来，前途可期。

孙克强　刘军政

目　录

第一章　词曲文体之融通　………………………………… 001

第一节　明代戏曲中的词调选择　……………………… 001

第二节　明传奇的开场词　……………………………… 024

第三节　明传奇中的词曲关系　………………………… 036

第四节　明代戏曲中的〔鹧鸪天〕　…………………… 053

第五节　明代戏曲中的〔西江月〕词　………………… 072

第六节　周德清的"务头"论　………………………… 088

第七节　《词学集成》与"词有衬字"说　……………… 107

第二章　以本色为基础的词曲风格论　……………………… 118

第一节　词曲"本色"论的产生　……………………… 118

第二节　明代"本色"论的发展　……………………… 137

第三节　以人喻文的风格论术语　……………………… 152

第四节　明清词曲审美中的"酸"　…………………… 163

第五节　明代词曲审美中的"淡"　…………………… 176

第三章　文章视野下的戏曲批评　…………………………… 195

第一节　从文章学理论到戏曲理论的平移　…………… 196

第二节　明代戏曲批评中的"波澜"　………………… 218

第三节　"请客"与文学批评中的主客论　…………… 231

第四节　明代曲论术语"剪裁"　……………………… 240

第五节　明代曲论术语"针线" ·· 249

附　录 ·· 262
　　附录一　明代戏曲中的论剧（曲）诗 ································· 263
　　附录二　明代戏曲中的论剧（曲）词 ································· 272
　　附录三　明代戏曲中的论剧（曲）曲 ································· 290
　　附录四　明代戏曲中的诗文评论 ······································ 311

参考文献 ··· 315

第一章　词曲文体之融通

一般认为，明代既是词体文学的低谷期，又是戏曲的辉煌时代。实际上，词曲两种文体，在"此消彼长"的同时，还有另一重关系——二者同为音乐文学，长期交融共生。在明代戏曲中，可以发现大量词调。以《古本戏曲丛刊》初集、二集所收188种明代传奇为例，其中共有166种传奇含有词调，共使用1124首词，159个词调。

通过分析文献，不难发现：词曲两种音乐文学在创作和批评两个层面上，都深刻地相互影响。

第一节　明代戏曲中的词调选择

明代戏曲的说白中常常使用词调，长期以来却很少受到学界关注。实际上，作家在戏曲中填词择调时有若干约定俗成的规则，值得展开探讨。

为便于行文，本书将戏曲开场词和正戏之词区分开来，分别论述。

一　开场词的词调选择

明代传奇戏曲有以词开场的习惯。所谓戏曲"开场"，位于正戏之前，通常被当作戏曲剧本的第一出（折），用于介绍创作缘起、创作目的、戏剧梗概等。也有一些例外，如《黄孝子传奇》《投笔记》的开场位于第一出之前。开场词的择调，因其内容的抒情、议论与叙事之别而有所差异。

明代传奇剧本的开场词一般有两种，一是抒情、议论之词，二是叙事之词。承载的内容不同，词调选择也大不相同。以《古本戏曲丛刊》中所收录的明代传奇剧本为研究对象，可以发现明代曲家在词调选择上的一些思考。

表1 《古本戏曲丛刊》中明代传奇剧本的开场词

调数	词调	用于抒情、议论	数量	用于叙事	数量
1	百字令		0	《天书记》①	1
2	碧芙蓉	《双鱼记》	1		0
3	春云怨	《鸳鸯绦》	1		0
4	蝶恋花（[鹊踏枝]）	《牡丹亭》《双珠记》《旗亭记》《墨憨斋新订精忠旗传奇》《风流院》《醉乡记》《梦花酬》《二胥记》《翻西厢》《画中人》《想当然》	11		0
5	东风齐着力	《灌园记》《墨憨斋重定双雄传奇》	2	《狮吼记》《清籍馆新编三报恩传奇》	2
6	洞仙歌		0	《三社记》	1
7	法曲献仙音	《三社记》	1	《双珠记》	1
8	风流子	《墨憨斋新定洒雪堂传奇》	1		0
9	凤凰阁	《绣襦记》	1		0
10	凤凰台上忆吹箫		0	《红拂记》《紫箫记》《春芜记》《墨憨斋重定双雄传奇》《竹叶舟》《一捧雪》	6
11	佛头青		0	《鹔鹴裘》	1
12	画堂春	《还带记》《劝善记》	2		0
13	汉宫春		0	《浣纱记》《牡丹亭》《王荟堂批评种玉记》《三祝记》《鸾鎞记》《旗亭记》《四喜记》《金莲记》《题红记》《风流院》《喜逢春》《燕子笺》《春灯谜》《双金榜》《灵犀锦》	18

续表

调数	词调	用于议论、抒情	数量	用于叙事	数量
14	何陋子	《狄梁公返周望云忠孝记》	1		0
15	贺圣朝	《虎符记》	1		0
16	红林檎近	《浣纱记》	1		0
17	花心动	《绨春园》	1		0
18	浣溪沙	《竹叶舟》	1		0
19	金菊对芙蓉		0	《西湖记》《孔夫子周游列国大成麒麟记》	2
20	锦缠道	《双凤齐鸣记》	1		0
21	看花回	《青衫记》	1		0
22	临江仙	《伍伦全备忠孝记》《韩湘子九度文公升仙记》《陆天池西厢记》《长命缕》《金莲记》《题红记》《妆楼记》《望湖亭》《西楼梦》《鹔鹴裘》《郁轮袍》《金钿盒》《二奇缘》《绿牡丹》《情邮记》《占花魁》	16	《千祥记》	1
23	临江月	《义侠记》	1		0
24	满江红	《赵氏孤儿》《双忠记》	2	《玉玦记》《修文记》《墨憨斋详定洒家佣传奇》《墨憨斋订定万事足传奇》《回春记》《倒浣纱》	7
25	满庭芳	《破窑记》《千金记》《双忠记》《跃鲤记》《易鞋记》《蕉帕记》《荷花荡》	7	《赵氏孤儿》《苏武牧羊记》《东窗记》《玉镜台记》《重校金印记》《双忠记》《周羽教子寻亲记》《精忠记》《玉茗堂批评西厢升仙记》《宝剑记》《焚香记》《玉合记》《想当然》《彩毫记》《埋剑记》《凤记》	46

续表

调数	词调	用于议论、抒情	数量	用于叙事	数量
				《水浒记》《橘浦记》《节侠记》《红梨花记》《鹦鹉洲》《彩舟记》《八义记》《墨憨斋重定梦磊传奇》《龙膏记》《琴心记》《续精忠》《绣春园》《节义鸳鸯冢娇红记》《望湖亭》《荷花荡》《风求凰》《鸳鸯绦》《鹣鹣裘》《郁轮袍》《金钿盒》《元宵闹》《磨忠记》《金锁记》《投梭记》《二胥记》《二奇缘》《弄珠楼》《翻西厢》《绿牡丹》《画中人》《占花魁》《锦蒲团》	
26	木兰花（实为〔踏莎行〕）	《一捧雪》	1		0
27	南乡子（实为〔江城子〕）	《陆天池西厢记》	1		0
28	南歌子（实为〔江城子〕）	《明珠记》	1		0
29	菩萨蛮	《疗妒羹》	1		0
30	沁园春	《韩湘子九度文公升仙记》	1	《古城记》《投笔记》《香囊记》《玉玦记》《薛仁贵跨海征东白袍记》《绣襦记》《连环记》《管鲍分金记》《紫钗记》《义侠记》《双鱼记》《一种情》《玉簪记》《玉杵记》《赋归记》《陈情记》《敲绡记》《青袍记》《灵宝刀》《锦笺记》《玉镜台记》《妆楼记》《四美记》《墨憨斋新定酒堂传奇》《冬青记》《贞文记》《青虹啸》《芙蓉影》《花筵赚》《牟尼合》《西楼梦》《诗赋盟》《窃符记》《蝴蝶梦》《西园记》《疗妒羹》《情邮记》	37

续表

调数	词调	用于议论、抒情	数量	用于叙事	数量
31	青玉案	《杯香记》《红拂记》《双烈记》	3		0
32	清平乐	《惊鸿记》	1		0
33	庆清朝慢		0	《异梦记》	1
34	千秋岁	《祝发记》	1		0
35	千秋岁引	《莹馔记》《红蕖记》	2	《虎符记》	1
36	如梦令	《异梦记》	1		0
37	瑞龙吟		0	《昙花记》	1
38	圣无忧	《明珠记》	1		0
39	水调歌头	《重校金印记》《投笔记》《玉钗记》《胭脂记》《青袍记》《芙蓉影》《回春记》	7	《破窑记》《黄孝子传奇》《彩楼记》《双杯记》《投桃记》	5
40	水调排歌		0	《跃鲤记》	1
41	顺水调头	《古城记》	1		0
42	水龙吟	《全德记》	1		0
43	疏帘淡月		0	《明月环》	1
44	诉衷情近		0	《双凤齐鸣记》	1
45	万年欢		0	《祝发记》	1
46	玉楼月	《玉杵记》	1		0
47	望湖潮		0	《明珠记》《汉刘秀云台记》《双烈记》	3

续表

调数	词调（又名）	用于议论、抒情	数量	用于叙事	数量
48	舞春风（又名〔瑞鹧鸪〕）	《红梨花记》	1		0
49	西江月	《重校金印记》《冯京三元记》《伍伦全备忠孝记》《薛仁贵跨海征东白袍记》《宝剑记》《鸣凤记》《劝善记》《管鲍分金记》《紫钗记》《锦笺记》《四喜记》《偷桃记》《四美记》《三桂联芳记》《孔夫子周游列国大成麒麟记》《墨憨斋详定语家佣传奇》《节义鸳鸯冢娇红记》《东郭记》《鸳鸯绦》《花筵赚》《春灯谜》《双金榜》《元宵闹》《西园记》	26	《商辂三元记》《绨袍记》	2
50	西江双月	《双红记》	1		0
51	谢池春		0	《青衫记》	1
52	行香子	《埋剑记》	1		0
53	小重山	《紫箫记》	1		0
54	燕台春	《玉镜台记》	1		0
55	意难忘		0	《怀香记》	1
56	杨柳青		0	《和戎记》	1
57	瑶轮第一曲	《宵光记》	1		0
58	瑶轮第二曲	《宵光记》	1		0

续表

调数	词调	用于议论、抒情	数量	用于叙事	数量
59	瑶轮第五曲	《红梨记》《永团圆》	2		0
60	瑶轮第六曲		0	《红梨记》《永团圆》	2
61	瑶轮第七曲	《投梭记》	1		0
62	渔家傲	《邯郸记》《量江记》	2		0
63	玉楼春	《玉合记》《水浒记》《橘浦记》《墨憨斋重定梦磊传奇》《龙膏记》《冬青记》《贞文记》《凤求凰》《鸾鎞春》《鸳鸯棒》	10	（两者内容相同）	0
64	玉梅春	《红梅记》《丹桂记》	1		0
65	玉女摇仙珮	《昙花记》	1		0
66	月下笛	《玉玦记》《修文记》《琴心记》	3		0
67	鹧鸪天	《刘玄德三顾草庐记》《伍伦全备忠孝记》《香囊记》《苏英皇后鹦鹉记》《韩湘子九度文公升仙记》《宝剑记》《劝善记》《珍珠记》《观世音修行香山记》《黄文正还魂记》《汉刘秀云台记》《袁文侯七胜记》《双杯记》	13		0
68	烛影摇红		0	《陆天池西厢记》	1

说明：①本书中提及的戏曲作品，如无专门说明，均系《古本戏曲丛刊》所收版本。《古本戏曲丛刊》中的各个戏曲作品一般仅收录一个版本，许多戏曲作品评改本，如正文首页、目录页、书口的题目不尽相同。例如《破窑记》，封面题《李九我评破窑记》，目录页题《破窑记》，正文首页题《李九我先生批评破窑记》，为简便起见，本书正文和表格中对来自《古本戏曲丛刊》的作品多用简称如《破窑记》，需要详细说明者及附录除外。又如《黄孝子传奇》封面题《黄孝子寻亲记》，目录页、正文首页和书口题《周羽教子寻亲记》，本书使用后一名称，以便与《黄孝子寻亲记》相区别。

通过分析上表，可以发现明代传奇剧本开场词调选择的一些规律：

其一，以常见词调为主，间亦有罕见词调与新创词调。

这些剧本中共有 289 首上场词，使用词调 68 个。大部分词作使用了常见词调，如〔蝶恋花〕〔汉宫春〕〔临江仙〕〔满庭芳〕〔沁园春〕〔水调歌头〕〔西江月〕〔玉楼春〕〔鹧鸪天〕，这 9 个常见词调的词作数量皆不少于 10 首，总计 200 首，在开场词中所占比例约为 69%。此外，表中加下划线的 41 个词调在《古本戏曲丛刊》初集、二集所收录的明传奇中仅见于开场部分。

少数词作使用了罕见词调或者新创词调，如〔碧芙蓉〕〔佛头青〕〔何陋子〕〔西江双月〕〔玉梅春〕〔水调排歌〕〔顺水调头〕〔五湖月〕〔杨柳青〕〔瑶轮第一曲〕〔瑶轮第二曲〕〔瑶轮第五曲〕〔瑶轮第六曲〕〔瑶轮第七曲〕等，一般每调出现 1－2 次。其中一部分词调是在常见词调的基础上增字变化而成，如〔西江双月〕是将〔西江月〕叠了一遍；又比如〔玉梅春〕在《红梅记》和《丹桂记》中各用了一次，内容相同。该调分上下片，上下片各四句，各句字数分别为 7、7、9、7、7、7、9、7，与宋代的词调〔玉梅令〕相差很大，但是与〔玉楼春〕较为相似。〔玉楼春〕上下片各四句，每句七字，〔玉梅春〕是在〔玉楼春〕第三、七句开头加上了两个衬字，由此成为一个新的词调。个别剧作的开场词中用了衬字而未改调名，如《商辂三元记》开场中的〔西江月〕词（见本章第五节《明代戏曲中的〔西江月〕词》所引）。

也有一些词调是在旧调基础上减字而成，如《古城记》的开场词〔顺水调头〕词云：“往事如梦幻，富贵等浮云。前朝后汉，兴废总关心。多少英雄豪杰，用尽龙韬豹略，四海乱纵横。何当太平日，相共赏花辰。逢三昧，集二难，兼四美。移宫换羽，歌白雪阳春。惟愿朝廷有道，偃武修文。更跻羲皇世，万国乐升平。”① 这是在〔水调歌头〕的基础上，上片删减两字，下片删减九字而成。《狄梁公返周望云忠孝记》的开场词〔何陋子〕云：“景仰先贤模范，无非激劝人情。词艳不关风化体，有声曾似无声。惟有忠良孝友，知音入耳堪听。　　剧演唐臣故事，河阳狄氏怀英。千古口碑传政绩，流风遗爱何深。试看瞻云转日，委然殊绝完人。”从词格上看，较似双调〔河满子〕，但有若干字不合〔河满子〕之格律，且上片第

---

① 本书正文部分引用的戏曲作品，除特别注明出处者，其余皆出自《古本戏曲丛刊》，后文不再一一注释出处。

三句多一字。

还有个别词调是局部改易旧调格律而成。如《玉杵记》首出〔五湖月〕通过改变〔临江仙〕局部格律而成新调。其词云："露电光阴有几，蝇蜗纷逐无休。堪怜班鬓点霜稠。漏箭催残梦，莺梭织旧愁。　春到花开锦幛，秋来月上银钩。当年人物尽荒垃。独余瀛海客，长与白云游。"除了上片"箭""残""梭""旧"，下片"垃""独"等字之外，其余部分均合〔临江仙〕格律。

其他如〔佛头青〕〔花心动〕等开场词，未见于晚唐五代以来诸家词集、词话或《词律》《钦定词谱》等词谱，且均分上下两片，如《绾春园》第一出中的〔花心动〕，其词云："篱菊又黄枫又赤，霜山独与贫相适。倒持如意醉歌骚，唾壶昨夜新敲缺。醒来灯已灭，伴愁窗外蛩声咽。恋邯郸懒下梅花，孤枕横残月。　血匣芙蓉飞冻雪，傲骨自寻狂态敌。相看眼底我和君，寥寥世宙真狼藉（原作"籍"）。若非雕管力，一片热愁何处叠。罄家私典块砚田，泪把情根掘。"曲牌除极个别情况外，均是单片，所以从体例上看，这属于明人自度新词调。

其二，抒情议论之词与叙事之词在用调上表现出明显的差异。一是议论、抒情之词和叙事之词往往不共用词调。尽管上表中的〔东风齐着力〕〔临江仙〕〔满江红〕〔满庭芳〕〔沁园春〕〔千秋岁引〕〔水调歌头〕〔西江月〕存在两大类词作通用的情况，但是仔细观察各自的使用次数便可发现，除了〔东风齐着力〕在两类词作中的使用次数相同，〔水调歌头〕在两类词中使用次数仅 2 首之差，剩下的 6 个词调在用途上均呈现出非常明显的功能偏向性。二是用于抒情、议论的词调远多于用于叙事的词调。在上表统计的 289 首词中，主要用于议论、抒情的词有 143 首，使用词调 50 个；用于叙事之词有 146 首，使用词调 27 个。用于抒情、议论的词调远多于用于叙事的词调。三是叙事词集中使用同一词调的现象比议论、抒情词突出。

抒情议论之词和叙事之词的用调差异还表现在：议论、抒情词以小令为主，中调、长调兼具，但长调所占比例极小；叙事词中，仅〔西江月〕为小令，〔谢池春〕与〔千秋岁引〕为中调，其他叙事词皆为长调。通常意义上的长调多于 90 字，有利于概述全戏剧情，这也是《双红记》的作者将〔西江月〕合二为一，即用〔西江双月〕来介绍剧情的原因。

从上述开场词的用调情况看，无论是叙事词还是抒情词，上述两条总结并非定律。李渔《闲情偶寄》指出开场词择调"如《西江月》《蝶恋花》

之类，总无成格，听人掂取"①，大概即是此意。既然可以"听人掂取"，部分戏曲作者在词调的选择上就体现出对个别词调的偏好，如〔东风齐着力〕凡4首，其中有3首见于冯梦龙改编的戏曲；〔瑶轮第一曲〕〔瑶轮第二曲〕〔瑶轮第五曲〕〔瑶轮第六曲〕〔瑶轮第七曲〕，主要用于徐复祚之作。这种现象在正戏词作的选调上也同样存在，最突出的是《劝善记》，除了开场词喜用〔鹧鸪天〕和〔西江月〕，正戏中用词除了3首〔鹧鸪天〕和1首〔诉衷情〕外，其余词作全用〔西江月〕。

此外，《韦凤翔古玉环记》第一出"家门始末"以〔满庭庆宣和〕介绍剧情，96字，格律与〔满庭芳〕词律多有不合，与曲律却有所呼应，应非词作，而是〔满庭芳〕与〔庆宣和〕的集曲。严格说来，开场不用词而用曲，不合创作惯例。从另一角度看，这也意味着明代人在词曲的辨体上不甚严格。

二 正戏中的词调选择

正戏中的词作数量在不同剧本中的分布并不均衡，各剧中的词调也存在很大差异，除了〔鹧鸪天〕〔西江月〕等极少数词调外，很多词调的使用次数较少，且使用情况各异，难以把握各个词调的使用规律，但是可以借助这些词调从总体上把握明代戏曲作家选择词调的思路。

（一） 正戏中的词调数量

笔者对《古本戏曲丛刊》初集、二集中近200个明代戏曲剧本中的词调使用次数和词作数量做了初步统计，出现在正戏中且明确标注词牌的词大约有870首，117调（见表2）。

表2 《古本戏曲丛刊》初集、二集所收录的明传奇正戏中所见的词调

词牌	数量	词牌	数量	词牌	数量	词牌	数量
小令89调796首①							
南歌子（南柯子5）	11	荷叶杯	4	思帝乡	1	诉衷情	13
渔歌子	1	捣练子	13	如梦令	29	天仙子	2

① 李渔：《闲情偶寄》，载《李渔全集》第三册，浙江古籍出版社，1991，第60页。

续表

词牌	数量	词牌	数量	词牌	数量	词牌	数量
章台柳	1	南乡子	13	江城（神）子	3	相见欢（乌夜啼2）	4
浪淘沙	6	忆王孙	5	长相思（吴山青1、相思令1）	30	风光好	2
醉太平	4	春光好（愁倚阑1）	5	长命女（薄命女3）	4	昭君怨（添字昭君怨3）	7
酒泉子	1	生查子	8	女冠子	2	醉花间	3
点绛唇	6	浣溪沙（山花子1，摊破浣溪沙1）	66	摊破浣溪沙（山花子2，浣溪沙2）	7	霜天晓角	1
卜算子	12	丑奴儿（罗敷媚1，罗敷令1，采桑子1）	4	菩萨蛮（重叠金3，重叠令2）	47	更漏子	9
好事近	7	一落索	1	杏园芳	1	谒金门	8
忆秦娥（忆秦游1[2]）	18	清平乐	20	画堂春	7	贺圣朝	3
阮郎归（醉桃源6）	16	眼儿媚（添字眼儿媚1）	3	锦堂春（乌夜啼1）	5	人月圆（青衫湿1）	2
朝中措	3	武陵春	1	忆长安	1	月宫春	1
柳梢青	1	应天长	4	少年游	4	西江月	94
惜分飞（几次惜分飞1）	2	桃源忆故人	1	思越人[3]（非鹧鸪天、品令等）	1	河传	1
怨王孙[4]	1	雨中花	1	醉花阴	2	青门引	1
减字木兰花（木兰花1）	21	木兰花（木兰花令3）	5	玉楼春	18	临江仙	32
鹧鸪天（思越人1，锦鹧鸪1）	112	瑞鹧鸪	2	鹊桥仙	2	虞美人	7
夜游宫	1	踏莎行	19	红窗迥	1	小重山	12
采莲子	1	八拍蛮	1	殿前欢	1	断肠吟	1
海棠春	1	河满子	6	归国遥	1	调笑令（古调笑4）	5

词牌	数量	词牌	数量	词牌	数量	词牌	数量
诉衷肠	1	渔歌子	1	外庙令	1	玉楼香	1
醉落魄	2	望江南	4	法驾导引	1	莺声绕红楼	1
月沉西	1						
中调16调59首							
一剪梅	1	蝶恋花	22	唐多令	1	渔家傲	3
苏幕遮	4	㑇人娇	1	醉春风⑤	1	行香子	3
青玉案	7	千秋岁	2	千秋岁引（千秋岁1⑥）	2	蓦山溪	3
洞仙歌	2	满江红	5	钗头凤	1	破阵子	1
长调12调15首							
烛影摇红	1	塞翁吟	1	满庭芳（叠字满庭芳1）	2	玉漏迟	1
水调歌头	2	醉蓬莱	1	念奴娇（百字令前1）	2	渡江云	1
庆春宫	1	春从天上来	1	兰陵王	1	燕春台	1

说明：① 此表中的阿拉伯数字皆系作品数量。

② 《醉乡记》下卷第四十一出〔忆秦游〕词云："春来近，撩人春色添人困。添人困，起来梳洗，怕人厮问。　今番罢却闲愁闷，几回增了新丰韵。新丰韵，花浓粉透，金钗翠鬓。"其体实为〔忆秦娥〕的仄韵体。

③ 《滑稽馆新编三报恩传奇》第十出〔思越人〕词："甑生尘，门不启，萧然母子，蓬窗矍铄，夫君如骥老嘶鸣。还望腾骧。　英雄晚达多如此。钓鱼翁，贩牛子，休论西陲，垂翅奋翼，涸池屈指。"

④ 〔河传〕〔忆王孙〕有时也被题作〔怨王孙〕，见吴藕汀《词名索引》，中华书局，2006，第71、180、88页。本表所列〔怨王孙〕出自《怀香记》第二十五出，其词云："梦断漏悄。愁浓酒恼。宝枕寒生，翠屏尘绕。门外谁扫残红？晓来风。　玉箫声杳人何处？春又去，忍把佳期负。此情此恨此际，拟托行云。问东君。"本词当抄自《草堂诗余》，个别字有更改，其格律与〔河传〕〔忆王孙〕皆不同，与《词律》所收张元干《怨王孙》词格律相同。

⑤ 〔醉春风〕，亦名〔醉花阴〕，但本表所收〔醉春风〕与〔醉花阴〕格律全不相同。词见《鸣凤记》第三十五出："北望天涯近，云深何处问。倚楼终日盼旌旗，闷闷闷。回雁峰前，跃鱼波上，难寻芳信。　夜永兰膏尽，幽况何曾稳。枕边珠泪几时干，恨恨恨。惟有窗前，过来明月，照人方寸。"

⑥ 《浣纱记》第三十四出的〔千秋岁〕，实为王安石《千秋岁引·秋景》，文字略有改动。

表 2 中所列的词牌按小令、中调、长调的顺序排列。有些词调有变体，如〔女冠子〕正格四十一字，还有一百零七字的变格。有些变格的篇幅属

于中调或长调，但是在正戏中使用长篇变格的情况非常少见，因而在制表时，对明代戏曲所用词牌的篇幅分类仍按各词牌最初的定格所隶属的小令、中调、长调来分。例如〔江城子〕，唐代为单片小令，宋代后普遍作为双调使用，60余字。晁补之改名〔江神子〕。笔者在统计中仅见3首，其中1首为小令，见《金莲记》第九出，故本文仍将其列于小令部分。

对于一调多名的词牌，以《词律》中首次出现的词牌进行统计，并附括号标注别名词调在《古本戏曲丛刊》初集和二集中的作品数量。同调异名的词牌，在统计词调时视为1调，不重复计数。"数量"一栏中统计的作品数量为使用正名、别名词牌的总数。如〔春光好〕又名〔愁倚阑〕，在考察范围内，调寄〔春光好〕的词有4首，用〔愁倚阑〕的词有1首，共计5首。

〔添字昭君怨〕，万树《词律》未将其作为独立的词调。《词律》卷三云："《词统》等书收〔添字昭君怨〕，于第三句上添两字，乃出汤义仍《牡丹亭》传奇者，查唐宋金元，未有此体，不宜载入。"[1] 本文亦将其作品视为变格列入〔昭君怨〕词牌的统计中。

〔乌夜啼〕，万树《词律》未将其单独列为一调，因为它是〔相见欢〕和〔锦堂春〕共同的别名之一。在本文考查的样本范围内，共有3个剧本使用了该词牌，一是汤显祖的《牡丹亭》第十出；二是冯梦龙的墨憨斋定本传奇《风流梦》第七折，其实即汤本〔乌夜啼〕，这两部作品中所用的词格与〔相见欢〕相同，在统计时将其归入〔相见欢〕的计数中；三是《玉玦记》第十二折，其词格与〔锦堂春〕相同，在统计时将其归入〔锦堂春〕的计数中。

〔千秋岁〕，《古本戏曲丛刊》初集、二集所收戏曲的正戏中共有三例，两例分别见于《祝发记》第八折、《双杯记》第二十五出，与〔念奴娇〕（或〔百字令〕）、〔木兰花慢〕格律皆不同，属本调；另一例见于《浣纱记》第三十四出，虽标注〔千秋岁〕，其词实为王安石《千秋岁引·秋景》，梁辰鱼使用时略有删改，所以将本词统计入〔千秋岁引〕。

明代传奇中的很多词作未标注词牌，表2统计的数据是明确标注了词牌的作品数量，难免挂一漏万，但对考察明代曲家在戏曲中填词并择调的大体规律而言，并无影响。

---

[1] 万树：《词律》第一册，中国书店，2018，第183页。

（二）正戏中的择调规律

结合表1、表2可以发现，明代戏曲正戏中词的择调主要有以下规律：

1. 小令多，中调、长调少

使用数量多于20首的词牌，作品数量由多到少依次是〔鹧鸪天〕〔西江月〕〔浣溪沙〕〔菩萨蛮〕〔临江仙〕〔长相思〕〔如梦令〕〔蝶恋花〕〔减字木兰花〕〔清平乐〕，共473首。除中调〔蝶恋花〕22首外，其余皆为小令。

从长调和小令的使用比例上看，正戏和开场词的择调思路明显相反。我们不妨举几个例子说明：在开场中使用频率极高的长调〔满庭芳〕〔沁园春〕〔汉宫春〕，在开场中的使用数量依次为53、38、18，在正戏中的使用数量依次是2、0、0；与之相反，在开场中只使用过1次的小令〔如梦令〕〔菩萨蛮〕〔浣溪沙〕，在正戏中出现的次数分别是29、47、66。

开场中长调词作和小令词作的数量大体相当，这是因为开场一般使用两首词，且这两首词多有分工，一用于议论抒情，一用于叙事；议论、抒情适合用小令，叙事适合用长调。正戏中的文字所承载的功能比开场文字扩大了，主要有叙事、议论、抒情、描写（描写对象主要是自然之景、人物相貌与装束、厅堂筵席等）。曲文和宾白均有叙事、议论、抒情的功能，但相比之下，曲文偏重抒情和写景，宾白重于叙事、议论，并具有推进事件演进的功能。词作为韵白，除了调寄〔西江月〕〔临江仙〕的词外，往往用于一段宾白（含独白和对话）的开端部分，前有曲文，后有散白。从形式上看，这些词属于由曲到白、由韵到散的过渡段；从内容上看，这些词承担了由抒情、描写到叙事、议论的过渡功能。描写、抒情本就是词最早的创作传统，小令是承载这种创作传统的最早形式，用于戏曲之中尤为灵动，一般没有必要借助于中调或长调展开。

所以，本节统计的15首长调词中，有6首（将近一半）仅填半片甚至更少的文字，以保证词只是用于点缀或过渡，而非喧宾夺主。比如《明月环》传奇第三十一出中乔罗浮（旦）所念的〔塞翁吟〕，正格九十二字，该剧只填了上片中的前四句："暗叶啼风雨，窗外晓色珑璁。散水麝，小池东。淡铅脸斜红。"（该词出自周邦彦〔塞翁吟〕词上片）前三句描写窗外景物，第四句写自己的情态。此后进入散白部分："奴家乔氏罗浮，只为慕石郎才品，一心眷恋，九死执迷……"主要讲述自己对石郎的才华和人品的爱慕，也是对〔塞翁吟〕末句"淡铅脸斜红"的诠释。其他如《紫箫记》第十四出〔百字令前〕仅填上片；《金莲记》第三出〔渡江云〕仅有半片，除了更改个别字外，全引自周邦彦《渡江云·晴岚低楚甸》；《浣纱记》第二十六出〔庆春宫〕仅填上片；《鸳鸯绦》第九出〔兰陵王〕仅填上片等等。即便是小令和中调，也有类似现象，如《龙膏记》第十一出〔河满子前〕、《红拂记》第三十四出〔前西江月〕、《明月环》第十四出〔临江仙后〕和第十八出〔青玉案前〕、《诗赋盟》第二十出分别用于曲子〔烛影摇红前〕与〔烛影摇红后〕之后的词〔蝶恋花前〕和〔蝶恋花后〕、《诗赋盟》第二十四出〔虞美人前〕、《紫箫记》第十三出〔满江红前〕、《灵犀锦》第三十四出〔小重山后〕等。此外，还有许多小令或中调在戏曲中仅填半首，兹不枚举。所以，在正戏中点缀填词，长调并非良选。

当然，也有完整填写长调的情况，比如《伍伦全备忠孝记》第十二出〔水调歌头〕全以曲牌填词，《天书记》第二十一出〔叠字满庭芳〕几乎全以叠字填词，《狄梁公返周望云忠孝记》第五出〔玉漏迟〕由诸人分句念诵，这些词前有曲文，词后仅以一句简洁散白交代事件或人物，实质上是长调压缩或取代了散白的位置。另有《金貂记》第四十二折以〔满庭芳〕调来填婚礼赞词。以上数首均为炫才之笔，不适合演于场上，因为不易于观众理解。

除此之外，在明代戏剧问答类的宾白中，为了向观众或读者交代、描述某一特定场景、物件或人物，被问话者往往以一首词作答，词调最常用的是小令〔西江月〕和〔临江仙〕，本书《论明代戏曲中的〔西江月〕词》有专门介绍。也有选择长调的例子，在《古本戏曲丛刊》初集、二集中有3例，其一为《玉钗记》第十五出，锦云问何文秀如何流落到当地，何文秀以〔燕春台〕作答："吾乃阀阅名门，簪缨旧族，江阴何氏堪夸。小生文秀，先人仕宦荣华。在官曾结仇家。博平陈练，前来报复，双亲命殒，家业无些。小生为此，流落天涯。路贫无倚，愁绪如麻。今朝何幸，娘行眷恋无加。想是多情有缘，千里相遇娇娃。谩兴嗟，收却眼中泪，含笑看花。"词中有几处衬字、减字，总体上看，按谱填词，篇幅完整、平实如话。其二是《题红记》第三十三出，相府仆人在回答府中的富贵景象时，调寄〔烛影摇红〕，以全篇词作描绘相府景象。其三是《鹣鹣裘·琴挑》中院子（负责看家护院的仆人）回复主人问话，在描述筵席的准备情况时调寄〔水调歌头〕，以全部篇幅极言筵席之豪奢。这些例子毕竟只占少数。

2. 用于女性角色的词调多于用于男性的词调

在《古本戏曲丛刊》初集和二集中，绝大多数的戏曲人物均标明了角色行当，仅《草庐记》中的刘备和诸葛亮、《紫钗记》中的鲍四娘等个别剧本中的个别人物未予标注，这些人物在戏曲中使用词体宾白的次数极少，对判断哪个行当参与的词体宾白多、哪个行当使用的词体宾白少而言，其影响可以忽略不计。

明代戏曲中的很多词作，至少由两个角色参与念诵，如《还带记》第二十二出的〔忆秦娥〕，分别由净、丑、小生、生念诵其中的若干句子。针对该词，在统计这四个行当的参与数量时，各个行当各记一次。在《古本戏曲丛刊》初集和二集中，各行当参与念诵词体宾白的次数如下：

表3 《古本戏曲丛刊》初集、二集明传奇中各行当使用词体宾白的次数

行当	生	小生	末	小末	副末	外	小外	净	丑	旦	老旦	小旦	贴
参与词作数量	270	58	57	3	4	76	11	62	50	313	93	76	96
合计	479							112		578			

从表3来看，生、小生、末、小末、副末、外、小外参与的词作总数量是479首。净、丑行当在《古本戏曲丛刊》初集、二集中扮演的角色多是男性，有一部分丑、净所扮的女性角色也使用了词体宾白，所以女性参与使用的词体宾白数量远在578之上，即使将净丑全部视为男性角色，在479的基础上加上净、丑参与的112首，总数为591，也勉强与女性角色参与的总次数相近。

男性和女性参与的词作在用词人次上的差异和在择调上的差异相一致。在正戏使用的117个词调中，除了男性和女性角色共同使用过的词调之外，全由男性角色使用的词调有〔霜天晓角〕〔卜算子〕〔青衫湿〕〔更漏子〕〔一落索〕〔杏园芳〕〔朝中措〕〔瑞鹧鸪〕〔夜游宫〕〔红窗迥〕〔殿前欢〕〔归国遥〕〔外庙令〕〔诉衷肠〕〔玉香楼〕〔月沉西〕〔一剪梅〕〔破阵子〕〔烛影摇红〕〔水调歌头〕〔庆春宫〕〔春从天上来〕〔念奴娇〕〔燕春台〕等24调。

全由女性使用的词调有〔思帝乡〕〔天仙子〕〔章台柳〕〔忆王孙〕〔女

冠子〕〔月宫春〕〔武陵春〕〔柳梢青〕〔应天长〕〔河传〕〔怨王孙〕〔桃源忆故人〕〔惜分飞〕〔醉花阴〕〔醉春风〕〔青门引〕〔雨中花〕〔八拍蛮〕〔沉醉东风〕〔断肠吟〕〔海棠春〕〔莺声绕红楼〕〔渔歌子〕〔唐多令〕〔苏幕遮〕〔殢人娇〕〔钗头凤〕〔塞翁吟〕〔渡江云〕〔醉蓬莱〕〔兰陵王〕等31调。

因此，女性角色用过的词调多于男性角色用过的词调，两者之差是 7。

3. 部分词调具有适用于某一性别的倾向性

在上文所列的男性或女性单独使用的 55 调的样本中，每调的词作并不多，大多数在 1 至 3 首之间，被用于男性或女性角色的偶然性较大，很难说哪个词调更适合哪一性别。

但是，从男女均使用过的另 62 个词调来看，明代曲家在为不同性别的人物择调时会有一定的倾向性，而导致这种倾向的原因大致有三个，一是调名含有性别倾向，二是词调创作的传统主题具有性别倾向，三是不同词调的句式节律适合不同性别的人物使用。以下借若干词调在《古本戏曲丛刊》初集、二集中的使用情况予以说明。

其一，调名含有性别倾向。

很多调名明显与女性有关，在戏剧中多由女性使用。在本文统计的范围内，〔苏幕遮〕又名〔云雾敛〕〔鬓云遮〕等，调名与女子头发有关，共4 首，见《牡丹亭》第二十五出、《彩舟记》第八出、《旗亭记》第二十出、《贞文记》第六出，均由女性使用。〔丑奴儿〕〔罗敷媚〕〔罗敷令〕〔采桑子〕为同调不同名词牌，调名均与女性有关，在统计的样本中各有 1 首，依次在《邯郸记》第六出、《花筵赚》第六出、《春芜记》第二十四出、《惊鸿记》第十出，均由女性使用。〔何满子〕本为唐代女伎名，又写作〔河满子〕，共 5 首，在《玉合记》第五出、《紫钗记》第三十六出、《红梅记》第二十出、《丹桂记》第二十出中皆由女子使用，仅《龙膏记》第十一出由男子使用。〔更漏子〕又名〔独倚楼〕〔翻翠袖〕，共 9 首，8 首由女性使用，详见《红拂记》第三出、《玉合记》第四十出、《紫箫记》第十七出、《墨憨斋详定酒家佣传奇》第二十八出、《东郭记》第九出、《双金榜》第三出、《金钿盒》第二十五出、《滑稽馆新编三报恩传奇》第八出。〔忆王孙〕仅见 5 首，依次在《虎符记》第三十八折、《水浒记》第三十一折、《狮吼记》第十二出、《狄梁公返周望云忠孝记》第三出、《明月环》第四出，均由女性使用。〔怨王孙〕仅见 1 首，由女性使用，见《怀香记》第二十五出。〔女冠子〕仅见 2 首，见于《紫箫记》第二十九出和《玉合记》第二十八出，使用者皆为女性，且《玉合记》中由道姑使用。〔章台柳〕仅见1 首，在《明珠记》第十出中由女子使用。〔钗头凤〕仅见 1 首，由女性使用，见《梦花酣》第二十出。〔㑳人娇〕仅 1 首，见《邯郸记》第二十三出，由女性使用。

又如〔浣溪沙〕别名〔浣溪纱〕，调名与女子关系密切，尽管其句式整饬，可婉约亦可豪放，在《古本戏曲丛刊》初集和二集中多有男性使用该调，但女性使用〔浣溪沙〕的次数比男性多 20 次（见表 4）。

表 4   《古本戏曲丛刊》初集、二集的明传奇中〔浣溪沙〕（含〔浣沙溪〕〔浣溪纱〕〔摊破浣溪沙〕〔山花子〕等异名同调）的使用情况

出处	行当	出处	行当	出处	行当
《冯京三元记》第二出	旦	《跃鲤记》第三十四出	贴	《玉钗记》第十四出	旦
《玉玦记》第九出	外	《宝剑记》第十三出	老旦	《宝剑记》第十八出	外
《陆天池西厢记》第三十折	生、净	《明珠记》第三十出	贴	《怀香记》第十六出	生
《怀香记》第二十六出	外	《鸣凤记》第二十七出	小生、末、外	《鸣凤记》第三十五出	小外、旦、贴
《想当然》第三出	小旦	《玉合记》第二十三出	旦	《牡丹亭》第四十八出	旦、净
《紫钗记》第十六出	生、旦	《紫钗记》第五十二出	生、老旦、鲍四娘、旦	《紫箫记》第十出	郑六娘
《紫箫记》第二十二出	李十郎	《义侠记》第三十出	丑、小丑、净、末、小生	《埋剑记》第十三出	老旦、旦
		《双鱼记》第十七出	生	《双珠记》第三出	生、小生、小外、末
《水浒记》第三出	老旦、小旦	《橘浦记》第十出	旦	《宵光记》第五出	贴、旦
《红梨花记》第六出	旦	《鹦鹉洲》第十七出	小旦、丑（女）	《狮吼记》第二出	生、旦
《三祝记》第十八出	生、旦、末	《投桃记》第五出	旦	《投桃记》第十四出	旦

续表

出处	行当	出处	行当	出处	行当
《彩舟记》第十二出	旦	《青衫记》第三出	旦	《青衫记》第二十五出	生、贴、小旦
《鸾鎞记》第三出	旦	《旗亭记》第十一出	生	《玉镜台记》第二出	老旦、生
《玉镜台记》第三出	生、贴	《玉镜台记》第十五出	生	《玉镜台记》第三十出	老旦、旦
《狄梁公返周望云忠孝记》第十二出	中（扮婆婆）、小旦	《龙膏记》第十二出	旦、小旦	《题红记》第二出	生、小生
《冬青记》第五出	小生	《双杯记》第三出	末、净	《墨憨斋详定酒家佣传奇》第三十折	生、末
《墨憨斋新定洒雪堂传奇》第八折	生、小净	《墨憨斋新定洒雪堂传奇》第二十二折	旦、老旦	《绡春园》第六出	旦、丑（女）
《绡春园》第二十五出	旦、丑（女）	《节义鸳鸯冢娇红记》第九出	旦	《风流院》第七出	旦
《望湖亭》第二出	生	《墨憨斋重定双雄传奇》第三十折	旦、贴	《凤求凰》第四出	旦
《凤求凰》第二十四	旦、小旦	《鸳鸯绦》第十九出	旦	《燕子笺》第二十八	老旦、小旦
《燕子笺》第三十出	生	《双金榜》第十二出	旦	《西楼梦》第二十四出	老旦、旦
《鹔鹴裘》问卜	旦	《灵犀锦》第三出	老旦、旦、小旦	《郁轮袍》第九出	旦
《双凤齐鸣记》第十八出	旦				

又如〔菩萨蛮〕，调名与女子装饰有关，共45首，绝大多数由女性使用，兹不一一列举。

与男性有关的调名，在统计的样本中多由男性使用。如〔破阵子〕仅1首，见《节孝记·赋归记》第九出，由男性使用。〔念奴娇〕（又名〔百字令〕）有2首，见《玉杵记》第一出、《紫箫记》第十四出，皆由男性使用。

〔卜算子〕，万树《词律》认为牌名取自"卖卜算命之人"①，而古代卜算多由男性担任，在统计对象中共有 3 首，见《彩舟记》第十一出、《四艳记·碧莲绣符》第一出、《狄梁公返周望云忠孝记》第七出，均由男性使用。〔青衫湿〕，即〔人月圆〕，见《红拂记》第十九出、《灵犀锦》第三十五出，均由男性使用。〔朝中措〕3 首，见《陆天池西厢记》第三折、《鸣凤记》第二出、《想当然》第三十六出，均由男性使用。

〔阮郎归〕，得名于刘晨、阮肇入天台采药，遇到仙女留客，而后思归的典故。〔阮郎归〕共 10 首，男性独用 4 首，见《玉玦记》第二十三出、《量江记》第三出、《西湖记》第二出和第十六出；与女子共用 3 首，见《南柯记》第十六出、《旗亭记》第二十六出、《双烈记》第十九出；女性独用 2 首，见《燕子笺》第六出、《宝剑记》第二十六出。〔阮郎归〕调名中有"郎"字，故多由男子使用。〔醉桃源〕与〔阮郎归〕同调不同名，共 6 首，仅 1 首用于男子。女性角色偏向于用〔醉桃源〕，男性角色偏向于用〔阮郎归〕，这正透露出曲牌中与性别有关的字眼是作者为男性或女性角色选择词调的重要参考。

其二，词调创作的传统主题具有性别倾向。

〔青玉案〕调名出自张衡《四愁诗》："美人赠我锦绣段，何以报之青玉案。"② 有怀才不遇之感，自宋代创调以来，也多承继该创作主题，抒发男子壮志难酬之情。在《古本戏曲丛刊》前两辑的近两百个明传奇剧本中，〔青玉案〕共有 7 首，分别是《鸣凤记》第十九出生、旦各用 1 首，《想当然》第二出生用 1 首，《紫钗记》第二出生用 1 首，《节孝记》之《赋归记》第十出中生用 1 首，《双凤齐鸣记》第十二出末用 1 首，《明月环》第十八出老旦用 1 首（该剧调名标注〔青玉案前〕，仅有半片）。其中 5 首用于男子表达怀才不遇、壮志未酬的主题。

其三，不同词调的句式节律适合不同性别的人物使用。

在明代戏曲中，男性所用的词调大多句式相对整齐，长短节律明快。比如普遍由男性使用的词调〔鹧鸪天〕，除受传统创作中游子思乡主题的影响外，也可能受到词调格律的影响。〔鹧鸪天〕除了下片开头有两个三字句外，其余七句均为七字句。在本文统计的范围内，〔鹧鸪天〕共百余首，女

---

① 万树：《词律》第一册，中国书店，2018，第 237 页。
② 徐陵编，吴兆宜注《玉台新咏》，中国书店，1986，第 223 页。

子独立使用和参与使用的仅有 4 首，详见本书《明代戏曲中的〔鹧鸪天〕》一节。〔瑞鹧鸪〕由七言八句组成，在本文的统计对象中，共 2 首，《贞文记》第四出为外、净使用，《双凤齐鸣记》第九出由末、生、小生使用。〔减字木兰花〕，句式也非常整齐，四字句和七字句交错排列，共四十四字，且用仄声韵，该调在本文统计的范围内共有 21 首，多用于男性（见表 5）。

表 5　《古本戏曲丛刊》初集、二集所收明传奇中〔减字木兰花〕的使用情况

剧目出次	使用行当	剧目出次	使用行当	剧目出次	使用行当
《投笔记》第五出[①]	生	《玉钗记》第十出	贴、末	《浣纱记》第四十四出	小生、贴、生、末
《陆天池西厢记》第二十五出	生	《鸣凤记》第四十一出	生、小生	《红拂记》第十五出	生、外、净
《玉合记》第三十二出	生、小生	《长命缕》第三十出	外、老旦、生	《南柯记》第二十二出	生、旦
《义侠记》第三十一出	老旦、旦	《投桃记》第二十七出[②]	外	《四喜记》第四十出	外
《龙膏记》第二十出	生、外	《题红记》第十七出	旦	《异梦记》第十出	生、外
《冬青记》第二出	生	《西湖记》第三十六出	旦	《墨憨斋新定洒雪堂传奇》第十六出	老旦、旦
《东郭记》第三十八出	生	《鸳鸯绦》第三十八出	外	《燕子笺》第十一出	小旦、旦

说明：①《投笔记》第五出中原本标的是〔木兰花〕，考其格律实为〔减字木兰花〕。
②《投桃记》第二十七出中的〔木兰花〕词，考其格律，实为〔减字木兰花〕。

〔鹧鸪天〕〔瑞鹧鸪〕〔减字木兰花〕等词调的句式节奏明朗，可能是它们更适合用于男性词白的原因之一。但是，并不能说凡是具有如此句式特点的词调便适合男性角色，比如〔玉楼春〕，七言八句，句式尤其整齐，然而在本文统计的范围内，17 首〔玉楼春〕的使用者以女性居多（见表 6）。〔玉楼春〕又有〔上楼春〕〔木兰花〕〔玉堂春令〕〔呈纤手〕〔惜春容〕〔东邻妙〕等别名，带有性别倾向性，这些别名的获得自然与其以往的吟咏主题有关。

表6　《古本戏曲丛刊》初集、二集所收明传奇中〔玉楼春〕的使用情况

剧目出次	使用行当	剧目出次	使用行当	剧目出次	使用行当
《投笔记》第二十三出	贴	《香囊记》第三十出	旦	《鸣凤记》第二十二出	旦、贴
《鸣凤记》第二十二出	生、小生	《牡丹亭》第四十二出	老旦、外	《南柯记》第十五出	蚁王、生
《义侠记》第五出	小旦	《双珠记》第三十七出	外	《红梨记》第二十六出	旦、贴、老旦
《绨袍记》第三出	旦、贴	《旗亭记》第三出	老旦、旦、生	《玉镜台记》第十八出	老旦、旦
《狄梁公返周望云忠孝记》第十六	老旦	《四喜记》第二十九出	丑（女）	《墨憨斋详定酒家佣传奇》第九出	净、贴
《鸳鸯绦》第三十五	生	《灵犀锦》第三十二出	老旦		

4. 词调名与戏剧情境相呼应

调名所蕴含的意义也是明代戏曲中选择词调的重要参考。写及游子归家或思归，多用〔阮郎归〕，择调紧扣"归"字，相关例子见上文所列。《古本戏曲丛刊》未收录的明代戏曲亦如此，如谢延谅的《纨扇记》中，石中英云"拜扫在迩，请假暂归"，并赋词一首，此处作者为人物选择的词调亦是〔阮郎归〕。[①] 描述行途，多用〔踏莎行〕，如《香囊记》第十六出和第三十一出、《投笔记》第二十九出、《怀香记》第二十四出、《鸣凤记》第九出、《三祝记》第二十三出、《彩舟记》第九出和第十七出等。此外，如《明珠记》第三出，〔踏莎行〕位于人物（外扮）上场引子〔念奴娇〕之后，词的内容并未直接言及行途，但是〔念奴娇〕云"罢朝初下未央宫。侯吏朱衣前拥。满袖天香归甲第，夹道绿槐阴重"，表明人物正在行途中。

写游子思念亲人、妻子，女子思念丈夫等，多用〔忆秦娥〕〔长相思〕等带"忆""思"的词牌，如《浣纱记》第九出〔忆秦娥〕、第二十一出〔长相思〕等。

除了上述几乎可以称之为规则的词调用法外，还有很多使用次数虽

---

① 廖可斌主编《稀见明代戏曲丛刊》第七册，东方出版中心，2018，第374页。

少，但很有说服力的例子。如《浣纱记》第三十出，美人西施奉命描述夜来乘凉的景象，美人在古代常被喻为仙子，于是此处选择的词调为〔洞仙歌〕。《墨憨斋重定双雄传奇》第二十九折《边关推饮》，作者为剧中人物选择的表达人物愁绪的词调为〔醉落魄〕。《怀香记》第二十二出用〔沉醉东风〕描述春景，《劝善记·目连寻犬》以〔诉衷肠〕抒发胸怀，《玉合记》第十一出用〔归国遥〕抒发盼望回归家乡的心情，《偷桃记》第四出以〔月沉西〕描述月色，《双烈记》第二十八出以〔贺圣朝〕来感谢皇恩。

《宝剑记》第四十六出中旦与王婆雨中行路，唱曲之后使用〔雨中花〕（又名〔促拍满路花〕〔送将归〕）来交代时令和天气，描述行路之艰难，抒发人物满腔离愁、无人倾诉的苦闷。其词云："（旦白）薄倖不来春又暮。花落尽遭风雨。埋怨东皇无人作主。闷怀谁语。（王婆白）汴京门外天涯路，老景凄凉难度。离人远抛骨肉。此恨凭谁诉。"词之第二句既照应了词调名，又是人物自喻。《陆天池西厢记》第十八折，张生伏案梦醒后，又以一首〔如梦令〕词叙述了自己遭遇的挫折。原文如下：

〔一枝花〕（生上唱）黄粱（原作"梁"，误）犹在案。一梦难追挽。自怜憔悴质，怎排遣？顾影回头，似有人呼唤。恍然神思倦。欲觅僧关。又怕暮景凄凉难看。

〔如梦令〕早约双成同驾。阿母不欢嗔骂。失脚落尘凡，又是三生旧话。干罢。干罢。闷坐帘儿底下。

此〔如梦令〕的选择与张生梦醒相关，又带有隐喻色采。

明代曲家在选调填词时注重词调名称的字面意义与戏剧情境的关系，填词内容也与调名相近，这种现象可能与词乐分离的实际情况有关。词至明代，已不尽可歌，导致明人很难从音乐上展开对词调的理解。明代一些词选的编纂不以调名分类而以词的内容分类，如明代董蓬元编的《唐词纪》，不按作者排序，不按调名或音乐、格律分类，而以景色、吊古、感慨、宫掖、行乐、别离、征旅、边戍、佳丽、悲秋、忆念、怨思、女冠、渔父、仙逸、登第将词分为十六类，正是词乐消颓的结果。所以，明代人们对词作的分类、解读，很多是从调名意义上入手的，词调指向的不再是昔日活的音乐，而是文辞内容以及死板的文字格律。

第二节　明传奇的开场词

戏曲开场使用词调的传统始于南戏，南戏开场词的数量、内容、功能以及念诵者的行当设置都对明传奇开场词产生了影响。

一　溯源：宋元南戏开场词的内容与功能

在开场中使用词作始于宋元南戏，但是从早期南戏到明代传奇，开场词的主题内容与功能随着戏曲文体的发展和创作需要，也发生了一些变化。

（一）宋元南戏开场词的内容

明代祝允明《猥谈》认为"南戏出于宣和之后、南渡之际"①，今人考证南戏产生的时间在北宋末期，南渡之后的南戏可能更为成熟。从北宋末年到南渡之际，宋人普遍深切地感受到了战乱给人生带来的痛苦，人生苦短、及时行乐的感慨与处世态度很容易表现在兴起于民间的南戏中。以《永乐大典戏文三种》中现存最早的南戏《张协状元》为例，第一出〔水调歌头〕云：

> 韶华催白发，光景改朱容。人生浮世，浑如萍梗逐西东。陌上争红斗紫，窗外莺啼燕语，花落满庭空。世态只如此，何用苦匆匆。
>
> 但咱们，虽宦裔，总皆通。弹丝品竹，那堪咏月与嘲风。苦会插科使砌，何吝搽灰抹土，歌笑满堂中。一似长江千尺浪，别是一家风。②

该词以书会才人的身份表达了人生苦短的感慨，宣扬了及时行乐、享受人生的处世态度。第二首词调寄〔满庭芳〕，原本未标词牌，在《永乐大典戏文三种校注》中，钱南扬据其格律给予补入。其词云：

> 暂息喧哗，略停笑语，试看别样门庭。教坊格范，绯绿可全声。酬酢词源诨砌，听谈论四座皆惊。浑不比，乍生后学，谩自逞虚名。

① 祝允明著，薛维源点校《祝允明集》（下），上海古籍出版社，2016，第 984 页。
② 钱南扬校注《永乐大典戏文三种校注》，中华书局，1979，第 1 页。

《状元张叶传》，前回曾演，汝辈搬成。这番书会，要夺魁名。占断东瓯盛事，诸宫调唱出来因。<u>厮罗响，贤门雅静，仔细说教听</u>。①

这首词简要概括了《张协状元》的创作背景，尤其强调了其内容上的创新，与前一首词形成了呼应。前词主张及时行乐，后词全力强调该剧在格范、音乐、情节上的创新性，极力引导读者将戏曲作为一种娱乐品，推销、广告用意十分明显。与《张协状元》同时收进《永乐大典》中的南戏还有《小孙屠》和《宦门子弟错立身》。《小孙屠》第一出，末上念两首〔满庭芳〕，其一云："白发相催，青春不再，劝君莫羡精神。赏心乐事，乘兴莫因循。浮世落花流水，镇长是会少离频。须知道，转头吉梦，谁是百年人？ 雍容弦诵罢，试追搜古传，往事闲凭。想像梨园格范，编撰出乐府新声。<u>喧哗静，伫看欢笑，和气蔼阳春</u>。"② 内容和创作主题均与《张协状元》第一出第二首词〔满庭芳〕存在相似之处。

《小孙屠》开场第二首〔满庭芳〕云："昔日孙家，双名必达，花朝行乐春风。琼梅李氏，卖酒亭上幸相逢。从此娉为夫妇，兄弟谋苦不相从。因往外，琼梅水性，再续旧情浓。 暗去梅香首级，潜奔它处，夫主劳笼。陷兄弟必贵，盆吊死郊中。幸得天教再活，逢嫂妇说破狂踪。三见鬼，一齐擒住，迢断在开封。"③ 该词讲述了《小孙屠》的剧情梗概，与《宦门子弟错立身》的〔鹧鸪天〕词在功能上存在形似处。

（二）宋元南戏开场词的功能④

从上述三部作品可以看出，宋元南戏开场中的词作功能大致包括三个方面。

其一，抒发人生苦短、及时行乐的处世态度，适合由长者发表。其实质是剧作者对观众或读者的一种消费引导，隐晦地诱导了观众或读者将有限的时间投入到戏曲欣赏中来。《宦门子弟错立身》的开场中没有抒发作者或演出者感慨的词作，由此可以推测，在开场中用词体抒发感慨、推销戏

---

① 钱南扬校注《永乐大典戏文三种校注》，中华书局，1979，第 2 页。
② 钱南扬校注《永乐大典戏文三种校注》，中华书局，1979，第 257 页。
③ 钱南扬校注《永乐大典戏文三种校注》，中华书局，1979，第 258 页。
④ 康保成《从"沿门逐疫"到"副末开场"》认为，南戏与传奇的开场形式，皆受傀儡戏影响，开场词多选寓意吉祥的词牌名，寄托了艺人对主家的祝福。详见康保成《傩戏艺术源流》，广东高等教育出版社，2005，第 138－147 页。

曲作品的创作传统始于宋元南戏，只不过这类词作可有可无，并非剧本必不可少的内容。

其二，介绍剧本的创作创新或剧情梗概，其实质也可以视为对戏曲剧情的广告宣传：先向观众剧透若干曲折情节，设置悬念，吸引观众观看全剧。从《永乐大典戏文三种》中开场词的内容上看，介绍剧情的文辞必不可少，在《张协状元》中承担这种功能的文体是诸宫调，在另两部南戏中则是词，由此推测两点：一是开场环节用词来概括剧情大概是南戏中较为普遍的选择；二是开场时介绍剧情的文字没有形成固定的体式，可以是诸宫调、词，抑或其他，因为很多南戏的文本没有完整流传下来。用词以外的文体概括剧情的做法在明传奇中仍有遗留。

其三，上述引文中画线部分的文字旨在呼吁剧场观众保持安静、认真欣赏戏剧演出，可见开场者具有组织观众、调控演出现场的职责。

从总体上看，上述三项内容之间是有机联系的，发表人生苦短的感受，目的在于引导人及时行乐，欣赏戏剧；推销格范新颖的戏剧，首要工作是介绍剧情梗概，吸引人注意；观众进场之后，又需要组织观众认真欣赏，保证演出和观看的质量。这一系列工作对新戏的推广和演出均有十分重要的意义，也是正戏开始前剧团的管理或组织者的必要工作。

（三）宋元南戏开场词念诵者为"末"而非"副末"

《永乐大典戏文三种》之《张协状元》《宦门子弟错立身》《小孙屠》开场词前，写有"末上白""再白"① 等字样，说明宋元南戏的开场词是用来念而非唱的。从宋元南戏开场词的三项功能来看，这些词的念诵者或开场的表演者宜由演员中有身份或有威望者担任，如同《水浒传·插翅虎枷打白秀英》中，白秀英上场演出《豫章城双渐赶苏卿》之前，先由其父登台简介并引导、组织观众一样。

在《永乐大典戏文三种》中，承担开场的皆为"末"而非"副末"，因而今日众多戏曲史著作中惯于使用的术语"副末开场"应写作"末开场"，理由有三：

其一，"副末"始见于宋金杂剧中，在相关史料笔记的记载中，"副末"是与"副净"共同承担插科打诨的一种角色，以调笑滑稽为务。比如周密

① 钱南扬校注《永乐大典戏文三种校注》，中华书局，1979，第 1 - 2、219、257 页。

的《武林旧事》中记载的"杂剧三甲"中，"副末"与"戏头""引戏"不同，而且"副末"往往位于"次净"之后，说明这两个行当在演出时具有较为稳定的搭配关系。而南戏的开场需要的是有人生阅历、在戏班中有身份地位、能够引导演员与观众的演员，用负责调笑的"副末"开场显然不够庄重，行当与职责不匹配。

其二，徐渭《南词叙录》是古代第一部以南戏为研究对象的专著，书中介绍"开场"时云："宋人凡勾（'勾'，原作'句'）栏未出，一老者先作，夸说大意，以求赏，谓之'开呵'。今戏文首一出，谓之'开场'，亦遗意也。"① 徐渭并未言及此"老者"为"副末"。不过，《南词叙录》在谈论"题目"时说："开场下，白诗四句，以总一故事之大纲。今人内房念诵以应副末，非也。"② 从这句话看，到了明代，开场才用副末演出，但是明代副末开场的情况也不常见，这一问题待下文细辨。

其三，现当代的戏曲研究论著或戏曲史著作中，最早使用"副末开场"之称的是吴梅的《顾曲麈谈》（成书于 1916 年）："传奇家门，副末开场，必云演那朝故事，那本传奇。"③ 吴梅的同事许之衡于北大执教期间所著的《曲律易知》（成书时间不晚于 1922 年，卷首有吴梅写于 1922 年 3 月的序言），亦用"副末开场"之称："正生出场之前，必以副末开场，略述全书大意，谓之家门。"④ 钱南扬 1919－1925 年在北大学习，曲学师承吴梅和许之衡，其《戏文概论》"形式第五"之第三节《开场与场次》中云："戏文在正戏之前，先由副末报告戏情概况，不在正戏之内。因戏文没有出目，不知在宋元时代叫做什么。明人一般称之为'开场'或'家门'，现在姑以'开场'称之。"⑤ 然而，我们看不到南戏由"副末"开场的文献证据，因为在现存的宋元南戏剧本《永乐大典戏文三种》中，开场者皆为"末"而非"副末"，钱南扬辑录的《宋元戏文辑佚》中亦无可据之证。《古本戏曲丛刊》初集所收录的《新刊元本蔡伯喈琵琶记》中的文字应该是元代刊本流传下来的原貌，其开场部分与《永乐大典戏文三种》一样，并无"副末开场"的字样，开场的承担者是"末"。到了晚明，容与堂刊刻《李卓吾先

---

① 徐渭著，李复波、熊澄宇注释《南词叙录注释》，中国戏剧出版社，1989，第 91 页。
② 徐渭著，李复波、熊澄宇注释《南词叙录注释》，中国戏剧出版社，1989，第 87 页。
③ 吴梅著，江巨荣导读《顾曲麈谈·中国戏曲概论》，上海古籍出版社，2000，第 60 页。
④ 许之衡：《戏曲源流·曲律易知》，中国戏剧出版社，2015，第 183 页。
⑤ 钱南扬：《戏文概论》，上海古籍出版社，1981，第 170 页。

生批评琵琶记》，开场戏前写有"第一出 副末开场"，但出场的却仍是"末"，仿佛是明人想当然地给南戏开场加了一个"副末开场"的帽子而已。吴梅、许之衡、钱南扬关于南戏用"副末"开场的认识，或许即缘于此。

二 明代传奇开场词的内容、功能与演员

明代传奇的开场词，从内容到形式，在继承南戏创作传统的基础上，又有新的发展。其中内容上的发展主要表现在一些开场词蕴含了作者对创作理念的思考，形式上的发展则主要表现为部分开场词念诵者的脚色变化，即"副末"的参与和"副末开场"说法的形成。

（一）明传奇开场词的内容与功能

从总体上看，明传奇开场词的内容大致包括三个方面。

其一，抒发人生苦短之感。

早期南戏第一出（折）中词作所开拓的书写内容与创作形式在明代得到了广泛继承，明代剧作家在整理宋元南戏作品的开场时也注重效法早期南戏开场词的创作。如《李卓吾先生批评幽闺记》系明人修改之作，第一出开场词〔西江月〕云："轻薄人情似纸，迁移世事如棋。今来古往不胜悲，何用虚名虚利。 遇景且须行乐，当场漫共衔杯。莫教化落子规啼，懊恨春光去矣。"其口吻与《永乐大典戏文三种》的开场词在主题表达上极为相似。

其二，抒发兴亡之感，关心国运兴衰。

明代《古城记》开场词〔顺水调头〕云："往事如梦幻，富贵等浮云。前朝后汉，兴废总关心。多少英雄豪杰，用尽龙韬豹略，四海乱纵横。何当太平日，相共赏花辰。 逢三昧，集二难，兼四美。移宫换羽，歌白雪阳春。惟愿朝廷有道，偃武修文，更跻羲皇世，万国乐升平。"抒发了历史盛衰兴亡之感，表现了作者对国家命运的关心和希望。

其三，挖掘戏曲功能，主张戏以载道。

早期南戏的开场词显然将戏曲视为一种娱乐商品，元末明初高明的《琵琶记》在创作思想和开场词的填写上均独树一帜。其〔水调歌头〕云："秋灯明翠幕，夜案览芸编。今来古往，其间故事几多般。少甚佳人才子，也有神仙幽怪，琐碎不堪观。正是不关风化体，纵好也徒然。 论传奇，

乐人易，动人难。知音君子，这般另作眼儿看。休论插科打诨，也不寻宫数调，只看子孝共妻贤。正是骅骝方独步，万马敢争先。"字里行间有意将戏曲从传统的才子佳人、神仙幽怪的题材和叙事套路中解脱出来，其创作目的也不再像《张协状元》《小孙屠》等早期南戏那样旨在供人消遣，"休论插科打诨，也不寻宫数调"也与前人讲求"格范""新声"的创作心理不同，他认为相对于以娱人耳目为务的"插科打诨"和"寻宫数调"，戏曲"动人"比"乐人"更具有创作难度。因此，高明在《琵琶记》的创作中以弘扬"子孝妻贤"为宗旨，以"动人"为目标，展示其不拘一格、"万马敢争先"的戏剧革新精神。

高明《琵琶记》开场词中的戏剧观念展示了他自觉提升戏曲地位的开拓精神，也是儒家"文以载道"传统思想在戏曲创作领域的首次体现。此后刊印的由明人整理的南戏作品也有意识地担当起裨益风化的功能，比如《新刊重订出相附释标注月亭记》第一折《末上开场》之〔满江红〕词云："诗书具，闲批阅。风化事，堪编集。"《屠赤水先生批评荆钗记》也明确提出"少不得仁义礼先行"。除此之外，明代传奇中，在开场中明确提出类似戏剧观念的作品有《还带记》《伍伦全备忠孝记》《新刻出像音注薛仁贵跨海征东白袍记》《宝剑记》《新刻狄梁公返周望云忠孝记》等，类似词作，本书附录中多有收录，兹不尽举。

其四，概括剧情。

自南戏以来，开场词的数量通常用一至三首，一般情况下，无论用多少首开场词，均涉及对戏曲剧情的介绍，但有时候仅用来表达某方面的思想情感，介绍剧情由其他文字承担。如《盛明杂剧二集》所收许潮《同甲会》中穿插有一段演出传奇的文字，开场者先念诵〔鹧鸪天〕词，继而念诵介绍剧情的歌行，最后云"场不虚开，正目早上"，意思就是在开场中定要先介绍了剧情，然后一定要有正戏演出，正戏与开场内容梗概相呼应，即"场不虚开"。

（二）明传奇开场词的念诵者

明代传奇中承担开场演出的行当主要是"末"，而非"副末"，这在宋元南戏时就已经存在了，但究竟有多少剧本使用"副末"开场？什么时候开始出现了"副末"开场的说法？开场之"末"和正戏之"末"有什么区别？这些问题都值得探究。

笔者对《古本戏曲丛刊》《稀见明代戏曲丛刊》《六十种曲》所收录的明刊宋元南戏和200多个明传奇剧本进行了统计，关于开场者的标注情况如下。

其一，在戏曲剧本开场中标明"副末"承担开场演出的只有7种：

《明珠记》"第一出"下标注"副末上"，世德堂校梓《伍伦全备忠孝记》开场前标有"第一出副末开场"的题目名，《怀远堂批点燕子笺》第一出《家门》中，〔西江月〕下标"副末"字，《遥集堂新编马郎侠牟尼合记》第一出《珠纲》〔沁园春〕下标"副末开场上"，《古本戏曲丛刊》所收袁于令《西楼梦》（又名《西楼记》）与《鹔鹴裘》开场戏中标注"副末上"（但是《六十种曲》中所收《西楼记》开场由"末"上，并非"副末"上）。《六十种曲》所收《运甓记》开场词〔齐天乐〕调名后标"副末开场"。此外，上文所举许潮《同甲会》杂剧中穿插的传奇演出，开场亦由"副末"承担，可惜未见其具体剧本。

其二，开场戏出目中标有"傅末""付末"或"赴末"，实际由"末"开场的有4种：

姑孰陈氏尺蠖斋订释、唐氏世德堂校释的《赵氏孤儿》第一出标题"傅末开场"，上场者为"末"；世德堂刊《节孝记》上卷节部《新刊重订出像附释标注赋归记》第一出为"傅末启场"，开场的承担者为"末"；《双金榜》第一出《蝶引》〔西江月〕下标"付末"字。尽管古代有将"傅""副"写作"付"的情况，但是结合这三部戏中实际上场的并非"付末""傅末"或"副末"，我们就有理由换一种思路思考问题，即"付"有交付之意，而"傅"又是"付"的异写，故"傅末"与"付末"应当都是将开场任务交给"末"来承担的意思。纪振伦撰、大兴傅氏藏明唐振吾刊本《新镌武侯七胜记》，开场前标有"第一出开场赴末"，"赴"有奔赴之意，或可理解为"上场"，上场者为"末"。

其三，未标注开场角色及其行当的剧本有17种：

郑国轩《刘汉卿白蛇记》，苏汉英《重校吕真人黄粱梦境记》，陈与郊《鹦鹉洲》《麒麟罽》《樱桃梦》，张四维《双烈记》，姚子翼《遍地锦》《上林春》，范文若《鸳鸯棒》《花筵赚》（开场戏题作《楔子》），西湖居士编次《郁轮袍》《金钿盒》，李素甫《元宵闹》，吴炳《绿牡丹》《疗妒羹》，朱葵心《回春记》，孟称舜《节义鸳鸯冢娇红记》。

其四，剧本中未见开场文字或开场残缺的作品有5种：

李日华《南调西厢记》，朱期《玉丸记》，汪廷讷《义烈记》，许自昌《灵犀佩》，无名氏《衣珠记》。

其五，目录或开场中标有"副末开场"，但实际上由"末"开场的明传奇剧本有 4 种，明人修订本南戏 1 种：

富春堂梓《新刊出像音注韩朋十义记》、陈含初绣梓《李九我批评破窑记》、世德堂校梓《还带记》、富春堂刊《观世音修行香山记》，容与堂刊刻《李卓吾先生批评琵琶记》（元刻本中无"副末开场"字样，此本为明人修订本，非传奇）。

从上述统计结果可以看出，开场戏由副末担任的实际上只有 7 例。除了比例极少的一部分戏曲开场残缺或者未编写开场文字之外，剩下的传奇开场均由末承担。所以，关于开场戏，我们应当称之为"末开场"而非"副末开场"。

除上述作品外，《古本戏曲丛刊》中所收录的其他宋元南戏与明传奇剧本中的开场戏，演出者均为"末"而非"副末"。

笔者翻检了自宋金"副末"产生以来至明代的戏曲文献资料，发现宋、金、元三代的文献里并没有"副末开场"的说法。基本古籍库所收的明代文献中，含有"副末开场"的只有 3 条，前两条分别是《六十种曲》所收《运甓记》和《盛明杂剧初集》所收《桃花人面》杂剧，最后一条是晚明袁黄在其《游艺塾文规》卷三中云："长题有括通章大旨作起者，须如副末开场，略说几句戏文，大意不可十分道尽；短题有摘紧要字眼作起者，须如老隶前引，震声一唱，行人辟易乃佳。"① 袁黄本人不是戏曲研究的专家，他很有可能为了使上下句凑成对仗的形式，就以"长题"对"短题"，以"副末开场"对"老隶前引"，可惜他本人创作的戏曲《立命说传奇》前九出残缺，难以与之互相参看。

在宋元以来的戏曲理论或评点中，首次明确论及开场行当的是李渔《闲情偶寄·词曲部》，"格局第六"中云：

> 传奇格局，有一定而不可移者，有可仍可改，听人自为政者。开场用末，冲场用生；开场数语，包括通篇，冲场一出，蕴酿全部，此一定不可移者。②

① 袁黄撰，黄强、徐姗姗校订《游艺塾文规》，武汉大学出版社，2009，第 50 页。
② 李渔：《闲情偶寄》，载《李渔全集》第三册，浙江古籍出版社，1991，第 59 页。

这段话说得很明白，"开场用末"是"一定不可移者"。也就是说，到了明清异代之际，集戏曲理论之大成的李渔也依然认为开场者是"末"。如此一来，上文所持论点皆无可置疑。

然而，现存的《闲情偶寄》中竟有龃龉之处：

> 元词开场，止有冒头数语，谓之"正名"，又曰"楔子"，多则四句，少则二句，似为简捷。然不登场则已，既用副末上场，脚才点地，遂尔抽身，亦觉张皇失次。增出家门一段，甚为有理。然家门之前，另有一词，今之梨园皆略去前词，只就家门说起，止图省力，埋没作者一段深心。①

这是"格局第六"中李渔论开场中的家门词时所谈。将开场者"末"改成了"副末"，应当是此书在传抄过程中的失误，因为李渔本人的传奇戏曲作品《怜香伴》《风筝误》《蜃中楼》《意中缘》《凰求凤》《奈何天》《比目鱼》《玉搔头》《巧团圆》《慎鸾交》中皆为"末"开场，而非"副末"开场。由此可以判定，现存的《闲情偶寄》中的"副末上场"大概是传抄之误。

上文已经分析过，开场戏中"副末"名称的来源可能是"付末""傅末"或"赴末"的讹传。晚明的很多曲家在传奇开场的撰写中依旧使用的是"末"而非"副末"，"副末开场"即便到了李渔时期也并没有形成约定俗成的说法，只在极少数作品中可见。但是，《闲情偶寄》的流传非常广泛，自清代以来被广大曲家普遍接受，在这种情况下，其中"副末"开场的错误说法很有可能随之蔓延开来。

三　明传奇开场词的中的戏剧观念

从《琵琶记》开始，许多作家有意识地将开场词作为一种独特的载道工具，用于弘扬儒家伦理道德观念，或者用于抒发个人的文学（戏剧）观念。从总体上看，明代戏曲作家在戏曲开场中发表的戏曲理论或戏曲观念主要分为以下几类。

其一，戏曲源流论。

---

① 李渔：《闲情偶寄》，载《李渔全集》第三册，浙江古籍出版社，1991，第61页。

部分戏曲作家在开场词中表达了对戏曲历史与渊源的思考，如《新刻出像音注苏英皇后鹦鹉记》第一折开场词〔鹧鸪天〕云："戏曲相传已有年。"《胭脂记》开场词〔水调歌头〕云："盛世千年乐，梨园一局新。"《还带记》开场词〔画堂春〕更进一步提出"梨园名号始于唐"，将戏曲的源头追溯到唐代玄宗的梨园之乐。

其二，戏曲功能论。

明代戏曲作家在开场词中表达的对戏曲功能的认识主要包括两大方面。一是认为戏曲可用于教化，并由此出发，要求戏曲书写、敷演有益于道德弘扬、有助于教化的故事。二是认为戏曲可供娱乐，正因为戏曲有娱乐性，所以它可以寓教于乐："诙谐谑语似猖狂，出入纲常"（《还带记》开场词〔画堂春〕）。相传系邱濬所作的《伍伦全备忠孝记》开场词〔鹧鸪天〕云："若于伦理无关紧，纵是新奇不足传。"这一观念与元代南戏作家高明提出的"不关风化体，纵好也徒然"一脉相承，显然更重视戏曲的教化功能。

与此同时，《伍伦全备忠孝记》的作者也对世传《琵琶记》系讽刺之作的现象进行评价。本剧第二首开场词〔临江仙〕云："每见世人搬杂剧，无端诬赖前贤。伯喈（原作'皆'，当作'喈'）负屈十朋冤，九原如可作，怒气定冲天。这本《伍伦全备记》，分明假托扬传。一场戏理五伦全，备他时世曲，寓我圣贤言。"其实质是讽劝今后作者在进行戏曲创作时只可宣扬伦理，不宜假托名人之事对前贤进行讽刺，这几乎可以视作明清之际李渔《闲情偶寄》提出的"戒讽刺"思想的先声。

其三，戏曲创作论。

在教化观念的统领下，一些戏曲作家在开场词中对戏曲的创作提出了诸多要求。《伍伦全备忠孝记》〔鹧鸪天〕提出"今宵搬演新编记，要使人心忽惕然"，显然很重视戏剧对观众内心的触动或感染。为了使作品能够传播久远，该剧作者还总结了写好戏剧的方法，并以填词的形式置于开场：

〔西江月〕亦有悲欢离合，始终开阖团圆。白多唱少，非干不会把腔填。要得看的，个个易知易见。　　不免插科打诨，妆成乔态狂言。戏场无笑不成欢。用此竦人观看。

这首词对戏曲的叙事结构、宾白与曲辞搭配、语言风格、科诨等均提出了创作准则，即：情节上要悲、欢、离、合相互调剂；结构上应有始有终，有开有阖有团圆；曲辞和宾白的搭配上，宾白应适当多于曲辞，以便读者或观众理解；科诨上要有穿插，以滑稽的形象或言语引人欢笑，竦人观看，从而达到好的接受效果。

沈璟《博笑记》的开场词〔西江月〕同样重视诙谐的艺术手法："昭代名家野史，于今百种犹饶。正言庄语敢相嘲。却爱诙谐不少。 未必谈言微中，解颐亦自忘劳。岂云珠玉在挥毫。但可名扬为博笑。"

部分开场词讨论了戏曲创作写实与虚构的问题，如《宝剑记》的开场词〔鹧鸪天〕云："提真托假振纲常"，认为出于载道或教化的需要，戏曲可以适当虚构；《新刻出像音注苏英皇后鹦鹉记》的开场词〔鹧鸪天〕云："无非取乐宽怀抱，何必寻求实事填。"从娱乐的角度提出戏曲创作不必谨遵事实，可以适当虚构。

此外，部分戏曲作家在开场词中还表达了对本人剧作和他人剧作的评价，如《陆天池西厢记》传奇的开场词〔临江仙〕云："千古《西厢》推实甫，烟花队里神仙。是谁翻改污瑶编。词源全剽窃，气脉欠相连。试看吴机新织锦，别生花样天然。从今南北并流传……"陆采认为西厢故事以王实甫所作北曲《西厢记》最佳，后来李日华改为南曲传奇，陆采深表不满，于自己所编的南曲《西厢记》序言中云："李日华取实甫之语翻为南曲，而措词命意之妙，几失之矣。"① 即词中所说的"词源全剽窃，气脉欠相连"。陆采认为自己改编的南曲《西厢记》堪与王实甫北曲《西厢记》相提并论，流传后世。

陆采的《明珠记》开场词〔南歌子〕（该词实际调寄〔江城子〕）同样表达了他对己作的极高评价："掩过西厢花月色，又拨断琵琶声。""西厢""琵琶"皆一语双关，既指实际景物，又暗喻《西厢记》和《琵琶记》，两者分别是北杂剧和南戏的杰出代表，明人推崇备至。陆采自认为其传奇《明珠记》的艺术成就在两剧之上，由此可见陆采对己作的高度自信。郑之珍在《劝善记》下卷开场词〔鹧鸪天〕中，将本剧与《西厢记》相对比："新编孝子寻娘记，观者谁能不悚然。搜实迹，据陈编。括成曲调入梨园。词华不及《西厢》艳，但比《西厢》孝义全。"较之词采，作者更重视剧作思想内容。

屠隆《修文记》开场词〔月下笛〕云："汉卿君美，世爱《琵琶记》。"此类开场词提供了一些作品在明代的流传与接受情况，同样具有文献研究

① 陆采：《陆天池西厢记·序》，载《古本戏曲丛刊》初集，商务印书馆，1954。

价值。

其四，戏曲演出论。

戏曲演出实际上是演员在戏曲文本或者故事内核基础上的再创造，演员不同，演出有可能也不尽相同，基于此，金陵书坊富春堂刊刻的《新刻出像音注薛仁贵跨海征东白袍记》开场词〔西江月〕、《胭脂记》开场词〔水调歌头〕等，均提及传奇的表演"一回搬动一回新"。

部分传奇开场词还记述了戏曲演出的环境，如《韩湘子九度文公升仙记》中的〔鹧鸪天〕词云："帘幕围春满画堂。东风罗绮暗生香。梨园风月知多少，别院笙歌不等常。　歌韵巧，乐声狂。轻盈翠袖舞仙郎（'郎'字后原有'当'字，不合〔鹧鸪天〕格律，应属衍字）。今番试演新奇传，野调山声别是腔。"词中对演出时间、地点、音乐（韵巧、声狂、野调山声是别腔）、演员（仙郎）均有涉及，不失为一条堂会演出研究的好材料。

其五，戏曲音乐论。

《伍伦全备忠孝记·副末开场》中的〔鹧鸪天〕云："书会谁将杂曲编。南腔北曲两皆全。"指出戏曲创作中可以穿插杂曲，兼用南北曲。《还带记》开场词〔画堂春〕强调戏曲创作要恪守音律："务要循规蹈矩，休轻换羽移商。酒边今古有周郎，订误须防。"

除此之外，开场词还具有重要的文献价值。一是可以用于考证作者身份、生平，了解创作缘起。如徐复祚《红梨记》开场词〔瑶轮第五曲〕提及自己的生活状况："论卖文，生涯拙。岂是夸多，何曾斗捷。从来抱膝便长吟，觉一霎时壮心暂折。也无甚搬枝运节，也无甚阳秋衮铖。若还见者吹毛，甘骂老奴饶舌。"《双忠记》开场词〔满庭芳〕云："士学家源，风流性度，平生志在鹰扬。命途多舛，曾不利文场。便买山田种药，杏林春熟，橘井泉香。无人处，追思往事，几度热衷肠。　幽怀无可托，搜寻传记，考究忠良。偶见睢阳故事，意惨情伤。便把根由始末，都编作律吕宫商。《双忠传》天长地久，节操凛冰霜。"又如《陆天池西厢记》开场词〔南乡子〕云："吴苑秀山川。孕出词人自不凡。把笔细书云锦烂，堪观。光照空濛五色间。　天意困儒冠。且卷经纶卧碧山。那个荣华传万载，徒然。做支词儿尽意顽。"由此我们可以管窥作者的籍贯、生平遭际和创作心态。

二是可用于辨别戏曲作品的源流。《陆天池西厢记》开场〔临江仙〕词云："千古西厢推实甫，烟花队里神仙。是谁翻改污瑶编。词源全剽窃，气脉欠相连。　　试看吴机新织锦，别生花样天然。从今南北并流传。引他娇女荡，惹得老夫颠。"不仅评价文法，亦涉及戏曲文本的传播、接受与影响论，类似材料，不胜枚举，详见本书附录。

第三节　明传奇中的词曲关系

明代传奇戏曲中的词作数量远多于明杂剧中的词作数量，且传奇中的用词现象更有规律可循。

明代传奇中的词曲关系主要包括三个方面：一是同名曲、词的格律问题，这也是词、曲研习者比较关注的问题；二是相邻曲、词之间的内容与功能关系，这是了解明代戏曲文体内部形式、进一步认识曲、词文体特点和功能的新视角；三是曲、词的表演关系，这是了解明代戏曲演出的新视角。

结合《南词新谱》《北词广正谱》《九宫大成》等相关曲谱和戏曲作品，对上述问题展开思考，可以得出结论：其一，同名曲、词的格律存在相同、部分相同和完全不同三种情况。其二，戏曲中的词、曲在内容上存在补充、并列、过渡和重复四种关系。其三，词曲的唱念分配有三种类型，一是相邻的曲、词均由同一人物唱念，即独唱独念；二是相邻的同一支曲或词，由至少两个演员合唱合念；三是曲、词的句子分别由不同人物唱、念。

一　同名曲、词之格律关系

关于曲、词关系的论述，明代徐渭早有涉及，其《南词叙录》云："词调两半篇合一阕，今南曲健便，多用前半篇，故曰一支。"[①] 徐渭概括得比较笼统。首先，无论南曲、北曲，均有很多曲牌与唐宋词牌有渊源关系。其次，徐渭所说的"半篇"指双调之单片，南曲里多用"前半篇"，也有的只用词之后半篇，如黄钟宫引子〔绛都春〕等。无论南曲北曲，均存在前、后篇连用的现象，只不过不像词体那样视为一首词，而是标注为两支曲子，

---

① 徐渭著，李复波、熊澄宇注释《南词叙录注释》，中国戏剧出版社，1989，第41页。

如〔忆秦娥〕等。若前、后篇格律相同，则后篇的调名可以简写，北曲简写作【幺篇】，南曲简写作【前腔】。

明代戏曲中使用的曲牌，很多与唐宋词牌同名，它们之间有什么关系呢？明代徐渭《南词叙录》云："今之北曲……犹唐、宋之遗也。"① 又指出："今曲用宋词者：〔尾犯序〕〔满庭芳〕〔满江红〕〔鹧鸪天〕〔谒金门〕〔风入松〕〔卜算子〕〔一剪梅〕〔贺新郎〕〔高阳台〕〔忆秦娥〕，余皆与古人异矣。"② 惜其未细分宫调、正曲（过曲）、引子，因为南北曲中的同名曲牌、不同宫调中的同名曲牌、同一宫调中用于引子和正曲的同名曲牌，其格律可能完全不同，且徐渭罗列的曲牌既不全面，也不尽然正确，如用作引子的〔满庭芳〕就和词调〔满庭芳〕格律大异。

具体哪些曲牌来源于词，王国维《宋元戏曲史》第八章《元杂剧之渊源》以《中原音韵》《南村辍耕录》《太和正音谱》所收北曲曲牌为范围，称其中与唐宋词同名的曲牌源于唐宋词；第十四章《南戏之渊源及时代》以沈璟《南九宫十三调曲谱》中所列南曲曲牌为范围，称其中与唐宋词同名的南曲曲牌源于唐宋词。③ 王国维的结论对后世影响很大，然而尚未全面、清楚地揭示南北曲与词的关系，因为南北曲和唐宋词有很多同名异调现象，可以参看明代沈自晋《南词新谱》（冯梦龙先修订沈璟之谱，沈自晋等人在冯梦龙修订本的基础上修订而成本谱）、明末清初李玉修订的《北词广正谱》、清代官修《九宫大成南北词宫谱》（以下简称《九宫大成》）。此外，还可以参考吴梅《南北词简谱》、郑骞《北曲新谱》、吕薇芬《北曲文字谱举要》等。兹将明清曲谱中的考辨结果列举如下：

（一）《南词新谱》中与同名词牌格律相同或大体相同的曲牌

仙吕：〔卜算子〕〔糖（即唐多令）多令〕〔鹧鸪天〕〔声声慢〕〔八声甘州〕〔桂枝香〕（一百字格，又名〔疏帘淡月〕）。

正宫：〔燕归梁〕〔破阵子〕〔齐天乐〕（曲无换头）、〔喜迁莺〕（曲无换头）、〔安公子〕。

大石调：〔东风第一枝〕（用韵平仄异）、〔念奴娇〕（曲无换头）、〔烛影摇红〕〔玉楼春〕〔蓦山溪〕〔丑奴儿〕。

---

① 徐渭著，李复波、熊澄宇注释《南词叙录注释》，中国戏剧出版社，1989，第24页。
② 徐渭著，李复波、熊澄宇注释《南词叙录注释》，中国戏剧出版社，1989，第72页。
③ 王国维：《宋元戏曲史》，上海古籍出版社，1998，第62－70、109－119页。

中吕：〔行香子〕〔菊花新〕（第一、二句与词不同）、〔青玉案〕〔尾犯〕〔剔银灯引〕〔醉春风〕〔贺圣朝〕〔沁园春〕〔柳梢青〕。

般涉调：〔哨遍〕。

南吕：〔恋芳春〕（无换头）、〔一枝花〕（与词〔满路花〕（或名〔一枝花〕）同，但无换头）、〔虞美人〕〔意难忘〕（无换头）、〔生查子〕〔步蟾宫〕（无换头）、〔满江红〕（无换头）、〔贺新郎〕。

黄钟：〔天仙子〕〔绛都春〕（无换头）、〔疏影〕（与词微有不同）、〔点绛唇〕〔传言玉女〕（比词多少一二字）。

越调：〔浪淘沙〕（无换头，与仙吕曲牌〔浪淘沙〕不同）、〔霜天晓角〕〔祝英台近〕。

商调：〔凤凰阁〕（与词换头处同）、〔高阳台〕（一名〔庆青春〕）、〔忆秦娥〕〔二郎神慢〕〔集贤宾〕〔永遇乐〕〔解连环〕。

双调：〔真珠帘〕（与词大同小异）、〔花心动〕（与词大同小异）、〔谒金门〕〔惜奴娇〕（无换头）、〔宝鼎现〕（词换头二段，曲无）、〔捣练子〕〔风入松慢〕〔风入松慢〕（又一体）、〔海棠春〕〔夜行船〕（与词大同小异）、〔秋蕊香〕（与词小异）、〔梅花引〕（无换头）、〔昼锦堂〕（与词大同小异）。

以上63个南曲曲牌皆系引子，与同名词牌格律相同或略有差异，差异处见曲牌后括号中的备注。

（二）《北词广正谱》中与同名词牌格律相同或大体相同的曲牌

黄钟：〔醉花阴〕〔喜迁莺〕（末五句与词同）、〔女冠子〕（与大石调曲牌〔女冠子〕不同，与周美成词同）、〔人月圆〕。

仙吕：〔点绛唇〕（与词同，字句不同；幺篇第三格与词同）、〔忆王孙〕〔瑞鹤仙〕（与词平仄稍异，第八句不同）、〔忆帝京〕（与词稍不同）。

中吕：〔粉蝶儿〕（与词稍微不同）、〔醉春风〕（亦入正宫双调，与词同）。

大石调：〔鹧鸪天〕。

商角调：〔糖多令〕（上、下片的末句与词不同）。

商调：〔秦楼月〕（一名〔忆秦娥〕）。

越调：〔糖多令〕（与词同，与高平调不同）

双调：〔风入松〕（正格与康与之词同，变格末句与词不同）、〔行香子〕

〔蝶恋花〕〔青玉案〕（正格与词同；词第二句亦六字，用韵，无"也么哥"）。

以上18个北曲曲牌与同名词牌格律相同或大致相同，细微差异见曲牌后括号中的注释。

（三）《九宫大成》中与同名词牌格律相同或大体相同的曲牌

1. 南曲中与唐宋词牌同名且格律相同或大致相同的曲牌共121个

仙吕引：〔疏帘淡月〕（又名〔桂枝香〕，与正曲不同）、〔八声甘州〕（又名〔潇湘雨〕，与正曲不同）。

中吕引：〔好事近〕（与正曲不同）、〔渔家傲〕（与正曲不同）、〔尾犯引〕〔沁园春〕〔剔银灯〕〔定风波〕〔醉春风〕〔江城子〕〔西江月〕〔贺圣朝〕（又一体与词同）。

中吕正曲：〔倦寻芳〕〔醉吟商〕。

大石调引子：〔烛影摇红〕〔夜合花〕〔柳初新〕（以上三调，皆词全调，如用半阕亦可），〔渔父引〕。

大石调正曲：〔荔枝香〕〔梦还京〕〔还京乐〕〔受恩深〕〔寰海清〕〔期夜月〕〔曲玉管〕〔遥天奉翠华引〕〔升平乐〕〔迎新春〕〔西河〕〔春霁〕。

越调引：〔四国朝〕〔浪淘沙〕。

越调正曲：〔玉蝴蝶〕〔五彩结同心〕〔一寸金〕〔清商怨〕（又名〔关河令〕）。

正宫正曲：〔安公子〕〔兰陵王〕〔醉翁操〕。

小石调引：〔西平乐〕（又一体）、〔诉衷情〕〔归去来〕〔华清引〕〔相思引〕〔相思令〕〔落梅风〕〔江亭怨〕〔赞浦子〕。

小石调正曲：〔荚荷香〕〔孤鸾〕〔双瑞莲〕〔河满子〕〔上行杯〕〔哨遍〕〔城头月〕〔归田乐〕〔惜分飞〕〔燕山亭〕〔三姝媚〕〔惜红衣〕〔二色莲〕〔拂霓裳〕〔柳腰轻〕〔握金钗〕〔望仙门〕。

高大石调引：〔水仙子〕〔梅花引〕（又一体）、〔忆闷令〕〔珠帘卷〕〔中兴乐〕（一名〔湿罗衣〕）。

高大石调正曲：〔更漏子〕〔玉女迎春慢〕〔汉宫春〕〔三部乐〕〔满朝欢〕〔秋色横空〕〔秋蕊香引〕。

南昌宫引：〔生查子〕（又一体）、〔一剪梅〕（又一体）、〔阮郎归〕。

南昌正曲：〔茅山逢故人〕。

商调引：〔秋夜雨〕（与本调正曲不同）、〔解连环〕（与仙吕宫正曲不同)、〔二郎神慢〕（可只用单片，亦可并用上下片）、〔集贤宾〕〔永遇乐〕〔望梅花〕（与仙吕宫正曲不同）。

商调正曲：〔迎春乐〕。

黄钟宫引：〔天仙子〕（又一体）、〔长命女〕〔女子上阳台〕〔滴滴金〕。

黄钟正曲：〔黄钟乐〕〔早梅芳〕（一名〔早梅芳近〕）、〔麦秀两歧〕〔一枝春〕〔玲珑玉〕〔西地锦〕（与本宫引不同）、〔暗香疏影〕〔黄河清慢〕〔喜迁莺〕（与正宫引不同）、〔飞雪满群山〕。

羽调引：〔三台〕（又一体）、〔感恩多〕〔风光好〕〔误桃源〕〔恋情深〕〔忆余杭〕〔庆金枝〕〔洞天春〕〔庆时春〕〔喜团圆〕〔惜春令〕。

羽调正曲：〔赏南枝〕〔长寿乐〕〔月宫春〕〔惜春郎〕〔双韵子〕〔醉乡春〕〔应天长〕〔淡黄柳〕。

2. 北曲中与唐宋词牌同名且格律相同或大致相同的曲牌共 19 个

仙吕：〔点绛唇〕（无换头，用韵微有不同）。

仙吕双调：〔桂枝香〕〔临江仙〕〔凤凰台上忆吹箫〕。

中吕调：〔击梧桐〕。

小石角：〔霓裳中序第一〕〔少年心〕〔荷叶铺水面〕〔甘州曲〕（又名〔甘州子〕）、〔遍地锦〕〔祭天神〕〔紫玉箫〕。

大石角：〔念奴娇〕（又一体）、〔渔家傲〕〔阳关曲〕。

商调：〔秦楼月〕〔踏莎行〕（与词略不同）、〔柳梢青〕（又一体与词同，与南曲小石调正曲、中吕宫引不同）。

双角：〔浪淘沙〕（又一体与词同）。

由以上三个曲谱的统计结果，我们可以得出以下四个方面的结论。

第一，南曲曲牌与唐宋词调同名同格律的情况多于北曲曲牌，因而南曲曲牌格律与唐宋词调的继承关系比北曲曲牌格律要密切得多。尽管《九宫大成》系清人编纂，其南曲部分收录了一些明代戏曲中罕见或未见的曲牌，但是大部分仍属于明代戏曲中的常见曲牌；北曲曲牌与唐宋词调的格律继承关系不如南曲曲牌密切，在该谱中得到了突出的体现。

第二，南曲中与唐宋词调相同的曲牌大多是南曲引子。引子的演唱与正曲（或称"过曲"）差别很大。徐渭《南词叙录》云："凡曲引子，皆自有腔，今世失其传授，往往作一腔直唱，非也。"① 此种现象或许与引子曲

---

① 徐渭著，李复波、熊澄宇注释《南词叙录注释》，中国戏剧出版社，1989，第 74 页。

牌多源于词调，而词至元明多失其调、不复可唱有关。

　　第三，曲体中同名不同调的现象可分为三类。其一，同一曲牌名可能用于指称不同宫调中的不同曲子。其二，引子和正曲（或称"过曲"）中的同名曲牌，无论宫调是否相同，格律均有可能不同。例如，中吕引子〔渔家傲〕与中吕正曲〔渔家傲〕不同，但前者与词调相同。又如用于南曲商调引子的〔解连环〕〔望梅花〕和南曲仙吕正曲的〔解连环〕〔望梅花〕宫调不同，格律亦不同；南曲商调引子〔解连环〕〔望梅花〕的格律和同名词调格律相同。其三，南、北曲中的同名曲牌，其格律可能不同。以上原因增加了辨析同名曲调和词调格律差异的难度。

　　第四，大部分曲调或词调存在一至多个正格和变格（或称"又一体"），有时候某曲调的正格与同名词调正格相同，有时候某曲调的某一变格与同名词调的正格相同，有时候某曲调的某一变格与同名词调的某一变格相同。比如词牌〔桂枝香〕的正格与仙吕引子〔桂枝香〕不同，词牌〔桂枝香〕的变格之一（一百字格，又名〔疏帘淡月〕）与仙吕引子〔桂枝香〕相同，但是很多戏曲中的引子〔桂枝香〕系其他变格，与词格律不同。

　　除了上述第三、四条中列举的客观问题，不同曲谱作者在对照同名曲调和词调的格律时，宽严标准不一，用以参考的词曲作品亦有差异，因而出现了上文三个曲谱的比堪结果互有出入的现象。比如《南词新谱》和《南词叙录》皆认为曲调〔卜算子〕与词调〔卜算子〕格律相同，但是〔九宫大成〕中却不如此认为。这些曲调与同名词调的关系还有待进一步考辨，相关考辨有助于更细致地了解由词到曲的演变规律。

　　结合上述四条结论审视明代戏曲创作，又可以发现一个显著的问题，即曲谱中说某曲牌格律与词牌相同，并不意味着明传奇中所有的同名曲牌填词均合乎该同名词牌的格律。因为很多时候，曲的填词较灵活，衬字、衬句乃至删节字句的现象常有，曲家在创作中未必严格遵循格律，很有可能某一曲牌合乎格律的创作仅见于少数作品中。比如中吕引子〔好事近〕，其格律与同名词牌格律相同，可是在明代传奇中，严格遵循格律的很少。以流传颇广的经典戏曲集《六十种曲》为例，近六十个明传奇剧本中，仅汤显祖《南柯记》第二十七出《闺警》的引子〔好事近〕较为严格地遵守了该格律，上片题作〔好事近前〕，老旦上场时唱："秋影动湘荷，风定瑞炉香过。帘外呢喃归燕，怪琐窗人卧。"下片题作〔好事近后〕，旦上场时唱："弄凉微雨隐秋河，残暑殢人些个。好梦暗随团扇，再朱颜来么？"我们并不能因为实际创作中完全合乎此格律的概率很低，就否定了该曲牌格律与同名词牌格律的相同关系。

二 戏曲中的曲、词内容关系

戏曲中除了开场词，大部分词作系上场词，一般位于人物上场所唱的首支曲子（多系引子，亦有正曲）之后，并且相邻的曲调和词调名称不同。调寄〔西江月〕〔临江仙〕的词作大部分位于宾白之间，与前后曲子的位置和内容关系较远。本节主要论述的是具有相邻关系的曲子和词的内容关系，大体可以归纳为补充关系、并列关系、过渡关系、重复关系。在不同的组合关系中，词所具有的功能不尽相同。

（一）补充关系

"补充关系"指作者在上场曲子中所表述的内容比较简单，上场词针对上场曲子中的空疏之处给予拓展与丰富，两者之间由此形成一种补充关系。从表面上看，补充关系和过渡关系似有相同之处，实则不然：过渡关系中上场词更强调人的情感意志，而补充关系中则偏重于对上场曲中交代比较薄弱的内容（未必是人的情志）进行充实、说明。

上场曲和上场词之间的补充关系比较典型的如《冯京三元记》第二出中旦（冯商之妻）的上场曲与上场词：

> 〔挂真儿〕小院人闲春昼永。香篆袅帘控金钩。睡起纱厨，翠鬟整罢，重献长春寿酒。〔浣溪沙〕水满池塘花满枝。乱红深处啭黄鹂。东风轻软弄帘帷。　　日正长时春昼永，燕交飞处柳烟迷。花前正好捧金卮。

〔挂真儿〕言睡醒后，熏香、理妆，准备贺寿，皆为实写，亦为闺阁女子的日常活动，并不能很好地体现"小院""人闲""春昼永"，因而只有"小院人闲春昼永"较为抽象，未落实处。〔浣溪沙〕又名〔小庭花〕〔满院春〕，该词除却末句外，皆可视为对"小院人闲春昼永"的补充说明：前三句景致对应"小院"，第四句以日长说明"春昼永"，"东风""燕交飞""柳烟迷"等景致重复强调、暗示"春昼"。从总体上看，女子之视线由低及高，由近至远复归于近，所述之景动静皆备，视听俱全，而这一切景致的眼见、耳闻，皆赖女子之闲。所以〔浣溪沙〕句句未及"人闲"，却句句在写人之闲。末句"花前正好捧金卮"，是女子将闲情逸致收回，既照应曲中的"重献长春寿酒"，又预示本出正戏即将开始。

在补充关系中，还有以上场词全面补充引子的情况，如《双忠记》第二十二折中的上场曲〔风马儿〕与上场词〔浪淘沙〕：

> 〔风马儿〕（夫旦同上）忆昔长亭送别时。人渐老，岁云非。（旦唱）尺书望断人千里。未知何日，得与共襟期。〔浪淘沙〕（夫云）岁月去如飞。两泪如丝。天涯游子未成归。几度花前春酒熟，冷落莱衣。（旦云）穷旅亦凄兮。两处伤悲。梦魂犹似采蘋时。无奈鸡声频唤醒，依旧分离。

从内容上看，上场曲与上场词的内容大体相同，但是仔细比较可以发现，曲子言简意赅，其辞直白而不假雕饰；上场词婉转多致，其文雅，其辞曲折而多修辞。这也是补充关系中上场曲和上场词间的常见风格差异。

又如《重校金印记》第三十八出旦的上场引子与上场词：

> 〔杏花天〕薄情去后无音耗。顿使奴耽烦受恼。故人千里忘归道，盼不尽云山缥缈。〔菩萨蛮〕寒威凛凛番罗帐。翠娥低蹙千愁上。薄情人未归。传书雁到稀。　好梦时惊觉。灯花开来落。春意暗中来。梅花斗雪开。

〔杏花天〕言简意赅，意义明了，而〔菩萨蛮〕则相当于以全副笔墨对〔杏花天〕前两句做补充说明。作者有意截取了女子夜间梦见夫妻相会又忽然惊醒的画面，以夜间所见、所愁、所思、所见来反映对男子的思恋，相对于〔杏花天〕的直白，〔菩萨蛮〕既文雅、传神，又细腻婉转。〔杏花天〕中抽象的情感在〔菩萨蛮〕中通过人物的生活片段变得更为具体。

以上补充关系中，主要是以上场词补充说明上场曲中的内容，是一种单向的补充关系。除此之外，还有一种双向补充模式，即引子与上场词呈互补关系。例如，汪廷讷《投桃记》第五出《弄笛》篇首，旦扮黄舜华上场唱引子〔临江仙〕，并念词〔浣溪沙〕：

> 〔临江仙〕画阁妆成开绣幌。撩人无限春光。翩翩蜂蝶为谁忙。轻烟笼柳陌，暖日照花房。〔浣溪沙〕斗帐沉沉睡不醒。流莺窗外弄新

声。烛香斜袅篆烟轻。　　　　手碾凤团聊解渴，坐看燕子独关情。乍晴乍雨近清明。

〔临江仙〕"画阁妆成开绣幌"言女子初醒梳妆已毕，〔浣溪沙〕"斗帐沉沉睡不醒"言女子白昼未醒，两者在逻辑上似有颠倒，实则不然。设若忽略引子和上场词的界域，以及曲、词在文本中的前后顺序，我们可以将黄舜华的行为、视线和心理顺序梳理如下（引子的句子下均加下划线标示）：

斗帐沉沉睡不醒——流莺窗外弄新声（被莺声惊醒）——烛香斜袅篆烟轻（发现室内香薰依旧）——画阁妆成开绣幌（梳妆完毕，打开窗户）——撩人无限春光（开窗所见所感）——翩翩蜂蝶为谁忙（尤其对应"撩人"二字），轻烟笼柳陌（远而朦胧），暖日照花房（回归自我之境）——手碾凤团聊解渴，坐看燕子独关情（百无聊赖，坐观窗外景，关情者何止春日飞燕，还有春日流莺、蜂蝶，只有观景者例外）——乍晴乍雨近清明〔仅仅七字，含蓄迂回，耐人寻味："乍晴乍雨"可理解作"道是有情（晴）却无情（晴）"，全句又可理解为清明时节雨纷纷，言外之意，窗内女子欲断魂，字字言情〕。

在上述曲、词中，女子的视线由室内转向窗外，但是词中所写之景与引子中所绘之景互不重复，看似并列，实则互补。汪廷讷在为黄舜华设计上场曲和上场词时，有意在两首作品中打乱黄舜华的正常行为顺序，使曲与词之间的内容形成交错混乱的状态，以此反映黄舜华幽婉复杂的情思。

上场曲和上场词的补充关系最能体现出明代戏曲作家对曲体和词体的不同认识。在明代戏曲曲辞中，上场曲的创作最为灵活，作者不必严格按照曲牌格律逐句填写完整，一支上场曲甚至可以简单到仅填写一句曲辞。在这种情况下，上场曲的内容大多要落到实处，即直接表达人物的情感、心理等。上场词的创作则不然，它要求作者按律填词，并且填写完整，那么上场曲的未尽之处就可以借上场词得以充实、丰富，词体细腻、婉转、适合抒情的特点也因此而得到淋漓尽致的发挥。所以，上场曲和上场词的补充模式非常适合抒情的需要：上场曲简而易晓，上场词细腻雅致，两者之间的配合往往能收到"一唱三叹"的效果。

（二）并列关系

"并列关系"指上场曲子的内容与上场词的内容分属于不同层面，两者之间并无明确的勾连。例如《冯京三元记》第二出生扮冯商上，唱引子〔满庭芳〕，念上场词〔鹧鸪天〕：

〔满庭芳〕花雾凝香，柳烟分绿，艳阳景物堪题。莺簧调律，燕剪新泥。满目韶光可爱，怡情处诗酒琴棋。瑶阶下，奇葩异卉，何日产灵芝。〔鹧鸪天〕诗礼名家庆泽丰。衣冠烨烨振儒风。田畴漠漠阡连陌，仓廪陈陈杼贯虹。　　心感慨，谩凭陵。几回长睹仰苍穹。承家未见宁馨嗣，耿耿常怀念虑中。

〔满庭芳〕写春景之可爱，〔鹧鸪天〕写家业之丰泽，曲与词之末句都表达了对当下生活的一种希冀。总体上看，两者之间呈并列关系。

在此类组合模式中，引子的曲辞往往承担着描述剧中人物见闻的任务，尤其侧重于表现自然环境，而上场词则侧重于表述剧中人物的内心感受，因此，引子和上场词之间就形成了一种比兴关系。就本剧而言，〔满庭芳〕所描绘的春日盛景与〔鹧鸪天〕中所描述的兴盛家业之间具有比兴关系，两首作品的落脚点一是对象征名贵、吉祥的灵芝的期待，二是对文化和物质传承者的期待，两个期待之间同样具有比兴意义。

《投笔记》第八出中老夫人与媳妇的引子与上场词间亦成并列关系：

〔花心动〕（夫）红绡翠减。叹韶光易掷，霜华鬓染。榆柳萧疏，风烟惨淡，百物不禁老眼。（旦）家贫况值年荒歉。缺甘旨赖母慈贤。办暮餐今又愁无早膳。〔菩萨蛮〕（夫云）无情杜宇啼高树。落花风雨重门闭。举目更萧然。无炊若焚烟。　　茅檐傍修竹。苔痕上阶绿。（旦云）惟有燕相知。主人尚未归。

〔花心动〕介绍母老家贫，交代了家庭背景；〔菩萨蛮〕交代了时令，指出班超出门未归，两者在本出戏中既没有情节推进功能，也没有承接关系，内容属于两个不同的方面，因而可以视两者之间为并列关系。

（三）过渡关系

上场曲子与上场词之间的"过渡关系"表现为：曲子描述时间、地点、背景，略涉及人物的过往经历或情感意志，上场词专以人物的经历和情感意志作为主要描述内容。传奇戏曲叙事的核心在于表现人，从曲子的背景介绍到上场词的情志书写，作者的笔锋由外部环境过渡至人物内心，或者逐渐切近主题，因而可将曲子和上场词的这种书写搭配称为"过渡关系"。如《古城记》第二折生（刘备）的上场引子与上场词：

〔点绛唇〕（生）汉室摧残，遍乾坤干戈征战，常只是炮响连天。只因献王软弱，又遇奸臣董卓弄朝权。喜得皇家有庆，幸逢曹相佐中原。上荐书，遗笺简。俺弟兄方上虎牢关，才把英雄显。擒了吕布，蘄了貂蝉。直杀得众将销魂，诸军丧魄，一个个胆寒心颤。〔鹧鸪天〕裔本朝后代孙。楼桑大树有声名。兄弟关张同结义，大破黄巾百万人。

擒吕布，显齐勋。威名赫赫震乾坤。胸中试展安邦策，定把山河一扫平。（按：〔鹧鸪天〕首句本七字，本词误用作六字。）

〔点绛唇〕重在交代宏观的历史背景，其中涉及刘备在此段历史中的行动，具有总结、回顾性质。〔鹧鸪天〕注重表现刘备的壮志豪情，其中略涉及当时的社会背景。词尾抒发了当事人的豪情壮志，突出了戏剧人物的表现欲，具有宣言意味，因而比引子更能引起读者或观众继续阅读、欣赏的欲望。从〔点绛唇〕到〔鹧鸪天〕，完成了从时代背景、社会背景到具体人物的过渡。

又如《刘玄德三顾草庐记》第三折诸葛亮之上场曲与上场词：

〔高阳台〕王室陵夷，神州分裂，群雄蜂起兵革。忧国忧民，愁催青鬓几白。吾生安得专一旅，奋精忠戮取群贼。把床头三尺剑，将土花磨灭。〔临江仙〕秉耒朝耕畎亩，张灯夜读阴符。乾坤落落风尘外。人静草庐孤。　　自比燕台乐毅，何惭齐国夷吾。昆山片玉深藏柜。待时沽。

〔高阳台〕重在介绍汉末的乱世景象，末句点出人物的志愿；〔临江仙〕则进一步将人物力求功成名就的内心全面铺开。从引子到上场词，同样是从时代背景的介绍过渡到具体人物介绍。

又如《古本戏曲丛刊》初集所收《重校金印记》第二出苏秦之上场曲与上场词：

〔瑞鹤仙〕（生扮苏秦上）经络英雄客。抱经邦济世，纵横谋策。未遇太平日，正万民涂炭，六邦逢敌。鱼龙困厄。未遂风云霹雳。待养成头角，一朝奋迅，八方甘泽。〔鹧鸪天〕壁上干将吼铁龙。男儿提起耳生风。紫光焰焰冲牛斗，浩气腾腾贯日虹。　　时不利，运未通。苍天岂肯困英雄。会伸掘雾拏云手，附凤攀龙上九重。

仔细比较《古城记》《刘玄德三顾草庐记》和《重校金印记》中的引子与上场词的内容会发现，这些引子和上场词之间虽然有信息上的重合之处，但是又有差异：引子既讲述了人物所处的时代背景，又交代了人物在此背景中所做的事情或经历；上场词则将笔尖指向人物个体。这属于明显的过渡关系。引子注重在介绍宏观背景时纳入个人行为，上场词注重在介绍人物个体时烛照内心情感志愿，这是明代传奇尤其是历史剧、公案剧中男性角色的引子与上场词常用的内容组合模式。

曲子和上场词之间的这种搭配关系，与今日之叙事文要求在叙事之初交代时间、地点、人物、事件背景、事件起因等要素的写法相似。从引子到上场词，再到人物以散白形式自报家门与行迹，作者的笔触缓缓由外部切入事件本身，读者或观众的注意力由外而内，由分散而集中，并且在引子和上场词中重复信息的影响下，对人物的身份、性情与意志的了解逐步加深，并对人物下一步的行动产生欣赏期待。

在具有过渡关系的组合模式中，曲辞往往比较注重对宏观环境的描述，对人物本身亦略有涉及，上场词则重在表现这种环境下的个人行为、心理等。整体上看，两者的内容似乎是并列关系，实则不然：并列关系中的曲子和上场词在内容上无重合之处，过渡关系中的引子和上场词在内容上有重合之处，且重合之处往往是上场词中接下来着重交代、述说的地方。

在曲子和上场词的过渡模式中，曲子所描述的环境和上场词所刻画的人物情感意志之间存在两种关系，一种是正面烘托，如上述三部传奇，突出表现了英雄人物或谋士在乱世的豪杰气概和锐意进取精神；另一种是反面映衬，突出表现人物与环境格格不入的心境。如《跃鲤记》第三十四出中的上场曲子与上场词：

〔一枝花〕（贴上）剑蒲插小门。艾虎垂云髻。家家排宴席，庆良辰。对景萧条，有客无盘飣。光阴如电掣，又见端阳处处龙舟争竞。〔浣溪沙〕①（占云）家家沽酒庆端阳。处处菖蒲泛酒觞。奴独萧条辜

———————

① 该词词牌实为〔山花子〕，又名〔摊破浣溪沙〕〔添字浣溪沙〕等，系〔浣溪沙〕之别体。

此景，负时光。　　　家中有客又恓惶，每日腮边泪两行。备取三杯聊记节，解愁肠。

〔一枝花〕描述端午佳节的景象，即人物所处的外部环境，〔浣溪沙〕则描述的是邻姑（贴）本人的境况与心理，并且是对〔一枝花〕中"对景萧条，有客无盘飣"的进一步描述，引子和上场词之间构成了"过渡关系"。〔一枝花〕写乐景，〔浣溪沙〕写哀情，两者之间又形成了反衬和对比。

无论是正面烘托还是反面映衬，在这种过渡关系中，戏剧作者有意强调的是环境中的生命个体体验和情感意志，因而这种组合不失为刻画人物形象的一个重要手段。

（四）重复关系

此"重复关系"主要表现于曲、词的内容主题、创作手法等方面的重复。例如《投笔记》第五出的引子与上场词：

〔霜天晓角〕堪怜宝剑瘗丰城。未见床头风雨生。鼓瑟扣齐门，何日囊锥脱颖。〔木兰花〕心怀经济。补衮之才何日试。贫守虀盐。负米之心当自坚。　　　光阴似矢。相如未遂题桥志。日月如梭。宁戚徒为扣角歌。

无论是〔霜天晓角〕曲辞还是〔木兰花〕（本篇实际为〔减字木兰花〕）词，均抒发了作者怀才不遇、壮志未酬之情，尽管两者所采用的意象不同，但表达的均是怀才不遇之感，属于主题重复关系。

边三岗《芙蓉屏记》第四出上场曲〔西地锦〕和上场词〔浣溪沙〕云：

（生上）〔西地锦〕鹊噪槐荫庭院，蛛垂花色帘笼。闭门静坐羞奔竞，从天降下恩荣。〔浣沙溪〕潭府清肃竹径成。芙蓉巧写小花屏。门槛喜兆瑞云生。　　　风乐帘衣蛛信动，日筛槐影鹊声轻。列宿昨夜照真城。①

---

① 边三岗：《芙蓉屏记》，载黄仕忠编校《明清孤本稀见戏曲汇刊》上册，广西师范大学出版社，2014，第351页。

曲中的"鹊噪槐荫庭院"对应词中的"日筛槐影鹊声轻",曲中的"蛛垂花色帘笼"对应词中的"风乐帘衣蛛信动",曲中的"闭门静坐羞奔竞"对应词中的"潭府清肃竹径成"等等,词作内容与曲之内容高度重复。

又如《玉钗记》第十四出旦的上场曲与上场词:

> 〔夜行船〕日未阑干,倦倚湘帘卷。燕子飞归,华屋风清尘不到,闲对一庭空翠。〔浣溪沙〕澹花瘦玉不胜妆。倦倚雕栏怨日长。小帘飞燕为谁忙。　雨后丝桐闲未理,风前环珮暗生香。慵拈针指坐虚窗。

在这两首作品中,〔夜行船〕之"日未阑干,倦倚湘帘卷"对应〔浣溪沙〕之"倦倚雕栏怨日长";〔夜行船〕之"燕子飞归"对应〔浣溪沙〕之"小帘飞燕";〔夜行船〕之"风清尘不到"对应〔浣溪沙〕之"雨后""风前环珮暗生香",因为雨后空气清新、无尘,且易于嗅觉佩饰的熏香;〔夜行船〕之"闲对一庭空翠"对应〔浣溪沙〕之"丝桐闲未理""慵拈针指坐虚窗"。以上每组对应关系中,上场曲和上场词之间的意思是相同的或重复的。

上场曲和上场词之间的重复不仅有类似上述例子中的语意重复,还有视角或写作方式重复。如《古本戏曲丛刊》初集所收《香囊记》第九出:

> 〔薄幸〕(贴)淑气驱寒,东风扇暖。看小庭芳草,落红零乱。也知春与镜中颜换。(旦)仙郎远,把凤管吹残楚调,几度见秦楼月满。(贴)〔菩萨蛮〕一番风雨催春老。夜来花落知多少。(旦)杜宇自无情,偏教思妇惊。　(贴)春愁知几许。愁极浑无语。(旦)芳草易斜阳。行人悲故乡。

〔薄幸〕曲和〔菩萨蛮〕词均涉及了母亲、妻子和游子视角。〔薄幸〕中贴(母亲)所唱的内容均站在女子的角度角度感叹光阴变换,旦(妻子)所唱则是想象远方游子夜间思念亲人的情景,并拟游子之口吻抒发思乡情感。〔菩萨蛮〕中贴所念的前两句系母亲和妻子的视角,旦所念之后两句皆为游子视角,即同样拟游子之口吻抒发思乡情感。所以,本组曲、词之间存在手法重复关系。

除了手法上的重复之外,〔薄幸〕和〔菩萨蛮〕在语义上也表现出了较高的重复性,尤其是上场曲和上场词的前半部分:〔薄幸〕之"淑气驱寒,东风扇暖"对应〔菩萨蛮〕之"一番风雨催春老";〔薄幸〕之"也知春与镜中颜换"对应〔菩萨蛮〕之"春老";〔薄幸〕之"看小庭芳草,落红零乱"对应〔菩萨蛮〕之"夜来花落知多少"。剩余的句子虽然在语义上不甚重合,但是在描述对象上有对应之处:一是声声相对,即〔薄幸〕之楚调对应〔菩萨蛮〕中杜宇之啼声,均属于悲音;二是日月相对,即〔薄幸〕之秦楼满月对应〔菩萨蛮〕之芳草斜阳,前者令人见而思亲,后者令人见而思归。

既然这些上场曲和上场词之间存在内容上的重合或重复关系,那么上场词是否有存在的价值和必要?答案是肯定的,也是多维度的。

第一,从词的内容上看,明代戏曲作家颇费心思。他们并不像明人修改元杂剧那样,按照人物身份、性格、年龄等因素编写上场诗,以上场诗作为他们的身份、年龄、性格、品德的标签,不同杂剧中同一类人物可能使用了同一首上场诗,无创新性;明代传奇的上场词体现出对人物的性情、志向、情绪以及人物所处的时代背景、生活空间、生存状态的关照,因人而异、量体裁衣,是明传奇作家写作上场词时的重要标准。即便是曲、词内容重复,也多出于强调目的,如同中国绘画中的粗勾细染,有助于刻画人物的细腻心理、渲染情节意蕴。

第二,从传奇的体制结构看,上场曲后加以上场词,滥觞于宋元南戏,并在明代中期形成创作模式。尽管这种模式并不是传奇创作的必要条件,却可以展现出作者对传统的遵循。

从文体内部结构的协调性看,从上场曲到上场词再到之后的散白,呈现出一种由韵到散,由唱到念诵再到普通说白的过渡。在这种过渡中,语言的音乐性逐渐减弱,叙事性逐渐增强,作者想要着重表现的内容或思想也因此而得到强化。

第三,从文体的雅俗方面看,明代传奇作家如此精细地根据人物刻画或叙事的需要来设计上场词,充分表现了他们在戏曲创作中的严肃与认真。戏曲本属于俗文学之流,明代曲家大量参与戏曲创作,并掀起了戏曲尊体之风,戏曲文辞的雅化便是这种创作风气影响下的重要结果。在戏曲文体中使用较曲高雅的文体元素——词,既是对传统的继承,又是作者逞才炫能的途径,更是提升戏曲风格品位的一个重要方式。

三 上场曲与上场词之唱念分配

在很多情况下,同一支上场曲的演唱者并非仅有一人,上场词亦然。

结合上场曲和上场词的角色分配，可以将两者的关系归纳为独唱独念式、合唱合念式以及唱念分句式。

（一）独唱独念式

独唱独念式指一个角色上场后独立唱一支上场曲，继而独立念诵一首上场词。这种唱念形式在传奇戏曲第二出最为常见，即生上场时往往独自唱一支上场曲，继而独自念诵一首上场词，如《节侠记》第二出：

> 〔夜游朝〕（生冠带扮裴仙先上）龙种由来夸上选。喜逢时早入天闲。一片雄心，满腔侠气，万里鹏抟秋汉。〔鹧鸪天〕自小豪雄意气扬。翩翩结客少年场。千金不惜酬知己，一剑还堪倚太行。　歌待警，颂盈箱。守官为国有辉光。生来肯落它人后，纵死犹闻侠骨香。

〔夜游朝〕由生独唱，〔鹧鸪天〕亦由生独念。本剧第五出小旦上场的引子和上场词亦由小旦一人唱念：

> 〔霜天晓角〕（小旦扮闰华旦扮侍女随上）海棠睡醒。晓日窥妆镜。翠黛眉湾汉月，青丝髻挽乌云。〔捣练子〕春寂寞，影徘徊。片月寒生玉镜台。无可奈何花落去，似曾相识燕归来。

单人唱念的形式往往旨在突出此一人之形象，即便有人随同上场，如本出之侍女，虽由正旦扮演，但是因为在本出中只是充当小旦（可汗之女）的侍女，不具备姓名，除了衬托小旦的身份以外，并无可以推动戏剧情节的实质性演出，所以不需要唱引子，也不需要念上场词。

（二）合唱合念式

当同时出场的人物都承担具有情节意义的演出，并且适合讲述同样的见闻或者表达同样的感受时，可以合唱上场曲、合念上场词。例如《宵光记》第五出《演乐》中，旦与贴旦同时上场，两人共用上场曲和上场词：

> 〔一剪梅〕（贴）（旦）银筝调美凤皇楼。白玉搔头。红锦缠头。泪痕常傍枕函流。春在帘钩。恨在帘钩。〔浣溪沙〕青杏园林酿酒香。佳人初试薄罗裳。柳丝摇曳燕飞忙。　乍雨乍晴花易老，闲愁闲闷日偏长。为谁消瘦减容光。

在本出中，贴和旦同时出现在舞台上（剧本中的演乐场所），尽管她们并没有在第一时间发现彼此，但是由于她们身份、服饰、所见、所遇、所感相同，在本出戏中所承担的演出情节相同（即"演乐"），所以她们的唱念均是同步的，内容也是一致的。相当于两个伶人以同样的打扮（"玉搔头""红锦缠头"）在演乐园林的两个不同的角落唱同一支引子，抒发一样的愁绪；念同一首上场词，描述她们共同看到的令人望而伤感的春光。

（三）唱、吟分句式

在很多情况下，主、配角同时上场，且在同一出戏曲中均有戏份，但是各有各的情思，各有各的性格，各自承担的演出情节有差异，那么上场时的引子和上场词就由这些角色依一定次序分别唱、念其中的若干句。如上文所举《投笔记》第八出《命子求名》中，旦和老夫人皆有可以推动戏剧情节发展的实质性演出，并且两人的身份地位不同、承担的演出内容不同，因而两人上场时，分别唱、念上场曲和上场词中的若干句。

需要说明的是，在实际的戏曲创作和演出中，除了生、旦冲场戏（通常位于戏曲第二、三出），其他各出的引子可以只填一至若干句、半支，亦可舍弃不用。很多戏曲作者既想用引子，又为了简便，在一出由多角色同时、同台演出的戏中，并不专门为每位角色设计篇幅完整的引子和上场词，而是仅创作一首引子和一首上场词，将其中的句子分配给不同的角色唱念。如《红杏记》第五出外、生、丑、净皆有能够推动戏剧情节的实质性表演，作者为了简便起见，为他们共同设计了一首引子和一首上场词：

> 〔谒金门〕（外）凌云志。何日得扬眉吐气。（生）今朝奋迹萤窗去。凿壁休题记。（丑）愁登紫陌路途迷。望白云家乡迢递。（净）文场喜发少年时。一举登科第。〔浣溪纱〕（外）百草萌芽满径迷。（生）东风拂柳困长堤。满腔心事许谁知。 （丑）忽听慈乌情惨切，天涯游子泪沾衣。（净）黄莺句句写相思。①

在上述例子中，各个角色演唱引子的次序和他们念诵上场词的次序一一对应，这是明代戏曲剧本中的普遍现象。

---

① 无名氏：《红杏记》，载廖可斌主编《稀见明代戏曲丛刊》第四册，东方出版中心，2018，第405页。

即便是同步的合唱，在标注角色的先后顺序上，明人也非常严谨。如上文所举的《宵光记》第五出《燕乐》中，贴（张倾城）和旦（卫子夫）同时出现在燕乐场所，因此两人同时演唱同一支曲子，同时念诵同一首词，此前，两人并不知道彼此都已到达燕乐场所。在作者的情节设置中，上场词念诵之后，贴先发现了旦的存在并主动联系旦，所以在引子曲牌后标注演唱者时，作者标注的顺序是"（贴）（旦）"，而非"（旦）（贴）"。由此可见明人对曲词念诵分配的严谨态度。

从整体上看，明代戏曲中的上场词的创作与曲子之间存在有机联系。上场曲简约、直白、质朴，上场词细腻、婉转、雅致，两者相得益彰，既有利于叙事抒情，又在一定程度上提升了剧本的文人气息。曲、词在内容、手法、角色分配等方面的诸种搭配关系，是明代戏曲作家在追求曲辞晓畅的同时，兼顾戏曲文学性和艺术性的有益尝试。

第四节　明代戏曲中的〔鹧鸪天〕

由于词曲音乐的承袭关系，词牌、曲牌同名的现象非常普遍。例如，〔鹧鸪天〕既是词牌名，也是曲牌名，其词、曲两体在明代戏曲中均很常见。

虽然明代曲家已经考证两者格律相同，但是在明代戏曲中，两者在使用频率、使用场合与位置、主题表达、演唱者的性别等方面存在很大差异。研究〔鹧鸪天〕词与曲的相关问题，首先对研究明代曲家在戏曲创作中的词、曲择调思想具有重要意义。其次，由于今人对此缺乏充分的关注和辨析，个别戏曲整理本中存在将词作曲，甚至将此调与其他曲调张冠李戴的情况。因而，研究明代戏曲中的〔鹧鸪天〕词与曲，不仅有助于明晰词、曲异同与相互联系，更有助于了解戏曲剧本的文本布局。

经过对文本的考察我们发现：明代戏曲中的词体〔鹧鸪天〕主要作为戏曲人物尤其是男主人公上场词使用，一般出现在剧本的第二出，旨在揭示人物性情、才华、现状、意愿，铺垫后文；曲体〔鹧鸪天〕属于南曲仙吕宫中的特殊引子，多由女性参与演唱或独唱，适于表达离愁别绪，可用于一出戏的首、中、尾部，尤以尾曲居多，且唱完即退场，不用退场诗。曲体〔鹧鸪天〕与〔哭相思〕功能相似，但一出戏中，前者仅可用一支而后者可用多支；两者连用时，后者多列于前且由男性演唱。

一　明代戏曲中〔鹧鸪天〕的词作数量与分布情况

　　从现存的戏曲文本看，〔鹧鸪天〕是戏曲中出现频率最高的词牌之一，如以《六十种曲》中的明代剧本为统计样本，其中共用了460余首词，将近130个词牌，使用频次最高的〔鹧鸪天〕有59首，另有同调异名词牌〔思佳客〕1首，共计60首，约占总数的1/8，数量远超过其他词牌的作品数量。若以《古本戏曲丛刊》初集、二集中所收录的近200种明传奇剧本为考察对象，其中共用词约1124首，其中〔鹧鸪天〕约有125首，约占总数的11%，比总量位居第二的〔西江月〕词多2首。〔鹧鸪天〕词分布于97个剧本中，涉及的剧本总数远超过含〔西江月〕词在内的其他任何一个词牌（见表7）。

表7　《古本戏曲丛刊》初集、二集所收明传奇中的〔鹧鸪天〕词

剧目、出（折）	使用行当	剧目、出（折）	使用行当
《破窑记》第二十出	末	《东窗记》第二出	生
《黄孝子传奇》第二出	外	《古城记》第二出	生
《草庐记》开场	末	《草庐记》第二折	刘备①
《重校金印记》第二出	生	《冯京三元记》第二出第一首	生
《冯京三元记》第二出第二首	生	《双忠记》第二折	生
《精忠记》第二出	生	《跃鲤记》第二折	生
《跃鲤记》第十四折	贴	《伍伦全备忠孝记》开场	末
《伍伦全备忠孝记》第六出第一首	夫	《伍伦全备忠孝记》第六出第二首	夫
《香囊记》开场	末	《苏英皇后鹦鹉记》开场	末
《韩湘子九度文公升仙记》开场	末	《投笔记》第一出	生
《玉钗记》第二出	外	《浣纱记》第三出	小生
《玉玦记》第二折	生	《玉玦记》第二十四折	生
《宝剑记》开场	末	《宝剑记》第二出	生

续表

剧目、出（折）	使用行当	剧目、出（折）	使用行当
《宝剑记》第二十出	净、末	《宝剑记》第二十一出	生
《焚香记》第二出	生	《陆天池西厢记》第二折	生、外
《陆天池西厢记》第二十九折	老旦、生、贴、小外	《明珠记》第二十七出	生
《怀香记》第二出	生	《怀香记》第三出	外、老旦、旦、贴
《怀香记》第三十七出	外、老旦	《怀香记》第三十八出	旦、贴
《鸣凤记》第二出	生	《鸣凤记》第二出	小生
《鸣凤记》第三出	外	《鸣凤记》第二十七出	末
《红拂记》第二出	生	《祝发记》第二出	生
《劝善记》开场	末	《劝善记》元旦上寿	生
《劝善记》刘氏斋尼	夫（刘氏）、丑（金奴）	《劝善记》挑经挑母	生
《玉合记》第四十出	外、末、旦	《长命缕》第二出	生
《还魂记》第二出	生	《风流梦》第二出	生
《紫钗记》第十九出	将官刘公济	《紫钗记》第五十出	生
《南柯记》第四十一出	蚁王	《义侠记》第二出	生
《义侠记》第三十五出	小旦扮黄门	《埋剑记》第二出	生
《双鱼记》第二出	书生	《双鱼记》第二十六出	生、外
《博笑记》第二出	生	《玉簪记》第二出	生
《双珠记》第二出	生	《易鞋记》第二出	生
《水浒记》第二出	生	《橘浦记》第二出	生
《节侠记》第二出	生	《宵光记》第二出	生
《红梨记》第二出	生	《红梨花记》第二出	生
《袁文正还魂记》开场	末	《汉刘秀云台记》开场	末
《武侯七胜记》开场	末	《鹦鹉洲》第二十七出[2]	生、小生
《狮吼记》第三出	小生	《天书记》第二出	生
《三祝记》第三出	生	《投桃记》第二出	小外、生、外
《投桃记》第二十出	生	《彩舟记》第二出	生
《青衫记》第二出	生	《锦笺记》第二出	生
《义烈记》第十八出	末	《蕉帕记》第二出	生
《鸾镳记》第二出	生	《鸾镳记》第二十出	小旦、净、旦

续表

剧目、出（折）	使用行当	剧目、出（折）	使用行当
《旗亭记》第二出	生	《玉镜台记》第二出	生
《竹叶舟》第二出	生	《双凤齐鸣记》第十九出	外、生、小生
《四喜记》第二十八出	生	《四喜记》第三十出	生
《金莲记》第二出	生	《龙膏记》第二出	生
《题红记》第二出	生	《双烈记》第三出	老旦
《异梦记》第二出	生	《琴心记》第二出	生
《双红记》第二出	生	《四美记》第二十四出	净、贴
《双杯记》开场	末	《双杯记》第二出	生
《西湖记》第三出	净	《墨憨斋详定酒家佣传奇》第二出	外、生
《墨憨斋详订酒家佣传奇》第四出	净	《墨憨斋新定洒雪堂传奇》第二出	生
《墨憨斋新定精忠旗》第二出	生	《绾春园》第二出	生
《节义鸳鸯冢娇红记》第二出	生	《东郭记》第二出	生
《醉乡记》第二出	生	《墨憨斋重定双雄传奇》第二出	生
《墨憨斋订定万事足传奇》第二出	生	《墨憨斋订定万事足传奇》第四出	老旦
《喜逢春》第二出	生	《花筵赚》第一出	生
《鸳鸯棒》第一出	生	《梦花酣》第一出	生
《双金榜》第二出	生	《鹔鹴裘》第二出	生
《金钿盒》第二出	生	《元宵闹》第二出	生
《磨忠记》第三十四出	小生、丑	《滑稽馆新编三报恩传奇》第三十五出	生、老旦
《和戎记》第三出	外、旦、夫、贴	《观世音修行香山记》开场	末
《珍珠记》开场	末		

说明：① 剧本中未标注行当。

② 《鹦鹉洲》第二十七出中所用的词牌为〔锦鹧鸪〕，与〔鹧鸪天〕同调异名。

二　〔鹧鸪天〕词备受曲家欢迎的原因

上述统计结果和表格内容足以说明，〔鹧鸪天〕是备受明代曲家欢迎的词牌，且多用于男性角色，这或许与〔鹧鸪天〕的篇幅、格律、传统主题三方面的因素有关。

（一）〔鹧鸪天〕的篇幅与格律优势

〔鹧鸪天〕词牌系双调，五十五字，上下片各三平韵。上片四句，每句七字；下片换头，相当于将第一句的七字句腰截为两个三字句，成为五句。其格律定格为：

　　＋丨－－＋丨－（韵）＋－＋丨丨－－（韵）＋－＋丨－－丨（句）＋丨－－＋丨－（韵）

　　－丨丨（句）丨－－（韵）＋－＋丨丨－－（韵）＋－＋丨－－丨（句）＋丨－－＋丨－（韵）

〔鹧鸪天〕的句式与七律的体式非常接近，容易被初学填词者接受，也便于喜好诗词者自如地在诗、词两种不同文体的书写中驾轻就熟、自由切换。宋词中有两种现象可以印证〔鹧鸪天〕的这个特点。第一种是集诗句作〔鹧鸪天〕词，如黄庭坚《鹧鸪天·重九日集句》[①]；第二种是檃括诗为词，比如宋代赵令畤所作《鹧鸪天》（可是相逢意便深），其序云："前改张文潜诗，但有此四句，正为咸平刘生作。余作后改为《鹧鸪天》赠之。"[②]黄庭坚、张文潜、赵令畤皆苏轼弟子或门客，宋代以诗为词的讨论也主要在苏门群体内部展开，上述两种现象既是苏门词人以诗为词的创作实践，也可视为〔鹧鸪天〕易被初学者接受的原因之一。

明代戏曲中也有相似现象。陈汝元的《金莲记》第二出苏轼上场词〔鹧鸪天〕云："薄云轻雨晓晴初。陌上春泥未溅裾。行乐及时虽有酒，出门得伴漫看书。　　行骑促，暮山孤。空把鸱夷载后车。他日玉堂应鹄立，岂惭献赋老相如。"此实系陈汝元结合他对苏轼原型及其以诗为词创作主张的认知，借苏轼《次韵柳子玉见寄》一诗檃括而成。苏轼原诗为："薄雷轻雨晓晴初，陌上春泥未溅裾。行乐及时虽有酒，出门无侣漫看书。遥知寒食催归骑，定把鸱夷载后车。他日见邀须强起，不应辞病似相如。"[③] 诗词

---

① 唐圭璋编《全宋词》，中华书局，1965，第 409 页。
② 唐圭璋编《全宋词》，中华书局，1965，第 499 页。
③ 张志烈、马德富、周裕锴主编《苏轼全集校注》第一册，河北人民出版社，2010，第 477 页。

对照，尤其能说明〔鹧鸪天〕词与七律体式非常接近。

〔鹧鸪天〕篇幅简短、句式整齐、格律近于律诗等特点均便于曲家创作，尤其是明代词体创作衰颓，这种简单、便捷的词调相对而言更容易受到曲家的青睐。不仅如此，像〔鹧鸪天〕一样篇幅简短、句式整齐的〔西江月〕〔浣溪纱〕（有些剧本中写作〔浣沙溪〕〔浣溪沙〕，或误题作〔摊破浣溪沙〕〔山花子〕，其格律近似律诗，但上下片皆少一句），在《古本戏曲丛刊》初集、二集所收录的明传奇中的总数仅次于〔鹧鸪天〕，它们的使用情况也可以证明上述观点。

（二）〔鹧鸪天〕传统主题的影响

〔鹧鸪天〕自宋代以来就被广泛用于表达不同的主题。以唐圭璋编《全宋词》中所收录的 630 多首《鹧鸪天》（含《思佳客》等同调异名词作，残存一二句者未统计在内）为例，主题涉及别离、羁旅、思念、人生体悟、宴会、祝寿、赠答、咏人、歌颂升平等，另有大量写景咏物之作。总体而言，〔鹧鸪天〕词适合用于各种场景，表达各种主题，词境开阔，或许是该词牌到明代依然被曲家钟爱的又一重要原因。此外，突出表达别离、羁旅、思念、人生体悟的分别有 55、20、96、38 首，这四类词约占〔鹧鸪天〕词总数的 1/3。在明代戏曲中所用的〔鹧鸪天〕词中，这四类主题较为寻常，其他主题较少见。

需要特别说明的是，与〔鹧鸪天〕有亲缘关系的〔瑞鹧鸪〕，七言八句，五十六字，在篇幅与词式上均与〔鹧鸪天〕非常接近，在明代戏曲中却极为罕见。究其原因，首先是其主题偏重于歌颂升平、赏游宴乐①，不如〔鹧鸪天〕词的传统主题丰富灵活，且〔鹧鸪天〕婉约豪放皆可，悲欢离合均宜。明人写戏，"十部传奇九相思"，即便是杂剧也常常难脱窠臼，〔鹧鸪天〕自宋代就有表达相思、别离、羁旅的抒情传统，恰与明代戏曲中男主

---

① 任半塘云："五代杂曲之《舞春风》乃七言八句声诗体，所谓《瑞鹧鸪》是"（〔唐〕崔令钦著，任半塘笺订《教坊记笺订》，凤凰出版社，2013，第 161 页）。该书附录《曲名流变表》中指出《舞春风》别名《瑞鹧鸪》（第 189 页）。任半塘认为，《舞春风》与诸如《春光好》《迎春花》《凤楼春》《负阳春》《章台春》《绕池春》《满池春》等名中含"春"的曲子，"看似泛常游赏之歌辞，实切盛唐一时之风尚，盖玄宗为政，兼用刚柔，于臣工督励虽严，而颇宽其暇豫宴赏"（第 85 页）。任书同页引《全唐文》卷三〇云："思顺时令，以申惠泽。咸宜邀欢芳月，继赏春风。凤夜在公，既同咸一之理，休沐式宴，俾共升平之乐。"由此可知，《舞春风》或者《瑞鹧鸪》即歌颂升平、赏游宴会之词。

人公讲述人生际遇和情感抒泻的需求一致。其次，〔瑞鹧鸪〕全为七言句，词式与近体七律几无差异，不易满足明代戏曲人物出场以词代诗的创作风气与逞才诉求，这可能也是一种因素。

总之，〔鹧鸪天〕在篇幅、词式上均具有非常适合创作的文体条件，在词境和主题上具有非常便于戏曲人物抒情叙事的传统，这些因素共同促成了该词牌成为明代戏曲中的高频词牌。

三　〔鹧鸪天〕词在明代戏曲中的位置、用法与文本形式

自宋元南戏以来，剧中词主要有两大用途：一是用于开场，二是作为人物韵白使用，可以丰富宾白的形式，提升宾白的音韵格律之美，彰显作者的创作技能与才情。明代戏曲中〔鹧鸪天〕词的使用也基本符合这两种创作传统。具体而言，其使用位置、用法与文本格式可以归纳为以下几点。

（一）开场较少使用〔鹧鸪天〕词

从总体上看，宋元南戏、明代传奇开场中使用的词，除了讲述创作原因、创作观念或人生感悟外，还需概括剧情大意。概括剧情的词作在主题上偏重于歌咏升平或弘扬某种伦理道德观念，或者某种积极的价值追求，词牌多为〔满庭芳〕〔齐天乐〕〔沐恩波〕或名中带"春"者，如〔沁园春〕〔汉宫春〕〔燕台春〕〔谢池春〕等，以歌颂美德为宗旨，符合戏曲"有关风化"的创作主张。

在开场中使用〔鹧鸪天〕词，始于宋元南戏，但是在目前可见的宋元南戏的戏文中，仅《宦门子弟错立身》中以一首〔鹧鸪天〕词开场："完颜寿马住西京。风流慷慨煞惺惺。因迷散乐王金榜，致使爹爹捍离门。为路歧，恋佳人。金珠使尽没分文。贤每雅静看敷演：《宦门子弟错立身》。"[1] 旨在提示剧情大意并告诫观众，合乎开场的教化目的。由于现存的宋元南戏剧本很少，我们无法考索当时南戏开场词牌的全体面貌，难以确定宋元南戏开场中是否普遍有使用〔鹧鸪天〕词的习惯。

明代传奇的开场中用〔鹧鸪天〕词调的作品极少，以《古本戏曲丛刊》为例，有《新刻出像音注增补刘智远白兔记》《刘玄德三顾草庐记》《伍伦

---

[1]　钱南扬校注《永乐大典戏文三种校注》，中华书局，1979，第219页。

全备忠孝记》《香囊记》《苏英皇后鹦鹉记》《韩湘子九度文公升仙记》《宝剑记》《珍珠记》《观世音修行香山记》《袁文正还魂记》《汉刘秀云台记》《武侯七胜记》《双杯记》等 13 部传奇如此使用。此外，沈泰《盛明杂剧二集》所收的许潮《同甲会》杂剧中，有一段写当时人演传奇的文字，开场处也用了〔鹧鸪天〕，详情如下：

> （末）近访得西京有一个会演传奇的子弟，殊有梨园格范，唤他来演一桩故事……（副末）理会得了。（鸣锣科）〔鹧鸪天〕暑往寒来春复秋。夕阳西下水东流。百年富贵三更梦，千古英雄一土丘。　　消俗闷，破闲愁。黄金难买少年游。细物推理宜行乐，莫向西风叹白头……

此剧中剧的名目尚待考证。

这些〔鹧鸪天〕词或介绍创作缘起，或介绍剧情，或抒发教化观念，或提倡及时行乐，在创作主题上并没有什么特殊之处。这些剧目大都产生较早，全非明代戏曲大家手笔，个别作品系书坊修订之作；数量有限，在存世的明代传奇剧本中比例极小。从上述情况看，明代并未形成在开场中使用〔鹧鸪天〕词牌的传统。

日本内阁文库藏明万历刊本《易水歌》，作者叶宪祖。该剧开头采用了〔鹧鸪天〕词讲解剧本大意，词牌前注"末开场白"① 四字，表明该词系开场者"末"的宾白，非唱词。黄仕忠编校的《明清孤本稀见戏曲汇刊》上册收录了上述版本，整理者罗冠华校记云："此副末开场，校本删去《鹧鸪天》词，仅留正名四句。"② 此处所说的"校本"指明代沈泰《盛明杂剧》所收录的《易水歌》。沈泰删去该词，未必是杂剧不需要开场词的缘故，因为明杂剧创作深受传奇体影响，《盛明杂剧》初集中汪道昆的杂剧皆有末先上场念开场词的做法。《盛明杂剧》所收录的《易水歌》之所以删掉〔鹧鸪天〕词，大概是沈泰认为开场中不适合使用〔鹧鸪天〕词调。

（二）人物宾白中的〔鹧鸪天〕词

〔鹧鸪天〕词用作他人上场词的情况很少，例见上文所列表格，其内容或吟咏风物，或抒发情怀。当吟诵者是外或老旦时，其内容多概述家庭与

---

① 黄仕忠编校《明清孤本稀见戏曲汇刊》（上），广西师范大学出版社，2014，第 132 页。
② 黄仕忠编校《明清孤本稀见戏曲汇刊》（上），广西师范大学出版社，2014，第 134 页。

个人现状，间或表达对家庭的期待，如《怀香记》第三出〔鹧鸪天〕：
"（外）黄阁归来鞋履轻。（老旦）天将五福介康宁。（旦）可怜诗礼虚先
业，（贴）应托门楣慰暮庚。（外、老旦）人富贵，景和明。（旦、贴）花
枝灼灼鸟嘤嘤。（合）尊前有酒须当醉，来日阴晴未可评。"本剧第三十七
出〔鹧鸪天〕云："（外）身阅升平乐暮龄。颜如玉雪鬓如星。（老旦）凤
帏香暖春同老，龙陛恩深宠不惊。　　　　（外）时履盛，势持盈。常存谦抑
见几明。（合）琼花共慰门楣望，亦胜莱儿戏彩情。"旦、贴使用该调的情
况极少，本剧第三十八出〔鹧鸪天〕有一例："（旦）白玉楼成促去期。天
公故使哲人萎。（贴）泪添九曲黄河溢，恨压三峰华岳低。　　　（旦）云梦
杳，凤缘暌。风摧连理剩孤枝。（合）英魂缥缈烟波远，截发空怀薤露词。"
表达对恋人的怀念，情感悲戚。

　　从效果上看，借词体写对话，可以使剧本的语言更为简洁，节奏更为
明快，彰显剧作者高超的语言能力和驾驭多种文体进行戏曲创作的艺术技
巧。从文体风格上看，词是比曲高雅、比散白骈俪的文体，用词体写对话，
是雅化戏曲，体现了浓郁的文人趣味。

　　除了上述若干例子，〔鹧鸪天〕主要用于生角冲场中的上场词，介绍人
物身份、才气、性情以及仕途或婚恋等方面的心愿等。这些生角大都才华
杰出，功名未遂；怀瑾握瑜，壮志难酬。大多数人即将赶考或正在赶考期
间，也可能出于其他原因羁旅他乡。随着故事开展，他们经历种种磨砺，
终于高中，并与剧中的女主角成就良缘。例如《东郭记》中的齐人词云：
"他年衣锦归来日，应使乡间共口提。"《牡丹亭》中柳梦梅词云："必须砍
得蟾宫桂。"这种写法给读者或观众一定的剧情暗示，堪称一部戏的题眼，
后面的戏剧情节大都围绕该词展开。李渔《闲情偶寄》云："开场第二折，
谓之'冲场'……此折之一引一词，较之前折家门一曲，犹难措手，务以
寥寥数言，道尽本人一腔心事，又且蕴酿全部精神，犹家门之括尽无遗也。
同属包括之词，而分难易于其间者，以家门可以明说，而冲场引子及定场
诗词全用暗射，无一字可以明言故也。非特一本戏文之节目全于此处埋根，
而作此一本戏文之好歹，亦即于此时定价。"① 李渔对开场词和上场词的各
自功能及其创作标准分析得非常细致，从总体上看，〔鹧鸪天〕的创作与李
渔提出的标准相符，只可惜李渔在总结上场词的创作时并未注意到此处词

---

① 李渔：《闲情偶寄》，载《李渔全集》第三册，浙江古籍出版社，1991，第 61 – 62 页。

调选择的规律。

在明代传奇戏曲中，〔鹧鸪天〕词的使用者大多为男性，也是明代戏曲所用的词调中最有性别指向性的一个，这大概与宋代以来形成的该词调的创作传统有关。

宋代最早填写〔鹧鸪天〕词的是夏竦，其词云："镇日无心扫黛眉。临行愁见理征衣。尊前只恐伤郎意，阁泪汪汪不敢垂。　　停宝马，捧瑶卮。相斟相劝忍分离。不如饮待奴先醉，图得不知郎去时。"① 从其内容看，该词与晚唐五代的《尊前集》《花间集》中的很多词作一样，拟托女子之口，作于宴饮之际，内容也围绕酒筵和闺情离思展开。此后欧阳修"学画宫眉细细长"②、晏几道"彩袖殷勤捧玉钟"③ 等〔鹧鸪天〕词，皆是如此。

以男性视角作〔鹧鸪天〕词，始于苏轼及其周围的文人群体。苏轼的《鹧鸪天》（林断山明竹隐墙），词调下注"东坡谪黄州时作此词"④，下片"杖藜徐步转斜阳。殷勤昨夜三更雨，又得浮生一日凉"，表达了旷达情怀。《鹧鸪天》（笑捻红梅亸翠翘）⑤ 与《鹧鸪天》（罗带双垂画不成）⑥，皆以男性视角描写侍儿神情。王诜与苏轼交好，一生词作不多，其《鹧鸪天》云："才子阴风度远关。清愁曾向画图看。山衔斗柄三星没，雪共月明千里寒。　　新路陌，旧江干。崎岖谁叹客程难。临风更听昭华笛，簌簌梅花满地残。"⑦ 王诜本系驸马，曾受苏轼牵连贬官，该词或许作于贬谪途中。羁旅之情，思念之意，绰约于明月、笛声、梅花等意象中，其口吻亦为男性。李之仪，苏门文人集团重要成员，《全宋词》收录其《鹧鸪天》词3首，除了以男子视角描绘女子之作，也有抒发人生感慨者，如："收尽微风不见江。分明天水共澄光。由来好处输闲地，堪叹人生有底忙。　　心既远，味偏长。须知粗布胜无裳。从今认得归田乐，何必桃源是故乡。"⑧ 与苏轼贬谪黄州之作相类，皆摆脱了《尊前》《花间》之传统，抒发文人士大

---

① 唐圭璋编《全宋词》，中华书局，1965，第9页。
② 唐圭璋编《全宋词》，中华书局，1965，第148页。
③ 唐圭璋编《全宋词》，中华书局，1965，第225－228页。
④ 唐圭璋编《全宋词》，中华书局，1965，第288页。
⑤ 唐圭璋编《全宋词》，中华书局，1965，第288页。
⑥ 唐圭璋编《全宋词》，中华书局，1965，第334页。
⑦ 唐圭璋编《全宋词》，中华书局，1965，第272页。
⑧ 唐圭璋编《全宋词》，中华书局，1965，第346页。

夫的放达情怀。黄庭坚的这类〔鹧鸪天〕词尤其多①，其中《鹧鸪天》（西塞山前白鹭飞）檃括了张志和的《渔父》，末句"人间底是无波处，一日风波十二时"，尤见其洞察人生的境界，放达处世的情怀。或许因为词法和意境皆似东坡，该词曾被误认为出自苏轼之手。总之，苏门文人群体拓展了〔鹧鸪天〕词的创作视角和主题。自苏门文人群体参与〔鹧鸪天〕创作之后，表达思念恋人主题时，既有女性视角，也有男性视角，抒发其他主题的〔鹧鸪天〕词则主要以男性视角进行创作。这种性别选择得到了明代曲家的继承，以〔鹧鸪天〕词抒发文人的处世情怀与理想的写作传统，也影响了传奇中〔鹧鸪天〕词的创作。

（三）〔鹧鸪天〕的创作技法与文本形式

明传奇中的〔鹧鸪天〕词，有些直接来自宋词，如《古本戏曲丛刊》初集所收录的《破窑记》第二十出〔鹧鸪天〕词："五百名中第一仙。花如罗绮柳如烟。绿袍着处君恩重，黄榜开时御墨鲜。　　龙作马，玉为鞍。等闲平步上青天。时人莫讶登科早，月里嫦娥爱少年。"眉批"集古成〔鹧鸪天〕词作引"，其实不然。一是该词非集古之作，而是引用之作。与宋代无名氏的〔鹧鸪天〕相比，句子顺序和个别字词略有更改，原词云："五百人中第一仙。等闲平步上青天。绿袍乍著君恩重，黄榜初开御墨鲜。龙作马，玉为鞭。花如罗绮柳如绵。时人莫讶登科早，自是嫦娥爱少年。"②二是该词以小字写就，每列向下缩进一个字的空格，从形式上看属于宾白，是词而非曲。《双鱼记》第二十六出〔鹧鸪天〕词，后半阕全用晏几道《鹧鸪天·彩袖殷勤捧玉钟》后半片，属于局部引用。

除了全部或局部引用之外，其他〔鹧鸪天〕词在写法上与宋词中的〔鹧鸪天〕相比，并无大的差别，值得关注的是檃括、集句等方法的运用。

檃括如《黄孝子传奇》第二出〔鹧鸪天〕（作品中原未标词牌名，根据其格律可以判断为〔鹧鸪天〕）词云："解组辞官下泽居。红尘踪迹更何如。十年不佩封侯印，万卷惟藏教子书。　　樽有酒，食无鱼。忠诚孝义两无亏。战袍羞睹团花胄，回首群山耸翠微。"檃括了元代成廷圭的诗作《送钱万户归泉南》："八月归来下泽车，将军此意复何如。十年不佩封侯印，万

---

① 唐圭璋编《全宋词》，中华书局，1965，第 394 – 395 页。
② 唐圭璋编《全宋词》，中华书局，1965，第 3671 页。

卷惟收教子书。风月祇今尊有酒，江湖何处食无鱼。建溪为谢罗从事，久不题诗寄竹居。"①

集句如《狮吼记》第三出苏轼上场词〔鹧鸪天〕云："双龙阙下拜恩初。天语躬承注起居。载笔已齐周右史，论诗更事谢中书。　　青琐闼，凤凰池。泠泠宫漏响前除。还闻汉主亲词赋，好为从容奏子虚。"这是一首集句词，上片四句出自唐代韩翃的《访王起居不遇留赠》；下片前两句化用南朝梁代范云的《古意赠王中书诗》"摄官青琐闼，遥望凤凰池"②，后三句出自唐代李远的《赠弘文杜校书》末三句。倘若所集之句或者所檃括之诗的时代晚于剧中人物生活的时代，就难免给人以牵强之感。比如叶宪祖《鸾鎞记》中唐代杜羔的上场词〔鹧鸪天〕云："载酒无人过子云。掩关昼卧客书裙（《会客有美堂，周邠长官与数僧同泛湖往北山，湖中闻堂上歌笑声，以诗见寄，因和二首，时周有服》）。花枝不共秋敧帽，笔阵空来夜斫营。　　惟日饮，以诗鸣（《王巩屡约重九见访，既而不至，以诗送将官梁交且见寄，次韵答之……》）。天教闲客管青春（《次韵王晋卿惠花栽，栽所寓张退傅第中》）。穷途正是不龟手，与世羞为西子矉（《赠李兕彦威秀才》）"。括号中的作品均为宋代苏轼之作，剧本未注明出处。③ 不仅如此，该剧第二十出公主、令狐夫人、鱼练师咏牡丹之〔鹧鸪天〕词，实际是辛弃疾咏牡丹的〔鹧鸪天〕词，显然作者在创作时疏于考虑时代因素，给人白璧微瑕之憾。

此外，在词句中增加衬字或嵌句，使人物对话更流畅自然、明白妥帖，是戏曲中〔鹧鸪天〕与宋词〔鹧鸪天〕的又一差异。比如汤显祖的《南柯记》第四十一出蚁王与蚁后的对白调寄〔鹧鸪天〕，其中增加了大量衬字和嵌句：

> 〔老〕大王千岁。〔王〕梓童免礼。〔鹧鸪天〕千岁。默坐长秋心暗焦。这些时宫闱不见粉郎朝。〔王笑介〕你不知他凭依贵势干天象。俺处置他空房入地牢。〔老泣介〕原来这等了。天呵，则说他能笑散，美游遨。怎知他于家为国苦无聊。〔王恼介〕笑你区区儿女寻常事，败

① 顾嗣立编《元诗选》第三册，上海古籍出版社，1993，第 435 - 436 页。
② 逯钦立辑校《先秦汉魏晋南北朝诗》，中华书局，1983，第 1544 页。
③ 张志烈、马德富、周裕锴主编《苏轼全集校注》，河北人民出版社，2010，第 912、1569、3413、5080 页。

坏王基悔怎消。①

　　明代戏曲中的词很多都有衬字、嵌句或删减字、句的现象，虽然增强了词的实用性，却破坏了词的格律，在一定程度上促进了词的曲化。但是，〔鹧鸪天〕词终究不是曲，在大多数戏曲剧本的书写或刊印中，其文本形式和宾白保持一致，以便和曲子区分开来，符合《李九我批评破窑记》第二十四出眉批所说的样式规则："凡传奇曲词，唱者大书，诗白小写，方易辨识。"但是，在个别明刻本如日本内阁文库藏明万历刊本《易水歌》以及今人整理的个别剧本中，〔鹧鸪天〕词的字号、字体均与剧本中的唱词一致，其实不妥，不易区分曲与白。今之戏曲整理应当辨析剧本中的〔鹧鸪天〕究竟是词是曲，然后遵循传统规则选择合适的字体、字号刊印。

四　明代戏曲中的〔鹧鸪天〕曲

　　在明代曲谱中，北曲〔鹧鸪天〕属于大石调，南曲〔鹧鸪天〕属于仙吕宫，但是关于〔鹧鸪天〕曲的宫调及其在明代戏曲中的用法和位置，学界尚存争议或含混不清之处，有待辨明。

（一）北曲〔鹧鸪天〕

　　目前可见的关于北曲〔鹧鸪天〕的记载非常少。元代燕南芝庵《唱论》"近世所谓大乐"中列有"晏叔原《鹧鸪天》"②，实为19首从春景写到冬景的宋词大曲，皆以女子思念恋人为主题③。杨朝英《阳春白雪》"大乐"中的〔鹧鸪天〕作品，宫调标注为"大石调"，仅录有一首作品，即上述晏几道《鹧鸪天》中的"彩袖殷勤捧玉钟"一词。④陶宗仪《南村辍耕录》卷二十七大石调中最后一个曲牌是〔鹧鸪天〕，但是没有提供具体作品。以上是目前能查到的关于北曲〔鹧鸪天〕宫调归属的最早记录。由此可以判断，〔鹧鸪天〕在元代已经被曲化了，其最近的血脉是宋代大曲，属

---

① 汤显祖著，徐朔方笺校《汤显祖戏曲集》（下），上海古籍出版社，2010，第 673 页。
② 燕南芝庵：《唱论》，中国戏曲研究院编《中国古典戏曲论著集成》（一），中国戏剧出版社，1959，第 159 页。
③ 唐圭璋编《全宋词》，中华书局，1965，第 225－228 页。
④ 杨朝英编，许金榜注《阳春白雪》，中州古籍出版社，1991，第 11 页。

大石调。此后，在周德清《中原音韵》等元代曲论中，均未见关于该曲的论述。

元代关于〔鹧鸪天〕的创作亦极少见，隋树森编的《全元散曲》中有一首〔鹧鸪天〕曲："烟柳风花锦作园。霜芽露叶玉装船。谁知皓齿纤腰会，只在轻衫短帽边。　　啼玉齎，咽冰弦。五牛身后更无传。词人老笔佳人口，再唤春风到眼前。"① 其位置在杨立斋《般涉调·哨遍》套曲序言之后、〔哨遍〕套曲之前。杨立斋序云：

> 张五牛、商正叔编《双渐小卿》，赵真卿善歌，立斋见杨玉娥唱其曲，因作〔鹧鸪天〕及〔哨遍〕以咏之。②

序言显然说明〔鹧鸪天〕与〔哨遍〕是并列关系，而且两者押韵完全不同，〔鹧鸪天〕押先天韵，〔哨遍〕押家麻韵，所以〔鹧鸪天〕并不属于《般涉调·哨遍》套曲。郑骞《北曲新谱》中说〔鹧鸪天〕："亦入般涉，冠于〔哨遍〕套之首，例如《太平》所收杨立斋《烟柳风花》曲。此曲与正套不协同韵，盖念而不唱，与套中诸曲不同。"③ 窃以为此论不足以成立，而且在元、明两代传世的曲论中，除此孤例以外，未见〔鹧鸪天〕可入般涉调的任何说明。

从明初朱权《太和正音谱》到明前中期的其他曲谱，皆未见收录北曲〔鹧鸪天〕。李玉修订的《北词广正谱》与《辍耕录》一样将其列入北曲大石调，且指出其格律与诗余同，示例是元代冯子振的《鹧鸪天·赠珠帘秀》"凭倚东风远映楼"。④ 清代《九宫大成南北词宫谱》北曲谱大石角调中收录有明代月令承应戏的一套曲子，开头便是〔鹧鸪天〕，但只填了上片。在现存的北曲创作典范——元杂剧剧本和元曲散套中，未见将〔鹧鸪天〕作为北曲大石调套曲首曲的用法，在明代传奇和杂剧中也非常罕见。

（二）南曲〔鹧鸪天〕

在明代传奇中，〔鹧鸪天〕曲牌上方多标注"南仙吕引子"。沈自晋指

---

① 隋树森编《全元散曲》（五），中华书局，1964，第1271页。
② 隋树森编《全元散曲》（五），中华书局，1964，第1271页。
③ 郑骞：《北曲新谱》，台北艺文印书馆，1973，第188页。
④ 李玉：《北词广正谱》，载王秋桂编《善本戏曲丛刊》第六辑，台北学生书局，1987，第383页。

出该曲与词格律相同，其《南词新谱》、蒋孝《旧编南九宫谱》、程明善《啸余谱》，清代沈雄《新编南词定律》、周祥珏与邹金生辑《九宫大成南北词宫谱》等，均将〔鹧鸪天〕列入南曲仙吕宫引子之列。作为引子的〔鹧鸪天〕与作为宾白的〔鹧鸪天〕词相比，其抒情内容、抒情主体等均发生了变化。

1. 南曲〔鹧鸪天〕抒发离情别绪

在戏曲实践中，南曲〔鹧鸪天〕一般用来抒发离情别绪。此曲的别名就暗示了这一特征。明清曲谱，如《旧编南九宫谱》《南词新谱》《啸余谱》和《九宫大成南北词宫谱》所举〔鹧鸪天〕曲例，都是南戏《琵琶记》第五出末尾蔡伯喈与赵五娘分别时所唱。《九宫大成南北词宫谱》指出，这支曲子"一名〔骊歌一叠〕"。[①]

"骊歌"就是告别的歌，亦即"离歌"。唐代李縠《浙东罢府西归酬别张广文皮先辈陆秀才》有"相逢只恨相知晚，一曲骊歌又几年"[②] 之句。宋代韩淲有〔鹧鸪天〕词，题作"离歌一叠"，其首句云："只唱离歌一叠休。"[③]"骊歌一叠"的曲名，当即本此而来。除韩淲外，宋人鲜有用此名者。《九宫大成南北词宫谱》中的标注，与其说是继承于宋词，毋宁说是对〔鹧鸪天〕曲在戏曲中使用规律的总结。

值得特别注意的是，南曲〔鹧鸪天〕用来抒发离情别绪时，一般是做尾声使用。前文已述，〔鹧鸪天〕属于南曲引子。引子是南戏和传奇曲体中的重要概念，源自宋词大曲。周密《癸辛杂识》续集卷上云："凡大燕集乐初作，必先奏引子。谓如大石调，引子则自始至终，凡丝竹歌舞，皆为大石调。直至别奏引子，方随以改为耳。"[④] 即在宋词乐中，引子是一个宫调组曲的开端，引子之后的曲子应和引子来自同一宫调。然而据李飞跃考证，宋代"引子不仅是作为组曲的调首曲，还可作为调尾曲使用，其作用主要是引导歌舞演员及竹竿子的出场、退场或复位"[⑤]。

南曲引子和宋词引子在使用中大致相同，一般引子在前，过曲在中，尾声在后。但是，〔鹧鸪天〕属于比较少见的情况。清人王正祥《新订十二

① 王秋桂主编《善本戏曲丛刊·九宫大成南北词宫谱》卷一，台北学生书局，1987，第295页。
② 周振甫主编《唐诗宋词元曲全集　全唐诗》第十二册，黄山书社，1999，第4697页。
③ 唐圭璋编《全宋词》，中华书局，1965，第2250页。
④ 周密撰，吴企明点校《癸辛杂识》，中华书局，1988，第132页。
⑤ 李飞跃：《"引"体考辨》，《郑州大学学报》2014年第6期。

律京腔谱凡例》云："曲中如〔红衲袄〕〔不是路〕〔入赚〕〔鹧鸪天〕之类，诸套曲文前后俱可取用。"①

南曲引子〔鹧鸪天〕用于表达离别哀伤，一般位在套曲之后，作为尾声。民国曲家许之衡最早对此有过论述，其《曲律易知》对这种现象做过总结："引子而可作尾声用者，惟〔哭相思〕〔鹧鸪天〕〔临江仙〕三曲。均合用之离别悲哀时。〔哭相思〕〔鹧鸪天〕，均不宜用诸过曲之前、与普通引子等也。"②此后论及南曲〔鹧鸪天〕者多承许氏观点，如吴梅弟子汪经昌在其《曲学例释》卷三云："引子曲牌，作尾声用者，仅〔哭相思〕〔鹧鸪天〕〔临江仙〕三曲，系于离别悲哀时用之，均不宜用诸过曲之前而与普通引子等也。"③可以看出，两段引文存在承袭关系。钱南扬曾于北大读书期间向许之衡学习曲学，其《戏文概论》云："引子又可作尾声用，一般都用在戏文情节悲哀的时候。"④当亦指〔鹧鸪天〕等三调为言。

从明传奇的创作情况看，许之衡等人的结论大致可靠，〔鹧鸪天〕多用于一出戏的末尾。这种形式始于南戏，如《琵琶记》第五出末尾蔡伯喈与赵五娘分别时所唱。明传奇如汪廷讷原刻本《天书记》传奇第六出末尾用〔鹧鸪天〕收尾，其曲云：

> （生唱）别去长怀母倚闾。（贴云）儿，但愿得归来喜见子华琚。（旦唱）绣帷甘守鸳衾冷。（生唱）书幌谁怜雁帛无？（下）（贴、旦吊场）（贴）牢瞻望，慢嗟吁。空教别泪渍罗襦。（旦云）婆呵，你此时暂辍离情苦，他日常耽暮景娱。⑤

全曲以"离情苦"为主题，风格哀伤，相当典型。

需要说明的是，〔鹧鸪天〕作为尾声，并不一定是全出最后一支曲子。明代戏曲中有一些比较少见的例子，如《古本戏曲丛刊》中所见四例：

① 王正祥：《新定十二律京腔谱凡例》，载俞为民、孙蓉蓉编《历代曲话汇编·清代编》第二集，黄山书社，2008，第31页。
② 许之衡：《戏曲源流·曲律易知》，中国戏剧出版社，2015，第214页。
③ 汪经昌：《曲学例释》，台北中华书局，1984，第253页。
④ 钱南扬：《戏文概论》，上海古籍出版社，1981，第189页。
⑤ 汪廷讷：《天书记》，载黄仕忠编校《明清孤本稀见戏曲汇刊》（上），广西师范大学出版社，2014，第421页。

表8　《古本戏曲丛刊》初集、二集明传奇中〔鹧鸪天〕的特殊位置

剧目出次	本出曲牌
《三桂联芳记》第27出	〔恋芳春〕〔引子〕〔生查子〕(南吕引子)、〔鹧鸪天〕(仙吕引子；生退场)、〔惜奴娇〕(双调)、〔斗黑麻〕(越调)、〔前腔〕〔前腔〕〔锦衣香〕(双调过曲)、〔浆水令〕(双调过曲)、〔尾声〕
《鹔钗记》第24出	〔燕归梁〕(正宫引子)、〔滴溜子〕(黄钟)、〔前腔〕〔生查子〕(南吕引子)、〔尾犯序〕〔前腔〕〔前腔〕〔鹧鸪天〕(仙吕引子；末退场)、〔窣地锦裆〕(双调)、〔哭歧婆〕(双调)
《西楼梦》第14出	〔山歌〕〔卜算子〕(仙吕引子)、〔九回肠〕(仙吕过曲)、〔一封书〕(仙吕过曲)〔鹧鸪天〕(仙吕引子；旦、末、丑同下)、〔缕缕金〕(中吕过曲；老旦、小净上唱)
《鸣凤记》第29出	〔玩仙灯〕〔前腔〕〔红衲袄〕(南吕过曲)、〔前腔〕〔前腔〕〔前腔〕〔鹧鸪天〕(仙吕引子；旦、贴退场，外吊场)〔红衲袄〕(南吕过曲)

　　上述四例中的〔鹧鸪天〕曲均关乎离别，情感哀伤，但非一出戏的尾曲。从戏剧情节看，唱完该曲，别离者退场，此出戏的核心情节其实已经完成了。〔鹧鸪天〕之后的情节，除了《三桂联芳记》外，其他各例显然属于角色吊场，吊场实质上属于两出戏之间短暂的过渡环节，所用曲牌亦非仙吕过曲，与〔鹧鸪天〕形成了音乐上的截断。从这个意义上说，〔鹧鸪天〕的这种用法仍然符合许之衡总结的规律，用作套曲的尾声。

　　如果〔鹧鸪天〕表达的内容与别离无关，本曲就不做尾声使用。本曲可以用作人物上场引子，位于一出戏的开头或中间位置，传达的情感可悲可喜。

　　例如，边三岗的《芙蓉屏记》第一出和第三十四出，人物一上场即用了〔鹧鸪天〕曲[1]，两者均由生唱，《孔夫子周游列国大成麒麟记》第八、二十二、三十三出的第一支曲子亦均为〔鹧鸪天〕。这五支〔鹧鸪天〕曲的内容皆与寻常传奇第二出正生上场词〔鹧鸪天〕相似，主要用于彰显人物身份、性格等，皆无别离、哀伤之意。《周羽教子寻亲记》第十七出〔鹧鸪天〕系本出首曲，旦上场的引子，然而只有上片作曲用，下片作宾白，曲、词皆悲痛之语。《锦笺记》第三十七出中间的〔鹧鸪天〕系旦、小旦上场时与生分句所唱，哀愁婉转。类似例子虽然极少，但是反映了〔鹧鸪天〕引子除了用于表达别离悲伤之外，也可以像其他引子一样用于一出之首或一出的中间位置。

---

　　[1]　黄仕忠编校《明清孤本稀见戏曲汇刊》(上)，广西师范大学出版社，2014，第346、402页。

因此，王守泰根据〔鹧鸪天〕的位置不合南戏引子的常规用法，判断该曲"从不作引子用"①，"总是放在一折戏结束时起尾声作用，也可放在尾声后面"②。持论稍嫌绝对，不合乎明代创作实际。

总之，〔鹧鸪天〕大多用于抒发离情之悲，作尾声使用；间有作为人物上场的引子，可以灵活使用。

2. 南曲〔鹧鸪天〕的运用规律

根据明传奇中〔鹧鸪天〕的实际用法，可以将其使用规律总结如下。

其一，〔鹧鸪天〕通常上下片全填，个别仅填半阕。

汪经昌指出〔鹧鸪天〕系南曲仙吕中的"纯引子"，"纯引子之曲牌，可照曲牌格式全填，亦可只填首二句，而不必全部照填。但作全支引子时，应标明所用引子牌名，若不全填，只须标一'引'字，不必标明牌名"③。如上文所举《三桂联芳记》第二十七出的曲牌〔引子〕。在明代剧本中，〔鹧鸪天〕通常没有省句，上下片全填，且标明了曲牌名。

但是，也存在一些仅填半阕的情况，比如《古本戏曲丛刊》二集所收《新刻出相点板樱桃记》上卷第二出正生出场，先唱引子〔恭疏引〕，又唱曲子〔赛鹧鸪天〕。根据一人上场后只能使用一支引子的创作原则，可以推测〔赛鹧鸪天〕为普通过曲而非引子，其曲名比〔鹧鸪天〕多一"赛"字，曲辞仅填了上阕，此曲之后正生才以宾白的形式自报家门。《金莲记》第十一出人物上场曲题作〔鹧鸪引〕，仅填〔鹧鸪天〕上半阕。《孔夫子周游列国大成麒麟记》第三十三出首曲〔鹧鸪天〕，仅填后半阕。《古本戏曲丛刊三集》所收《红情言》第三十一出《江遇》尾曲题作〔鹧鸪前〕，仅填前半阕。

其二，当〔鹧鸪天〕位于末尾时，其后不宜用落场诗。

一般情况下，引子系散板干唱，"有以小快板代引子者，即为'冲场曲'"④。〔鹧鸪天〕本身的句式就极类七律，加上散板干唱，该曲大体上每个字对应一个音级，腔调简单，"很少"有一字对应多个音级的情况，极似诗歌吟诵。明代戏曲每出（折）末尾的落场诗句式与之类似，如果加上落场诗，在阅读和演出中极易给人结尾音乐单调呆板之感。何况〔鹧鸪天〕

---

① 王守泰主编《昆曲曲牌及套数范例集·南套》（上），上海文艺出版社，1994，第156页。

② 王守泰主编《昆曲曲牌及套数范例集·南套》（上），上海文艺出版社，1994，第156页。

③ 汪经昌：《曲学例释》，台北中华书局，1984，第252页。

④ 齐森华、陈多、叶长海主编《中国曲学大辞典》，浙江教育出版社，1997，第698页。

本就用于表达人物别离，此曲结尾往往伴随着相关人物的退场，设若此时当退不退、再念四句退场诗而后退场，又给人以拖泥带水、画蛇添足之感。所以，在明代戏曲剧本中，当〔鹧鸪天〕充当一出戏的尾曲时，其后往往不用落场诗。因此在《三先生合评元本琵琶记》第五出中，"汤显祖"评云："凡〔鹧鸪天〕后不得用落场诗，俗添者谬。"①

现存的明代戏曲剧本以该曲结尾者也有一些用了落场诗的作品，如《贞文记》第二十六出、《金莲记》第三十出、《三桂联芳记》第十三出、《红情言》第三十一出、汪廷讷原刻本《天书记》第六出等，严格来说，这种做法并非当行。

其三，〔鹧鸪天〕与〔哭相思〕的使用差异。

〔鹧鸪天〕属于仙吕引子，〔哭相思〕属于南吕引子。〔鹧鸪天〕在一出戏中通常只使用一次，多人接唱或合唱一首〔鹧鸪天〕，算作一次。〔哭相思〕可以在同一出中出现两次。比如《玉环记》第二十八出第一支〔哭相思〕位于中间位置，由旦唱，第二支位于结尾，由老旦唱；《玉簪记》第二十三出第一支位于中间位置，由生、旦轮流唱，第二支位于结尾，由生旦轮唱；《磨忠记》第三十六出中有两支〔哭相思〕位于中间位置，一支位于末尾。

当〔鹧鸪天〕作为引子出现在一出戏的末尾，用于表达离愁别绪时，其演唱者通常有女性参与其中，或者由女性独自演唱，与〔鹧鸪天〕词大不相同。

假如在同一出戏曲中同时使用〔哭相思〕和〔鹧鸪天〕时，〔哭相思〕的使用者更偏向于男性，比如《千金记》第九出生旦分别之际，生唱〔哭相思〕下，旦和贴唱〔鹧鸪天〕下。此外还有一个非常有意思的例子，《玉簪记》第二十三出结尾，最后一支曲牌标为〔哭相思〕，前半支由生唱完退场，后半支由旦唱。详情如下：

> 〔哭相思〕夕阳古道催行晚。听江声泪染心寒。要知郎眼赤，只在望中看。（生拜别科）（生先下）（旦）重伫望，更盘桓。千愁万恨别离间。只教我青灯夜冷香销鸭，暮雨西风泣断猿。（下）

实际上，引文中旦角所唱的是加了衬字"只教我"的〔鹧鸪天〕下片，并非〔哭相思〕。作者在写作或印刻者在刻印时漏掉了〔鹧鸪天〕的曲牌。

---

① 转引自朱万曙《明代戏曲评点研究》，安徽教育出版社，2002，第362页。

王守泰云："为了加强别离伤感的气氛，有时它和〔鹧鸪天〕连用，就要将它放在〔鹧鸪天〕前面。"① 由此例也可以看出这两支引子在连用时存在性别和排序上的差异。

需要说明的是，〔鹧鸪天〕与〔哭相思〕的格律不同，但是在现存的戏曲剧本中存在误将〔鹧鸪天〕标作〔哭相思〕的情况。如《罗衫记》第十三折最后一曲〔哭相思〕实为〔鹧鸪天〕，《金锁记》第六出最后一曲〔哭相思〕实为〔鹧鸪天〕。

结语

〔鹧鸪天〕的词体和曲体在明代戏曲中有明显的主题内容和性别区分。当〔鹧鸪天〕为词体时，偏重于男性豪情壮志与人生感悟的抒发；当〔鹧鸪天〕为曲体时，偏重于离愁别绪的表达，其演唱常有女性参与。两者虽然名称相同，却承载了不同的文体功能，在明代戏曲曲子和曲中词作的择调现象中具有典型性，对明代戏曲中的词、曲择调研究具有重要意义。此外，从文献学的角度而言，考证剧中常用同名词、曲的用法，不仅有助于明辨文体，更有助于明代戏曲文本的整理研究。

第五节　明代戏曲中的〔西江月〕词

在明代戏曲中，〔西江月〕词的使用情境及其所承载的功能比绝大多数词作更为复杂多样。因而，研究明代戏曲中的〔西江月〕词对我们了解明代戏曲中的其他词调词作具有重要参考或对比价值。

〔西江月〕在开场和正戏中均有大量分布，使用范围非常广泛，描写、抒情、议论、叙事皆可，在具体用法上，与其他词调存在很大差异。例如：

在描写方面，其他词调主要用于人物上场曲子之后，且描写的对象多为自然景物；而〔西江月〕主要用于人物对话之间，使用脚色以净、丑居多，且常和〔临江仙〕搭配使用，具有诙谐色彩。〔西江月〕描述的对象主要为社会生活场景、具体事物和人物；在描述人物时，除了像其他词调一

---

① 王守泰主编《昆曲曲牌及套数范例集·南套》（上），上海文艺出版社，1994，第90页。

样展开自我介绍，还可以用于描述他人。

在抒情方面，用于开场的〔西江月〕使用频率高于其他词调。

在议论方面，〔西江月〕偏重说理，重在劝诫，其他词调鲜见如此用者。

在叙事方面，〔西江月〕较之其他词作简明扼要，或叙述事情梗概，或介绍人物始终，或预告人物经历，后两种叙述功能未见其他词调使用。

要之，〔西江月〕篇幅短小，格律简单，易于填词；可念可唱，易于表演；这些因素均有益于该调在戏曲中广泛运用于各个行当、各种情境，并促使该调逐渐形成了亦俗亦雅、可庄可谐的风格。

一　〔西江月〕的词作数量与分布

在《古本戏曲丛刊》初集、二集所收录的近 200 种明代传奇作品中，词调〔西江月〕的使用数量名列前茅。加上诸如〔西江双月〕等以〔西江月〕本调为基础的犯调，在文本中明确标注词牌名的作品有 123 首。

开场中标注〔西江月〕牌名的词共 29 首，依次见于《重校金印记》《冯京三元记》《伍伦全备忠孝记》《薛仁贵跨海征东白袍记》《宝剑记》《鸣凤记》《劝善记》《管鲍分金记》《紫钗记》《博笑记》《锦笺记》《四喜记》《偷桃记》《四美记》《三桂联芳记》《孔夫子周游列国大成麒麟记》《墨憨斋详定酒家佣传奇》《节义鸳鸯冢娇红记》《东郭记》《鸳鸯绦》《花筵赚》《燕子笺》《春灯谜》《双金榜》《元宵闹》《西园记》《商辂三元记》《绨袍记》和《双红记》。其中，《双红记》中的词调标作〔西江双月〕，实质是将两首〔西江月〕合为一首，共四片。

正戏中的〔西江月〕词共 94 首，详见下表：

表 9　《古本戏曲丛刊》初集、二集明传奇正戏中〔西江月〕词的使用情况

序号	剧目、出（折）次	使用者	主要用途
1	《跃鲤记》第四折	外	描写景致
2	《跃鲤记》第四折	末	描写景致
3	《跃鲤记》第四折	丑	描写景致
4	《跃鲤记》第四折	净	描写景致
5	《跃鲤记》第二十六折	旦	议论辩解
6	《跃鲤记》第二十六折	生	议论劝说

续表

序号	剧目、出（折）次	使用者	主要用途
7	《伍伦全备忠孝记》第二出	生	议论劝诫
8	《伍伦全备忠孝记》第二出	生	议论劝诫
9	《香囊记》第八出	生、外、净、末	描写酒
10	《香囊记》第十出	净	描述马匹名色
11	《香囊记》第十出	丑	描写宴会食品
12	《玉钗记》第十四出	外	叙事
13	《玉钗记》第十八出	小净	描写女子外貌
14	《陆天池西厢记》第二十四折	贴	议论描述人物
15	《陆天池西厢记》第二十四折	净（女）	描述自身相貌
16	《明珠记》第十一出	净	人物自评
17	《明珠记》第二十三出	净（女）	描述宫门数量
18	《明珠记》第二十三出	丑（女）	描述宫女级别
19	《明珠记》第三十六出	末	描写花朵
20	《怀香记》第六出	贴	描写书生相貌
21	《怀香记》第六出	贴	描述书生才华
22	《怀香记》第九出	贴	描写女子相貌
23	《怀香记》第九出	贴	描写女子之美
24	《红拂记》第四出	末	叙事、点拨李靖
25	《红拂记》第三十四出	生	同第四出词
26	《劝善记》斋醮斋道	净	阐释祆教
27	《劝善记》斋醮斋道	小净	阐释道教
28	《劝善记》和尚下山	小净	描写景致
29	《劝善记》和尚下山	旦	描写和尚
30	《劝善记》和尚下山	小净	描写尼姑
31	《劝善记》匠人争席	丑	描述、争论
32	《劝善记》匠人争席	净	描述、争论
33	《劝善记》匠人争席	小净	争论
34	《劝善记》斋僧济贫	末	写景、议论
35	《劝善记》斋僧济贫	丑	叙述盲人经历
36	《劝善记》罗卜描容	生	抒情
37	《劝善记》过奈河桥	末	议论何为上等人
38	《劝善记》过奈河桥	末	议论何为中等人

续表

序号	剧目、出（折）次	使用者	主要用途
39	《劝善记》母连坐禅	生	抒情
40	《劝善记》目连寻犬	生、贴	抒情
41	《玉合记》第二十一出	丑	描写舟
42	《紫钗记》第三十八出	鲍四娘	描述鲍四娘
43	《南柯记》第三十八出	生、琼英、老旦	对话、议论、抒情
44	《邯郸记》第十三出	生、净	命令、对话
45	《义侠记》第二十五出	净	自我介绍
46	《义侠记》第三十六出	末	描写喜筵状况
47	《义侠记》第三十六出	丑	谐谑撒帐
48	《埋剑记》第十出	生	劝告
49	《博笑记》第二十一出	生	叙述经过
50	《玉簪记》第三出	净	自况、抒怀
51	《双珠记》第六出	末	议论、抒情
52	《双珠记》第三十八出	净	屋内景象
53	《双珠记》第三十八出	净	婚礼赞词
54	《易鞋记》第三十五出	外、夫人	描述景致等
55	《水浒记》第二十六出	生	描述江月
56	《绨袍记》第三十六出	生	抒情
57	《绨袍记》第三十六出	末	抒情
58	《狮吼记》第二十七出	旦、小旦	自况
59	《玉茗堂批评种玉记》第二出	末、小生、丑	议论
60	《天书记》第七出	末、丑	自我介绍、议论
61	《三祝记》第三出	净	形容范仲淹生活状况
62	《三祝记》第十一出	丑	自我介绍、抒情
63	《义烈记》第十二出	老旦、末	对话
64	《惊鸿记》第十三出	旦	自我介绍、抒情
65	《玉镜台记》第八出	末	回答筵席安排情况
66	《玉镜台记》第二十一出	生	陈述简帖内容
67	《忠孝记》第三十四出	生	叹世
68	《忠孝记》第三十四出	众	写景抒情
69	《双凤齐鸣记》第二十一出	丑	叙事

续表

序号	剧目、出（折）次	使用者	主要用途
70	《偷桃记》第十三出	院子	描绘院落厅堂
71	《偷桃记》第十五出	净、丑	描述两军对阵情况
72	《偷桃记》第十五出	外	议论汉朝政策，发号施令
73	《双烈记》第二十六出	校尉	介绍军队阵容
74	《双烈记》第二十六出	厨子	介绍才艺和食材
75	《双烈记》第二十六出	监酒	介绍酒水
76	《双烈记》第二十六出	丑	介绍教坊司本事
77	《四美记》第十四出	旦	叙事、抒情
78	《四美记》第三十九出	末	自我介绍
79	《双杯记》第十七出	净	叙事、抒情
80	《孔夫子周游列国大成麒麟记》第三出	外、老旦	叙事
81	《墨憨斋详定酒家佣传奇》第二十六出	僧	议论
82	《墨憨斋详定酒家佣传奇》第二十六出	生	议论
83	《绾春园》第十八出	末、小旦	写景、抒情
84	《绾春园》第二十二出	丑	自我介绍
85	《风流院》第十八出	旦	抒怀
86	《望湖亭》第六出	末	自我介绍
87	《望湖亭》第六出	末	谈话
88	《墨憨斋重定双雄传奇》第五出	老旦	自我介绍
89	《春灯谜》第十三出	副净	叙事、抒情
90	《春灯谜》第十三出	丑	抒情
91	《诗赋盟》第二出	仆	描述读书情况
92	《诗赋盟》第三十四出	净	婚礼赞歌
93	《诗赋盟》第三十四出	净	婚礼赞歌
94	《滑稽馆新编三报恩传奇》第四出	老旦、外、旦、小净	描写宝幡、抒情

二 〔西江月〕的格律与填词

〔西江月〕定格为双片，全调共五十字，单片二十五字，上下片格律相同。以—表示平，｜表示仄，十表示可平可仄，〔西江月〕单片的定格为：

十｜十——｜（句）十—十｜——（平韵）十—十｜——（叶平）十

｜——十｜（叶仄）。

在明代戏曲中，〔西江月〕曲与〔西江月〕词的文体差异在于，〔西江月〕曲系单片（格律与〔西江月〕词单片相同），曲体可以增加衬字衬句；〔西江月〕词是双片，增加衬字或者仅填单片并不合乎格律规范。大部分〔西江月〕词严格遵循词律而作，但是也有部分词作有增加衬字、删减字数甚至仅填单片的现象。以开场中标识"〔西江月〕"的29首词为例，其中未严格遵循定格的有9首，详情如下。

（1）《重校金印记》开场〔西江月〕："巴蜀云山接汉，洞庭衰草连天。春花秋月度流年。程途千里马，隔海未归船。　　塞北征夫忧虑，五更宰相无眠。黄金白玉帝王宣。雁飞不到处，人被利名牵。"从该词句数、字数和押韵的情况看，其格律更接近〔临江仙〕第二格格律：

十｜十—一｜（句）十—十｜一—一（韵）十—十｜｜一—一（韵）十—一｜｜（句）十｜｜一—一（韵）。

十｜十—一｜（句）十—十｜一—一（韵）十—十｜｜一—一（韵）十—一｜｜（句）十｜｜一—一（韵）。[1]

（2）《冯京三元记》开场〔西江月〕："秋月春花似水流。等闲白了少年头。玉津金谷无陈迹，汉寝唐陵失故丘。　　对酒当歌须慷慨，逢场作乐任优游。红尘滚滚迷车马，且向樽前一醉休。"从该词句数、字数和押韵的情况看，其格律更接近〔瑞鹧鸪〕：

—｜—一｜｜—（韵）｜—｜｜｜—一（韵）｜—｜｜｜—一｜（句）—｜—一—｜—（韵）

｜｜—一｜｜—（句）——一｜｜—一（韵）｜—｜｜—一｜（句）｜｜—一—｜—（韵）

显然，该剧作者或刻印者于词调上并未考究，张冠李戴。《古本戏曲丛刊》中，此剧系毛晋汲古阁本的影印本，与毛晋《六十种曲》所收版本相同。

（3）《伍伦全备忠孝记》开场〔西江月〕词："亦有悲欢离合，始终开阖团圆。白多唱少，非干不会把腔填。要得看的，个个易知易见。　　不免插科打诨，妆成乔态狂言。戏场无笑不成欢。用此竦人观看。"有衬字。

（4）《薛仁贵跨海征东白袍记》开场〔西江月〕词："一段新奇故事，

---

[1] 此格律见龙榆生《唐宋词格律》，上海古籍出版社，2010，第32页。

须交羽省驰名。三千里在腹中存。正是华筵开四座，惊动五灵神。 论此一本传奇，诸人皆晓所遇。君臣有义，夫妇有节，为子有孝，今日搬（'搬演''搬动'，原作'般演''般动'）演一回。正是一回搬动一回新。"有衬字衬句。

（5）《博笑记》开场〔西江月〕词："昭代名家野史，于今百种犹饶。正言庄语敢相嘲。却爱诙谐不少。 未必谈言微中，解颐亦自忘劳。岂云珠玉在挥毫。但可名扬为博笑。"有衬字。

（6）《燕子笺》开场〔西江月〕词："老却名缰拘管，闲充词苑平章。春来秋去酒樽香。烂醉莫愁湖上。 燕尾双义如剪，莺歌全副偷簧。晓风残月按新腔。依旧是张绪当年情况。"有衬字。

（7）《双金榜》开场〔西江月词〕："人事桑田都改，天年栎社堪终。且单衫小马踏春风。笑看盘伶撮弄。 绣岭宫中残碧，沉香亭畔余红。怎如青溪明月一渔翁。玉笛梅花三弄。"有衬字。

（8）《商辂三元记》第一折〔西江月〕词："搬演严州商辂，其父府学生员，嫡母秦氏守居孀。励志魁三榜。衣锦早还乡。"单片，但又比定格单片多一句，且字数也与定格不符。

（9）《双红记》之〔西江双月〕，其词云："传奇本供欢笑，何须故作酸辛。刑囚逼虏与遭兵。冻馁流离颠窘。 魂断穷途绝塞，谗疏节孝忠贞。令人泪眼更愁颦。却替古人耽闷。 到底虽然欢庆，其间痛楚难禁。从今丢罢怨和嗔。特阐风情侠性。 岂是忘分离合，非干不解哀忻。要令观者尽怡神。忽作楚囚悲愤。"显然是将两首〔西江月〕合为一首，更改调名为〔西江双月〕。

以上误将〔临江仙〕〔瑞鹧鸪〕写作〔西江月〕的做法，说明明代曲家对词体格律不够重视。其他7首词并未严格恪守词之格律展开创作，超过开场〔西江月〕词作总量的1/4。这些犯调现象突出表现在随意增加字句，意味着明代戏曲作家将曲体创作的手法用于词体创作中，忽略了词、曲的文体差异。

以上情况在正戏中同样存在，兹不枚举。除此之外，正戏中有仅用半片〔西江月〕的情况，如《绾春园》传奇第二十二出丑上场舞蹈时，先唱〔醉花阴〕，之后念半阕〔西江月〕词："按册千秋恶户，持刀万姓屠夫。西秦直杀到东吴。回转南齐未暮。"其词牌写作〔半个西江月〕。又如《四美记》第三十九出纯阳子上场词，题作〔西江月〕，实际上只有半片："本是儒家风裔，随缘方外修行。已曾飞剑斩黄龙。得就黄粱一梦。"正常情况下，只有曲体〔西江月〕填单片。此二剧的做法同样显示了明代曲家对词体规范的背离，这或许是明代曲家深受曲体创作规则影响的结果。

此外，个别〔西江月〕词在创作上较有特色，如《义侠记》第二十五出蒋门神（净）所念〔西江月〕，每句皆有"一"字："一自施恩打倒，一方让我为尊。一片酒店一红裙。一世无愁无闷。　　一睡起来晌午，一天瑞雪缤纷。一壶家酿醉醺醺。一步不知远近。"除第三句"片"字出律外，其他皆合格律。该词言简意赅，通俗易懂，写出了蒋门神的自大、霸道。又如《双凤齐鸣记》第二十一折丑唱完上场曲之后念〔西江月〕云："叹当初两国交兵一处，三军力弱难枝（按，当作'支'）。四下逃走急奔驰。五方旌旗矮，气他猛似六丁神。将兵屯九里山，余俺军、七零八落带伤痍。"亦以数字入词，但多衬字，不合格律。词在戏曲中的使用本就带有炫才的色彩，以数字入词尤其体现了这种创作心理。

明代曲家在填词时有檃括前人诗文的现象，〔西江月〕词中亦有类似的作品，如《易鞋记》第三十五出〔西江月〕，上片外云："秋水长天一色，落霞孤鹜齐飞。虹销雨霁彩云衢。雁断衡阳消息。"下片夫人云："看到谢家宝树，接来孟氏芳邻。趋庭鲤对赋凌云。宣室何年宠遇。"此词显然檃括了王勃的《滕王阁序》。

明代戏曲中其他词调常见的格律问题和创作中的炫才现象，在〔西江月〕词中皆可找到共同点，所以，由〔西江月〕一调在戏曲中的创作状况即可管窥其他词调的创作状况。

三　〔西江月〕的运用

在明代戏曲中，〔西江月〕词调用途最广。它可以灵活地点缀于开场或正戏中的任何位置，也可以任凭作者用来描写、抒情、议论、叙事，尽管在明代戏曲中用于叙事的词多是长调。以下结合若干实例介绍〔西江月〕的不同表达方法和运用情境。

（一）〔西江月〕的描写内容

用于描写的〔西江月〕词主要见于正戏。结合描写对象的差异，又可以将正戏中的这类〔西江月〕词分为三类。

其一，描写自然景致类。

用于写景的〔西江月〕词与戏曲中其他用于写景的词一样，通常位于一出戏的开头部分，人物上场唱完第一支曲子之后。例如《劝善记》戏文上卷《和尚下山》中，〔西江月〕用于开头部分第一支曲子之后、第一段宾白开端。其词云："对对黄鹂送巧，双双紫燕分泥。穿花蝴蝶去还回。蜂抱花须酿蜜。　阵阵落花随水，声声杜宇催归。不如归去我曾知。争奈欲归犹未。"该词的内容主要是写景，末句由景及情，勾勒主题，这种写作思路和明代戏曲中其他承担景致描写的词作相比，中规中矩，并无特别之处。

在以描写为务的词作中，〔西江月〕和其他词调的差别在于，〔西江月〕的描写对象既有自然之景，也有社会场所、具体事物和人物，纯粹用于写自然之景的并不多；其他词调的描写对象主要是自然景物，很少描述具体事物和人物。

其二，描写场所或事物类。

此类〔西江月〕词描写的对象不是自然景物，而是酒筵、厅堂等人为场所、场面，或者某些具体事物，如筵席所用之酒、水果，游街所骑之马等。这类〔西江月〕词常见于戏曲散白（人物对话）之间，其念诵者主要是男性，以净、丑一类角色居多，偶有用末、外者。表9中用途一栏标明"描写""描述"的词多属此类，例如《双烈记》第二十六出的四首〔西江月〕：

> （官）你众人听着。今日中兴筵宴，非比等闲，各宜用心承应。那仪鸾卫司摆设何如？（校尉）老爹听禀。〔西江月〕卤簿驾头先设，五门五岳仪锽。衔刀班剑与旌常。白鹭绣鸾驯象。　玉兔龙旂雉扇，负图金节辉煌。鸣鞭响处见君王。端拱九重天上。（官）是好齐整。那厨子何如？（厨子）老爹听禀。〔西江月〕厨子世间都有，似咱天下无双。擘麟炙鹿与蒸羊。炮凤烹龙异样。　彻卓铺牲小割，五齑七醢非常。驼峰虬脯脍丝汤。纵有易牙不让。（官）……那监酒，你酒何如？（监酒）老爹听禀。〔西江月〕白玉缸盛琥珀，紫檀榨滴琼浆。兰陵美酒郁金香。西域葡萄佳酿。　见说新丰味好，麻姑仙酝非常。玉膏桂髓世无双。端的是杜康不让。（官）……那教坊司本事如何？（丑）老爹听禀。〔西江月〕十棒轻敲画鼓，〔六幺〕慢奏笙簧。翠盘舞罢紫霓裳。小玉〔伊川〕齐唱。　院本内家妆束，〔清平〕翰院新

腔。梨园杂剧擅当场。便是李龟年不让。

在一出戏中，需要描写的场景或事物不止一样，因而所用词作也不止一首，这些词或者全用〔西江月〕，如陆采的《明珠记》第二十三出，由净、丑分别用两首〔西江月〕词描述宫门数量和宫女级别；或者交替使用〔西江月〕和〔临江仙〕，极少使用其他词调。如《香囊记》第十出《琼林赐宴》首领官（末）问相关执事者琼林宴会的准备事项：

> （末）今日状元游街，鞍马完备了未？（净）俱已完备了，且是好马。（末）怎见得好马，有多少名色？（净）〔西江月〕只见赤电超光越影，奔雷蹑景逾晖。晨兔挟翼绝尘飞。紫燕浮云翻羽。（末）更有甚么？（净）更有腾雾骅留（留，当作"骝"）叱拨，追风骒骍纤离。的卢一跃过檀溪。争似乌骓千里。（末）怎生模样？（净）〔临江仙〕点点流珠凝赤汗，腾腾口吐红光。骎骎龙尾掉云长。竹批双耳峻，花趁马蹄香。（末）怎生妆扮？（净）金镫纤纤垂绣络，雕鞍闪闪银装。文丝袅袅紫游缰。锦鞯花烂熳，朱鞋玉玎珰。（末）……排设的令史筵席完备了未？（丑）告大人，俱已完备了。（末）什么食品？（丑）〔西江月〕翠釜驼峰骨笋，银盘鲙缕丝飞。凤胎虬脯素麟脂，犀筋从教厌饫。（末）更有甚么？（丑）异品朱樱绿笋，香菹紫蕨青葵。五齑七醢与三臡，总是仙庖珍味。（末）怎生铺设？（丑）〔临江仙〕只见馥郁沉烟喷瑞兽，氤氲酒满金罍。绮罗缭绕玳筵开。人间真福地，天上小蓬莱。
>
>   绣褥金屏光灿烂，红丝翠管喧豗。琼林潇洒绝纤埃。纷纷人簇拥，候取状元来。

在以上引文中，第一组〔西江月〕和〔临江仙〕词皆描写状元游街之马，第二组〔西江月〕和〔临江仙〕皆写筵席所用之酒食及筵席铺设。

〔西江月〕和〔临江仙〕的这种组合关系也多次出现在其他戏曲作品中，如《玉合记》第二十一出：

> （小生扮军校上）之罘思汉帝，碣石想秦皇。禀爷爷，海势极平，不必过虑。（外）怎见得？（小生）小的道来：〔临江仙〕<u>万顷沉沉铺玉镜，水天上下争光</u>。<u>文沦细縠引波长</u>。<u>雨师尘欲洒，风伯势先降</u>。（外）怕有甚么水怪么？（小生）<u>海若天吴俱遁迹，金台绛阙微茫</u>。

（外）如今就可行舟么？（小生）<u>就教一苇定堪航。</u>却<u>正似洪涛经变野，翠岛屡成桑。</u>（外）叫长年来伺候。（丑扮水手上）……（外）你那舟好么？（丑）小的舟原有名。（外）怎见得？（丑）老爷听禀：〔西江月〕<u>苍隼还加彩鹢，飞龙紧逐长鳅。八槽三翼并戈楼。太白余皇交斗。青翰张来翠盖，灵鹢钓得金钩。</u>（外）这都是说古人的，你的怎么样？（丑）又好又好，<u>无边无底也无头。</u>（外）呀！只却不漏了？（丑）<u>君子居之何陋？</u>

以上引文的画线部分属于词作正文。词与散白夹杂存在，语言通俗易懂。此处〔临江仙〕描述适合航行的海面，〔西江月〕则描写航海之舟。两者皆用于描写，且描述对象关系紧密，再次形成了密切的组合关系。类似的用法亦见于陆采《西厢记》第二十四折、《玉镜台记》第八出、《偷桃记》第十五出等。

在明代戏曲中，一般情况下一出戏中只用一首词，用两首词的情况极少，同一出中用两个词调的情况尤其少。将〔西江月〕和〔临江仙〕组合使用，这是〔西江月〕运用中的又一特殊之处。

其三，描写人物类。

此类〔西江月〕词被用于描写人物身世、外貌、性情或才华等，其中一部分用于自我介绍，多见于人物上场唱完首曲之后。如《紫钗记》第三十八出鲍四娘上场唱完〔薄幸〕曲后，以一首〔西江月〕词作自我介绍："旧日长裙广袖，如今窄袜弓鞋。朝花冷落暮花开。不唱卖花谁买。　时学养娘催绣，闲陪幼妇题词。春丝尽也络秋丝。心绪啼痕似此。"此类作品类似上场诗，既有自我描述的作用，也带有些许抒情的色彩。又如《玉簪记》第三出金兀术上场词〔西江月〕："两眼星吞炯炯，一身虎贲昂昂。杀声直欲暗天光。那管银河翻浪。　直欲中原无主，更教四海惊慌。旌旗电闪下长江。若个争先拦当。"不仅写外在形貌，而且写内在野心。

在明代戏曲上场词中，用于自我介绍的词调不止〔西江月〕，但是用于介绍他人的词调却仅有〔西江月〕。这些词多见于人物对话之间，如《怀香记》第六出：

（贴）……他人物生得十分标致，世所罕有。（旦）怎见得？（贴）我说与你听。〔西江月〕肌润无瑕美玉，脸凝有灿轻霞。朱唇皓齿鬓堆鸦。眉笔远山如画。　十指春葱嫩好，双眸秋水清赊。身躯扭捏俏冤家。难数风流声价。（旦）不信有这般标致。（贴）不止容貌非凡，且是文才出众。（旦）怎见得？（贴）我说与你听。〔西江月〕意思云蒸波涌，才华斗炫星明。扬镳艺圃任纵横。早向名场驰骋。　　良玉不雕世宝，灵根非种天成。文魁秀士早梯云。含吐许多风韵。

前一首〔西江月〕描写韩寿的外貌，后一首〔西江月〕描述韩寿的才华。类似的，本剧第九出，贴又用两首〔西江月〕向韩寿描述旦之相貌、性情、才华、身份：

> ……（生）教我难猜。你把那人生得或长或短，或瘦或肥，或老或少，且说个形像与我。（贴）说也是，官人你听着。〔西江月〕软玉温生素质，轻霞采衬朱颜。绿云矗矗拥双鬟。唇拟樱桃鲜绽。　　星眼碧澄秋水，柳眉黛耸春山。金莲玉笋尽堪观。铁石心肠也乱。（生笑介）元（元，当作"原"）来是个女人。据你之言，乃天下绝色，下今罕有。当千古名姬中求之，只恐不能够如此。（贴）尚有好处，我比方与你听。〔西江月〕潇洒湘江妃子，风流巫峡神姬。才优褒姒与西施。谁数妖娆妲己。（生）那家宝眷？姓甚名谁？（贴）开国元勋之女，当朝皇子之姨。要知居址姓名谁。便是司空贾氏。

这类介绍他人的〔西江月〕也可以由净、丑使用，如《玉钗记》第十八出，小净张清向主人张堂介绍女房客的相貌，调寄〔西江月〕："万种妖娆可爱，百般袅娜堪夸。人间几见此娇娃。疑是神仙降下。　　时或背人不语，旋看偷觑兴嗟。当时一见满身麻。肯把情怀放下。"言语之间充满谐谑意味。

还有一些〔西江月〕用于描述人物某种状态，如《三祝记》第三出，净扮寺院长老，以〔西江月〕描述范仲淹的生活状态："晓起寒泉沃面，昼将冻粥充饥。些须下饭是酸虀。百结鹑衣蔽体。　　此室原多魑魅，数年封锁谁居。他甘心独自课诗书。真是天地生来正气。"又如《诗赋盟》第二出，书童（丑）奉命向员外禀报其子的读书情况，亦调寄〔西江月〕："不必悬梁刺股，何须闭户埋头。吟风弄月任优游。夜静瑶琴独奏。　　闷处三杯醇酿，醒来一盏清流。牙签玉轴尽搜求。落笔珠玑锦绣。"这些词在描述人物状态的同时，亦有评论之语。

从总体上看，〔西江月〕是唯一一个可以"大量"出现于人物问答之中的词牌。通常由主人发问，仆人（多为净、丑行当）以〔西江月〕词作答，主要是描述场景、物件、人物等。有些词中不乏滑稽之语，旨在引人笑乐。

（二）〔西江月〕的抒情内容

像许多用于抒情的词调一样，明代戏曲中的〔西江月〕词抒发的情感因词作出现的位置不同而有差异。

用于开场中的〔西江月〕词抒发的情感包括三种，一是光阴易逝、人生苦短，劝人及时行乐。如《宝剑记》开场〔西江月〕云："秋月照穷今古，春花开满楼台。春花落尽更还开。秋月年年长在。　　惟有浮生若梦，须知逝水难回。得时欢笑且衔杯。镜里朱颜易改。"意象、内容紧扣调名，以春花、秋月之永恒、周而复始，对比易逝的流水，并以流水隐喻短暂的人生。二是表达创作缘起。如《紫钗记》开场〔西江月〕词云："堂上教成燕子，窗前学画蛾眉。清歌妙舞驻游丝。一段烟花佐使。　　点缀红泉旧本，标题玉茗新词。人间何处说相思？我辈钟情似此。"后四句点出本剧系旧作新编，并且强调了作者重情的文学观念。三是抒发戏剧理念。如上文所引《伍伦全备忠孝记》开场的〔西江月〕词。由本章第一节中的表1可知，所有用于抒情的词调中，〔西江月〕使用的频率最高。

正戏中用于抒情的〔西江月〕词一般见于人物上场唱完第一支曲子之后，大段散白之前，抒情内容与人物在戏曲中的具体遭遇或情境有关，与开场词中类型化、程式化的抒情有很大差异。如《劝善记》下卷《目连寻犬》一出，目连唱〔佛赚〕期待观音降临，观音上场后，先唱〔山坡羊〕曲，继而目连和观音分别念诵〔西江月〕词的上下片：（目连）"昔日深蒙点化，到今感谢难忘。叩头三撮土为香。又感娘娘亲降。"（观音）"堪叹世间子女，几人能报爹娘。羡君救母孝名扬。留与后人讲讲。"人物的情感思想寄寓于人物对话之间，情感的产生与具体人物的具体行为有重要关系。

正戏中〔西江月〕所抒发的情感也可以是笼统的，不像开场〔西江月〕那样有具体内容。比如《缩春园》传奇第十八出开头〔西江月〕词上片云："向暖渐生慵思，寻春似减情欢。谈兵较武两恹恹，只有看山不厌。"词句之间是藏有情感的，但是作者并不急着说明究竟蕴藏着什么情感，想要了解清楚，读者或观众只能继续看下去。

（三）〔西江月〕的议论内容

以议论作为主要表达方式的〔西江月〕词，同样多出现在人物问答的情境中。如《伍伦全备忠孝记》第二出，伍伦全以三首〔西江月〕告诫弟弟要远离酒、色、财：

> （净）……哥哥如何见得这酒不好吃？（生）我说你听。〔西江月〕自古神仙造酒，将来祭祀筵宾。用时不过两三巡。岂至常时迷困。
>
> 善性化为凶狼，富家变作艰贫。抛家失业病缠身。一世为人混沌。……（净）哥哥如何见得这色不好？（生）我说你听。〔西江月〕莫恋歌楼妓馆，休贪美色娇声。分明是个陷人坑。世上呆人不省。
>
> 乐处易生哀色，笑中真有刀兵。等闲错脚入门庭。便是虾蟆落井。……（净）哥哥何以见得赌钱不好？（生）我说你听。〔西江月〕世上三般败事，无如赌博为先。任他财宝积如山。不勾赌场散遍。
>
> 输钱易如倾水，还本难若升天。谁家受用是赢钱。历数从头便见。

又如《劝善记》卷中《过耐河桥》一出，老夫人的鬼魂问鬼使："敢问先生何为上等之人？"鬼使以〔西江月〕作答："孝子忠（原作'中'）臣烈妇，生来气节高奇。但凭天理弗循私。死向黄泉不悔。　　万古纲常所系，九天日月争辉。神明天地共扶持。人品当居第一。"

〔西江月〕中的议论文字多偏重说理，旨在规劝。

（四）〔西江月〕的叙事内容

戏曲中的叙事词主要见于开场中介绍剧情的词，多用长调，不仅写出剧情大意，还点明剧中主要人物的人名、身份、人际关系与悲欢离合。如《牡丹亭》开场词〔汉宫春〕："杜宝黄堂，生丽娘小姐，爱踏春阳。感梦书生折柳，竟为情伤。写真留记，葬梅花道院凄凉。三年上，有梦梅柳子，于此赴高唐。　　果尔回生定配，赴临安取试，寇起淮扬。正把杜公围困，小姐惊惶。教柳郎行探，反遭疑激恼平章。风流况，施行正苦，报中状元郎。"[1] 又如虎林容与堂刊本《李卓吾先生批评幽闺记》开场中的叙事词〔沁园春〕："蒋氏世隆，中都贡士，妹子瑞莲。遇兴福逃生，结为兄弟，瑞兰王女，失母为随迁。荒村寻妹，频呼小字，音韵相同事偶然。应声处，佳人才子，旅馆就良缘。岳翁瞥见生嗔怒，拆散鸳鸯最可怜。叹幽闺寂寞，亭前拜月，几多心事，分付与婵娟。兄中文科，弟登武举，恩赐尚书赘状

---

[1] 汤显祖著，钱南扬校点《汤显祖戏曲集》（上），上海古籍出版社，2010，第233页。

元。当此际，夫妻重会，百岁永团圆。"

〔西江月〕属于小令，不宜用于详细叙事，因而用于叙事的情况很少。开场中用〔西江月〕叙事者，仅概括梗概，不在人物姓名、身份、行藏上耗费笔墨，如明人改编、刊印的《新刊重订出相附释标注月亭记》，和《幽闺记》故事相同，其开场叙事词〔西江月〕云："金主迁都汴地，大军北犯边庭。英雄缉探虎狼军。子母妹兄逐散。　旷野凰求凤侣，招商拆散恩情。一朝文武并名成。夫妇重圆欢庆。"与容与堂版本中的〔沁园春〕相比，〔西江月〕只从总体上概括戏剧中的重要事件或情节，一句概括一件事，涉及悲欢离合，让人感觉曲折可观。因为〔西江月〕篇幅短小，剧本主要人物有哪些，谁经历了哪些事情，并不一一点明，所以这样简短的〔西江月〕用于这种旧作新编的剧本里，给人一种似曾相识却又不敢判断故事新旧的陌生感和朦胧感，相当于在开场中设置悬念，引人阅读后文。

正戏中用〔西江月〕叙事的情况分三类。一是叙述事情经过，如《周羽教子寻亲记》第七出，主人（净）问张千（末）索钱结果，张千直接以〔西江月〕作答："男女登门取索，便将钱数教知。夫妻两口尽惊疑。都说虚填文契。　并无田园房屋，又无首饰金珠。那佳人心和磐石不差移。这段姻缘想未。"二是讲述一人始终，如《玉钗记》第十四出土地神托梦给琼王氏，以〔西江月〕叙述了何文秀的事迹："何氏书生文秀，因遭家难飘零。他年应许配文君。此事皆由前定。　今日西园邂逅，一时恩爱千金。中间折挫几伤心。后日重谐秦晋。"文辞中带有预言性质。三是预告人物经历，如《红拂记》第四出神仙入梦点拨李靖，以〔西江月〕预告李靖的经历："南国休嗟流落，西方自得奇逢。红丝系足有人同。月府一时跨凤。　去处须寻金卯，奔时莫易长弓。一盘棋局识真龙。好把尧天日捧。"后两种〔西江月〕多见于神仙指示、点拨之类的情节。

结语

上文所举皆典型情境中的典型例子。事实上，〔西江月〕的适用范围广，表达方式灵活，有些时候，一首〔西江月〕词可能兼具两种或多种表达方式，比如《绨袍记》第三十六折的〔西江月〕词：

〔西江月〕（生云）常想当初结义，胜如管鲍情佳。为受齐金酒争差。枉受非刑属打。　　赖尊兄别来无恙，逃生海角天涯。今朝幸喜见君家。又把绨袍赠咱。

〔前腔〕① （外云）你在死中得活，胜如枯木开花。绨袍相赠别无差。岂不闻②朋友共轻裘肥马。

此处的〔西江月〕综合运用了叙事、抒情、议论多种功能。又如《邯郸记》第十二出〔西江月〕："（生）銮驾即时巡幸，新河喜得完成。东都留守报分明。祗候都须齐整。　　（净）一要钱粮协济，诸般答应精灵。普天之下一人行。怎敢因而失敬？"兼具叙事、议论和抒情色彩。

〔西江月〕节奏感强，容易上口。上下片各有三个六字句，一个七字句，句式整齐，适合念诵。其六字句多为"二二二"节奏；两个七字句，或为"二二一二"节奏，或为"二二二一"节奏。总体上看，其节奏近似于戏曲中净丑常用的数板，便于列举事物，描述情状，或许这也是明代曲家喜好以之交由净、丑描述场景、事物、人物的原因。

此外，〔西江月〕格律简单，容易被人记住并展开即兴创作，恰如《香囊记》第八出，生、末、净、丑众人饮酒，净云："诸公在此吃酒，中间要说个文字令，道不出的就罚酒。"酒过一巡，众人联句，调寄〔西江月〕。类似的例子在明代戏曲中非常多。戏曲文学中的社会生活在一定程度上反映了现实社会生活的面貌，以〔西江月〕作为戏曲人物之酒令，很有可能受了现实社会酒令运用情况的影响。除此之外，在明代话本小说中，也有诸多以〔西江月〕词入话的例子，这些现象表明该调在明代流传广泛，易于被大众接受。由于受众广泛，其创作风格亦逐渐宜雅宜俗，这或许是戏曲中文人墨客、兵奴婢仆皆可使用该调而不显违和的原因。

总之，念诵和填词上的双重优势有力地促成了该调在明代戏曲中的广泛运用。与其他词调相比，〔西江月〕词在《古本戏曲丛刊》初集、二集中的使用次数名列前茅，既能够灵活运用于开场、正戏之中，又能够自由驾驭描写、抒情、议论、叙事等表达方式，从自然之景到厅堂筵席，从人物

---

① 在南曲中，"前腔"在戏曲中通常用于表示与前一支曲子所用曲牌相同。此处使用"前腔"，指的是"外"所用的词调与"生"所用的词调相同，皆为〔西江月〕。这两首〔西江月〕皆使用了衬字，第二首〔西江月〕仅填了半阕。增加衬字和仅填半阕的做法都更偏向于曲体的创作方式。

② "岂不闻"三字当属衬字。

到事物，从整首创作到化整为零，夹杂于宾白之间，文本内容、形式灵活多样；风格上可庄可谐，可雅可俗；表演上可念可唱①。以上种种优点，使得其他词调较难与之抗衡。

第六节　周德清的"务头"论

"务头"本系宋元俗语，元明之间经常用于指称曲子中的某种环节。例如《水浒传》第五十一回，雷横勾栏观剧，"那白秀英唱到务头"②，即是"务头"一词应用于曲场的实例。元末著名曲学家周德清在其《中原音韵》中反复使用该词，令它成为曲学史上一个很受重视的术语。然而随着语言的演变，"务头"在明代中期退出口语，其含义已不为一般人士或曲家所知。明末沈宠绥《度曲须知》就曾指出，这一术语当时已经失传："原来腔格，若务头、颠落、种种关捩子，应作如何摆放，绝无理会其说者。"③ 李渔的《闲情偶寄·别解务头》甚至谓之"千古难明"。④ 在此背景下，周德清基于"务头"建构的曲学理论也变得无法解读。

明代曲学家王骥德在其《曲律·论务头第九》中首次根据周德清的表述及其他文献证据探析"务头"的含义，嗣后众多明清曲学家参与了相关问题的讨论。由于词曲音乐的相通性，谢章铤等词学家又援引"务头"一语论述词乐，使之成为词学讨论的话题。

自吴梅以来，近现代学者考辨文献、梳理旧说，对"务头"一语提出了多种解说。然而直到今天，该词的含义尚有一定争议，周德清的"务头"曲论亦有未详之处。

一　"务头"的语源和语义

明初"务头"一语尚能通行。王骥德云："涵虚子有《务头集韵》三

---

① 明代戏曲中〔西江月〕词前后标注的舞台提示多为"白""云"等，仅《诗赋盟》第三十四出用作婚礼赞词的〔西江月〕前注舞台提示是"唱"。

② 施耐庵、罗贯中：《水浒传》，人民文学出版社，1975，第711页。

③ 沈宠绥：《度曲须知》卷上，载俞为民、孙蓉蓉编《历代曲话汇编·明代编》第二集，黄山书社，2009，第617页。

④ 李渔：《闲情偶寄》，载《李渔全集》第三册，浙江古籍出版社，1991，第42页。

卷，全摘古人好语辑以成之者。"① 涵虚子即明宁献王朱权，朱元璋第十七子。可惜《务头集韵》早已亡佚，无法据以考证。到明代中期，该词便已失传，此后的曲家重绎周德清"务头"旧说，不免望文生义，强作解人。而这个问题牵扯既久，歧说纷披杂出，为说明"务头"的真意，需要对学术史略加梳理。

以博学著于史籍的杨慎，在《丹铅总录》卷十三"部色"条中臆测："教坊家有部有色，部有部头，色有色长。元周伯清讹呼部头为务头，可笑也。"② 显然，杨慎时代的曲界已经不存在"务头"的提法，所以他武断地判定"务头"是"部头"的误写。

杨慎的误判，源于"务头"的"务"字颇难索解，因此部分曲家试图绕过这一疑问，以讹误、别称等理由，用其他音、形、意接近之字替换"务"字，进而完成说解。杨慎是其中一例，又如清人谢章铤《赌棋山庄词话》记载，康熙时人黄瓯解为："字头即务头，所谓'字端一点锋芒，见乎隐，显乎微'也。"③ 其实按诸《中原音韵》所举众例，"务头"可能是曲中的数个句子，显非"字头"之意。

亦有当代知名学者沿袭这一思路，其中影响最大的是康保成在《"务头"新说》中推测，"佛教禅宗术语'悟头'，或即'务头'之语源"。其理由如下：禅僧行秀《评唱天童觉和尚颂古从容庵录》有"法眼悟头"之说，意指"引起法眼开悟的契机和由头"。行秀之文早于《中原音韵》，他创造的"悟头"一词在元代流传甚广，"也被用来指解决某一事物的关键或方法"。而周德清长于隐语，有"借禅语说曲的可能性"，"改悟为务，盖以示与禅语有别也"；从发音上说，二者"可以互通"。康氏的结论是："务头"即"悟头"的另一写法，具有"法门、技巧、谜语、隐语的意义"④。

此论恐亦有待商榷。首先，行秀《评唱天童觉和尚颂古从容庵录》始编于1223年⑤，然而此前南宋诗人韩淲（1159－1224）早已使用过"务头"一词，其《涧泉集》卷六《题紫溪春晚图画》有句云："务头腊酒贱仍

① 王骥德著，陈多、叶长海注释《曲律注释》，上海古籍出版社，2012，第129页。
② 杨慎撰，王大淳笺证《丹铅总录笺证》（中），浙江古籍出版社，2013，第527页。
③ 谢章铤：《赌棋山庄词话》卷七，载唐圭璋编《词话丛编》，中华书局，1986，第3407页。
④ 康保成：《"务头"新说》，《文学遗产》2004年第4期。
⑤ 木村清孝：《万松行秀的禅世界——万松行秀与华严思想的关系》，《中国文化》1992年第1期。

好。"① 此外，就《"务头"新说》所举之例来看，"悟头"的语境与禅悟有关，而周德清笔下的"务头"却与禅悟毫无关涉，其判断以音律为依据，一些被视为"务头"的单字如"酒""倚""人""口"等，显然并无所谓"法门、技巧、谜语、隐语"之意。

总而言之，解释"务头"仍须回归"务"的本字。

（一）"务"不训为"紧要"

历史上，由训诂"务"字出发的解释思路颇有影响。《说文解字》云："务，趣也。"段玉裁注云："趣者，疾走也。务者，言其促疾于事也。"② 由"促疾"可以引申出"紧要"，因此车文明认为："从语意分析上看，'务'指紧要的事情，这里指紧要的地方；'头'为后缀，无义。"③

同时，训"务"为"紧要"的观点，也是学术史累积衍发的结果。王骥德早在其《曲律·论务头第九》中就认为，务头"是调中最紧要句字"④。王氏所谓"紧要"，主要是强调务头部分在整支曲子中的地位和价值，并非对"务"字的训释。其意犹如李渔所谓"曲中有务头，犹棋中有眼"⑤。而后，董每戡通过分析《水浒传》第五十一回对演出实况的描述，得出务头"就是唱到最动人处——'紧要关头'煞住了，因此务头可以解作某一句最动人的做腔处，或某一段逗人非往下听不可的紧要关头"⑥ 的结论。

本来周德清对"务头"的判断，均建立于音律的基础之上；而所谓"逗人非往下听不可的紧要关头"云云，则转移到了叙事情节的角度。更有论者在此基础上进一步生发，将"务头"彻底联系到情节之上。例如，李啸仓认为："文里所说的'务头'，是指说唱中精妙的地方，或故作玄虚，吸引观众的地方。如前举《张协状元》例，说到'那张协性命如何'；《刘知远》例，说到'三娘性命如何'，就都是'务头'，以使观众欲罢不能，好再接着听下去。可见那'务头'前的艺术魅力是很强的。"⑦

---

① 韩淲：《涧泉集》卷六，文渊阁四库全书本。
② 许慎撰，段玉裁注《说文解字注》十三篇下，上海古籍出版社，1988，第699页。
③ 车文明：《"务头"再探》，《文艺研究》2009年第2期。
④ 王骥德著，陈多、叶长海注释《曲律注释》，上海古籍出版社，2012，第128页。
⑤ 李渔：《闲情偶寄》，载《李渔全集》第三册，浙江古籍出版社，1991，第42页。
⑥ 陈寿楠、朱树人、董苗编《董每戡集》第一卷，岳麓书社，2011，第756页。
⑦ 李啸仓：《中国戏曲发展史》，中国戏剧出版社，2012，第63页。

前文已述，"务头"可能仅是某一个单字，无所谓情节的"逗人"与"紧要"。如周德清曾评论《岳阳楼》杂剧，认为其中仙吕〔金盏儿〕"黄鹤送酒仙人唱"一句，"'酒'字上声以转其音，务头在其上"①。又曾评论《王粲登楼》杂剧，认为中吕〔迎仙客〕"十二玉阑天外倚"一句，"妙在'倚'字上声起音，一篇之中，唱此一字，况务头在其上"②。以上的"酒""倚"两处务头，都是孤立的单字，既非叙事上的"紧要关头"，演员更不可能唱至"酒""倚"二字便戛然中止。

（二）从"务"到"务头"

由解释"务"字导出的另一思路是转向文化学视角，可以冯健民《"务头"探赜——破译中国戏曲史上的一个难解之谜》为代表。冯氏认为："务头"并非曲学概念，而是"江湖黑话""行业隐语"，义为"收钱"。务"在唐宋时乃是一个征税收费的部门"，路歧人"肯定少不了受到这些人的敲诈盘剥。因此，他们会对这个收钱的'务'印象深刻，耳熟能详。而一旦到了他们要为自己的表演收钱的时候，那个专管收钱的'务'便也会浮上心头。尤其在直呼'收钱'会影响观众心情的境况下，便以隐语的形式，用'务'代替'收钱'的行为，而'头'字则是一个后缀语，用以加强主语的语气，没有实际意义"③。

此论未见文献依据。更重要的是，周德清《中原音韵》指出，仙吕〔寄生草〕〔醉中天〕〔醉扶归〕④等曲子内部，均有两处务头。设若每唱短短数字就要停下来收钱，显然不符合演出的实际。同理，杨宗生《京尘剧录》所云"后阅《水浒传》，朱全（按，当为雷横）入歌院听'笑乐院本'，至'务头'，停声，乞缠头。是'务头'又似'关目'，不关曲中节拍矣"⑤的说法也不能成立。

---

① 周德清：《中原音韵》，载俞为民、孙蓉蓉编《历代曲话汇编·唐宋元编》，黄山书社，2006，第298页。

② 周德清：《中原音韵》，载俞为民、孙蓉蓉编《历代曲话汇编·唐宋元编》，黄山书社，2006，第299页。

③ 冯健民：《"务头"探赜——破译中国戏曲史上的一个难解之谜》，《东南大学学报》2014年第6期。

④ 周德清：《中原音韵》，载俞为民、孙蓉蓉编《历代曲话汇编·唐宋元编》，黄山书社，2006，第296-297页。

⑤ 杨宗生：《京尘剧录》，载傅谨主编《京剧历史文献汇编·清代卷》，凤凰出版社，2011，第508页。

上说虽然言之过当，然其联系到榷易机关"务"的方向却大致无差。其所未能解决的关键问题在于，从榷易机关"务"到曲学术语"务头"之间的联系以及语义发展的过程。

宋代的"务"具有税收职能，《宋史》记载："凡商贾之赋，小贾即门征之，大贾则输于务。"① 同时，"务"还承担了部分生活必需品的生产、运输、采购、经营等事务，如"致远务，掌分养杂畜以供负载般运"②；"水磨务，掌水磑磨麦，以供尚食及内外之用"③；"杂买务，掌和市百物，凡宫禁、官府所需，以时供纳。……榷货务，掌折博斛斗、金帛之属。……店宅务，掌管官屋及邸店，计置出僦及修造之事……"④ 由此观之，"务"是政府"通商贾、佐国用"⑤ 的重要部门。

"务"与时人生活联系至为紧密：首先，"务"所涉及的生活用品极其广泛，除了上文所提诸务，还有盐务、米务、酒务、醋务、冰井务等⑥；其次，"务"的分布遍及州县与关镇，职能范围也十分广泛⑦。因此人们对"务"必然十分熟悉。

在各种各样的"务"中，酒务因分布广泛、生产与经营收入比重较大而特受重视。据《宋史》，户部掌管的"五案"之中，其四即为"麹案"，"掌榷酤、官麹"⑧。酒的榷政机制颇为细致、成熟，《宋史》卷一八五《食货下》载：

> 宋榷酤之法：诸州城内皆置务酿酒，县、镇、乡、闾或许民酿而定其岁课，若有遗利，所在多请官酤。三京官造麹，听民纳直以取。⑨

官府大量设置酒务负责酿酒，民酿则须每年交纳赋税。三京（东京开

① 脱脱等：《宋史》卷一百六十五，中华书局，1977，第3907页。
② 脱脱等：《宋史》卷一百六十四，中华书局，1977，第3894页。
③ 脱脱等：《宋史》卷一百六十五，中华书局，1977，第3905页。
④ 脱脱等：《宋史》卷一百六十五，中华书局，1977，第3908页。
⑤ 脱脱等：《宋史》卷一百六十一，中华书局，1977，第3791页。
⑥ 脱脱等：《宋史》卷一百六十六，中华书局，1977，第3934页。
⑦ 《宋史》卷一八六《食货下》云："凡州县皆置务，关镇亦或有之，大则专置官监临，小则令、佐兼领，诸州仍令都监、监押同掌……"参见脱脱等撰《宋史》卷一百八十六，中华书局，1977，第4541—4542页。
⑧ 脱脱等：《宋史》卷一百六十二，中华书局，1977，第3809页。
⑨ 脱脱等：《宋史》卷一百八十五，中华书局，1977，第4513页。

封、西京洛阳、南京商丘）之地，百姓可以购买官府酿造的酒麴来酿酒。

为增加收入，北宋后期各地普遍增设了"比较务"，靠竞争来促进酒务的生产经营。《宋史·食货志》记载：

> 政和二年，淮南发运副使董正封言："杭州都酒务甲于诸路，治平前岁课三十万缗，今不过二十万。请令分务为三，更置比较务二，毋增官吏兵匠，仍请本路诸郡并增务比较。"从之。四年，两浙转运司亦请置务比较，定课额酿酒收息，以增亏为赏罚。诏："酒务官二员者分两务，三员者复增其一，员虽多毋得过四务。内有官虽多而课息不广者，听如旧。"①

如此一来，酒务的分布更为密集，数量更为繁多。在激烈的"比较"（竞争）中，某些佼佼者崭露头角，被称为"务头"，"头"即"最好""最优秀"的意思。南宋韩淲《题紫溪春晚图画》诗云："务头腊酒贱仍好，麦熟官清农晏保。"② 此"腊酒"即酒务生产的优质产品"大酒"③，诗人称赞它因出自酒务中的佼佼者"务头"，故而物美价廉。由此可知，"务头"之称最晚产生于南宋。

"务头"一语的构词方式符合当时习惯。宋人称各行业之优秀者为"头"，如孟元老《东京梦华录》卷九"宰执亲王宗室百官入内上寿"条中有"球头""次球头"④，指球艺出众者；又如官妓中才貌伎艺出色者被称为"上厅行首"，"首"亦"头"也。

宋代榷易制度下沿到元代，马致远曾任江浙行省务官⑤，张小山曾任民

---

① 脱脱等：《宋史》卷一百八十五，中华书局，1977，第4519页。
② 韩淲：《涧泉集》卷六，文渊阁四库全书本。
③ 酒务之酒，按酿造季节与工序的差异，分"小酒""大酒"两种。《宋史》卷一八五《食货志》载："自春至秋，酝即成醨，谓之'小酒'，其价自五钱至三十钱，有二十六等；腊酿蒸鬻，候夏而出，谓之'大酒'，自八钱至四十八钱，有二十三等"（见脱脱等撰《宋史》卷一百八十五，中华书局，1977，第4514页）。"大酒"较"小酒"制作复杂，质地醇厚，因酿自腊月，俗称"腊酒"。韦氏的《月录》说"腊酒""腊月造，四月成"［转引自（元）方回著，李庆甲集评校点《瀛奎律髓汇评》，上海古籍出版社，1986，第731页］。苏轼《和欧阳少师寄赵少师次韵》诗云："世事如今腊酒酽，交情自古春云薄"（张志烈、马德富、周裕锴主编《苏轼全集校注》第二册，河北人民出版社，2010，第679页）。根据苏轼、韩淲诗中的时间推测，"腊酒"即"大酒"。
④ 孟元老著，伊永文笺注《东京梦华录笺注》，中华书局，2006，第834页。
⑤ 俞为民、孙蓉蓉编《历代曲话汇编·明代编》第一集，黄山书社，2009，第208页。

务官①。"酒务"又扩展有酒店之意,如《刘知远诸宫调》〔般涉调·麻婆子〕云:"记得村酒务将人恁折到。"② 后来榷政虽亡,"务"和"务头"仍保存在很多地名之中。瞿佑《次河西务》诗云:"昔年征税地,今日往来程。"③"河西务"即今天津市武清区河西务镇,初为税卡,后来衍为地名。瞿佑为元末明初人,彼时宋、金、元三代榷政取消未久,故尚知其为"昔年征税地"。

文献所见"务头"地名,计有:柳瑛《(成化)中都志》载,寿州(今安徽寿县)"酒务头铺"④;陈仪《直隶河渠志》载,"白沟故道行于淀外,自龙湾而东,迳道务、马务头、洪城,出张青口,河形宛然"⑤,"道务""马务头"即今河北保定市雄县龙湾乡"道务村""马务头村";储大文《存砚楼文集》卷六载,"白河水源于垣外之南,……以汇通州之浑河者也。……又南为酒务头墩……"⑥"酒务头墩"即今河北张家口市蔚县原"酒务头村";《咸宁、长安两县续志》卷五《地理考》、卷九《学校考》载"酒务头"村⑦。此类地名至今尚多。⑧

"酒务头"即酒好之地,"马务头"即马好之地。"务头"地名较多的地域必然也是宋元时代"务头"较多、该词语比较流行的地域。这类地名主要分布在今河南、河北、山西、山东等省,元曲正是在这里兴起并成为"一代之文学"。而当地语言也正是周德清《中原音韵》所研究的北方方言。

至此可以得出结论:"务头"一语是宋代榷易制度与北方方言构词习惯的产物。"务"为榷易机关,"头"指最好、最优秀,"务头"原指最优秀的"务",引申为最好、最佳之处。

① 明人李开先《〈张小山小令〉序》云:"小山名可久,以路吏转首领,即所谓民务官,如今之税课局大使。"参见李开先著,卜键笺校《李开先全集》,上海古籍出版社,2014,第529页。
② 凌景埏、谢伯阳校注《诸宫调两种》,齐鲁书社,1988,第32页。
③ 瞿佑著,乔光辉校注《瞿佑全集校注》,浙江古籍出版社,2010,第174页。
④ 柳瑛:《(成化)中都志》卷四,明弘治刻本。
⑤ 陈仪:《直隶河渠志》,清文渊阁四库全书本。
⑥ 储大文:《存砚楼文集》卷六,清文渊阁四库全书本。
⑦ 宋联奎:《咸宁、长安两县续志》1-2,台北成文出版社,1969,第273、453页。
⑧ 今天依然以"务"或"务头"命名的地方,还有河北邢台市临西县下堡寺镇务头村、巨鹿县刘酒务村,德州市齐河县潘店镇务头乡,秦皇岛市海港区东盐务村,陕西西安市长安区酒务头村,河南洛阳偃师市酒务寨、酒务村,广州市番禺区新造镇思贤村白务头岗,山东潍坊青州市坞头村(村里靠近325省道有务头加油站,"坞头"或为"务头"之讹),山西运城市闻喜县酒务头村,等等。

（三）"务头"是曲中最佳处

"务头"既然指最好、最佳之处，曲中的务头自然是曲子最好、最为动听之处。演员演唱至最好之处，观众应当叫好，当时称为"喝彩"。这也正符合《水浒传》第五十一回记载的演出场面：

> ……说了开话又唱，唱了又说，合棚价众人喝采不绝。雷横坐在上面，看那妇人时，果然是色艺双绝。但见：
>
> 罗衣叠雪，宝髻堆云……①
>
> 那白秀英唱到务头，这白玉乔按喝道："虽无买马博金艺，要动聪明鉴事人。看官喝采道是过去了，我儿且回一回，下来便是衬交鼓儿的院本。"白秀英拿起盘子指着道："财门上起，利地上住，吉地上过，旺地上行。手到面前，休教空过。"白玉乔道："我儿且走一遭，看官都待赏你。"白秀英托着盘子，先到雷横面前。雷横便去身边袋里摸时，不想并无一文。雷横道："今日忘了，不曾带得些出来，明日一发赏你。"白秀英笑道："头醋不酽彻底薄。官人坐当其位，可出个标首。"②

当白秀英唱到务头，白玉乔按喝道"看官喝采道是过去了"。可见演员演唱"务头"是观众唱采（喝采）的前提条件。如果一支曲子没有特别精彩的乐句段落，即没有"务头"，也就不能讨得观众喝采。周德清《中原音韵》"作词十法"就举出了这种情况："近有〔折桂令〕，皆二字一韵，不分务头，亦不能唱采。"③〔折桂令〕的平仄比较均匀，"皆二字一韵，（〔折桂令〕典型句式为"平平仄仄平平，仄仄平平，仄仄平平"，非常整齐）不分务头"，也就没有最佳之处。与〔折桂令〕相反，曲牌〔八声甘州〕是由唐代边地大曲《甘州》之中摘辑精彩乐句而来，因此可以获得多次喝彩。夏庭芝《青楼集》"李定奴"条云："（李定奴）歌喉宛转，善杂剧。勾阑

---

① 施耐庵、罗贯中：《水浒传》，人民文学出版社，1975，第710页。
② 施耐庵、罗贯中：《水浒传》，人民文学出版社，1975，第711页。
③ 周德清：《中原音韵》，载俞为民、孙蓉蓉编《历代曲话汇编·唐宋元编》，黄山书社，2006，第290页。

中曾唱〔八声甘州〕，喝采八声。"①

由于务头与喝彩关系紧密，元代无名氏《墨娥小录·行院声嗽》之"伎艺"条，在列举当时剧场流行的行话时，有一条简短记载："喝采：务头。"② 由于仅有简略的四字，不免引发了一些争议。李大珂《〈墨娥小录〉中的戏曲史料》据此推断"务头"即"喝采"的隐语③，周维培亦认为周德清"熟悉行院歌伎生活"，"擅长隐语的写作和使用"，且谓"研究和写作隐语，是当时文人的风尚"④。实际上，周德清十分反对使用隐语写作。他的《正语作词起例》提倡在剧作中使用"乐府语""经史语""天下通语"，反对使用俗语、蛮语、谑语、嗑语、市语、方语、书生语、讥诮语。⑤ 剧作尚且如此，作为学术著作、旨在建立语音标准的《中原音韵》更不可能将隐语用作核心范畴。

周德清《中原音韵》将"务头"引入戏曲理论批评，专指曲中声韵最佳之处。"务头"在曲子里的特征，周氏喻为"众星中显一月之孤明"。⑥

二　从音调分析看周德清的"务头"论

研究周德清《中原音韵》中的"务头"理论，传统上有三个维度：音乐、修辞与音调。音调是其中最可靠、最核心的一个。

音乐旋律本是周德清"务头"论的基础，刘崇德及其弟子在此领域成就斐然，本文无所补充。唯今日所能依据的资料仅有《九宫大成》《碎金曲谱》之类，它们能否代表元曲音乐原貌，尚存疑。修辞则是相对边缘的维度。周德清认为，务头之处的音乐旋律最佳，因此一般也应填配着意锻炼

①　夏庭芝：《青楼集》，载俞为民、孙蓉蓉编《历代曲话汇编·唐宋元编》，黄山书社，2006，第496页。

②　佚名：《墨娥小录》卷十四，载钟肇鹏选编《续百子全书》第十八册，北京图书馆出版社，1998，第640页。

③　李大珂：《〈墨娥小录〉中的戏曲史料》，《文艺研究》1979年第2期。

④　周维培：《论〈中原音韵〉》，中国戏剧出版社，1990，第150－151页。

⑤　周德清：《中原音韵》，载俞为民、孙蓉蓉编《历代曲话汇编·唐宋元编》，黄山书社，2006，第289页。

⑥　周德清：《中原音韵》，载俞为民、孙蓉蓉编《历代曲话汇编·唐宋元编》，黄山书社，2006，第290页。

的文字，即"要知某调、某句、某字是务头，可施俊语于其上"①，例如，周德清认为〔四边静〕《西厢》"软弱莺莺可曾惯经"是务头，"'可曾'，俊语也。"② 显然，曲子本身先有"务头"，然后再为之填配"俊语"。文辞之妙只是音律之美的附庸，既不是判别务头的条件，也不是务头的必然追求。在务头处可以化用前人成语来填配，亦可视为一定意义上的取巧之法，回避了撰作"俊语"的劳动，因此化用成语是有条件的——散曲不宜整句搬用前人，以免缺乏创新："短章乐府，务头上不可多用全句，还是自立一家言语为上；全句语者，惟传奇中务头上用此法耳。"③ 取巧之术的存在说明，修辞的重要程度逊于声音。

王骥德《曲律》根据前引两段周德清原文，转述为"古人凡遇务头，辄施俊语或古人成语一句其上"的说法，并且进一步提出："涵虚子有《务头集韵》三卷，全摘古人好语辑以成之者。"④ 言下似乎将"务头"等同于"好语"。受其影响，近世曲学大家往往以为"务头"包含文字美的要素。如任二北认为，"务头为曲中声文并美之处"⑤。又如日本汉学家中原健二所谓"曲子的最精彩的地方"⑥；李祥林认为务头是"曲中精彩、精辟或动听之处"⑦，皆同时关涉文辞与音乐两个方面。实际上，朱权的《务头集韵》虽然不传，但从题目亦可揣知其重点在于"集韵"。音乐的旋律及其相对应的文字调值变化才是"务头"真正的内涵。

关注文字音调，也正是"务头"论的价值所在。曲牌体的音乐旋律基本稳定，而填配的文字则千变万化。为了使文字调值变化与音乐弦律的线性保持一致，需要作者精心调配音调的阴阳上去。正如明清之际方以智所云："今《九宫谱》有务头，言填词之法，非呼人也。其说施俊语亦非，盖

---

① 周德清：《中原音韵》，载俞为民、孙蓉蓉编《历代曲话汇编·唐宋元编》，黄山书社，2006，第292页。
② 周德清：《中原音韵》，载俞为民、孙蓉蓉编《历代曲话汇编·唐宋元编》，黄山书社，2006，第301页。
③ 周德清：《中原音韵》，载俞为民、孙蓉蓉编《历代曲话汇编·唐宋元编》，黄山书社，2006，第289页。
④ 王骥德著，陈多、叶长海注释《曲律注释》，上海古籍出版社，2012，第128-129页。
⑤ 任讷：《作词十法疏证》，《散曲丛刊》，中华书局，1931，第32页。
⑥ 中原健二：《〈中原音韵作词十法〉评论（二）——附论：关于"务头"》，《均社论丛》1981年第10号。转引自杨耐思、蓝立蓂《释"务头"》，《语文研究》1983年第1期。
⑦ 李祥林：《元曲索隐》，四川教育出版社，2003，第290页。

谓其发声处,当用阴阳字之类。"① 是故本书专就此一维度展开细读式的分析。

周德清《中原音韵》的突出特点就是入派三声,是以言及调值变化,往往有人误作攀扯。清中后期湖南著名曲学家杨恩寿就曾在其《词余丛话·原律》中表示:"入声派入三声,即《中原韵》务头也。"② 实则二者并不相干,前文曾举出"人""口""倚"等字作为务头的例子,它们都不是入派三声的结果。

务头之长短由所在曲牌的音韵、格律决定,其所对应的文字可以是一到多个字,也可以是一句、两句或多句。周德清《中原音韵》,特别是其中《正语作词起例》所录的带有务头的例曲,可以大致分为短、长务头两类。

(1) 短务头。凡此类务头处,往往音乐的音高升高,周德清称为"起其音",王骥德转述为"揭起其音"③。与之相对应,填配文字多为阳平字、上声字,或含有这些声调的词组。

以阳平字为务头的例子,单字如〔朝天子〕《庐山》中之"人"字,〔普天乐〕《别友》之"芙"字,〔骂玉郎〕《得书》之"长"字,〔沉醉东风〕《渔夫》之"杨"字;词组如〔寄生草〕之"虹蜺""陶潜"。④ 以上各例中,务头分别出现在句子的头、腹、尾位置。它们的共同特点是前后相邻字中没有上声字,此外,若单个阳平字独自作为务头,则其后一字多为平声。

以上声字为务头的例子,单字如《岳阳楼》〔金盏儿〕之"酒"字,〔迎仙客〕《登楼》之"倚"字,〔红绣鞋〕《隐士》之"口"字,〔骂玉郎〕《得书》之"纸"字,〔塞鸿秋〕《春怨》之"湿"字(按"湿"字在《中原音韵》中属"齐微"韵,"入声作上声"⑤),〔凭阑人〕《章台行》之"小"字,〔庆东原〕《奇遇》之"冷"字。⑥ 以上各例也分别出现在句首、

① 方以智:《通雅》卷十九《称谓》,中国书店,1990,第248页。
② 杨恩寿:《词余丛话》,载杨恩寿著,王婧之校点《杨恩寿集》,岳麓书社,2010,第312页。
③ 王骥德著,陈多、叶长海注释《曲律注释》,上海古籍出版社,2012,第128页。
④ 周德清:《中原音韵》,载俞为民、孙蓉蓉编《历代曲话汇编·唐宋元编》,黄山书社,2006,第299、300、302、305、296-297页。
⑤ 周德清:《中原音韵》,载俞为民、孙蓉蓉编《历代曲话汇编·唐宋元编》,黄山书社,2006,第241页。
⑥ 以上各例依次见于周德清《中原音韵》,载俞为民、孙蓉蓉编《历代曲话汇编·唐宋元编》,黄山书社,2006,第298、299、299、302、303、304、306页。

表10　《中原音韵》单字务头及前后字调值

曲牌	前字非上	务头为阴阳	后字阴阳	前字必去	务头为上	后字非上
寄生草	达35	时35	曾55	是51	两215	处51
金盏儿	梦51	黄35	粮35	唱51	主215※	人35
	醉51	何35	妨55	送51	酒215※	仙55
迎仙客	雕55	楮35	红35		俏215※	望51。
	玉51	阑35	天55	外51		
	中51	原35★	思55			
朝天子	斋55	余35,	人35	一51	续215	白35
	余35,	人35※	来35	做51	丁215	渔35
	人35	来35	茶35			
	叹51	浮35	生55			
红绣鞋	事51	王35	侯35	挂51	口215※。	
普天乐	洞51	庭35	秋55	根51	与215	山55
	萱55	楼35,	功55	又51	旱215	离35
	秋55,	吴35	山55	醉51	也215,	明35
	夜51,	愁35	随35	去51	也215,	留35
	愁35	随35	潮35			
	来35,	美35★	蓉35			
	灯55	读35	书55			
	怕51	离35	别35			
满庭芳	慨51	兰35	亭35	古215★	纸215※?	自51
	自51	沉35	吟35	桃35★	扇51※	新55
	沉35	吟35	桃35	玉51	指215,	忙35
	新55	词35	急35	过51	赏215	花55

曲牌	前字非上	务头为阳	后字阴阳	前字必去	务头为上	后字非上
骂玉郎	天55	云35。	人35	断51	楚215	天55
	意51	读35,	从35	得★	纸215※	黄55
	断51	肠35	词35	松51	却215※	脂35
塞鸿秋				钏51,	粉215	霜55
				面51。	紫215※	箱55
				醮51		端55
凭阑人	阵51	嬴35	输55	月51	湿215※	梨35
	扇51	炎35	凉35	瓶35★	冷215	卿55
	炎35	凉35	逐35		小215※	
	双55	空35	空55			
	郎35					
沉醉东风	岸51	白35	藏35	渡51	口215	绿51
	绿51	杨35※	巅35	傲51	杀215	人35
			堤55			
庆东原	滩51	头35。	虽55	动51	斗215	柄51
	翠51	娥35	裙55	株51	冷215※	凌35

说明:(1)55、35、215、51分别表示阴平、阳平、上声、去声;(2)逗号或句处表示该字不符合本节所总结的规律,其中"原"字本属阳平,周德清曲评中谓情所取务头,亦以★标出;(3)※表示中谓之属阴,《中原音韵》中末标注声调,以★标出。

句中或句末。务头相邻的前一字多为去声，相邻的后一字一般不为上声。

要之，务头用字在声调搭配方面存在两条基本原则：第一，若务头为阳平字，则前一字一般不为上声字，后一字多为平声字（间或为去声，但不可为上声）；第二，若务头为上声字，则前一字多为去声字，后一字不为上声字。《中原音韵》所收录的全部例曲中，阳平、上声字之前后字的音调统计数据见表格《〈中原音韵〉单字务头及前后字调值》。

从上表中可以看出：虽然符合上两条原则的字不尽为务头，但务头用字基本全部符合两条原则。

如此安排，是为了尽量保证务头处的调值变化既强烈，又突出。有一些实例可以证明周德清是在有意识地强化务头处的调值变化，如他对〔折桂令〕提出的特殊腔格要求：

〔折桂令〕《金山寺》：长江浩浩西来，水面云山，山上楼台。山水相连，楼台上下，天地安排。诗句就云山失色，酒杯宽天地忘怀。醉眼睁开，回首蓬莱，一半云遮，一半烟埋。

（周德清）评曰：……"安排"上"天地"二字，若得去上为上，上去次之，余无用矣，盖务头在上……①

依照普通的腔格规范，"天地"处声调当为"仄仄"，且可通融为"平仄"。如李文蔚〔折桂令〕《破苻坚蒋神灵应》之"庆贺功劳"② 为"去去"；张养浩〔折桂令〕《寒食》之"美女秋千"③ 为"上上"；又如本例及张养浩〔折桂令〕"天意何如"④ 为"平去"。而周德清则以"务头在其上"为理由，一概否定了这些腔格，只承认"去上"和"上去"两种腔格。

只有联系前后字的声调，才能发现他的理由。在这支曲子里，设若此处为"去上"，则上声字的前一字为去声，后一字为阴平；设若为"上去"，则上声字的前后一字皆为去声字。周德清所肯定的这两种腔格都符合前面总结的"务头为上声字，则前一字多为去声字，后一字一般不为上声字"的原则。

① 周德清：《中原音韵》，载俞为民、孙蓉蓉编《历代曲话汇编·唐宋元编》，黄山书社，2006，第308－309页。
② 王季思主编《全元戏曲》卷三，人民文学出版社，1999，第68页。
③ 任中敏著，曹明升点校《散曲丛刊》，凤凰出版社，2013，第252页。
④ 张养浩著，冯裳点校《云庄乐府》，上海古籍出版社，1989，第38页。

　　周德清所否定的"去去""上上""平去"三种腔格则不然。它们分别会与前后一字形成"去去去阴""去上上阴""去平去阴"三种结构，都不能满足两条声调搭配原则中的任何一条，甚至根本没有阳平、上声字。

　　当一支曲子里存在多处文字符合两条声调搭配原则时，务头一般位于调值变化相对更为强烈之处。例如，〔寄生草〕《饮》中符合原则一的文字共有"虹蜺志""陶潜""时"三处，而务头则是连用两个阳平字，音调拔高更为强烈，且和后面的字构成较为明显的音调转折的短语"虹蜺志"和"陶潜"。

　　（2）整句的长务头。该句之音调必然起伏宛转，相邻的字的调值多不相同，且阳平与上声字的使用比例较高。《中原音韵》所列例曲分析如下：

> 〔醉中天〕疑是杨妃在，怎脱马嵬灾？曾与明皇捧砚来，<u>美脸风流杀</u>，叵耐挥毫李白，觑着娇态，<u>洒松烟点破桃腮</u>。
> 声调：　ヽヽ丿─ヽ，ヽ丿ヽ丿─，丿ヽ丿─ヽ丿─，ヽ∨
> ─丿─，ヽ丿丿丿丿，ヽ丿丿ヽ，ヽ──ヽ丿──。

> 〔醉扶归〕《秃指甲》：十指如枯笋，和袖捧金樽。搊杀银筝字不真，揉痒天生钝。纵有相思泪痕，<u>索把拳头揾</u>。
> 声调：　丿∨丿─∨，丿ヽ∨─丿。─ヽ丿─ヽ丿─，丿ヽ─丿ヽ。
> ヽ∨──ヽ丿，ヽ∨丿丿ヽ。

> 〔普天乐〕《别友》：浙江秋，吴山夜，愁随潮去，恨与山叠。鸿雁来，芙蓉谢，冷雨青灯读书舍，<u>怕离别又早离别</u>。今宵醉也，明朝去也，留恋些些！
> 声调：　ヽ──，丿─ヽ，丿丿丿ヽ，ヽ∨─丿。─ヽ─，丿丿ヽ，∨∨──丿─ヽ，ヽ丿丿ヽ∨丿丿。──ヽ∨，丿─ヽ∨，丿ヽ──。

> 〔十二月尧民歌〕《别情》：自别后遥山隐隐，更那堪远水粼粼！见杨柳飞绵滚滚，对桃花醉脸醺醺。透内阁香风阵阵，掩重门暮雨纷纷。怕黄昏忽地又黄昏，不销魂怎地不销魂？新啼痕压旧啼痕，断肠人忆断肠人！今春，香肌瘦几分？搂带宽三寸。
> 声调：　ヽ丿ヽ丿─∨∨，ヽ丿─∨∨─丿丿。ヽ丿∨─丿∨∨，ヽ─
> ─ヽ∨──。ヽ丿ヽ──ヽヽ，∨丿丿ヽ∨─ー。

＼ ／ － ＼ ＼ －，∨ ／ － － ＼ 。／ ＼ ／ ＼ ＼

／ ∨ ／ ＼ － ＼ 一，－ － ＼ ＼，＼ 。

〔四边净〕《西厢》：今宵欢庆，软弱莺莺可曾惯经？款款轻轻，灯下交鸳颈。端详着可憎，好杀无干净！

声调：－ － － ＼，∨ ／ － － ＼ 一 －。∨ ∨ － －，－ ＼ － － ∨。／ －

∨ ＼ ＼，∨ ∨ ／ － ＼ 。

〔醉高歌〕《感怀》：十年燕市歌声，几点吴霜鬓影。西风吹老鲈鱼兴，晚节桑榆暮景。

声调：／ ／ ＼ ／ － ／ － －，／ ∨ ∨ － ＼ ∨。－ － ＼ ／ ／ ＼，∨ ／ －

／ ＼ ∨。

〔四块玉〕买笑金，缠头锦，得遇知音可人心。怕逢狂客天生沁，纽死鹤，劈碎琴，不害磣。

声调：∨ ＼ －，／ ／ ＼，／ ＼ － － ∨ ／ － 。∨ ／ ／ ＼ － － ＼，∨ ∨ ＼，

－ ＼ ／，／ ＼ ∨。

〔骂玉郎〕〔感皇恩〕〔采茶歌〕《得书》

长江有尽思无尽，空目断楚天云。人来得纸真实信，亲手开，在意读，从头认。

声调：／ － ∨ ＼ － ／，－ ＼ ＼ ∨ － ／ 。／ ／ ＼ ∨ － ／ ＼，－ ∨ －，

＼ ＼ ／，／ ／ ＼ 。

织锦回文，带草连真。意诚实，心想念，话殷勤。佳期未准，愁黛长颦。怨青春，捱白昼，怕黄昏。

声调：∨ ／ ／，＼ ＼ － 。／ － ／，－ ∨ ＼，＼ － ／。－ － ＼ ＼，

／ ＼ － －，＼ － ／，／ ＼ ＼，＼ － 。

叙寒温，问缘因，断肠人忆断肠人。锦字香粘新泪粉，彩笺红渍旧啼痕。

声调：＼ ／ －，＼ ／ －，＼ ／ ／ ＼ ＼ ／ － 。∨ ＼ － － － ＼ ＼，∨ －

／ ＼ ＼ ／ 。

〔醉太平〕《感怀》：人皆嫌命窄，谁不见钱亲？水晶丸入面糊盆，才粘拈便衮。文章糊了盛钱囤，门庭改做迷魂阵。清廉贬入睡馄饨，葫芦提倒稳。

声调： ╱ － ╲ ╲， ╱ ╲ ╲ － ， ╲ ╱ ╱ ╲ ╲ ╱ ╱ ， ╱ － ╲ ╲ ╲ ╲ ∨ 。

╱ － － ╲ ╲ ╱ ╱， － ╱ ╲ ╱ ╲ ╲ □ ╱ 。 □ ╱ ╲ ╲ ╲ ∨ 。

（□表示所对应之字，周德清在《中原音韵》中未注音韵。下文同。）

〔山坡羊〕《春睡》：云松螺髻，香温鸳鸯被，掩春闺一觉伤春睡。柳花飞，小琼姬，一声"雪下呈祥瑞"，把团圆梦儿生唤起。谁？不做美。呸！却是你！

声调： ╱ － ╱ ╲， － － ╲ ╲ ╲ ， ╲ － － ╲ ╲ － － ╲ 。 ╲ － －，

－， ╲ ╱ －， ╲ － ╲ ╱ ╱ ╲， ╲ ╱ ╱ ╱ － ╲ ∨。

〔拨不断〕《隐居》：利名竭，是非绝。红尘不向门前惹，绿树偏宜屋上遮，青山正补墙头缺。竹篱茅舍。

声调： ╲ ╱ －， ╲ － ╱ 。 ╱ － ╲ ╲ － ╱ ╲，╲ ╲ － ╱ ╲ ╲ ╱，

－ － ╲ ╲ ╱ ╱ ╲ 。 ╱ ╱ ╱ ╲ 。

〔雁儿落〕〔德胜令〕《指甲摘》：
宜将斗草寻，宜把花枝浸，宜将绣线寻，宜把金针纴。

声调： ╱ － ╲ ╲ ╱，╱ ╲ － － ╲， ╱ － ╲ ╲ ╱， ╱ ╲ － － ╱ 。

宜操七弦琴，宜结两同心，宜托腮边玉，宜圈鞋上金。难禁，得一掐通身沁；知音，治相思十个针。

声调： ╱ － ╲ ╱ ╱， ╱ ╱ ╲ ╱ －， ╱ ╲ － － ╲， ╱ － ╱ ╲ － 。 ╱ －，

╲ ╲ － － ╲ ； － －， ╲ － － ╱ － 。

〔卖花声〕《香茶》：细研片脑梅花粉，新剥珍珠豆蔻仁，依方修合凤团春。醉魂清爽，舌尖香嫩，这孩儿那些风韵。①

声调： ╲ ╲ ╲ ╲ ╱ － ╱，－ ╲ － － ╲ ╲ － ，－ － ╱ ╱ ╲ － － 。 ╲ ╲

① 周德清：《中原音韵》，载俞为民、孙蓉蓉编《历代曲话汇编·唐宋元编》，黄山书社，2006，第297 - 308页。

－ˇ， ˊ－－－ˋ，□ ˊ ˊ ˋ－－－ˋ 。

这些句子的声调变化都比较丰富，符合周德清所说的“转其音”和王骥德所谓“宛转其调”[①]“大略阴字宜搭上声，阳字宜搭去声”“平声阴则揭起，而阳则抑下”[②]的要求。阳平字和上声字数量较多，根据上列各曲统计如下表：

由上表可以看出，大部分情况下，一支曲子里阳平字或上声字所占的比例呈现如下规律：

（1）务头内部阳平字数的比值≥全曲阳平字数比值≥务头外部阳平字数比值；

（2）务头内部上声字数的比值≥全曲上声字数比值≥务头外部阳平字数比值；

（3）务头内部阳平、上声字之和的比值≥务头外部阳平、上声字之和的比值

（4）即便将上述未统计在内的个别字当作阳平或上声处理，尽管相应的比值有变化，各项比值之间的大小关系依然不变。

以上四条规律各有一些例外情况。〔醉中天〕不符合第一、三条规律，〔醉高歌〕不符合第一条规律，〔普天乐〕〔醉太平〕不符合第二条规律，〔十二月尧民歌〕不符合第二、三条规律。这说明“务头”建立在人耳对语音旋律性的直观感受基础之上，只要不违拗生理和物理的一般规律，尽可以灵活调整，不必强行固化。

最后，关于务头的音调问题，还有三点需要额外说明。第一，阳平字与上声字都可以填配务头乐句。部分论者仅仅强调上声字而忽略阳平字，有失全面。[③] 第二，吴梅在《论北曲作法》之中依据《啸余谱》认定“务头者，曲中平上去三音联串之处也”[④]。他的分析将上、去二声俱分阴阳，显然深受昆曲之类影响，而与周德清仅将平声分阴阳的做法大相径庭。吴梅

① 王骥德著，陈多、叶长海注释《曲律注释》，上海古籍出版社，2012，第129页。

② 王骥德著，陈多、叶长海注释《曲律注释》，上海古籍出版社，2012，第105页。

③ 例如杨耐思、蓝立蓂《释“务头”》认为：“务头是曲中最精美的唱段，构成这种唱段，上声字起了重要作用。上声字的用法，是‘务头’的关键。”参见杨耐思、蓝立蓂《释“务头”》，《语文研究》1983年第1期。

④ 吴梅著，江巨荣导读《顾曲麈谈·中国戏曲概论》，上海古籍出版社，2000，第35页。

表 11　《中原音韵》务头（句子）格律统计表

序号	项目\曲牌	务阴	务阳	务上	务去	务总	剩阴	剩阳	剩上	剩去	剩总	总阴	总上	总去	总字	务阳/务总	剩阳/总字	总阳/总字	务上/务总	剩上/剩总	总上/总字	（务阳+剩上）/务总	（剩阳+剩上）/剩总
1	[醉中天]	4	2	5	1	12	5	9	7	6	27	11	12	7	39	0.167	0.333	0.282	0.417	0.259	0.308	0.583	0.593
2	[醉扶归]	2	3	3	2	10	8	5	6	4	23	10	9	6	33	0.3	0.217	0.242	0.3	0.261	0.273	0.6	0.478
3	[普天乐]	0	4	1	2	7	2	12	6	9	39	2	7	11	46	0.571	0.308	0.348	0.143	0.154	0.152	0.714	0.461
4	[十二月尧民歌]	2	2	1	3	8	20	19	17	20	76	22	18	23	84	0.25	0.25	0.25	0.125	0.224	0.214	0.375	0.474
5	[四边净]	4	2	4	3	13	10	1	4	3	18	14	8	6	31	0.154	0.056	0.097	0.307	0.222	0.258	0.462	0.278
6	[醉高歌]	2	2	6	2	12	7	4	1	1	13	9	7	3	25	0.167	0.308	0.24	0.5	0.077	0.28	0.667	0.385
7	[四块玉]	0	2	3	1	6	7	5	6	5	23	7	9	6	29	0.333	0.217	0.241	0.5	0.261	0.31	0.833	0.478
8	[骂玉郎感皇恩采茶歌]	12	17	5	13	47	11	12	8	12	43	23	13	25	90	0.362	0.279	0.322	0.106	0.186	0.144	0.468	0.465
9	[醉太平]	2	10	3	5	20	5	10	5	6	26	7	8	11	46	0.5	0.385	0.435	0.15	0.192	0.174	0.65	0.577
10	[山坡羊]	2	4	6	4	16	13	5	5	7	30	15	11	11	46	0.25	0.167	0.196	0.375	0.167	0.239	0.625	0.333
12	[拔不断]	4	7	5	5	21	3	3	1	3	10	7	6	8	31	0.333	0.3	0.323	0.238	0.1	0.193	0.571	0.4

续表

序号	项目 曲牌	务阴	务阳	务上	务去	务总	剩阴	剩上	剩去	剩总	总阴	总上	总去	总字	务阳/ 务总	剩阳/ 总字	总阴/ 总字	务上/ 务总	剩上/ 剩总	总上/ 总字	(务阳+ 剩上)/ 务总	(剩阳+ 剩上)/ 剩总
12	[雁儿落] [得胜令]	1	3	1	0	5	19	8	10	51	20	9	10	56	0.6	0.275	0.304	0.2	0.157	0.161	0.8	0.431
13	[卖花声]	4	3	3	4	14	9	1	5	21	13	4	9	35	0.214	0.286	0.257	0.214	0.048	0.114	0.428	0.333

说明：（1）"务阴""务阳""总阴""剩阴""剩上"分别表示曲中务头内部、外部"萌"字，[卖花声]务头外"这"字，全曲中的阴平字数，其他项目名称与此命名方式相同。（2）[醉太平]"俚"字，外部"萌"字，[卖花声]务头外"这"字，《中原音韵》中未注音韵、声调，本表未将其计算在内。

所论，施诸南曲或可，施诸北曲则未免凿枘。第三，周德清的《中原音韵》是以地方音为基础来建立标准音，其例虽善，终难彻底避免矛盾疏失之处（又或系手民之误，传写之失），如该书前文原本将"原"字列为先天部阳平声韵，而后文曲选的〔迎仙客〕《登楼》评语中，又认定"原"字为阴平。① 凡此种种，都给我们认识他的"务头"理论带来了干扰（本文曾发表于《戏曲艺术》2016 年第 3 期）。

第七节 《词学集成》与"词有衬字"说

戏曲中词、曲两种音乐文学体裁，文本形式相当接近，但仍可根据一些差异来做区分，如在明代戏曲刻本中：

词调所用的括号多为〔〕或（）；曲调所用的括号多为【】。

词在戏曲中属于宾白，多用小字、细笔书写，整体悬挂缩进两个字的空格；曲体多为大字、粗体，每行顶头排列，不用缩进。

调名前后若注提示语，则词调旁所注提示语多为"白""念"，曲调旁提示语为"唱"字。

双片之词，上下片不必分别标词牌。剧曲多单片使用，各片分别标注曲牌，重复使用同一曲牌时，后者可简写作〔前腔〕（南曲）或〔幺篇〕（北曲）。

凡词，除特殊情况外，必按格律填写全篇；曲则可以仅填部分句子。

词多无衬字，曲多有衬字。

同名词、曲，格律未必相同。倘若不能从形式上辨证，可借助词谱、曲谱辨识。

其中，有无衬字是区分曲与词的一个重要标准，但是这一标准并不绝对，清代词学家江顺诒在其名著《词学集成》中提出过"词有衬字"的主张。

探讨词学本体论问题，往往需要涉及音乐学科。江顺诒根据音乐原理，利用曲体音乐逆推词乐。他明确赞同刘熙载的观点："未有曲时，词即是

---

① 周德清：《中原音韵》，载俞为民、孙蓉蓉编《历代曲话汇编·唐宋元编》，黄山书社，2006，第 299 页。

曲。既有曲时，曲可悟词。苟曲理未明，恐词亦难独善矣。"①较江氏时代稍晚的著名文人谭献认为，江顺诒的词学成就，首先在于："能求声音之原。又言词有衬字，辨相传又一体之非。"②

在词学史上，江顺诒的《词学集成》是一部里程碑式的著作，可以被看作现代词学史著的滥觞和第一部词学史类著作。

一　《词学集成》的词学史体性要素

一般认为，"词学史"是在大学场域中形成、参照西方文论话语体系建构的现代事物，然而晚清词话《词学集成》已经拥有了词学史的若干要素。

《词学集成》初刊本署为"清光绪七年嘉平"，即 1881 年腊月。1934年，唐圭璋编定的《词话丛编》铅印出版，首次在集成文献中收录该书，此后该书即为词学界所共知。

《词学集成》的作者江顺诒，字子谷、子穀，号秋珊，有自订之年谱收于《窳翁丛稿》稿本，稿本现藏上海图书馆。他生于 1822 年，卒于 1889年，活动贯穿道、咸、同、光四朝词坛。《词学集成》可谓江氏晚年词学之定论，在当时就得到词学界的好评。1885 年，江顺诒会见友人谭献，谭献在日记中称赞的"别十余年，秋珊词学大就，能求声音之原"，③ 即指该书为言。

根据作者自序，《词学集成》初稿完成后，曾得到江氏友人宗山审阅校订与重新编目。因此，《词学集成》完备而合理的体系建构应归功于宗山。《词学集成·凡例》云："铁岭宗小梧司马（山），文字之交，莫逆最久。偶论作词，以是稿就正。遂蒙激赏，谓为卞和之璞，有功于词不小。即为之条分缕析，撮其纲，曰源、曰体、曰音、曰韵，衍其流，曰派、曰法、曰境、曰品，分为八卷，以各则丽之，易其名曰《词学集成》。"④宗山调整了江氏原著的条理次序，将原本散乱无序的条目归入词源、词体、词音、词

---

① 江顺诒撰，宗山参订《词学集成》，载唐圭璋编《词话丛编》，中华书局，1986，第 3221 页。

② 谭献著，范旭仑、牟晓朋整理《复堂日记》，河北教育出版社，2001，第 52 页。

③ 谭献著，范旭仑、牟晓朋整理《复堂日记》，河北教育出版社，2001，第 52 页。

④ 江顺诒撰，宗山参订《词学集成·凡例》，载唐圭璋编《词话丛编》，中华书局，1986，第 3209 页。

韵、词派、词法、词境、词品八个章节。这种分卷标目的方式突破了传统的词话体例，将抄录材料、简评词作的散漫模式转化为系统性的理论著作。

《词学集成》的主要内容不再是赏析作品、杂录掌故，而转向现代式的词学史研究。至于传统意义的词话内容，仅作为附录散缀数则于第八章《词品》之后。

尤其难能可贵的是，《词学集成》不是一部一般意义上的"词话"，它的主体部分应当被归于"词话"之"话"。其学术史价值正在于此。《词学集成》的卷目设计与主要内容契合现代意义上的词学史研究，甚至可以视为相对成熟的词学史。

何谓"词学"？1934 年 4 月，《词学季刊》第 1 卷第 4 号上发表了龙榆生著名的《研究词学之商榷》。兹文为"词学"作出如下界定："推求各曲调表情之缓急悲欢，与词体之渊源流变，乃至各作者利病得失之所由，谓之'词学'。"① 具体而言，龙氏词学研究可以总结为如下八项：图谱之学、词乐之学、词韵之学、词史之学、校勘之学、声调之学、批评之学、目录之学。

这个归类囊括了传统和现代学术的各个范畴，历代词著皆可以类相从，纳入其中。如张綎《诗余图谱》、程明善《啸余谱》、赖以邠《填词图谱》、万树《词律》为图谱之学，凌廷堪《燕乐考原》、方成培《香砚居词麈》为词乐之学，等等。而《词学集成》则包纳万有，由宗山拟定的八目，与龙榆生对词学的分类颇有冥合。

现代意义的科学研究从分类开始。嗣龙氏之后，詹安泰于 40 年代初在其《词学研究》中，将词学分为声韵、音律、调谱、章句、意格、修辞、境界、寄托、起源、派别、批评、编纂等 12 个门类，希望以此来统合传统词学研究的范围。（原稿作于 20 世纪 40 年代初，今仅存残稿，见汤擎民整理的《詹安泰词学论稿》，广东人民出版社，1984 年版）② 唐圭璋《历代词学研究述略》将词学研究分为词的起源、词乐、词律、词韵、词人传记、词集版本、词集校勘、词集笺注、词学辑佚、词学评论等 10 个门类。③ 这些分类越来越贴合中国古代词学研究的实际情况，越来越科学合理。唐圭

① 龙榆生：《研究词学之商榷》，载《龙榆生词学论文集》，上海古籍出版社，1997，第 87 页。
② 詹安泰：《词学研究·绪言》，载詹安泰著，汤擎民整理《詹安泰词学论稿》，广东人民出版社，1984，第 3 页。
③ 唐圭璋：《历代词学研究述略》，载《词学论丛》，上海古籍出版社，1986，第 811 - 834 页。

璋《历代词学研究述略》一文尤为现代词学史研究之力作。稍加比较即不难发现，虽然类目划分有所区别，论述也更为集中和体系化，但其基本架构仍与《词学集成》的八目划分颇为相似。

《词学集成》无论在内容分类上，还是在结构体系上，都堪称一部现代意义的词学史。

该书第一卷为《词源》，宗山序目云："析津沿支，每况愈下。正畀闰统，祧窣鼻祖。循乃故辙，溯厥本根。为民祈祀，必先追源。"① 其内容包括《词源于古乐府》《今词不可入乐》《万树未探词皆可歌之源》《词从乐府变出》《词可不变为南曲》《诗词同源》等凡19条。这些内容，首先排布了当时所见诸家词话中有关"词体之渊源流变"②的内容，然后在征引的每一条词话材料后加以按语。用作者自己的表述，就是每每在引述材料后"抒以论断，皆加诒案以别之"③。

这些按语的内容，往往不仅是对前引词话提出的词学观点加以判断或补充，更重要的是，它们还特别论述了各家词学研究成果的历史地位。例如其论万树云：

> 红友开辟榛莽，二百年来填词家恪遵矩镬，一洗明人之荒谬。近时讲求益密，乃有摘其疵颣，补其罅漏者，其草昧之功不可没也。惜不明宫调，仅从四声斤斤比较，究非探源星宿耳。④

既言明成就，又指出不足，并标出评论对象与前后世词学家之间的继承、反拨、导源等关系。有了这样的内容，《词学集成》就不再是若干词学观点的杂摘汇抄，而是同时具备史识和史观的词学史著作。

单单地汇抄诸家词学观点，并不罕见。沈雄《古今词话》就是一部体系庞大的资料汇编，甚至该书的章节设计也具有相当的体系意识。但是，此类著作只能谓之"词学"，至多停留在"词学史料长编"的层次上，距离真正的"词学史"还有很大距离。

《词学集成》则不同。如该书对张惠言词学的论述：

---

① 宗山：《词学集成序目》，载唐圭璋编《词话丛编》，中华书局，1986，第3207页。

② 龙榆生：《研究词学之商榷》，载《龙榆生词学论文集》，上海古籍出版社，1997，第87页。

③ 江顺诒撰、宗山参订《词学集成·凡例》，载唐圭璋编《词话丛编》，中华书局，1986，第3209页。

④ 江顺诒撰，宗山参订《词学集成》，载唐圭璋编《词话丛编》，中华书局，1986，第3220页。

张惠言词论高出流辈

常州张皋文先生校录唐宋词凡四十四家，仅一百十六首，可谓严矣。其序论云："唐之词人，李白为首。其后韦应物、白居易、王建、刘禹锡、皇甫松、司空图、韩偓，并有述造，而温庭筠最高，其言深美闳约。五代之际，孟氏、李氏君臣为谑，竞作新调，词之杂流，由此起矣。至其工者，往往绝伦，亦如齐梁五言，依托汉魏，近古然也。宋之词家，号为极盛，张先、苏轼、秦观、周邦彦、辛弃疾、姜夔、王沂孙、张炎，渊渊乎文有其质焉。其荡而不返，傲而不理，枝而不物，柳永、黄庭坚、刘过、吴文英之伦，亦各引一端，以取重当时。而前数子者，又不免有一时放浪通脱之言出于其间。后进弥以驰逐，不务原其旨意，破析乖剌，坏乱而不可纪。故自宋之亡而郑声绝，元之末而规矩隳，以至于今，四百余年，作者十数，谅其所是，互有繁变，皆可谓支蔽乖方，迷不知门户者也。"〔诒〕案：此论高出流辈，发前人所未发。然如朱、厉二公，清真雅洁，似犹不足为正声。①

首先指出张惠言在词学方面的主要工作——校录唐宋词凡四十四家；然后引述张惠言词学理论的主要观点；最后对该观点加以评论，特别是指出其"高出流辈，发前人所未发"的历史地位。这样的言说模式，完全符合词学史的写作方式。

类似地，第二卷《词体》，仅从《〈碎金词谱〉妄作聪明》《〈词麈〉得音律奥窍》《词须推求合律》《〈词律〉谓词无衬字》《杜文澜为万树功臣》《〈诗余图谱〉及〈啸余图谱〉谬妄》《胡元瑞于词理未精研涉》《赵鼎词衬字》《万氏又一体之非》等标目即知，该卷在收集前人词谱理论的基础上，着重论述了诸家词谱之得失优劣，并勾画出从《诗余图谱》《啸余图谱》和胡元瑞到万树，再到杜文澜的知识累积层进历程。

《词学集成》的前四卷，即词源、词体、词音、词韵，均属于词体文学的本体论研究范围，展示了江顺诒对词学元问题研究成果的归纳和梳理，宗山将之归于词学之"纲"。而以下四卷：词派、词法、词境、词品，宗山将其归纳为词学之"流"。"纲"与"流"的区别充分展示了宗山对词学理论体系层次的清晰明确认识。这种结构方式与现代学者吴熊和的名著《唐

---

① 江顺诒撰，宗山参订《词学集成》，载唐圭璋编《词话丛编》，中华书局，1986，第3222页。

宋词通论》颇为相似。

二 《词学集成》的现代性特征

《词学集成》的伟大之处在于它的超前性。

现代性的词学史著作，直到 20 世纪 20 年代还在胎萌之中。无论是传统学者谢无量 1918 年著成的《词学指南》，还是新式学者胡云翼 1930 年出版的《词学 ABC》，都仍停留在词体辨析和作词法讲授的层次上。谢、胡二人，年辈较江顺诒至少低两代。

在《词学集成》之后，第一部可以视为词学史的著作是徐珂出版于 1926 年的《清代词学概论》。是书分《总论》《派别》《选本》《评语》《词谱》《词韵》《词话》七章。作为谭献的入室弟子，徐珂"于名人词选、词韵、词话等书，判别瑕疵，指示去取，持之有故，言之成理，原原本本，一宗师说"①。且不提从《词学集成》付梓到《清代词学概论》出版之间整整 45 年的时间差，惟以词学界的代际交替论，二者也分属两个时代：徐珂是谭献弟子，而江顺诒则为谭献同辈友人。

更关键的差别在于，1881 年的中国文学学科的学术环境还完全笼罩在传统知识谱系与话语系统之下。江顺诒、宗山二氏的理论思考使用的完全是传统文论话语。他们的著作是从本土文化环境中自发生长出来的。而徐珂面临的学术环境则不然：随着近代化的教育体系取代了科举制度，大学场域在传统学科中发挥着越来越重要的影响。高校讲义拥有一套独立的、适应课堂讲述需要的结构模式，西方文学馆的大量译介改变着文学这一本土学科传统的学科定位。这一时段出现的各种讲义、概论，都在传统文论话语体系整体滑落的裹挟下，不由自主地向纯文学化的西方文论话语系统，以及分类细化的西方学科体系靠拢。而在整个社会环境上，这时政体的改变越发加剧了上层建筑的话语转换。

可以再对比梁启勋完成于 1932 年的《词学》。乍看来，此书划分上下编，上编论"词之本体"，下编论"词流之技术"②的做法，似乎与《词学集成》颇为接近，然而细绎其内容，却是词学、词史、词学史甚至词选的

① 吴兴葆光子识《序》，载徐珂著《清代词学概论》，大东书局，1926，第 1 – 2 页。
② 梁启勋著，张静、于家慧整理《词学》，文化艺术出版社，2018，第 65 页。

杂糅——该书选词 160 余首，并各加评注，其体例远不及《词学集成》专
注于词学史的纯粹。

将《词学集成》中的卷目和内容与龙榆生、徐珂、梁启勋、詹安泰等
人的研究对比可知，现代意义上的词学史研究所涉及的专题大部分可以在
《词学集成》中找到相应章节。彭玉平评价宗山："对各分目的安排，既有
全局的权衡，也有具体分目的斟酌，其对词学的系统考量超越了此前任何
一部著作，值得我们关注。"① 这个赞誉恰如其分。

总之，《词学集成》是一部现代意义上的词学史专著，具备了现代意义
的词学体系架构。此外，《词学集成》叙述、批评的对象从宋代张炎《词
源》、沈义父《乐府指迷》以及黄庭坚、姜夔等宋人词评，到明代胡应麟
《少室山房笔丛》、程明善《啸余谱》等以及清代词论诸家词论，在当时文
献条件允许的前提下，对历代重要的词论著作均有论述，历史上的大家和
名论均无遗漏。《词学集成》勾勒、分析、评价了格律、音韵等词学内部关
系衍生、发展、演变的历史，尤其是它对清代词学的核心成就——万树代
表的词律学和戈载代表的词韵学，都做了重点关注，对万树《词律》这一
影响深远的关键著作更展开了正反各方面的深入讨论。因此，该书重点突
出，对词学界重大理论话题的反应明确，堪称良史。

三　《词学集成》的形成背景

清词中兴的标志之一是词学批评的繁荣。随着词话篇幅规模的扩大，
清初词论家已经感到有必要建立理论体系，以合理组织其词话著作。如徐
釚的《词苑丛谈》，"分《体制》《音韵》《品藻》《纪事》《辩证》《谐谑》
《外编》七部"②。冯金伯又认为此书"序次错综"，为之重新分类编排，整
理补掇，乃成《词苑萃编》，"于《体制》下增《旨趣》一部，一以溯其渊
源，一以穷其阃奥也。于《品藻》外增《指摘》一部，一以见欣赏之情，
一以寓别裁之意也。至《音韵》则移于《纪事》后。外编原载神仙鬼怪之
事，但大半已散见于《纪事》门中，兹惟就各部难于附丽及可附丽而偶尔

---

① 彭玉平：《词学的古典与现代——词学学科体系与学术源流初探》，《中山大学学报》2006
　　年第 1 期。
② 冯金伯：《词苑丛谈》，载唐圭璋编《词话丛编》，中华书局，1986，第 1702 页。

失载者，改为《余编》二卷"①。然而，虽然后者的分类有所进步，但全书仅录前人论词语，缺乏编者的直接价值判断。此外，各部条目之间既未严格按所论人物的生活时代为序，也未按材料出处的成书时间为序。总而言之，此书只能视为历代词论资料汇编。

学术史的发展依托于学术本身的繁荣。由于词话、词集序言、词谱等词学批评体裁大量涌现，摘句、集说式的词话著作也屡有作者。在外观上，《古今词论》之类词话作品与《词学集成》是相当接近的。它们的区别仅在于《古今词论》之类，排比的是对词、词人的批评；而《词学集成》排比的则是对词学批评的批评。

又如清代许昂霄的《词综偶评》，以朝代分章，各章列举当代词家词作并简评。凡此之类，可视为评点史，而非词学史。

经过有清一代的积累，词学理论已经形成云间、广陵、浙西、常州等流派。历代词学家之间既有理论的继承，又有反拨与纠缪。在衬字、寄托等若干重要概念和理论问题上存在明确的往复辩证或累积生成事实。因此，梳理其历史，对重要理论问题做出总结和估价，已成为词学本身的内部诉求。

然而，中国本土的史学传统其实不能很好地解决这一需要。传统史学对文学问题的记载一般采用文苑传的形式，作家批评、作品批评与创作理论都囊括在其中。但史传传统中，依人立传是基本的结构方式，这就使"文苑传"必然以人为中心，不仅文学理论与观念的记载要附丽于作家生平、家世的介绍，甚至在传主与其附见间，流派或师承关系与单纯的人际关系也往往无所区分。清代的两种《国朝文苑传》，分别由阮元和易顺鼎撰写于《词学集成》成书之前和略后。阮元长江顺诒 68 岁，他去世时，江顺诒年已 25 岁；易顺鼎则较江顺诒年轻 36 岁，他们的生活年代是相接的。平心而论，两种《国朝文苑传》皆为史例谨严的佳传，但它们的理论容量显然较《词学集成》这样专门的文学研究学术史相去甚远。

《词学集成》不仅超越了同时代的传统学术著作，而且超越了西方学术模式引入中国的历程。清末新学制规定的大学课程中只有文学史和作品选类课程，当时引入的概念中还没有深入到研究史的层次。迨及梁启超以新史学为倡导，在清华大学讲授《中国近三百年学术史》并撰作讲义，已是 1923 至 1924 年间之事。

---

① 冯金伯：《词苑丛谈》，载唐圭璋编《词话丛编》，中华书局，1986，第 1702 页。

四　江、宗二氏的学术背景

江顺诒和宗山的词学理论体系建构是高度自觉的。江氏《凡例》自述："迄未成书，亦不过词话之流耳，未敢出以示人。"① 显然，他不满于传统的词话式书写方式。

除《词学集成》之外，江顺诒还著有《梦华堂诗钞》《梦花草堂诗话》《愿为明镜室词稿》（附散曲）、《读〈红楼梦〉杂记》以及《越俎卮言》《砭瘕子》等②。由这些著作可知，江氏长于思辨，既热衷于诗、词、小说的理论批评，又具备比较深厚的音乐基础，少年时代就创作过《镜中泪》传奇，并因此自号"愿为明镜生"③。因此，他对词学研究中涉及的修辞、音韵、乐理等问题都有过人的判断能力。

宗山（1836？－1886）字小梧，亦作啸梧、啸吾、小吾，姓鲁氏，盛京铁岭（今辽宁）人。据《清史稿》卷二百七十三列传，知其隶汉军旗，以诗文名，曾纳捐为监生，官浙江候补同知，权乍浦理事同知。宗山著有《易鉴》《啸吾遗集》《窥生铁斋诗存、词、随笔》《希晦堂杂著》《并蒂莲传奇》等。其《窥生铁斋词》又与邓笏臣、俞小甫、边竺潭、吴晋壬等人词作合刻为《候鲭词》，现存光绪十一年（1885）杭州刊本。

二人的词学交往始于他们宦浙期间组织的西泠吟社。同治十年（1871），江顺诒以廪贡生例补浙江县丞，挈得杭州钱塘县丞之职。是年冬，他与候补同知宗山以及梅振宗等其他词友结西泠吟社，以消寒诗会为开端，频相酬唱。西泠吟社的诗、词、曲创作结集为《西泠消寒集》《西泠酬唱集》《西泠酬唱二集》《西泠酬唱三集》等。

江顺诒和宗山二人之长，在于他们具有"史"的宏观意识，特别是江顺诒的学术史观念表现得尤其辩证而客观，他注意到了时代背景与学术发展间的关系。《词学集成·凡例》对该书之所以用大量篇幅为万树《词律》指谬作出了解释："古今事变，各有其时。孔子作《春秋》，孟子距杨墨，易地皆然。使余生万氏之时，亦只为万氏之《词律》，以辟《啸余》之谬。

① 江顺诒撰，宗山参订《词学集成·凡例》，载唐圭璋编《词话丛编》，中华书局，1986，第3209页。

② 杨柏岭：《才子性灵与江顺诒词的创作特色》，《淮北师范大学学报》2014年第5期。

③ 谢章铤：《赌棋山庄词话》续编三，载唐圭璋编《词话丛编》，中华书局，1986，第3532页。

使万氏生今之时，亦能因韵以求音，因音以求体，亦能知繁声增字之所以然，余此书可以不作。"① 他认为，词学研究的水平和视野受时代因素的影响，只有当社会的学术积累达到一定水平，才会有人在此基础上取得相应的新成果。学术是代代累积发展的，词学家的认识能力不可能超越时代局限。因此，后辈学人往往具有比前人更先进的知识储备、研究方法，但并不意味着两代学者存在个体能力上的差距。

龙榆生尝云："前辈治学，每多忽略时代环境关系，所下评论，率为抽象之辞，无具体之剖析，往往令人迷离惝恍，莫知所归。此中国批评学者之通病，补苴罅漏，是后起者之责也。"② 执此以衡之，愈见《词学集成》之可贵。

以今人眼光看来，《词学集成》蕴含的词学史观，不乏值得表彰和借鉴之处：这部著作能够客观看待词体文学与词学发展规律，不妄作牵强的比附。

例如，中国文化有贵耳贱目、崇古非今的特点，文学上的变革往往假借复古面目，以取得价值判断层面上的合法性地位。为了推尊词体，古代词学家往往尽量以词比附前代文体。江顺诒对这种理论倾向作了客观的回应。《词源》章"今词不可入乐"条讨论王昶的《词综序》，王昶认为"词实继古诗而作"③，诗经之风雅颂有以一至八九字为句者，词亦有类似情况，进而得出结论："李太白、张志和以词续乐府，不知者谓诗之变，而其实诗之正也。"④ 而江顺诒则指出"今之诗尚非古之诗，何况于词"，进而得到文学发展的一个基本规律："一代有一代之乐，正后人之善变，非墨守磨驴陈迹也。"⑤ 他能以客观、发展的眼光看待文体发展过程，得到通达的见解。

又如，基于"声音之道与政通"的传统认识，音乐文学的发展经常被黏附上各种伦理化的社会政治批评。一个时段中流行的文学风格会随着文体发展兴盛衰亡的不同阶段而有所变化，每逢艳体文学在封建王朝末期流行，则往往被目为亡国之音。《词源》"五季词宏大秾厚"条却旗帜鲜明地

---

① 江顺诒撰，宗山参订《词学集成·凡例》，载唐圭璋编《词话丛编》，中华书局，1986，第3209－3210页。

② 龙榆生：《龙榆生词学论文集》，上海古籍出版社，1997，第97页。

③ 江顺诒撰，宗山参订《词学集成》，载唐圭璋编《词话丛编》，中华书局，1986，第3217页。

④ 江顺诒撰，宗山参订《词学集成》，载唐圭璋编《词话丛编》，中华书局，1986，第3218页。

⑤ 江顺诒撰，宗山参订《词学集成》，载唐圭璋编《词话丛编》，中华书局，1986，第3218页。

提出："词在五季，正如诗在初唐，有陈、隋之绮靡，故变为各体之宏大。有晚唐之纤薄，故变为小令之秾厚。此亦时势使然，与兴亡之国势不相涉。"① 在清代中叶，江顺诒敢于倡言词体自有内在的发展规律，无关政治，其学术勇气令人感佩。（本文曾发表于《中国韵文学刊》2016 年第 1 期，此处略有更改）

① 江顺诒撰，宗山参订《词学集成》，载唐圭璋编《词话丛编》，中华书局，1986，第 3222 页。

第二章　以本色为基础的词曲风格论

在戏曲文学批评中有一种常见的方向，即抛开戏剧作品的故事性和曲体文学的音乐特征，单纯从诗歌语言艺术的角度来评价作品。例如，明人马权奇曾应其友孟称舜之请，评论孟称舜的剧作《鸳鸯冢》（即《节义鸳鸯冢娇红记》，亦简称《娇红记》）：

> 今春余里居，子塞以《鸳鸯冢》词掷余，曰："子不解填词，姑以文字观之可也。"①

所谓"以文字观之"，就是指不考虑曲体特征，只评价一般性的文学水准。这篇《〈鸳鸯冢〉题词》将该剧与《国风》《高唐赋》《闲情赋》等经典作品进行比较。马权奇与孟称舜二人的理论立场是将曲文视作一种诗歌形式，纳入到诗骚以来的中国诗歌传统之中。

中国文学有强大的诗歌传统，这是曲学理论的重要来源。相对其他文体而言，词、曲两种诗歌体裁之间有更多的相似处，戏曲审美与批评受词学审美与批评影响良多，无论是批评方式还是审美理念，戏曲批评领域中的若干重要审美范畴皆与词体有密切关系，关于两种文体风格的论述同中有异。其相同处反映了古人词、曲审美观念的延续性，相异处反映了古人对词曲文体差异的认知和审美感悟的不同。

第一节　词曲"本色"论的产生

"本色"是词、曲文学风格论的关键术语。早在宋代，词体文学的本色论即已滥觞，在其影响之下，又产生了元代以来的戏曲"本色"论。

---

① 孟称舜著，欧阳光注释《娇红记》，上海古籍出版社，1988，第 267－268 页。

目前，学界在"本色"论产生的历史文化背景、"本色"的内涵、词曲"本色"的差别、"本色"曲论涉及的多维审美思想等方面，还有继续深入的空间。作为研究的起点，本节首先结合社会历史文化背景，对"本色"内涵的渊源流变和理论价值略作探讨。

一 "本色"观念产生的历史文化背景

所谓"本色"，"本"即本身、本来，"色"最早指"颜"色，即脸色，如《论语·为政》所言"色难"，后引申为色彩。

哲学社会科学领域，对色彩的讨论始终与所处时代的社会文化关系密切。约翰·莱恩斯《语言中的色彩》中说："各种颜色，其实是在文化影响下的语言的产物。"[①] 姜澄清在其《中国色彩论》中说："不论是对色彩的取舍、对色彩价值的评估、对某种色彩的追求，还是某一时代风行某一种色彩，表面看，是色彩问题，而深层的原因，则是文化问题、社会问题。"[②]

在中国封建社会早期，受印染技术水平低下的限制，有一定地位的人才可以享用彩色服饰，服饰色彩与人的社会等级之间形成了一定的对应关系。世人对服饰色彩的运用既不可僭越身份等级，亦不可逾越章法，否则便被视为违"礼"。因此，中国魏晋以前的典籍中，对于色彩的谈论，很多关涉礼义、秩序等问题。例如《论语·阳货》云："恶紫之夺朱也，恶郑声之乱雅乐也，恶利口之覆邦家者。"[③] 由杂色与正色的运用混乱问题谈及俗乐对雅乐的冲击与影响，继而谈及国家的覆亡，其实质是儒家由社会生活中的色彩、音乐运用上的违规越礼，思考国家封建等级秩序崩坏问题。孔子对于正色地位的维护，建立于儒家维护礼乐制度、等级制度的立场之上，"正"不仅是对色度的限定，更是对"正统"的隐喻。

"本色"与"正色"意义不同，所蕴含的思想文化亦有差别。"本"强调本来、自然。"本色"一词较早见于《晋书·天文志》："凡五星有色，大小不同，各依其行而顺时应节……不失本色而应其四时者，吉。"[④] 此"本

① 约翰·莱恩斯：《语言中的色彩》，载特列沃·兰姆、贾宁·布里奥编《色彩》，刘国彬译，华夏出版社，2006，第188页。
② 姜澄清：《中国色彩论》，甘肃人民美术出版社，2008，第85页。
③ 杨伯峻译注《论语译注》，中华书局，1980，第187页。
④ 房玄龄等：《晋书》，中华书局，1997，第320页。

色"指行星本来的色彩。《晋书》中这句话的意义很简单:如果行星运行合乎时节,保持本来的色彩,这就是吉兆。言外之意,如果行星不顺应四时,失去本来色彩,则将成为凶兆。这一记载在一定程度上反映了当时人们对于外界"本"然规律与"本"然现象的崇拜与敬畏。或许此时汉代谶纬之学的影响尚在,关于吉凶的表述带有明显的谶纬色彩。

由东汉至魏晋,再至南北朝,思想文化领域发生了巨大变化:佛教入华并日益壮大,与魏晋时期盛极一时的玄学共同引发了古人对于自然与社会诸多现象的新思考。世人著述中不乏充满玄、佛色彩与思辨之光的语言,独立于政教之外的文学亦于此时进入显著的自觉状态,作为此阶段最为系统的文学批评专著,《文心雕龙》也深受影响。《文心雕龙》之《通变》篇首次使用"本色"展开批评:"今才颖之士,刻意学文,多略汉篇,师范宋集,虽古今备阅,然近附而远疏矣。夫青生于蓝,绛生于蒨,虽逾本色,不能复化……"①

刘勰是在论述文学"通变"问题时谈及"本色"的。他既不像孔子那样从教化、礼制的角度固守正统,也不像《晋书·天文志》那样因无知而盲目崇拜、敬畏自然界的本然状态与色彩。对于本色、次生杂色及其所隐喻的文体的原本与衍变,他并未固执本原,而是以宏观的视角,以及艺术鉴赏的客观的、理性的眼光,抒发了对于文学发展规律和创作新变的积极评价:"文律运周,日新其业。变则可久,通则不乏。"②不固求本原,既反映了文体发展初级阶段尚未形成成熟的文体体制观念和理论架构,又符合文学自觉之初文体发展的客观需要。

在此文体发展背景下,以及《文心雕龙》的具体语境中,此"本色"依然指事物(蓝、蒨)本身的色彩,尚未上升为具备特定意义的文学理论范畴。因此,在《文心雕龙》成书之后相当长的一段历史时期内,"本色"并没有引起文学批评者们的普遍关注与引用。

但是,《文心雕龙》拓展了"色"的内涵与外延,这是对于"色"的运用的最大贡献,也是"色"的意义的第一次扩展。《文心雕龙·物色》云:"物色之动,心亦摇焉。盖阳气萌而玄驹步,阴律凝而丹鸟羞……"③首次提出"物色"的概念。(《物色》可能受了当时盛行的佛教文化的影响,

---

① 刘勰著,黄霖编著《文心雕龙汇评》,上海古籍出版社,2005,第103页。
② 刘勰著,黄霖编著《文心雕龙汇评》,上海古籍出版社,2005,第104页。
③ 刘勰著,黄霖编著《文心雕龙汇评》,上海古籍出版社,2005,第149-150页。

学界于此有诸多探讨，本文不再一一举例说明。）此后，南朝梁代萧统主编的《文选》卷十三将宋玉《风赋》、潘安仁《秋兴赋并序》、谢惠连《雪赋》、谢希逸《月赋》悉归于"物色"类。唐代李善注《文选》"物色"云："有物有文曰色；风虽无正色，然亦有声。《诗·注》云：'风行水上曰漪'；《易》曰：'风行水上曰涣'；涣然，即有文章也。"①泛读以上作品，可以发现"物色"的"色"不局限于事物的色彩，可以理解为反映自然界诸多事物的形式、状态、质地、特点的现象或规律。

总之，《文心雕龙》对"色"的内涵与外延的开拓，使得后世的"本色"的含义不再局限于"本来的色彩"这一原初语义，可以理解为"本来的形式、状态、质地、特点、规则或规律"等，为"本色"广泛运用于文学艺术评论奠定了语言基础。

宋代，"色"的意义发生了第二次大幅度的扩展。

通过《中国色彩论》《中国染织史》等著作的研究可以发现：受色彩提取技术进步的影响，宋代人们对于色彩的运用能力较之此前有了巨大的飞跃；民间对于服饰色彩的运用常常僭越礼制。②

或许正是因为如此，宋代社会制度和文化中的色彩观念较此前历代更为突出，"色"在宋代的运用语境更为广泛，并获得了两个重要的功能或意义，一是区分等级，二是区分类别、行当。

比如《宋史》卷一百七十三《食货上》记载："司农卿兼户部侍郎季镛言：'……盖经界之法，必多差官吏，必悉集都保，必遍走阡陌，必尽量步亩，必审定等色，……选任才富公平者，订田亩税色，载之图册，使民有定产，产有定税，税有定籍而已。'"③宋代方田制"因赤淤黑垆而辨其色，方量毕，以地及色参定肥瘠而分五等，以定税则"④。这里的"色"本指土地颜色，亦指土地的品质等级。

服制中以色分等级的现象尤其显著："三品以上服紫，五品以上服朱，七品以上服绿，九品以上服青。……自王公至一命之士，通服之。"⑤"元丰元年，去青不用，阶官至四品服紫，至六品服绯，皆象笏、佩鱼，九品以

---

① 萧统编，李善注《文选》第二册，上海古籍出版社，1986，第 581 页。
② 参看《中国色彩论》《中国染织史》宋代部分。
③ 脱脱等：《宋史》卷一七三，中华书局，1977，第 4181–4182 页。
④ 脱脱等：《宋史》卷一七三，中华书局，1977，第 4199 页。
⑤ 脱脱等：《宋史》卷一百五十三，中华书局，1977，第 3561 页。

上则服绿，笏以木。"① "中兴，仍元丰之制，四品以上紫，六品以上绯，九品以上绿。"② 以"紫""绯""绿"三色分等级，较之唐代的服色制度更为紧缩，与隋代接近。结合宋代社会以"色"分等级的制度文化可以推测，"本色"一词可能具备等级意义。

以色彩区别等级的做法对宋代教坊影响很大，但是在教坊文化中，"色"又不仅仅具有等级意义，它可以是部门、类别的代名词。《东京梦华录》"宰执亲王宗室百官入内上寿"条中的服饰记载云："教坊色长二人，在殿上栏干边，皆诨裹、宽紫袍、金带义襕，看盏，斟御酒。……教坊乐部，列于山楼下彩棚中，皆裹长脚幞头，随逐部服紫、绯、绿三色宽衫，黄义襕，镀金凹面腰带……击鼓人背结宽袖，别套黄窄袖，垂结带，金裹鼓棒……两旁队列杖鼓二百面，皆长脚幞头、紫绣抹额，背系紫宽衫、黄窄袖、结带、黄义襕。诸杂剧色皆诨裹，各服本色紫、绯、绿宽衫，义襕，镀金带。"③ 此处的"本色"指本门类、本行当，虽然各部门、各行当的宽衫虽都分为紫、绯、绿三色，但是服饰形式可能有所不同。此外，教坊使和教坊各部色人物的冠戴不同："其余乐人、舞者诨裹、宽衫，唯中庆有官，故展裹。"④ 中庆即教坊使。

南宋教坊多继承北宋旧制，教坊服饰与北宋亦有相同之处，《都城纪胜》"瓦舍众伎"条云："散乐，传学教坊十三部，唯以杂剧为正色。旧教坊有篥篥部、大鼓部、杖鼓部、拍板色、笛色、琵琶色、筝色、方响色、笙色、舞旋色、歌板色、杂剧色、参军色，色有色长，部有部头，上有教坊使、副钤辖、都管、掌仪范者，皆是杂流命官。其诸部分紫、绯、绿三等宽衫，两下各垂黄义襕。杂剧部又戴诨裹，其余只是帽子幞头。"⑤ 此段文字中的"色"亦有行当、门类之意。

结合《东京梦华录》和《都城纪胜》可以总结出三点教坊服饰规则：

其一，教坊各部色人物（含杂剧色在内）皆分三等，通过紫、绯、绿三色宽衫表示在本部门的高低等级；各色色长等级最高，穿紫宽衫。

① 脱脱等：《宋史》卷一百五十三，中华书局，1977，第3562页。
② 脱脱等：《宋史》卷一百五十三，中华书局，1977，第3563页。
③ 孟元老撰，伊永文笺注《东京梦华录笺注》卷九，中华书局，2006，第832页。
④ 孟元老撰，伊永文笺注《东京梦华录笺注》卷九，中华书局，2006，第832页。
⑤ 耐得翁：《都城纪胜》，载孟元老等《东京梦华录（外四种）》，古典文学出版社，1957，第95-96页。

其二，冠戴是区别人物行政身份高低和部门正色与否的重要标志。冠戴分三种：展裹、诨裹、长脚幞头。官员戴展裹；杂剧色为正色，成员全部诨裹；各部门中，色长身份最尊，但非官员，因此亦用诨裹；其他人物皆戴长脚幞头。

因为教坊各行当中皆有紫、绯、绿三色，所以单纯通过服装颜色不能辨别人物行当、类别，只能用于辨别人物在本行当内的等级；冠戴的意义更偏向于人物行政等级的区分，这在《宋史·舆服志》，尤其是《宋史》卷一百五十二《舆服四》中体现得最为显著。

拍板色、笛色、琵琶色、筝色、方响色、笙色、舞旋色、歌板色、杂剧色、参军色，这些由乐器、舞蹈、节目、身份等名称加"色"构成的行当名称，其命名方式和"物色"一词的构成方式存在相通之处。上文已经总结过，"物色"的"色"不局限于事物的色彩，可以理解为反映自然界诸多事物的形式、状态、质地、特点的现象或规律；类似地，"拍板色"即可以理解为"以演奏拍板为表演形式"，"舞旋色"可以理解为"以旋转的舞蹈为表现形式"。各种演出形式的差异正是演出行当、类别的划分依据。所以"色"作为"类别""行当"的意义，其语义的源头或可追溯至《文心雕龙》提出的"物色"一词。

总之，"色"字至宋代获得了意义的全面发展。宋代这些语境中的颜色往往附丽了潜在的社会文化意义，成为等级或行业、类别的代名词。这两项衍生意义在宋代社会生活中具有普适性，为文学批评取之为譬，并为时人理解、接受提供了语言文化背景。从此以后，在文学、艺术领域，"色"的意义涉及两个层面，一是评价对象的行当或类别，二是评价对象的文学、艺术水平或级别。

二　"雷大使之舞"与"本色"概念向文学理论的迁移

北宋陈师道的《后山诗话》云："退之以文为诗，子瞻以诗为词，如教坊雷大使之舞，虽极天下之工，要非本色。"[①] 后世文学批评中论及"本色"，多援引陈氏此语，然而对于雷中庆之舞何以非本色，历来众说纷纭，莫衷一是，遂成学界一大公案，并影响了人们对文学批评领域"本色"的

---

① 陈师道：《后山诗话》，载何文焕辑《历代诗话》上，中华书局，1981，第309页。

解读。

笔者认为，陈师道所说的"本色"是以雷大使之舞譬喻诗、词作法。陈师道所说的"本色"表达的意义有两层：一是雷大使最初非本行当人员，后来才进入教坊舞蹈行当，以此隐喻"以文为诗""以诗为词"皆非诗体、词体的本行作法，不符合诗、词文体本来的创作规则、创作方式等；二是以雷大使之舞"非本色"譬喻"以文为诗""以诗为词"在诗、词创作中的实际效果虽然能极其"工"，然并未能达到诗、词本身的最佳级别、水平，即"本色"。

首先，雷大使之舞之所以非本色，主要在于其人原非教坊"科班"出身。

雷大使，即雷中庆，蔡絛《铁围山丛谈》卷六有相关记载：

> 太上皇在位，时属升平。手艺人之有称者，棋则刘仲甫，号"国手第一"；相继有晋士明，又逸群。琴则僧梵如者，海大师之上足也，然有左手无右手；梵如之亚僧则全根，本领雅不及梵如，但下指能作金石声。教坊琵琶则有刘继安；舞有雷中庆，世皆呼之为"雷大使"。笛有孟水清。此数人者，视前代之伎，一皆过之。独丹青以上皇自擅其神逸，故凡名手多入内供奉，代御染写，是以无闻焉尔。①

引文所说的"太上皇"即北宋徽宗，1100－1125年在位。徽宗朝从全国各地征艺人入内供奉，蔡絛《铁围山丛谈》卷六列举的卓越艺人多来自全国各地，原非内廷供奉出身，上述引文所涉及者皆如此。如棋手晋士明，"政和初，晋士明者自河东来辇下，方年二十八九，独直出仲甫右"②，"政和"即徽宗年号之一。雷中庆亦非教坊原有成员，因舞艺极好被征入教坊舞色（部），从演员出身而言，雷中庆原非教坊舞色"本色"或本行当人员。

陈师道（1053－1102）所说的"教坊雷大使之舞"应是雷中庆升为教坊使之后的舞蹈。雷中庆入教坊的时间应该在1100年徽宗即位之后，当上教坊使的时间应该在1102年陈师道去世之前。

教坊使属于杂流命官，同一时期仅置一名，其任命通过教坊内伶人考

---

① 蔡絛撰，冯惠民、沈锡麟点校《铁围山丛谈》卷六，中华书局，1983，第107－108页。
② 蔡絛撰，冯惠民、沈锡麟点校《铁围山丛谈》卷六，中华书局，1983，第108页。

核、选拔实现，见《宋会要辑稿》职官二二之"教坊"[1]，亦见《宋代官制辞典增补本》第五编《元丰正名后中枢机构之二》关于"教坊使"[2] 的相关介绍。周密《武林旧事》中记载有南宋时乾道、淳熙时期教坊人员名录，田正德的姓名见于觱篥色，并注有"教坊大使"[3] 之职，可见伶人即便升为教坊使，其行当仍属旧部色。南北宋教坊制度几乎无大差别，所以北宋雷大使在教坊中的行当仍是舞色。

宋代各级别、各部色人员在正式场合的穿着需要遵循非常严格的制度。《宋史·职官六》"三卫官"条载："靖康元年，诏应入皇城门，依法服本色，辄衣便服及不裹头帽而出入者并科罪。"[4] 靖康元年即徽宗退位后的第二年（1126年）。如此严格之制度在此前的徽宗时期就已形成，我们从《东京梦华录》对教坊人员的穿着不厌其烦、一一道来便可领略服饰制度之谨严以及徽宗朝对穿戴礼节的高度重视。《宋史·乐志》中的记载亦然。[5] 那么在天宁节，宰臣百官为徽宗庆寿的重大场合，教坊各部服饰尤其须要遵循本色服饰规矩。

雷中庆作为舞色人员，其服饰大致和舞色人员一致，但因教坊使是官职，所以冠戴形式又与舞色人员以及色长、部头等普通乐工有别，突出表现在冠戴上："其余乐人、舞者诨裹、宽衫，唯中庆有官，故展裹。"[6] 上文已经考证冠戴（如"展裹"）只用于表示行政级别，不用于表示行当或技艺，所以这唯一的穿戴差异不可能是"教坊雷大使之舞，要非本色"的原因。

雷中庆能够由宫外选入教坊舞部，缘于其舞艺闻名天下，即"极天下之工"。他的舞蹈在入教坊之前已经练就，与教坊本色的舞蹈相比，在方法、形式或风格方面必然存在一定的差异，这应该是"教坊雷大使之舞，要非本色"的第一个原因，也是陈师道以之比喻"以文为诗""以诗为词"等跨文体创作的主要原因。陈师道之论表明了他重视以文体本身的方法进行本文体的创作，批评借其他文体技法写诗填词。

---

① 刘琳等校点《宋会要辑稿》第六册，上海古籍出版社，2014，第3628－2629页。
② 龚延明编著《宋代官制辞典增补本》，中华书局，2001，第306页。
③ 周密著，钱之江校注《武林旧事》，浙江古籍出版社，2011，第74页。
④ 脱脱等：《宋史》卷一百六十六，中华书局，1977，第3934页。
⑤ 脱脱等：《宋史》卷一百四十二，中华书局，1977，第3350页。
⑥ 孟元老撰，伊永文笺注《东京梦华录笺注》卷九，中华书局，2006，第832页。

其次，雷大使之舞与教坊本色舞蹈之间存在技艺等级或水平上的差距，这是评价雷大使之舞"要非本色"的又一重要原因。

目前可见的与雷大使之舞有关的材料，仅见孟元老《东京梦华录》卷九：

> 第一盏御酒，歌板色一名，唱中腔一遍讫，先笙与箫、笛各一管和，又一遍，众乐齐举，独闻歌者之声。宰臣酒，乐部起〔倾杯〕。百官酒，〔三台〕舞旋，多是雷中庆。其余乐人、舞者诨裹、宽衫，唯中庆有官，故展裹，舞曲破。擫前一遍，舞者入场。至歇拍，续一人入场，对舞数拍，前舞者退。独后舞者终其曲，谓之舞末。① （此处标点系笔者所改，与《东京梦华录笺注》等书所点句读有别）

欲了解雷大使的舞蹈技艺水平，需要对这段引文中的内容进行详细分析。

引文中的"乐人"负责演奏〔倾杯乐〕和〔三台〕乐。〔三台〕乐的"舞者"共两人，指雷中庆和后来上场接续雷中庆者。"破""擫""歇拍"皆为大曲中的术语，宋代王灼《碧鸡漫志》云："凡大曲有散序、靸、排遍、擫、正擫、入破、虚催、实催、衮遍、歇拍、杀衮，始成一曲，此谓大遍。"② 吴熊和云："一套大曲，开头部分是器乐曲，中间和末段有些是舞曲。"③ 在谈大曲的曲体结构时又云："开段一大段是散序，'散序六遍无拍，故不舞也'。散序只动器乐，不歌不舞。中间一大乐段称中序，'中序始有拍，亦名拍序'。有拍是应歌舞的节奏，所以中序起开始有舞，部分乐遍有歌。末了一大乐段总称为破或曲破。'凡曲将毕，皆声拍促速'，表示全曲进入最后的高潮。"④ 吴熊和所采用的引文皆出自宋代王灼的《碧鸡漫志》。"破"即"曲破"，"是大曲入破以后的部分"⑤，包括入破、虚催、实催、衮遍、歇拍、杀衮，"声繁拍碎"⑥，节奏极快，且"曲破大都是大曲中最为

---

① 孟元老撰，伊永文笺注《东京梦华录笺注》卷九，中华书局，2006，第832-833页。
② 王灼著，岳珍校正《碧鸡漫志校正》，巴蜀书社，2000，第74页。
③ 吴熊和：《唐宋词通论》，上海古籍出版社，2010，第88页。
④ 吴熊和：《唐宋词通论》，上海古籍出版社，2010，第89页。
⑤ 吴熊和：《唐宋词通论》，上海古籍出版社，2010，第89页。
⑥ 吴熊和：《唐宋词通论》，上海古籍出版社，2010，第90页。

紧张与精彩的部分"①。所以，上述引文中，"曲破"和"攧前一遍"之间应加句号，表明"曲破"是雷大使舞蹈的内容，不加标点或者用顿号间隔皆不合适，容易让人误解为"攧"位于"曲破"之后，这并不符合乐曲的结构顺序。后面的引文说明了雷大使和另一舞蹈演员的演出分工。

舞蹈分工与〔三台〕曲体的特殊性有关。此曲虽非大曲，却像大曲一样分为三段，"先慢后快，犹如小型的大曲"②。其曲的第一大段与大曲散序一样不需舞蹈，第二段持续的时间应该很短暂，雷中庆在〔三台〕"攧前一遍"开始上场，上场后即开始舞"曲破"，说明第二段乐曲在雷中庆从上场到准备跳"曲破"的这段时间很快就奏完了，足见其"小型"的程度。舞至"歇拍"，另一人上场，与雷中庆对舞数拍，雷中庆退场，另一人将歇拍后半部分和杀衮舞完，舞蹈结束。显然，雷中庆承担了入破、虚催、实催、衮遍、歇拍（前若干拍）将近五个环节的舞蹈，第二人仅承担了歇拍、杀衮两个环节的舞蹈，所以说"〔三台〕舞旋，多是雷中庆"。"多"指舞蹈的内容环节多，也有可能指在所有的教坊演出中，雷中庆承担此舞演出的次数和段数均最多。

兹将各盏御酒之间的舞蹈情况抄录如下：

> 第二盏御酒，歌板色唱如前。宰臣酒，慢曲子。百官酒，〔三台〕，舞如前。③
>
> 第五盏御酒，独弹琵琶。宰臣酒，独打方响。……百官酒，乐部起〔三台〕，舞如前毕。④
>
> 第六盏御酒，笙起慢曲子。宰臣酒，慢曲子。百官酒，〔三台〕舞。⑤
>
> 第七盏御酒，慢曲子，宰臣酒，皆慢曲子。百官酒，〔三台〕舞讫……⑥
>
> 第八盏御酒，歌板色一名唱踏歌。宰臣酒，慢曲子。百官酒，〔三

---

① 吴熊和：《唐宋词通论》，上海古籍出版社，2010，第90页。
② 吴熊和：《唐宋词通论》，上海古籍出版社，2010，第106页。
③ 孟元老撰，伊永文笺注《东京梦华录》卷九，中华书局，2006，第833页。
④ 孟元老撰，伊永文笺注《东京梦华录》卷九，中华书局，2006，第833页。
⑤ 孟元老撰，伊永文笺注《东京梦华录》卷九，中华书局，2006，第834页。
⑥ 孟元老撰，伊永文笺注《东京梦华录》卷九，中华书局，2006，第834页。

台〕舞，合曲破舞旋。①

第九盏御酒，慢曲子。宰臣酒，慢曲子。百官酒，〔三台〕舞。②

（上述引文标点，笔者略有更改）

除了第三、四盏御酒时无〔三台〕舞，第二、五盏御酒和第一盏时的舞蹈情况相同，其他各盏虽未注明是否和第一盏舞蹈情况相同，但是前有三例皆雷大使和另一人舞，后面四盏也有可能如此，因为孟元老未说明舞者有变化。所以雷中庆舞蹈的总量和次数均较多。

逆向思考一下，教坊对上寿演出极为重视，甚至于此前一月，"教坊集诸妓阅乐"③。倘若有比雷大使更好的人员，必当择优使用；既然在这场重要演出中仅用雷大使和另一舞者，说明此二人之技艺超越他人。

此二人的舞艺孰高孰低，可结合"〔三台〕舞旋"各段的难度和二人的分工推测。考察"〔三台〕舞旋"的音乐特点和舞蹈形式，是解答该问题的必要前提。

《东京梦华录》中所说的"三台"原是唐代就有的舞曲，今人点校、笺注《东京梦华录》，多未注意于此。唐代崔令钦《教坊记》"曲名"中收有〔三台〕，任半塘笺〔三台〕云："舞曲……本调即以六言体作艳曲，见许敬宗《上恩光曲歌词启》④。"⑤唐代艳曲多来自胡乐或受胡乐影响，陈旸《乐书》即云："隋唐之乐虽有雅、胡、俗三者之别，实不离胡声也。"⑥《教坊记》"大曲名"中有〔突厥三台〕，属于比〔三台〕更长、更复杂的舞曲、大曲。"突厥"两字说明此是胡人乐舞，任半塘亦持此论⑦。

唐代〔三台〕乐曲旋律极促，任半塘云："唐人酒筵催饮时，多歌《三台》，其拍甚促，方以智《通雅》有详考。"⑧（方以智《通雅》卷二十八考

① 孟元老撰，伊永文笺注《东京梦华录笺注》卷九，中华书局，2006，第835页。
② 孟元老撰，伊永文笺注《东京梦华录笺注》卷九，中华书局，2006，第835页。
③ 孟元老撰，伊永文笺注《东京梦华录笺注》卷九，中华书局，2006，第827页。
④ （唐）许敬宗《上恩光曲歌词启》云："窃寻乐府雅歌，多皆不用六字，近代有〔三台〕〔倾杯乐〕等，艳曲之列，始用六言"（参见周绍良主编《全唐文新编》卷一五二，吉林文史出版社，2000，第1737页）。
⑤ 崔令钦撰，任中敏笺订《教坊记笺订》，凤凰出版社，2013，第119－120页。
⑥ 陈旸著，张国强点校《〈乐书〉点校》，中州古籍出版社，2019，第827页。
⑦ 崔令钦撰，任中敏笺订《教坊记笺订》，凤凰出版社，2013，第130页。
⑧ 崔令钦撰，任中敏笺订《教坊记笺订》，凤凰出版社，2013，第119－120页。

证〔三台〕系催酒之乐。①)《宋史·乐志》将〔三台〕列入"因旧曲造新声"② 一类，但其功用和大体旋律应该还保留有唐乐遗风：《东京梦华录》中记载的〔三台〕同样用于催酒，只不过〔三台〕是急曲子，用于百官，而君、宰臣身份更高者，催酒用慢曲子。

"〔三台〕舞旋"应该是伴随着〔三台〕十分急促的节拍，跳类似胡人之快节奏的旋舞。因为宋人也称胡旋舞为"舞旋"，如方一夔《李伯时明皇按乐图》云："胡儿大眼何曾见，来筵膝前双舞旋。"③ 除了孟元老《东京梦华录》"京瓦技艺"等条目曾提及舞旋，宋代词、诗也有关于胡旋舞的记载，如王观（1057－1079）《清平乐》云："劝得官家真个醉。进酒犹呼万岁。折旋舞彻〔伊州〕……"④ （〔伊州〕是产生于唐代天宝年间的胡乐、大曲，宋代"世所行〔伊州〕……皆非大遍全曲"⑤，配乐舞蹈主要是中段和破，与〔三台〕情形相似。）贺铸（1052－1125）《换追风》云"雍容胡旋一盘中"⑥；又如南宋郑清之（曾于端平、淳祐年间为相⑦）的《谢茸芷和韵》云："无诗不言酒，作赋真诳腹。未破公子悭，况与佳人目。壮心思击壶，圣杯赓啄木。袖想胡旋双，妆记摇手独。宾筵乏酬献，醴齐催沛澊。"⑧ 等等。以上诗词中涉及的胡旋舞亦多用于酒筵之际，和《东京梦华录》雷大使舞旋催酒的性质相似。宋代教坊中亦不乏胡乐胡舞，如《宋史·乐志》中记载教坊队舞之"柘枝队"人员"戴胡帽"，"异域朝天队"人员"冠夷冠"⑨，皆作胡人装束，可见所舞即胡人乐舞。所以宋代教坊"舞旋"承袭胡旋舞是有可能的，雷大使所舞的"〔三台〕舞旋"很有可能是配合着宋代改编后的〔三台〕跳胡旋舞。

胡旋舞究竟是何样舞蹈？又有何难度？唐代段安节《乐府杂录》中记载唐代胡旋属于健舞⑩。白居易乐府诗《胡旋女》云："胡旋女，胡旋女，心应弦，手应鼓。弦鼓一声双袖举，回雪飘飘转蓬舞。左旋右转不知疲，

① 方以智：《通雅》卷二十八，中国书店，1990，第 345－346 页。
② 脱脱等：《宋史》卷一百四十二，中华书局，1977，第 3355 页。
③ 方一夔：《富山遗稿》卷五，清文渊阁四库全书补配清文津阁四库全书本。
④ 唐圭璋编《全宋词》，中华书局，1965，第 261 页。
⑤ 王灼著，岳珍校正《碧鸡漫志校正》，巴蜀书社，2000，第 84 页。
⑥ 唐圭璋编《全宋词》，中华书局，1965，第 508 页。
⑦ 周密：《癸辛杂识》，上海古籍出版社，2012，第 166 页。
⑧ 郑清之：《安晚堂集》卷九，民国四明丛书本。
⑨ 脱脱等：《宋史》卷一百四十二，中华书局，1977，第 3350 页。
⑩ 段安节著，亓娟莉校注《乐府杂录校注》，上海古籍出版社，2015，第 61 页。

千匝万周无已时。人间物类无可比，奔车轮缓旋风迟。"① 充分说明胡旋舞旋转极多、速度极快，且须与弦、鼓的节拍相合，难度甚高，非常习于此者必难臻妙境。唐人因此舞极美又极难，争相学习："天宝季年时欲变，臣妾人人学圆转。中有太真外禄山，二人最道能胡旋。"② 勤练的结果是，尽管胡女的舞蹈已至"人间物类无可比"的境界，也不如杨、安二人技高一筹："胡旋女，出康居，徒劳东来万里余。中原自有胡旋者，斗妙争能尔不如。"③ 由此可见，此舞虽美，却极考验功力。宋人亦有类似描述舞旋的诗篇，如《观舞》云："宴馆簇金丝，绣茵呈舞旋。云鬟应节低，莲步随歌转。势多体不犯，妙绝乃习惯。"④ 可见此舞难学，须长期勤练，形成习惯，方能造其妙境。

舞旋与〔三台〕"其拍甚促"的节奏特点相同，和乐而舞，必然非常考验舞蹈者的水平。在《东京梦华录》记载的那次贺寿盛会中，除了第八盏御酒时由雷中庆和另一演员合舞曲破外，其他六次皆由两人分段而舞，这与此舞节奏过高，难度过大有关。

上文已经辨明，雷大使跳〔三台〕曲破中的大部分，另一人集中精力跳舞末。雷大使所跳最多，然非最好，因为〔三台〕这种复杂且旋律越来越快的舞曲，其最难跳、最精彩之处在于尾部，演出时必择舞艺最佳者任之。

我们可以借唐代类似舞蹈的人员分工为证。唐代崔令钦《教坊记》记载的〔圣寿乐〕，音乐节奏越来越快，与〔三台〕相似，其舞蹈分工情况如下：

> 开元十一年初，制〔圣寿乐〕。令诸女衣五方色衣，以歌舞之。宜春院女教一日，便堪上场，惟捻弹家弥月不成。至戏日，上亲加策励曰："好好作！莫辱没三郎。"令宜春院人为首尾，捻弹家在行间，令学其举手也。宜春院亦有工拙，必择尤者为首尾。首既引队，众所瞩目，故须能者。……舞曲终，谓之"合杀"，尤要快健，所以更须能者也。⑤

---

① 白居易著，顾学颉校点《白居易集》第一册，中华书局，1979，第60页。
② 白居易著，顾学颉校点《白居易集》第一册，中华书局，1979，第60页。
③ 白居易著，顾学颉校点《白居易集》第一册，中华书局，1979，第60页。
④ 郭祥正：《青山续集》卷三，清文渊阁四库全书本。
⑤ 崔令钦撰，任中敏笺订《教坊记笺订》，凤凰出版社，2013，第48页。

〔三台〕舞旋之"杀衮"，类似于〔圣寿乐〕舞蹈的"合杀"部分，应当都是舞艺最高者跳；次高者跳舞蹈的开头部分，如雷大使之舞。由此可见，雷大使之舞艺水平逊于跳"杀衮"的另一本色舞人。

所以，陈师道说雷大使之舞"要非本色"的又一重要原因在于雷大使之舞不如本色者之舞高妙。雷中庆有官，是教坊使，必然比其他人物更重要、更有名。天宁节宰臣百官为徽宗庆寿，教坊演出是重头戏，〔三台〕舞旋是整个庆寿演出中唯一一个重复演出七遍的节目，教坊大使的演出必然最令人瞩目且印象深刻。恰如今日之春晚，哪位明星演了什么节目、是否最后出场，国人多不陌生。那么，在《后山诗话》中，以"教坊雷大使之舞"喻"以文为诗""以诗为词"的作法及其水平或效果，自然极易被时人理解。

今人距《后山诗话》时代较远，对教坊服饰、制度、舞曲的音乐和表演规则多不熟悉，故而难解其中原因。《后山诗话》借"教坊雷大使之舞"这一通俗易晓之事来"立象以尽意"，定未料到今日竟成学界难解之公案。

综上可知，《后山诗话》云："退之以文为诗，子瞻以诗为词，如教坊雷大使之舞，虽极天下之工，要非本色。"[1] 第一层意思是指雷中庆之舞最初源自宫廷之外，将其纳入教坊之中，与将文法用于作诗、将诗法用于作词的性质相类，皆非"本色"的路数或作法，不合本文体的创作规则。第二层意思是指这种外来技法可能"极天下之工"，但是其技法或效果并非本领域最高水平，所以谓之"要非本色"，一语双关。

陈师道以"本色"论诗法、词法，是站在维护文体自身原有创作法则或特点的立场上，对外来技法进行审视与评价，突出表达了对原初技法的宗尚。较之刘勰《文心雕龙》的时代，诗、词文体均形成了独立的文体，各自的创作法则、文体特点和审美标准，均已得到本领域内较为广泛的讨论，并在一定程度上达成了共识。因此，陈师道和刘勰对于"本色"的态度迥然不同。

三 宋代文学理论中"本色"范畴的确立及其方法论意义

陈师道以雷大使舞蹈"非本色"譬喻以文为诗、以诗为词的作法非本色，仍属于"立象以尽意"式的批评，此"本色"是在诗、词本体技法与

---

[1] 陈师道：《后山诗话》，载何文焕辑《历代诗话》上，中华书局，1981，第309页。

外来技法的对比中彰显的，虽然具有门类内外、水平上下的区别或评价意义，但严格来说，并未获得独立、具体的文学理论内涵。

明代曲家王骥德《曲律》云："当行本色之说，非始于元，亦非始于曲，盖本宋严沧浪之说诗。"① "本色"真正获得独立、具体的文学理论内涵，始于南宋严羽的《沧浪诗话》，其《诗法》篇云："须是本色，须是当行。"② 明确将"本色"用于指称诗法。《诗辨》篇云："大抵禅道惟在妙悟，诗道亦在妙悟。且孟襄阳学力下韩退之远甚，而其诗独出退之之上者，一味妙悟故也。惟悟乃为当行，乃为本色。"③ 结合前后文语境看，这里的"本色"与颜色毫无关系，亦不再取譬他物，而是专就"诗道"而言，可理解为诗体创作的法则，即"妙悟"。此论标志着"本色"在文学理论中第一次彻底从颜色描述的意义层面升华出来，成为一个有独立意义的文学理论范畴。

严羽提倡的"本色"专指"妙悟"之法，如何才能"悟入"呢？严羽云："功夫须从上做下，不可从下做上。先须熟读《楚词》，朝夕讽咏以为之本；及读古诗十九首，乐府四篇，李陵、苏武、汉魏五言皆须熟读，即以李、杜二集枕藉观之，如今人之治经，然后博取盛唐名家，酝酿胸中，久之自然悟入。虽学之不至，亦不失正路。"④ 所以，"悟入"其实指的是寻找作诗的正路，正路即取法高古之路。哪些诗人算得高古呢？自然是善"悟"之人："谢灵运至盛唐诸公，透彻之悟也；他虽有悟者，皆非第一义也。"⑤ "谢灵运至盛唐诸公"与严羽划定的师法对象范围相符："夫学诗者以识为主：入门须正，立志须高；以汉魏晋盛唐为诗，不作开元天宝以下人物。"⑥ 因此，于学诗、作诗一途立志高，取法古人，便是沧浪所说的本色。由此不难理解《沧浪诗话》的《诗评》篇说"韩退之《琴操》极高古，正是本色"⑦ 中"本色"与"高古"的内在关系。

"本色"虽自宋代形成文学批评范畴，但当时使用者不多，宋代诗论中有关"本色"的文字多沿用陈师道与严羽的原文或观点，如胡仔《苕溪渔

---

① 王骥德著，陈多、叶长海注释《曲律注释》，上海古籍出版社，2012，第 265 页。
② 严羽著，郭绍虞校释《沧浪诗话校释》，人民文学出版社，1983，第 111 页。
③ 严羽著，郭绍虞校释《沧浪诗话校释》，人民文学出版社，1983，第 12 页。
④ 严羽著，郭绍虞校释《沧浪诗话校释》，人民文学出版社，1983，第 1 页。
⑤ 严羽著，郭绍虞校释《沧浪诗话校释》，人民文学出版社，1983，第 12 页。
⑥ 严羽著，郭绍虞校释《沧浪诗话校释》，人民文学出版社，1983，第 1 页。
⑦ 严羽著，郭绍虞校释《沧浪诗话校释》，人民文学出版社，1983，第 187 页。

隐丛话》前集卷四十九、魏庆之《诗人玉屑》卷二十引用陈师道《后山诗话》之"本色"论，魏庆之《诗人玉屑》卷一引用严羽《沧浪诗话》之"本色"论等，几乎没有超出陈、严二氏之论而别开生面者。

宋代词学批评领域尤其如此。张炎（1248－约1320）的《词源》"字面"云："句法中有字面，盖词中一个生硬字用不得，须是深加锻炼，字字敲打得响，歌诵妥溜，方为本色语。如贺方回、吴梦窗皆善于炼字面，多于温庭筠、李长吉诗中来。"① 这里的"本色"指按照引文所述的方法进行创作所得的语言特点，实现这种语言效果的重要方法也是效法古人，因为张炎提供的范例——贺铸、吴文英之词皆是学步古人的结果。所以张炎的"本色"论虽不像胡仔、魏庆之那样直接抄录陈师道或严羽之语，但他提倡的"本色"论也带有尊古、师古的方法论色彩。

这种提倡以古为师的本色论在词论中长盛不衰，至明代依然如此。明词家杨慎《词品》卷一"王筠楚妃吟"条云："宋人长短句虽盛，而其下者，有曲诗、曲论之弊，终非词之本色。予论填词必溯六朝，亦昔人穷探黄河源之意也。"② 杨慎此论与陈师道批评以诗为词、严羽批评以议论为诗的方法异曲同工，亦提倡溯源古人，这正是前人本色论中正本、师古理论的延续。又如《渚山堂词话》卷二云："杨孟载作禁体雪词，后阕云：'正簌簌，还飏飏，复纤纤。'则于古无所出，虽移之别咏，未为不可。予谓雪词既禁体，于法宜取古人成语，匀之句中，使人一览见雪，乃为本色。"③ 此"本色"指词之"禁体"的创作法则，讲究取法甚至借用古人之词句。

四 元代"本色"论的演进及曲体"本色"论的诞生

"本色"作为文学范畴，至元代得到突出的发展、衍变。

其一，元人在继承宋人"本色"理论的基础上，由强调方法之正、之古衍变为强调文体之正宗，从而强化文学批评中的正变观念。

元人讲求"先体制，而后论其工拙"④，陈绎曾《文章欧冶》（即《文

---

① 张炎著，夏承焘校注；沈义父著，蔡嵩云笺释《词源注 乐府指迷笺释》，人民文学出版社，1981，第15页。
② 杨慎著，岳淑珍导读《词品》，上海古籍出版社，2018，第7页。
③ 陈霆：《渚山堂词话》卷二，载唐圭璋《词话丛编》，中华书局，1986，第365页。
④ 王思明：《金石例序》，载王水照编《历代文话》第二册，复旦大学出版社，2007，第1368页。

筌》）在列各种文体正变源流时提出："体制，先认本色，次知变化。"① 这里的"本色"指各种文体之"正体"，"变化"指的是各种文体之"变体"。

其二，将"本色"用作风格论范畴，如《雪履斋笔记》云："郭祥正'鸟飞不尽暮天碧'，未失豪壮本色。"②

其三，"本色"的批评对象开始拓展至曲体。元代顾瑛《制曲十六观》云："句法中有字面，若遇中有生硬字，用不得，须是深加锻炼，字字敲打得响，歌诵妥溜，方为本色语。如贺方回、吴梦窗，皆善于炼字面者，多于李长吉、温庭筠诗中来。制曲者当作此观。"③ 顾瑛的《制曲十六观》其实"乃杂纂南宋张炎《词源》及元周德清《中原音韵》而成"④，前十五条原见于《词源》，于文字细微处有改动，其中最明显的是称《词源》之"词"为"曲"；最后一条以〔点绛唇〕〔寄生草〕为例论阴阳字法，原见于曲学论著《中原音韵·正语作词起例》，顾瑛略有增润，因为〔寄生草〕仅见于曲体，所以此条确实为论曲的文字。《制曲十六观》中原本论词的条目和原本论曲的条目所占比例为 15∶1，顾瑛不取其众而取其寡，刻意改《词源》原文中的"词"为"曲"，而不取《词源》中的"词"和周德清《正语作词起例》中的"词"来命名，其中或许寓有深意，显示他有意借词论论曲的理论倾向。这条材料也可以视为"本色"批评理论由词论向曲论拓展的实例。

五 "本色"与"当行"的异同

严羽首次将"本色"与"当行"结合使用。《沧浪诗话》云："须是本色，须是当行。"⑤ 学界有学者认为，在《沧浪诗话》中，"本色"与"当行"是同义反复的关系。窃以为，《沧浪诗话》惜墨如金，倘若两词同义，严羽只需在"须是本色"与"须是当行"之间择其一即可，无须赘言。既然"当行"与"本色"同时使用，便不可否认二者之间存在统一而又不尽

---

① 陈绎曾：《文章欧冶》，载王水照编《历代文话》第二册，复旦大学出版社，2007，第 1259 页。
② 郭翼：《雪履斋笔记》，中华书局，1991，第 9 页。
③ 顾瑛：《制曲十六观》，载俞为民、孙蓉蓉编《历代曲话汇编·唐宋元编》，黄山书社，2006，第 513 页。
④ 孙克强：《〈制曲十六观〉辨证》，《河南大学学报》（社会科学版）1994 年第 6 期。
⑤ 严羽著，郭绍虞校释《沧浪诗话校释》，人民文学出版社，1983，第 111 页。

相同之处，不宜等而视之。

"当行"与"本色"的差异在宋代的诗词理论中早有体现。郭绍虞《沧浪诗话校释》云："当行之说，始见《溇南诗话》引晁无咎语。"[1] 晁补之评苏轼词云："东坡小词，多不谐律吕，盖横放杰出，曲子中缚不住者。"[2] 评苏门学士黄庭坚词云："词固高妙，然不是当行家语，乃著腔子唱好诗耳。"[3] 即谓苏、黄之词像诗不像词，不可唱。将晁补之论"当行"之语与上文所引陈师道、严羽论"本色"之语相比，可以发现所论"本色"与"当行"大致有两点不同：

其一，"本色"侧重评价诗词的创作方法是否符合文体创作传统。"当行"评价的是作者，如"当行家"中"当行"是"家"的定语；对作者的评价又涉及对作品的审视。即"本色"侧重于文法、文体的正、变问题，"当行"侧重审视作家在某一文体领域的创作水平。

其二，"本色"出现的语境多涉及文体内部创作方法与借自其他文体的创作方法的比较，或者古今方法的比较，"当行"的使用语境多重于文体内部的评判，审视具体作品是否符合文体体制的要求或特点。即"本色"涉及创作方法在古今或文体间的取舍，"当行"涉及创作效果的行内评价。

所以，严羽提倡"须是本色，须是当行"，既对创作方法有所限定，又对作者在本文体领域的创作水平和创作结果提出了审核标准。

总而言之，在宋代文学批评领域中，"本色"批评的对象主要是该文体的创作方法，其理论意义的凸显建立于与不同文体方法的对比之上；"当行"与否是以文体内部规范、法则衡量具体作品之后评定的。"本色"之"本"强调本文体文法的传承与宗尚，指出创作应取法乎上；"当行"之"当"强调作品或创作合乎本文体之规范，旨在守护既有的文体创作法则。无论是"本色"还是"当行"，其文体史意义均重在守正。

戏曲文体较之此前任何一种文体都更为复杂，明代"本色"与"当行"进入戏曲批评领域之后，两者意义有所发展，仍非同义反复的关系。冯梦龙云："词家有当行、本色二种，当行者，组织藻绘而不涉于诗赋；本色者，常谈口语而不涉于粗俗。"[4] 此"本色"主要指作品的风格，"当行"

---

[1] 严羽著，郭绍虞校释《沧浪诗话校释》，人民文学出版社，1983，第 111 页。

[2] 王若虚著，霍松林点《溇南诗话》卷中，人民文学出版社，1962，第 70 页。

[3] 王若虚著，霍松林点《溇南诗话》卷中，人民文学出版社，1962，第 70 页。

[4] 冯梦龙著，俞为民校点《太霞新奏》，江苏古籍出版社，1993，第 210 页。

有时候会涉及作品风格，但最核心的功能是对文体本身创作规范的审视。换言之，"本色"主要是风格论术语，而"当行"兼有文体创作论意义。

吕天成《曲品》云："当行兼论作法，本色只指填词。"① 同样将"本色"与"当行"视为两个不同的范畴。吕天成认为"本色"的评价对象是戏曲的语言写作，"当行"的评价对象是戏曲文体的"作法"。但是，该"作法"并不强调作者在戏曲文体体制上的主观发挥，而是要求作者按照文体固有的文体组织之法进行创作："当行不在组织饾饤学问，此中自有关节局段，一毫增损不得；若组织，正以蠹当行。"② 这里的"当行"强调个人创作应严格遵循既有的文体组织规则，不可逾越丝毫，否则便非"当行"。所以吕天成所说的"当行兼论作法"不是论作者自创的组织、架构方法，而是按照戏曲既有的文体组织之法审视作者的创作。明代蕴空居士《杨东来先生批评〈西游记〉总论》云："宾白典赡条妥，不见扭造。而板眼、务头、套数、出没、俱属当行。"③ 此"当行"即指《西游记》在宾白、音乐、脚色的上下场安排等方面俱合乎戏曲剧本的体制规范，其意义与吕氏之论相似。

关于戏曲"当行"，臧懋循有更为深入的见解。其《〈元曲选后集〉序》云："曲有名家，有行家。名家者出入乐府，文采烂然，在淹通闳博之士皆优为之；行家者随所妆演，不无摹拟曲尽，宛若身当其处，而几忘其事之乌有。能使人快者掀髯，愤者扼腕，悲者掩泣，羡者色飞，是惟优孟衣冠然后可于此。故称曲上乘首曰当行……"④ 臧懋循认为"行家"水平在"名家"之上，达到了"当行"的标准，其论述理由表现为两方面：其一，"名家"之作"出入乐府"，不完全符合戏曲的文体标准，"行家"之作"随所妆演，不无摹拟曲尽"，完全符合戏曲代言体的文体审美标准；其二，"名家"之作擅于展示文采和学问，"行家"之作注重投入戏剧情境，摹写剧中人物，感动受众，更能促进戏曲的文体审美。总之，臧懋循认为"名家"的创作仅重视文采而忽略了戏曲文体的特殊性，凡学识宏博、擅于文采者皆可为名家，"行家"的创作更符合戏曲文体的内在特点和审美标准。将"行家"至于"名家"之上，以"当行"作为审视作品的最高标

---

① 吕天成著，吴书荫校注《曲品校注》，中华书局，2006，第22页。
② 吕天成著，吴书荫校注《曲品校注》，中华书局，2006，第22－23页。
③ 蔡毅编著《中国古典戏曲序跋汇编》卷七，齐鲁书社，1989，第810页。
④ 臧懋循著，赵红娟点校《臧懋循集》，浙江古籍出版社，2012，第115页。

准，意味着臧懋循对戏曲文体特性的高度重视。陈继儒云："插科打诨，方是当行；嚼字咬文，终非本色。"① 此与臧懋循观点较接近。

辨别作品的体裁、品类，演出的剧种、剧目等，是判断当行与否的前提。明李开先（1502－1568）《李中麓闲居集》文卷六《南北插科词序》云："予少时综理文翰之余，颇究心金元词曲，凡《中原》《燕山》《琼林》《务头》四韵书，《太和正音》《词话》《录鬼》《十谱格》《渔隐》《太平》《阳春白雪》《诗酒余音》二十四散套，张可久、马致远、乔梦符、查德卿等八百三十二名家，《芙蓉》《双题》《多月》《倩女》等千七百五十余杂剧，靡不辨其品类，识其当行。"② 这里的韵书、散套、杂剧属于不同的品类，各自的编创规范不同，"当行"的具体意义也有差别，只有先辨析清楚对象的种类，才能判断何为当行。

此外，在明代戏曲批评中，"本色"的具体内涵是不断变化的，不同的批评家笔下，"本色"对应的理论内涵和审美取向不尽相同。究其原因，除了文学思潮的影响，批评者对戏曲之"本"的认知差异和视角差异决定了"色"的不同。

第二节　明代"本色"论的发展

明清词学领域中的"本色"含义比较稳定。曲体与词体具备形式、创作方法之间的相似、相通之处，因此自元代开始，"本色"论由词体向曲体过渡，至明代而发扬光大。

诗词批评中的"本色"理论是明代戏曲本色论的基础。徐复祚云："严仪卿论诗云：'须是本色，须是当行。'词曲亦然。"③ 循此一语，可以觇知明代戏曲"本色"论与诗、词"本色"论之间的紧密联系。

"本色"理论在明代戏曲批评领域取得很大发展，究其原因，一方面与戏曲文体本身接近于词而类似于诗的特征有关；另一方面也和明代思想界的发展进步，尤其是大量士大夫染指戏曲创作，参与戏曲批评有关。本节

① 陈继儒：《题徐文长批点昆仑奴杂剧》，载俞为民、孙蓉蓉编《历代曲话汇编·明代编》第二集，黄山书社，2009，第237页。
② 李开先著，卜键笺校《李开先全集》，上海古籍出版社，2014，第562页。
③ 黄仕忠：《徐复祚〈南北词广韵选〉批语汇辑》（上），《中华戏曲》2014年第2期。

结合明代文学思潮，明代曲家的理论背景、创作状况，对不同语境、不同背景中的"本色"观念进行梳理。

一　尊体辨体与曲体本色论

明代戏曲批评受到诗、词文体批评的影响，理论家在借用诗、词论之"本色"范畴的同时，也借鉴了词论中陈师道批评韩愈"以文为诗"，苏轼"以诗为词"的逻辑与方法。

比如徐复祚批评《香囊记》云："《香囊》以诗语作曲，处处如烟花风柳。如'花边柳边''黄昏古驿''残星破瞑''红入仙桃'等大套，丽语藻句，刺眼夺魄。然愈藻丽，愈远本色。"① 徐渭批评《香囊记》云："以时文为南曲，元末、国初未有也，其弊起于《香囊记》。《香囊》乃宜兴老生员邵文明作，习《诗经》，专学杜诗，遂以二书语句匀入曲中，宾白亦是文语，又好用故事作对子，最为害事。夫曲本取于感发人心，歌之使奴、童、妇、女皆喻，乃为得体；经、子之谈，以之为诗且不可，况此等耶?"② "《香囊》如教坊雷大使舞，终非本色。"③ 以上各家批评《香囊记》的创作方法或风格非"本色"，主要原因是作者用其他文体的创作方法或语言进行创作，不符合戏曲原本的创作规则，作品亦不符合戏曲文体风格或审美标准，这其中流露出明代曲家明确而严肃的文体意识。

明代戏曲批评往往以尊体、辨体为前提与导向。理论范畴体系建构的开端与完善和戏曲文体批评"追本溯源——尊体——辨体"的历程密切相关，随之建立的文体自信促进了戏曲创作、坊刻、演出的空前兴盛。与此同时，戏曲理论批评受雅文学批评思维与方法的影响，蓬勃发展，其中最重要的两大结果，一是提升金元戏曲在戏曲史上的地位，将之奉为经典，金元戏曲的质朴风格备受推崇；二是关于南戏的研究有所成就，推尊南戏地位，反对专一于金元风格，主张结合戏曲文体内部具体情况，适当调整质朴或文采的程度。对于金元戏曲风格的态度变化，既与明人对于戏曲文体的认识变化有关，也深受明代戏曲创作的影响。

---

① 徐复祚：《三家村老委谈》，载俞为民、孙蓉蓉编《历代曲话汇编·明代编》第二集，黄山书社，2009，第256－257页。

② 徐渭著，李复波、熊澄宇注释《南词叙录注释》，中国戏剧出版社，1989，第49页。

③ 徐渭著，李复波、熊澄宇注释《南词叙录注释》，中国戏剧出版社，1989，第51－52页。

(一) 以金元风格为本色

将金元戏曲经典化，也意味着将金元戏曲的体制范式与文本风貌作为后世戏曲创作至高无上的标准与追慕目标，其实是明代曲家借鉴诗体发展规律及其理论的结果。如李开先《西野〈春游词〉序》所云："传奇、戏文虽分南北，套词、小令虽有短长，其微妙则一而已。悟入之功，存乎作者之天资学力耳。然俱以金、元为准，犹诗之以唐为极也。"① 李开先认为"词与诗，意同而体异"②，将"词"体（即曲：传奇、戏文、套词、小令）与诗体的发展历程相类比，认为"词""俱以金、元为准"，"犹诗之以唐为极也"③，"犹诗之唐而不可上者"④。这一理论，旨在将金、元之曲视为本文体创作的高峰与标杆。李开先对"悟入"的提倡，与严羽《沧浪诗话》讲求"悟入""本色"时要求师法古人的思路一脉相承。李开先关于诗法宗尚的论述，既受严羽影响，又可能受到当时前七子"诗必盛唐"的复古思想的熏染。

沈德符《顾曲杂谈》云："北杂剧已为金、元大手擅胜场，今人不复能措手。曾见汪太函四作，为《宋玉高唐梦》《唐明皇七夕长生殿》《范少伯西子五湖游》《陈思王遇洛神》，都非当行。惟徐文长渭《四声猿》盛行，然以词家三尺律之，犹河汉也。"⑤ 沈德符批评汪、徐之作，主要原因在于二人的杂剧有悖金元杂剧体式，而且以南曲创作北杂剧，也是二者未能谨守词家三尺的表现，故而两人都非当行。

在这种情况下，明人对当行、本色的内涵进行了归纳，金元戏曲被视为"本色"的代表。比如较早使用"本色"开展戏曲批评的李开先在其《西野〈春游词〉序》中云："词肇于金，而盛于元。元不成边，赋税轻而衣食足，衣食足而歌咏作，乐于心而声于口，长之为套，短之为令，传奇戏文于是乎侈而可准矣。……国初如刘东生、王子一、李直夫诸名家，尚有金、元风格。乃后分而两之，用本色者为词人之词，否则为文人之词

---

① 李开先著，卜键笺校《李开先全集》上，上海古籍出版社，2014，第596页。
② 李开先著，卜键笺校《李开先全集》上，上海古籍出版社，2014，第596页。
③ 李开先著，卜键笺校《李开先全集》上，上海古籍出版社，2014，第596页。
④ 李开先著，卜键笺校《李开先全集》上，上海古籍出版社，2014，第597页。
⑤ 沈德符：《万历野获编》，中华书局，1959，第647页。

矣。"① "词人之词"即"本色",其标准体现在三个方面:一是创作动机"乐于心",强调作者真挚情感;二是"声于口",强调作品应可歌唱;三是"长之为套,短之为令",指曲体有套令之别,创作应合乎体制规范。"文人之词"则被置于"本色"之外。

《西野〈春游词〉序》大约写于嘉靖三十八年(1559)②,此时李开先所在之地,戏曲创作并未凸显对质朴或藻丽的偏好,故其对金元戏曲风格、对"本色"的总结,亦未对此二者偏执一端。而此时江、浙、赣等地,受梁辰鱼《浣纱记》的影响十余年,戏曲创作愈趋藻丽。凌濛初《谭曲杂札》云:

> ……自梁伯龙出,而始为工丽之滥觞,一时词名赫然。盖其生嘉、隆间,正七子雄长之会,崇尚华靡。弇州公以维桑之谊,盛为吹嘘,且其实于此道不深,以为词如是观止矣,而不知其非当行也。以故吴音一派,竞为剿袭。靡词如绣阁罗帷、铜壶银剑、黄莺紫燕、浪蝶狂蜂之类,启口即是,千篇一律。甚者使僻事,绘隐语,词须累诠,意如商谜,不惟曲家一种本色语抹尽无余,即人间一种真情话,埋没不露已。至今胡元之窍,塞而未开,间以语人,如锢(按,当作"痼")疾不解,亦此道之一大劫哉!③

受后七子的文风以及文坛盟主王世贞对梁氏《浣纱记》大力推重的影响,戏曲创作走上崇尚华靡、使用僻事、雕琢艰涩、剿袭陈套之路,不仅缺乏新意,而且影响阅读,戏曲最基本的抒情功能也因此深受影响。

这一时期的诗、文、词体创作,总体上以"复古"为主旋律,戏曲批评领域亦然。在这一宏观背景下,明代曲家为纠正上述弊端,开始重新审视被他们树为标杆的金元戏曲。

何良俊(1506-1573)于《四友斋丛说》卷三十七,对金元作品风格展开批评:"盖《西厢》全带脂粉,《琵琶》专弄学问,其本色语少。盖填词须用本色语,方是作家。"④又云:"情辞易工"⑤;"郑德辉所作情词……

① 李开先著,卜键笺校《李开先全集》(上),上海古籍出版社,2014,第596页。
② 李开先著,卜键笺校《李开先全集》(上),上海古籍出版社,2014,第597页。
③ 凌濛初:《谭曲杂札》,载俞为民、孙蓉蓉编《历代曲话汇编·明代编》第三集,黄山书社,2009,第188页。
④ 何良俊:《四友斋丛说》,中华书局,1959,第337页。
⑤ 何良俊:《四友斋丛说》,中华书局,1959,第338页。

语不着相，情意独至，真得词家三昧者也"；"《倩女离魂》〔越调·圣药王〕……如此等语，清丽流便，语入本色"；"《虎头牌》……情真语切，正当行家也"①。他认为"本色"与脂粉、学问相对立，与"清丽"相一致；达到了"本色"，或者"不着相"而又"情意独至"，便是当行。李开先、何良俊均以"情"的抒发是否到位作为判断当行、本色的标准之一，其差异处在于何良俊排斥"脂粉"（藻饰）与"学问"。

李开先、何良俊之后，许多批评家对于"本色"的判断往往局限于文词的修辞风格，忽略了抒情功能。作家单本（约 1562－1636 后）在其《蕉帕记》开场〔满庭芳〕中简要表达了他对戏曲文体及其本色的认识："净洗铅华，单填本色，从来曲有他肠。作诗容易，此道久荒唐。屈指当今海内，论词手几个周郎。笑他行，非伤绮语，便落腐儒乡。"他认为戏曲"有他肠"，其"本色"与诗、词不同，既不可使用绮语，又不可掉书袋落入腐儒之流，唯应洗尽铅华，仅尊"本色"，此"本色"即质朴。

凌濛初（1580－1644）从戏曲起源入手，对本色与藻饰的关系解释得更为明朗："曲始于胡元，大略贵当行不贵藻丽。其当行者曰'本色'。盖自有此一番材料，其修饰词章，填塞学问，了无干涉也。"② 他将"当行""本色"与借重装饰、追求"藻丽"对立起来，认为元曲不假典故、修饰的风格才是本色："元曲源流古乐府之体，故方言常语，沓而成章，着不得一毫故实即有用者，亦其本色事。"③ 杨继礼云"工藻缋则鲜本色"④，直接将"本色"与"藻缋"对立而语。沈德符（1578－1642）云："近年独王辰玉太史衡所作《真傀儡》《没奈何》诸剧，大得金、元蒜酪本色，可称一时独步。"⑤ 这些论述中的"本色"，已与宋代诗论、词论中的"本色"含义迥异。

讲求"当行""本色"，除了尊体辨体的需要，最直接的原因是为了纠正戏曲创作领域偏离戏曲文体特色、追求雕琢华丽的风气，也在一定程度

①　何良俊：《四友斋丛说》，中华书局，1959，第 338 页。
②　凌濛初：《谭曲杂札》，载俞为民、孙蓉蓉编《历代曲话汇编·明代编》第三集，黄山书社，2009，第 188 页。
③　凌濛初：《谭曲杂札》，载俞为民、孙蓉蓉编《历代曲话汇编·明代编》第三集，黄山书社，2009，第 190 页。
④　杨继礼：《笔华楼新声题词》，载俞为民、孙蓉蓉编《历代曲话汇编·明代编》第二集，黄山书社，2009，第 244 页。
⑤　沈德符：《万历野获编》，中华书局，1959，第 647－648 页。

上反映了晚明杂剧创作中"复古派""回归传统，注重写实"①之风。在此情形下，在创作上追循金元之关窍，在风格上讲求金元之风格，被视为对戏曲文体体式与抒情功能的一种拯救。

"胡元之窍""金元风格"毕竟是金元时代的产物，在明代戏曲领域影响有限。因为越是被批评领域反复强调的观念往往也是创作领域最薄弱的观念。偏离金元本色、追求华丽的文辞，"工藻缋以拟当行"②，恰恰是明代越来越普遍的戏曲创作现象。当时流行的"吴音一派"，与金元戏曲风格迥异，因为他们深受明代同时期文坛主流——以王世贞（弇州）为代表的嘉、隆后七子等主流作家的审美观念的影响。此外，明人与金元时代的人在语言上也存在隔膜甚至断层。沈璟曾感叹道："北词去今益远，渐失其真，而当时方言及本色语，至今多不可解。"③理解尚且困难，以金元"当行"之语创作"金元本色"之作自然并非易事。

（二）以南曲为本色，反对时文气

此时，明代个别批评家的视野开始向更久远、更古雅、更广阔的时代、文体拓展，不再拘泥于以金元时期的杂剧作法、体式与风貌为准的狭隘文体观念。比如徐渭在其《南词叙录》中云：

> 有人酷信北曲，至以伎女南歌为犯禁，愚哉是子！北曲岂诚唐、宋名家之遗？不过出于边鄙裔夷之伪造耳。夷狄之音可唱，中国村坊之音独不可唱？原其意，欲强与知音之列而不探其本，故大言以欺人也。④

徐渭通过探本溯源，认为北曲并非唐宋文学之支流，而是"夷狄之音"，"夷狄之音"尚有被创作与演唱的资格，那么真正的"中国村坊之音"（实际指南曲）更应得到弘扬。

---

① 徐子方认为："在经过明中叶充分自由肆意挥洒后，杂剧艺术风格又开始了向元曲经典复归的趋势（这方面有点和诗文中的复古主义相似）"参见徐子方《明杂剧风格论》，《艺术百家》2015年第3期）。
② 吕天成：《曲品》，载俞为民、孙蓉蓉编《历代曲话汇编·明代编》第三集，黄山书社，2009，第86页。
③ 沈璟：《词隐先生手札二通》，载王骥德著，陈多、叶长海注释《曲律注释》附录三，上海古籍出版社，2012，第464–465页。
④ 徐渭著，李复波、熊澄宇注释《南词叙录注释》，中国戏剧出版社，1989，第31页。

　　徐渭的观点是在南曲逐渐较北曲兴盛的背景下提出的，他试图树立南曲"中国村坊之音"的正统地位和创作规范，打破戏曲领域对"边鄙裔夷""伪造"的北曲的独尊态度。

　　但是，徐渭依然没有放弃遵守戏曲文体本色的原则，他的"本色"论在很大程度上是针对明代以时文为曲的"时文气"而发的。其《南词叙录》云："南戏要是国初得体。南曲固是末技，然作者未易臻其妙。《琵琶》尚矣，其次则《玩江楼》《江流儿》《莺燕争春》《荆钗》《拜月》数种，稍有可观，其余皆俚俗语也；然有一高处：句句是本色语，无今人时文气。"①"以时文为南曲，元末、国初未有也，其弊起于《香囊记》。《香囊》乃宜兴老生员邵文明作，习《诗经》，专学杜诗，遂以二书语句匀入曲中，宾白亦是文语，又好用故事作对子，最为害事。"②他希望南戏创作谨守国初体制，即保守南戏之本色，并将批评的矛头直指"时文气"，因为南戏初系村坊之音，以时文之法创作戏曲的"时文气"显然不符合南戏本色，与恪守南戏本身体式的目标相矛盾。

　　徐渭的"本色"论与凌濛初为代表的"本色"论相比，都讲求维护戏曲的文体特色，但也有很大的不同。凌濛初等人主张将"本色"与装饰、藻丽对立起来，追求质朴、不贵藻丽，用方言常语、不着故实。徐渭的"本色"论则没有限定风格内容，语言使人易懂，便是"得体"，便是"本色"。对于戏曲的风格，徐渭认为"与其文而晦，曷若俗而鄙之易晓也"③，"文既不可，俗又不可"④，他并没有抱定彻底反对文雅藻丽的态度，认为"感发人心，歌之使奴、童、妇、女皆喻，乃为得体"⑤，文雅藻丽也未尝不可，甚至他还批评祝枝山"冠绝一时"的《新机锦》"流丽处不如则诚"⑥。

　　导致这种差异的原因在于徐渭和凌濛初立论的角度不同。徐渭更重视创作方法的取径，反对以时文之法、之语创作戏曲，旨在使戏曲令人易懂，并没有对戏曲的修辞和语言风格作具体的限定。凌濛初则过于强调追求金元戏曲语言的质朴风格，难免矫枉过正。

---

① 徐渭著，李复波、熊澄宇注释《南词叙录注释》，中国戏剧出版社，1989，第45页。
② 徐渭著，李复波、熊澄宇注释《南词叙录注释》，中国戏剧出版社，1989，第49页。
③ 徐渭著，李复波、熊澄宇注释《南词叙录注释》，中国戏剧出版社，1989，第49页。
④ 徐渭著，李复波、熊澄宇注释《南词叙录注释》，中国戏剧出版社，1989，第53页。
⑤ 徐渭著，李复波、熊澄宇注释《南词叙录注释》，中国戏剧出版社，1989，第49页。
⑥ 徐渭著，李复波、熊澄宇注释《南词叙录注释》，中国戏剧出版社，1989，第56页。

（三）具有辩证色彩的新"本色"观

冯梦龙认为："当行也，语或近于学究；本色也，腔或近于打油。"① 指出了何良俊、凌濛初等人所倡导的"本色"的不足，对"本色"风格的态度并不像凌濛初那样热衷，亦未将其与文采对立而论。他评王骥德的《席上为田姬赋得鞋杯》散套云："律调既娴，而才情足以配之。字字文采，却又字字本色，此方诸馆乐府所以不可及也。"② 王世贞评价马致远的《百岁光阴》"放逸宏丽，不离本色"③，在他看来，"丽"与"本色"也不矛盾。

徐渭的学生王骥德关于"本色"的论述综合了凌濛初、徐渭、冯梦龙等人的观点，最为中肯详尽。他不像凌濛初那样将戏曲的源头仅归于金元戏曲，也不像徐渭那样于南北曲体中偏重南曲，其《曲律·论家数》云："曲之始，止本色一家，观元剧及《琵琶》《拜月》二记可见。"④ 认为无论是元杂剧还是南戏，最初的创作风格均属本色一路。继而，他指出戏曲创作中偏重藻饰的根本原因不在于七子的影响，而在于历代文人学士创作的积习与审美传统，这一源远流长的审美观念对于代言体的戏曲而言，并不相宜："夫曲以模写物情，体贴人理，所取委曲宛转，以代说词，一涉藻缋，便蔽本来。然文人学士，积习未忘，不胜其靡，此体遂不能废，犹古文，六朝之于秦、汉也。"⑤ 所以，他自己毫不讳言自己近于传统的戏曲审美观念："曲以婉丽俏俊为上。"⑥ 当然，这种爱好是适度的，王骥德本人非常注重文采与本色的调和。

因为戏曲是代言体，所以模写物情、体贴人理的"本色"之风值得追摹；戏曲又属于文学之列，明代大量士大夫染指创作，所以在王骥德的戏曲创作理论中亦兼顾了文人士大夫的创作和审美的心理与习惯。《曲律》云："大底纯用本色，易觉寂寥；纯用文词，复伤雕镂。"⑦ 又云："至本色之弊，易流俚腐；文词之病，每苦太文；雅俗浅深之辨，介在微茫，又在善用才者酌

---

① 冯梦龙著，俞为民校点《太霞新奏·序》，江苏古籍出版社，1993。
② 冯梦龙著，俞为民校点《太霞新奏》，江苏古籍出版社，1993，第43页。
③ 王世贞：《曲藻》，载俞为民、孙蓉蓉编《历代曲话汇编·明代编》第一集，黄山书社，2009，第513页。
④ 王骥德著，陈多、叶长海注释《曲律注释》，上海古籍出版社，2012，第154页。
⑤ 王骥德著，陈多、叶长海注释《曲律注释》，上海古籍出版社，2012，第154页。
⑥ 王骥德著，陈多、叶长海注释《曲律注释》，上海古籍出版社，2012，第288页。
⑦ 王骥德著，陈多、叶长海注释《曲律注释》，上海古籍出版社，2012，第154页。

之而已。"① 如何兼顾"本色"与文采，对戏曲创作而言是一个难题。

王骥德对此亦有独特的见解。他将戏曲中的曲子分为引子和过曲两大类，过曲又有大曲和小曲之分；他指出引子和大曲可以适当藻饰，小曲则以本色为主，但又须避免俚俗："过曲体有两途：大曲宜施文藻，然忌太深；小曲宜用本色，然忌太俚。"② 又云："《琵琶》兼用之，如小曲语语本色；大曲，引子如'翠减祥鸾罗幌''梦绕亲帏'，过曲如'新篁池阁''长空万里'等调，未尝不绮绣满眼：故是正体。《玉玦》大曲非无佳处，至小曲亦复填垛学问，则第令听者愦愦矣！故作曲者须先认其路头，然后可徐议工拙。"③ 这一调和本色与藻饰的观点在当时具有开创性。

吕天成与王骥德交好，在戏曲批评上多有交流，其《曲品》较《曲律》晚出，其中对当行与本色的内容进行了一番总结："当行兼论作法，本色只指填词。当行不在组织饾饤学问，此中自有关节局段，一毫增损不得；若组织正以蠹当行。本色不在摹剿家常语言，此中别有机神情趣，一毫妆点不来；若摹剿，正以蚀本色。今人不能融会此旨，传奇之派，遂判而为二：一则工藻缋以拟当行，一则袭朴淡以充本色。甲鄙乙为寡文，此嗤彼为丧质。而不知果属当行，则句调必多本色矣；果具本色，则境态必是当行矣。今人窃其似而相敌也，而吾则两收之。即不当行，其华而撷；即不本色，其质可风。"④ 可以说是明代关于文辞本色的总结，影响很大。

从总体上看，围绕尊体、辨体而展开的戏曲本色论涉及的对象主要是戏曲语言内容与风格的问题。除此之外，戏曲本色论还涉及音律、人物塑造等诸多方面。

二　戏曲音律本色论

当大部分曲家将"本色"的评价视角集中于戏曲的文词时，梁辰鱼、徐复祚等曲家认为，戏曲的声律和文词的关系是本与末的关系，并以是否合乎腔调、音韵、格律作为评价戏曲之作是否本色当行的依据。

梁辰鱼曾将陈大声创作的北曲《梁州序》改用南曲创作，《江东白苎》

---

① 王骥德著，陈多、叶长海注释《曲律注释》，上海古籍出版社，2012，第155页。
② 王骥德著，陈多、叶长海注释《曲律注释》，上海古籍出版社，2012，第212页。
③ 王骥德著，陈多、叶长海注释《曲律注释》，上海古籍出版社，2012，第154–155页。
④ 吕天成著，吴书荫校注《曲品校注》，中华书局，2006，第22–23页。

卷上《梁州序·初夏题情改定陈大声原作》序云："白下陈公……精专北调，脱略南歌。楚学齐言，殊非本色；婢作家妇，终不似真。"① 陈大声是明代下邳（今江苏邳县）出类拔萃的词曲作家，梁辰鱼此序中批评陈大声身为南人，却作北曲，因而属于"楚学齐言"。"殊非本色"大概指明代音乐、南方语言均与元代北曲有异，尽管陈大声专精此技，仍难造本色。至于"婢作家妇"则隐含了梁辰鱼个人抑北曲而尊南曲的音乐观念。

徐复祚的本色当行论比较特殊。一方面，他将藻丽与本色对立起来，如评价《香囊记》"愈藻丽，愈远本色"②；另一方面，又将戏曲的音乐置于文词之上，在徐复祚的《三家村老曲谈》（亦名《花当阁丛谈》）和《南北词广韵选》批语中，判断一部作品是否当行本色，首先关注其音韵、格律、腔调是否符合规范。上文已述凌濛初从文辞的角度对王世贞的戏曲观多有指责，徐复祚则从音韵的角度对王世贞"不甚当行"的戏曲评点颇有微词：

> 《拜月亭》宫调极明，平仄极叶，自始至终，无一板一折非当行本色语，此非深于是道者不能解也。弇州乃以"无大学问"为一短，不知声律家正不取于弘词博学也……③

王世贞注重戏曲的文词修辞与学问，而不重其音乐属性，是将戏曲文词与普通文章等而视之。徐复祚又云：

> 王弇州一代宗匠，文章之无定品者，经其品题，便可折中，然于词曲不甚当行。其论《琵琶》也，曰："则诚所以冠绝诸剧者，不惟琢句之工，使事之美而已。其体贴人情，委屈必尽；描写物态，仿佛如生；问答之际，了无捏造：所以佳耳。至于腔调微有未谐，譬如见钟、王迹，不得其合处，当精思以求谐，不当执末以议本也。"夫"作曲先要明腔，后要识谱，切记忌有伤于韵律"。此丹丘先生之言也。腔调未

---

① 梁辰鱼著，吴书荫校点《梁辰鱼集》，上海古籍出版社，2010，第359页。
② 徐复祚：《三家村老曲谈》，载俞为民、孙蓉蓉编《历代曲话汇编·明代编》第二集，黄山书社，2009，第257页。
③ 徐复祚：《三家村老曲谈》，载俞为民、孙蓉蓉编《历代曲话汇编·明代编》第二集，黄山书社，2009，第256页。

谐，音律何在？若谓"不当执末以议本"，则将抹杀谱板，全取词华而已乎？①

徐复祚推崇朱权重视腔调、音律的观点，认为腔调与文词是戏曲之本与末的关系，而王世贞关于戏曲的评论却本末倒置，所以被徐复祚批评为"不甚当行"。

徐复祚曾批评沈璟的《红蕖记》不叶音韵格律："沈先生著作甚富。其为词场所最赏者，靡不首屈指《红蕖》。余不谓然。《红蕖》词极赡，才极富，然至当行本色，不能不让他作。即如〔风入松〕一折，用韵处不无可恨。"②"沈先生作《南曲全谱》，其持论不翅词家南、董，而自运乃如此，信乎知行两途也。大率通记著作，俱黯淡无色泽，叩其音，中金石者甚鲜……殊妨词家本色，不敢贵耳而依违众喙也。"③ 上述材料均指出沈璟之作存在不合律处，从而判定其剧非当行本色。

三 代人立言与角色本色论

在尊体、辨体的进程中，明人也意识到了戏曲文体与诗文等文体的异同，这是明代戏曲本色论的内涵拓展的又一原因。

戏曲是代言体，作者代戏曲角色立言，忌讳异口同声、千人一面，力求展示出鲜活的人物个性，即剧中人物的本色。人物的本色主要通过人物语言体现，相关的论述主要有两个方面：

其一，人物语言内容与辞采须符合人物的性别、修养、身份、地位以及语言环境。孟称舜对此有非常深刻的认识，其评《燕青博鱼》语云："文章之妙在因物赋性，矧词曲尤为其人写照者。男语似女，是为雌样。女语似男，是为雄声。他如此类不可悉数，至曲中尤忌者酸腐、打油腔也。……其大概也着此剧作燕青语，又粗莽又精细，似是蓼儿洼上人口气，故非名手不辨。"④ 他认为男女性别不同，语言也应当有差异；燕青的语言

---

① 徐复祚：《三家村老曲谈》，载俞为民、孙蓉蓉编《历代曲话汇编·明代编》第二集，黄山书社，2009，第255页。
② 黄仕忠：《徐复祚〈南北词广韵选〉批语汇辑》（上），《中华戏曲》2014年第2期。
③ 黄仕忠：《徐复祚〈南北词广韵选〉批语汇辑》（上），《中华戏曲》2014年第2期。
④ 孟称舜编《古今名剧合选》，载《古本戏曲丛刊》四集，商务印书馆，1958。

粗莽中透露着精细，合乎他梁山好汉的身份。

但是孟称舜说"曲中尤忌者酸腐、打油腔也"，并不合适。倘若陈最良不掉书袋，不说"论娘行，出入人观望，步起须屏障"①，而学《酒家佣》中的滕公说"这汲水寻常事，何妨市井窥"，则做不得杜家闺塾先生，只能到乡野之间开一间酒店卖酒。假如杜丽娘游园时看到百花盛开，不唱"原来姹紫嫣红开遍，似这般都赋予断井颓垣"，而学着李逵从流水中捧了桃花乐呵呵地说"好红红花瓣"，那便不符合她大家闺秀的举止和谈吐，这样的杜丽娘如何可能游园伤春，如何可能因梦而病？言语风格不符合人物形象与身份，何谈本色？因此，不可单凭语言本身的风格论本色，只要合乎戏剧人物形象塑造的需要，酸腐语、书袋语、打油腔是本色，方言、俗语是本色，文雅流丽的语言也是本色。

王季重对人物个性刻画有深刻的认识，他指出要"从筋节窍髓，以探其七情生动之微"，如此才能表现"笑者真笑，笑即有声；啼者真啼，啼即有泪；叹者真叹，叹即有气。丽娘之妖，梦梅之痴，老夫人之软，杜安抚之古执，陈最良之腐，春香之贼牢……"② 即在设计人物语言时，需要深入观察人物性格、情感的最深层次，无论何种语言，只要能表现人物的深层性格与情感，便是本色。

其二，人物行为是否符合性格与情境，也是人物本色论的重要评价范围，此即臧懋循《元曲选后集序》中所说的"填词者必须人习其方言，事肖其本色"③。吕天成的戏曲批评也体现了同样的本色观。吕天成《曲品》评《乞麾记》云："小杜风流楚楚，其钟情鬟女，注目紫云，故豪士本色。"④ 认为该剧中对杜牧风流情事的叙述符合他作为豪士的形象与风格。与此相似，在明代澹慧居士编的《凤求凰》传奇第十三出中，县王爷听说司马相如携文君私奔后云："适闻卓氏文君已从司马长卿，才人侠，璧合珠融，姤会既奇，机缘复巧，真人间一快事也。只是那一群肉眼非笑即惊，如何晓得英雄本色政（按，当作"正"）在寻常羁勒之外。"⑤ 剧作中人对正面主角的批评也是作者审美观念的体现。祁彪佳亦常如此评价剧本，比

① 汤显祖著，徐朔方笺校《汤显祖戏曲集》，上海古籍出版社，1978，第264页。
② 俞为民、孙蓉蓉编《历代曲话汇编·明代编》第三集，黄山书社，2009，第37页。
③ 臧懋循著，赵红娟点校《臧懋循集》，浙江古籍出版社，2012，第115页。
④ 吕天成著，吴书荫校注《曲品校注》，中华书局，2006，第247页。
⑤ 澹慧居士：《凤求凰》，载《古本戏曲丛刊》二集，商务印书馆，1955。

如评《千金记》："纪楚、汉事甚豪畅，但所演皆英雄本色，闺阁处便觉寂寥。"① 对《千金记》疏于摹写闺阁女子之本色、闺阁生活之本色，一味追求"英雄本色"的做法给予批评。

人物塑造的"当行""本色"论追求语言风格、情节的特殊性与多样性，越多样越真切，越有差异越贴近真实，越能展示出不同剧作的独特价值，因而杜绝套路很有必要。冯梦龙《墨憨斋重定双雄记传奇·叙》云："高者浓染牡丹之色，遗却精神；卑者学画葫芦之样，不寻根本。甚至村学究手摭一二桩故事，思漫笔以消闲；老优施腹烂数十种传奇，亦效颦而奏技。"② 这里其实也对当时戏曲作家徒尚模拟而在作品技巧、情节、思想等方面不求创新的现象提出了批评。

四　个性解放与作者本色论

"本色"之"本"，在某种程度上意味着复古、陈规、格套，将作者的创作思维与表现的空间局限于特定的文体形式和传统审美观念中，是对创作个性、意识与创新能力的禁锢。在由宋至明相当长的一段时期内，"本色"主要以作品为关注对象，作家的个性与思想被忽略了。明代中后期，对"本色"论的关注由文本拓展到作者，是文学理论界解放作家思想、鼓励作家个性与创新的重要表现，更是心学思潮、古文批评共同影响的结果。

用"本色"评点作家，早在杨慎（1488－1559）的《升庵集》中已有，杨慎评贯休云："'霜月夜徘徊，楼中羌管催。晚风吹不尽，江上落残梅。'此贯休绝句也。休在晚唐有诗名，然无可取，独此首有乐府声调，虽非僧家本色，亦犹惠休之'碧云'也。"③ 晚于杨慎的古文大家茅坤（1512－1601）关于《唐宋八大家文钞》的评语中也屡屡跳脱出以文体为中心的本色论模式，将评价的对象转向作家风格。他称赞作家风格时最常用的范畴就是"本色"，比如评《为人求荐书》："善喻却是昌黎本色。"评《与陈生书》："韩公本色。"评韩愈《恽州溪堂诗记》："韩公本色如此。"评韩愈《曹成王碑》："文有精爽，但句字生割，不免昌黎本色。"评柳宗元《潭州

---

① 祁彪佳：《远山堂曲品》，载俞为民、孙蓉蓉编《历代曲话汇编·明代编》第三集，黄山书社，2009，第628页。

② 冯梦龙著，魏同贤主编《冯梦龙全集》第十一册，凤凰出版社，2007，第479页。

③ 杨慎：《升庵集》卷五十五，清文渊阁四库全书本。

东池戴氏堂记》："子厚本色。"评王安石《与马运判书》："论理财是荆公本色。"评王安石《芝阁记》："荆公本色之佳处。"评曾巩《送丁琰序》："篇中所见远，而其行文转调处，似不免朴邀纡塞之病，故不英爽。子固本色自在，子固所为本色不足处亦在。"评曾巩《道山亭记》："曾子固本色。"评苏洵《明论》："此是老泉本色学问。"评苏轼《超然台记》："子瞻本色，与《凌虚台记》并本之庄生。"①

茅坤对每位作家的创作风格持以欣赏的眼光，对缺乏自我个性、踵武前人乃至拾人牙慧的做法表示遗憾。比如评韩愈《张中丞传后叙》："通篇句、字、气皆太史公髓，非昌黎本色。"评韩愈《守戒》："其文平直通显反近苏氏，亦非公本色。"评苏轼《平王论》："此文类韩《讳辩》，非苏氏本色。"② 这些"本色"论亦涉及创作特点与文本风格两方面，但其终极指向却是作家，讲求的是作家创作个性与特色的绽放。

明代袁宏道亦十分重视作者自身的个性特色，他在《叙小修诗》中评价弟弟在诗歌创作上的个性与成果："大都独抒性灵，不拘格套，非从自己胸臆流出，不肯下笔。……即疵处亦多本色独造语。"③ 此"本色"强调的同样是诗人内心情感的自然流露。袁中道能够独运匠心、摆脱格套，真切展示作家个性，因而获得了袁宏道的赞赏。

以上诸例，皆以作家为中心，其中的"本色"或指作家的文法风格、作品风格，或涉及作家的性情气质，其核心是讲究作家性灵之本真、自然面目，作品的文体规范与文体特色在这些本色论中被淡化甚至忽略了。这种"本色"内核的转向体现了明人对作家个性的关照，是明代心学背景下文学批评思想的一大变化。

与茅坤同时的古文大家唐顺之还以"本色"评价各个思想流派的思想特色："秦、汉以前，儒家者有儒家本色，至如老庄家有老庄家本色，纵横家有纵横家本色，名家、墨家、阴阳家皆有本色。"④ 这种"本色"论距离文学作品与创作又远了一步，但是在本色内涵的挖掘上更见深度。

① 茅坤：《唐宋八大家文钞评文》，载王水照编《历代文话》第二册，复旦大学出版社，2007年，第 1795、1796、1807、1813、1831、1908、1914、1939、1945、1953、1996 页。
② 茅坤：《唐宋八大家文钞评文》，载王水照编《历代文话》第二册，复旦大学出版社，2007，第 1811、1812、1975 页。
③ 袁宏道著，钱伯城笺校《袁宏道集笺校》上册，上海古籍出版社，1981，第 187 页。
④ 徐师曾：《文体明辨序说》，载王水照编《历代文话》第二册，复旦大学出版社，2007，第 2061 页。

在文学创作、批评领域，"流派"在一定程度上是具有相同本色（或称风格特色）的作家集群化的结果。在不违背文体体制章法的前提下，这些作家的本色统一而鲜明，他们的作品呈现出的个性特色由于集群效应引起了人们的注意。以作家个性相同而结成的文学流派往往以"流派本色＋派"或"流派共同点＋体"的形式为本流派命名，比如曲坛之"吴江派"，诗坛之"性灵派"等。这些名称本身就是对作家创作个性兼群体共性的重视与评价。

明代戏曲批评中的作家本色论，一方面仍以是不是戏曲中的当行家为评价尺度。如王骥德云："于本色一家，亦惟是奉常一人，其才情在浅深、浓淡、雅俗之间，为独得三昧。"① 陈继儒的《批点牡丹亭题词》云："吾朝杨用修长于论词，而不娴于造曲。徐文长《四声猿》能排突元人，长于北而又不长于南。独汤临川最称当行本色。"② 意思是说，南北曲都擅长的人极少，汤显祖两者兼擅，故而是最在行的。

另一方面，他们的作家本色论也受到了诗文批评领域的影响，将创作本色与作家个性、性灵结合起来论述。比如凌濛初云："自成一家言，谓之'本色'。"③ 这与上文引用的凌氏观念截然不同，充分说明在凌濛初那里，作家本色语指的是带有作家的个性与创造性的语言，与文字的藻丽或质朴并无特定的关系，倒是与作者的自我创新有关，这种观念与袁宏道等人的观点非常相似。明代岳云嶷在为丁采小令集所作的《小令序》中，虽然未使用"本色"二字，但也表达了对创新、自然、真切的追求："耳不闻今古，师心率己，辄成一家。真可谓秉灵山岳，自然天真者矣。"④ 这里的每一句话都带有追求作家个性的气息。冯梦龙《太霞新奏》卷六王伯良《闺情》散套后引袁于令（号幔亭歌者）评语云："幔亭歌者云：'词才天赋不同，梁伯龙以豪爽，张伯起以纤媚，沈伯英以圆美，龙子犹以轻俊，至于秀丽，不得不推伯良。'"⑤ 这里讲的也是作家个性的表现。

在上述作家本色观的影响下，部分批评家对具有个性的作家作品的批

---

① 王骥德著，陈多、叶长海注释《曲律注释》，上海古籍出版社，2012，第332页。

② 蔡毅编著《中国古典戏曲序跋汇编》卷十，齐鲁书社，1989，第1226页。

③ 凌濛初：《谭曲杂札》，载俞为民、孙蓉蓉编《历代曲话汇编·明代编》第三集，黄山书社，2009，第195页。

④ 俞为民、孙蓉蓉编《历代曲话汇编·明代编》第三集，黄山书社，2009，第694页。

⑤ 冯梦龙著，俞为民校点《太霞新奏》，江苏古籍出版社，1993，第95页。

评态度有所松动，比如徐复祚评顾大典等人的传奇云："自此吴江顾大典有《义乳》《青衫》《葛衣》等记，皆〔伯〕起流派，操吴音以乱押者。清峭拔处，各自有可观，不必求其本色也。"① 此处的"本色"是批评者眼中的音乐本色。徐复祚认为，虽然张凤翼、顾大典一派多不合戏曲的音乐本色，但是他们的作品在文辞上具有"清峭"的个性特点，仍然值得观览。

戏曲批评领域从各个方面对"本色"展开的探讨对戏曲创作产生了很大的影响，部分作家在其剧本中体现出了对"本色"问题的关注，其中最典型的是明代路迪的《鸳鸯绦》传奇。剧本第二十出题名《本色》，内容写主持考试的官员痛恨戏曲创作上的芜秽之处，和举子讨论戏曲创作问题，其中的曲子和宾白依次涉及宫调音乐、句法格律、韵脚、语言风格、用典、语言和剧情套路、尾声、叙事结构、宾白、落场诗等方面，具体内容可参看本书《附录三 明代戏曲中的论剧（曲）曲》。

总之，从南朝《文心雕龙》到宋代《后山诗话》，"本色"是以"立象以尽意"的形式展开文学批评的。随着批评文体的拓展和时代变化，"本色"逐渐由诗、词理论中的方法论范畴衍生为风格论范畴，其意义在明代戏曲批评领域获得理论内涵的全面开拓，并对后世产生了深远影响。

第三节　以人喻文的风格论术语

陈师道最初以"雷大使之舞……要非本色"展开诗、词批评，显示了文学批评取譬于人的思路。这种以人喻文法在戏曲批评中也普遍存在，例如朱权《太和正音谱》中"乐府体"之"宗匠体""黄冠体""骚人体"等名称，都是用人的身份来概括作品风格。

类似地，朱权"古今群英乐府格势"云："王实甫之词，如花间美人。铺叙委婉，深得骚人之趣。极有佳句，若玉环之出浴华清，绿珠之采莲洛浦。"②"关汉卿之词，如琼筵醉客。观其词语，乃可上可下之才。盖所以取者，初为杂剧之始，故卓以前列。"③ 此"花间美人""琼筵醉客"，皆以人

---

① 徐复祚：《三家村老曲谈》，载俞为民、孙蓉蓉编《历代曲话汇编·明代编》第二集，黄山书社，2009，第258－259页。

② 朱权著，姚品文点校、笺评《太和正音谱笺评》，中华书局，2010，第23、24页。

③ 朱权著，姚品文点校、笺评《太和正音谱笺评》，中华书局，2010，第24页。

物形象喻曲作风格。

要言之，以人喻文法是传统立象法风格论的延伸，在这一思想观念下，明代曲家的戏曲风格论范畴不断浓缩，形成了一系列"人—文"风格论的批评术语。

在"人—文"风格论中，有一部分比喻在长期使用中逐渐成为约定俗成的术语，比如"伧父语（气）""张打油语""头巾语（气）""措大语（气）""学究语（气）""村学究语（气）""婢子学夫人语""书生习气""书袋子语""胡钉铰语"等，这些范畴本身既包含了一种人物的身份，同时又代表了一种语言风格或气质。在明代戏曲批评实践中，以上术语一般作为"本色"的对立面来使用。

一　"人—文"风格论的渊源流变

"人—文"风格论的源头可以追溯到魏国曹丕的《典论·论文》：

> 文以气为主，气之清浊有体，不可力强而至。譬诸音乐，曲度虽均，节奏同检。至于引气不齐，巧拙有素，虽在父兄，不能以移子弟。[1]

此即现存文献中以"气"论文之始。魏晋时期，这种以人的生命体征或内在精神气质譬喻文的艺术品质的做法非常盛行，究其文化根源，当属人物品藻对文学的影响。

人物品藻对文学最大的影响，始于"风格"这一术语由人物品评向文学批评的转移。"风格"最早用于人物品评，如葛洪《抱朴子》云："士有行己高简，风格峻峭……"[2] 到了南北朝时期，"风格"才被用来作为文学个性、特色或格调的统称，如刘勰《文心雕龙·夸饰》云："虽《诗》《书》雅言，风格训世……"[3] "风格"由人物品藻向文学批评转移，意味着用来形容人的"风格"的品鉴之语可能用来形容文的"风格"，文学风格批评在初级阶段就已经与人物品评之间结下了不解之缘；也意味着批评者

---

[1]　萧统编，李善注《文选》第六册，上海古籍出版社，1986，第 2271 页。

[2]　葛洪：《抱朴子》，上海古籍出版社，1990，第 231 页。

[3]　刘勰撰，黄霖编著《文心雕龙汇评》，上海古籍出版社，2005，第 123 页。

意识到了创作主体对创作客体的影响。这种意识催生了后世"文章与人品同"①"人品即文品"的文学思想观念，强化了作者与文本之间的内在联系。

尽管"人品即文品"的理论不够严密，明人在文学风格论上仍然十分重视人品与文品之间的关联性，如万历壬午（1642）年，屠隆作《梁伯龙〈鹿城集〉序》云："夫草木之华必归之本根，文章之极必要诸人品。"②意指人品是文章的"本根"，文品即人品之"华"，有什么样的人品，就可能呈现出什么样的文品。此"品"可能指思想道德层面的品格，也可能指人物气质方面的品格与艺术地位。比如明代顾起纶的《国雅品》评明代诗，依据诗人身份，将其诗作分为士品、闺品、仙品、释品、杂品，将作家身份与诗歌品格结合论述。这种分类方式是"人—文"合一式的风格品评的又一表现，表明顾氏认为作家的身份、地位与其诗歌品格之间关系密切。

在戏曲风格批评中，这种"人—文"风格论主要论述的是作品的气质品格与地位。比如南朝梁代钟嵘《诗品》、谢赫《画品》开启的文艺品评传统，借助九品中正制的上上、上中、上下、中上、中中、中下、下上、下中、下下九个人物品级评点诗、画品级，从这种品评形式中我们很容易看到各个作家、作品在批评者心中的艺术地位。明代吕天成的《曲品》也借用了这种批评方式评点戏曲作家作品之优劣。

"人—文"风格论的主要观念和表现形式有两种。其一，认为"气质"可以通过形象得到展现，故有以具体的人物形貌来形容戏曲风格的做法（这种"形貌"通常并不是作者本人的形貌），如朱权《太和正音谱》评关汉卿之曲"如琼筵醉客"③，王实甫之曲"如花间美人"④ 等。其二，认为人的身份会影响到文学语言的风格。下文将对戏曲批评领域中以人喻文的重要风格论术语展开论述。

二 "伧父语"

"伧父"始见于南朝宋刘义庆的《世说新语·雅量》：

---

① 陈绎曾：《古文矜式》，载王水照编《历代文话》第二册，复旦大学出版社，2007，第 1291 页。
② 屠隆：《梁伯龙〈鹿城集〉序》，载梁辰鱼著，吴书荫校点《梁辰鱼集》，上海古籍出版社，2010，第 35 页。
③ 朱权著，姚品文点校、笺评《太和正音谱笺评》，中华书局，2010，第 24 页。
④ 朱权著，姚品文点校、笺评《太和正音谱笺评》，中华书局，2010，第 23 页。

　　褚公于章安令迁太尉记室参军，名字已显而位微，人未多识。公东出，乘估客船，送故吏数人投钱塘亭住。尔时吴兴沈充为县令，当送客过浙江，客出，亭吏驱公移牛屋下。潮水至，沈令起彷徨，问："牛屋下是何物？"吏云："昨有一伧父来寄亭中，（《晋阳秋》曰：吴人以中州人为伧。）有尊贵客，权移之。"①

　　结合亭吏对"尊贵客"与"伧父"的态度可知，"伧父"颇受鄙夷。史念海的《"汉子"和"伧父"》考证了"伧""伧父"等称呼的来源："也正在五胡乱华时候。那时晋室一部分的王子和官吏抵挡不住叛胡的侵略，渡江而南，许多世家大族也纷纷追随南迁。这些世家大族在中原的时候，是执掌政治上的大权的，南渡之后，政治上的权柄并未放弃，这一点很惹起江南土著人士的反感，于是伧父一名就被广泛的应用起来。"②

　　至于"伧父"的含义，则可参看《宋书·沈昙庆传》："殿中员外将军裴景仁助戍彭城，本伧人，多悉戎荒事。"③"彭城"即今河北省邯郸市彭城镇，对吴人而言，地处边远，"本伧人，多悉戎荒事"一句充分说明了"伧"与"荒"是近义词，都近似"边远""荒蛮"之义，差别在于前者指人，后者指地域。由此不难推测吴人以"伧父"称中州人的心理：一是当时南方经济文化较北方繁荣，吴人有强大的地理、文化等方面的优越感；二是中州人在战争中败北，狼狈渡江南下，给吴人落下了粗鄙无能的印象。对于北人政治地位上的反感与文化上的鄙夷，也是上述两种心理的外化表现。在当时的一些文献记载中也可以感受到这种心理的浓郁气息，比如《晋阳秋》中记载陆机称呼左思为伧父，《晋书》列传第六十二《左思》载："初，陆机入洛，欲为此赋，闻思作之，抚掌而笑，与弟云书曰：'此间有伧父，欲作《三都赋》，须其成，当以覆酒甕耳。'"④左思本齐国临淄（今山东淄博）人，因其妹左棻被选入宫，举家迁居洛阳。陆机听闻左思作《三都赋》的事后，并未斟酌左氏的才能，而是出于吴人的文化优越感，习惯性地嗤之以鼻，"伧父"之称尤其显示出他内心对这个北人的鄙夷与嘲讽。

---

① 刘义庆著，刘孝标注，余嘉锡笺疏《世说新语笺疏》，中华书局，2007，第424-425页。
② 史念海：《中国国家历史地理 史念海全集》第六卷，人民出版社，2013，第795页。
③ 沈约撰《宋书》列传第十四，中华书局，1974，第1539页。
④ 房玄龄等：《晋书》列传第六十二，中华书局，1974，第2377页。

　　"伧父"之称反映了文化中心由北向南迁移之后，南方（主要是吴地）人的文化自负心理。在后来的使用中，"伧父"指称的对象范围扩大。首先是"伧父"的外延扩大。唐代睦州新安（今浙江淳安）人皇甫松《大隐赋并序》序云："陋均伧父。"① 宋代陆游《老学庵笔记》卷九云："南朝谓北人曰'伧父'，或谓之'虏父'。"② 这条材料已经将"中州人"扩大到了"北人"。这在宋代的诗文中很常见。比如胡仔《苕溪渔隐丛话》前集卷二十六引蔡絛《西清诗话》曰："（晏殊）赋诗曰：'若更迟开三二月，北人应作杏花看。'客曰：'公诗固佳，待北俗何浅也。'公笑曰：'顾伧父安得不然？'"③ 此即对北方人不识梅花的嘲笑，"伧父"成为了"俗"且"缺乏见识"的形象。宋晁公遡《解于大任自吴下来此，与之饮，大任自取毗陵急山泉酌之，色清而味胜无有也，喜赋诗》云："君从毗陵来，载酒与偕行。酿以陆子泉，可使伧父惊。"④ 此处晁氏自比"伧父"，自嘲没有见识，未曾遇到过比大任之酒更好的酒。后来"伧父"不仅仅指北人，还泛指地处边远、荒僻之人，如元代刘敏中《黑漆弩·村居遣兴》曲之一云："长巾阔领深村住，不识我唤作伧父。"⑤ 刘敏中，今山东人，地理上属"北人"的身份；刘为元代高级官员，曾因得罪权贵而辞归隐居了一段时期，刘氏自嘲"伧父"，盖与"深村"地理荒僻、文化俗陋有关。又如昆山人顾炎武《与黄太冲书》云："离群索居，几同伧父，年逾六十，迄无所成。"⑥ 这里的"伧父"并非地理位置上的北方人或偏僻荒远之人，而是自嘲因"离群索居"而造成的心理距离扩大，见识狭窄，"迄无所成"更加凸显了自比"伧父"鄙陋无能之意。由明至清，"伧父"形象与文人雅士形象相对立，如凌濛初《二刻拍案惊奇》卷一云："伧父何知风雅缘，贪看古迹只因钱。"⑦ 这里将"伧父"形容成与"风雅"无缘且粗俗的形象。

　　"伧父"和"伧父语"作为一种文学批评术语，其产生时间大概是在宋代。宋陈棣的《次韵陈季陵觅酒二首》其一云："草赋未为伧父语，破愁宜

---

① 皇甫松：《大隐赋并序》，《文苑英华》卷十九，明刻本。
② 陆游：《老学庵笔记》，中华书局，1979，第119页。
③ 胡仔纂集，廖德明校点《苕溪渔隐丛话》，人民文学出版社，1962，第175页。
④ 晁公遡：《嵩山集》，清钞本。
⑤ 徐征、张月中、张圣洁、奚海主编《全元曲》第十卷，河北教育出版社，1998，第7234页。
⑥ 顾炎武撰，华忱之点校《顾亭林诗文集》，中华书局，1983，第238页。
⑦ 凌濛初著，陈迩冬、郭隽杰校注《二刻拍案惊奇》，人民文学出版社，1996，第20页。

召麴生谋。"① 上句典出《晋书·文苑传》。明代"伧父语""伧父面目"等词成了粗俗鄙陋的代称，王世贞《艺苑卮言》卷四云："选体太白多露语、率语，子美多稚语、累语，置之陶谢间，便觉伧父面目……"② 盖"伧父"之语与"露语""率语""稚嫩""累语"相类，既不含蓄，亦不雅洁。

以"伧父语"论戏曲风格，始于王骥德的《曲律·杂论第三十九上》："（《琵琶记》）二十六折〔驻马听〕'书寄乡关'二曲，皆本色语，中'着啼痕缄处翠绡斑'二语及'银钩飞动彩云笺'二语，皆不搭色……至后八折，真伧父语。或以为朱教谕所续，头巾之笔，当不诬也。"③ 此"不搭色"指过于藻丽，与上文的本色语风格不搭配。"伧父语"本指粗鄙之辞，而此处却又云"或以为……朱教谕所续，头巾之笔"，将"伧父语"与"头巾语"混为一谈，其实不妥，因为在戏曲批评中，"伧父语"并未改变粗鄙、粗俗的内涵，如祁彪佳评《金台记》云："阅此曲，如对伧父语，种种粗率。"④ "头巾语"内涵详见下文。

与"伧父语"相近的还有"村竖语"，如祁彪佳评《赤符记》："作者眼光出牛背上，拾一二村竖语，便命为传奇，真小人之言哉！"⑤ 无论"伧父语"还是"村竖语"，皆非本色语，为曲家所排斥。

三　"张打油语"和"胡钉铰语"

"张打油语"，亦称"打油腔"，元代始作为文学风格论术语用于戏曲批评中，见周德清《中原音韵》卷下"张打油语"条："吉安龙泉县水淹米仓，有于志能号无心者，欲县官利塞其口，作〔水仙子〕示人，自谓得意。末句云：'早难道水米无交。'观其全集，自名之曰乐府，悉皆此类。士大夫评之曰：'此乃张打油乞化出门语也，敢曰乐府？作者当以为戒。'⑥ 周德

---

① 陈棣：《蒙隐集》卷二，民国宋人集本。
② 王世贞著，罗仲鼎校注《艺苑卮言校注》卷四，齐鲁书社，1992，第166页。
③ 王骥德著，陈多、叶长海注释《曲律注释》，上海古籍出版社，2012，第257页。
④ 祁彪佳：《远山堂曲品》，载俞为民、孙蓉蓉编《历代曲话汇编·明代编》第三集，黄山书社，2009，第618页。
⑤ 祁彪佳：《远山堂曲品》，载俞为民、孙蓉蓉编《历代曲话汇编·明代编》第三集，黄山书社，2009，第619页。
⑥ 周德清：《中原音韵》，载俞为民、孙蓉蓉编《历代曲话汇编·唐宋元编》，黄山书社，2006，第290页。

清专门点出"张打油语"受到"士大夫"的批评，这种批评带有明显的借人物身份比喻或者形容作品风格的批评思想。由此段批评可以看出"张打油语"非常通俗，不登大雅之堂，深受士大夫贬斥。

明王骥德刻的《古本西厢记》卷一第三折中评〔小桃红〕云：

> 全篇俊甚，俗本此后伪增一曲，两古本所无。……重叠如此，又皆张打油语，鄙猥可恨。知决为贫子窜入无疑，今直删去。①

王氏亦认为"张打油语""鄙猥可恨"，系"贫者"之辞，不符合王骥德"曲以婉丽俏俊为上"②的戏曲审美观念。他曾批评《卧冰记》〔古皂罗袍〕"理合敬我哥哥"以及《王焕》传奇〔黄蔷薇〕"三十哥央你不来"二曲"庸拙俚俗"，"皆打油之最者"。③即便对于戏曲中俳谐部分的创作，王骥德也认为"着不得一个太文字，又着不得一句张打油语。须以俗为雅，而一语之出辄令人绝倒，乃妙"。④杨慎的《丹铅续录》卷五《论文》又称"张打油、胡钉铰亦浅而露"。⑤以上诸例皆说明"张打油语"措辞鄙俚浅俗，不登大雅之堂。

"胡钉铰"出自唐代范摅《云溪友议》卷下：

> ……里有胡生者，性落拓，家贫。少为洗镜镀钉之业，偬遇甘果、名茶、美酝，辄祭于列御寇之祠垄，以求聪慧，而思学道。历稔，忽梦一人，刀画其腹开，以一卷之书，置于心腑。及睡觉，而吟咏之意，皆绮美之词，所得不由于师友也。既成卷轴，尚不弃于猥贱之事，真隐者之风，远近号为"胡钉铰"。⑥

上述梦境只是一个传说罢了，但胡诗却是存在的，《全唐诗》卷七百二十七谓胡钉铰即胡令能，收录其诗《喜韩少府见访》《观郑州崔郎中诸妓绣样》《小儿垂钓》《王昭君》四首。或许唐人认为胡钉铰能为"绮美"之

---

① 杨绪容整理《王实甫〈西厢记〉汇评》，人民出版社，2014，第68页。
② 王骥德著、陈多、叶长海注释《曲律注释》，上海古籍出版社，2012，第288页。
③ 王骥德著、陈多、叶长海注释《曲律注释》，上海古籍出版社，2012，第288 - 289页。
④ 王骥德著、陈多、叶长海注释《曲律注释》，上海古籍出版社，2012，第199页。
⑤ 杨慎：《丹铅续录》卷五《论文》，载杨慎《丹铅余录、外一种》，上海古籍出版社，1992，第180页。
⑥ 范摅：《云溪友议》，古典文学出版社，1957，第58 - 59页。

诗，遂附会故事，借梦境来隐喻胡钉铰虽出身卑微，但天赋异禀，无师自通，"腹有诗书气自华"。尽管"胡钉铰语"亦是"人物身份＋语"而成的"人—文"风格论术语，但显然不能以"钉铰"手艺人的卑微身份来贬损胡氏诗歌的风格。

　　然而在明人的使用中，"胡钉铰语"的情感色彩发生了转变。杨慎《升庵诗话》卷十一云："江南呼浅俗之词曰'覆窠'，犹今云'打油'也。杜公谓之'俳谐体'。唐人有张打油作《雪诗》云：'江上一笼统，井上黑窟窿。黄狗身上白，白狗身上肿。'《北梦琐言》有胡钉铰诗。"① 或许因为杨慎将"覆窠""俳谐""打油诗""胡钉铰诗"并列而谈，后世多以为四者意义类同，并为"张打油语""胡钉铰语"附加上了本属于"覆窠"的"诙谐"色彩，今《曲律注释》中即注"张打油语"为"俚俗诙谐的诗"②。冯梦龙评《太平广记》"胡钉铰"条欲为之拨乱反正："'胡钉铰'尽有诗思，后人乃与'张打油'并称，冤哉！"③ 不过一般而言，当时人们仍将此语作贬义使用，如徐复祚《南北词广韵选》中批评沈璟云："沈松陵何所据，而曰：'包待制好弹射人，故曰包弹。'吁！古来好弹射人者，岂独一希文哉！安得此张打油、胡钉铰之语也？"④

四　"婢子学夫人语"

　　"婢子学（作）夫人（语）"，也作"奴婢学夫人""大家婢学夫人"，最初见于书法理论，如南朝梁武帝萧衍云："羊欣书如大家婢作夫人，不堪位置，而举止羞涩，终不似真也。"⑤ 这种说法被用于批评书法作者技艺不精，却欲模仿行家，作品"不真"是该术语的核心意义。这一术语在后世的文学批评中也有所采用，比如宋人陈骙云："古人之文，用古人之言也。古人之言，后世不能尽识，非得训切，殆不可读，如登崤险，一步九叹。继而强学焉，搜摘古语，撰叙今事，殆如昔人所谓大家婢学夫人，举止羞

---

① 杨慎著，王仲镛笺证《升庵诗话笺证》，上海古籍出版社，1987，第 416－417 页。
② 王骥德著，陈多、叶长海注释《曲律注释》，上海古籍出版社，2012，第 200 页。
③ 冯梦龙著，魏同贤主编《冯梦龙全集·太平广记钞》（上），凤凰出版社，2007，第 379 页。
④ 黄仕忠：《徐复祚〈南北词广韵选〉批语汇辑》（上），《中华戏曲》2014 年第 2 期。
⑤ 韦续纂：《墨薮》，载卢辅圣主编《中国书画全书》，上海书画出版社，2009，第 14 页。

涩，终不似真也。"①

徐渭较早将其用于戏曲批评，其《重刻订正元本批点画意北西厢·自序》云：

> 世事莫不有本色、有相色。本色，犹俗言正身也；相色，替身也。替身者，即书评中'婢作夫人终觉羞'之谓也。婢作夫人者，欲涂抹成主母，而多插带，反掩其素之也。故余于此本中贱相色，贵本色，众人啧啧者，我煦煦也，岂惟剧哉？凡作者莫不如此。②

将本真之作称为"本色"，将模仿之作称为"相色"，"本色"的对立面即"相色"，这在明代的戏曲批评中是独特的。

祁彪佳用"婢作夫人"讽刺戏曲中的翻作现象。《远山堂曲品》评初阳子的《合义记》云："桐柏先生记之为《宝铃》，正是此事。此记效颦而不益其丑，夫亦婢子堪作夫人耶？"③《远山堂剧品》评钱珠的《问狸情谐》云："帮闲乃作巨盗乎？郁蓝之《双阁》已道破矣。此剧虽极意谑浪，终似奴婢学夫人。"④祁彪佳认为翻作实际上是创作盗窃，批评之甚溢于言表。

五 "头巾语（气）"与"学究语（气）"

"头巾语"或"头巾气"，在明代文学批评中比较常见。明艾穆《艾熙亭先生文集》卷四《恩遣记》云："沈修撰懋学，贻书幼滋，劝师相奔丧。李答书曰：'此宋头巾气，而竖儒腐说也。'"⑤徐复祚《南北词广韵选》评《龙泉记》商调〔山坡羊〕二曲末尾云："此下尚有一尾声，以其宋头巾气也，特剪去之。"⑥此评语暗寓徐氏《南北词广韵选》的选篇标准。由此可知"头巾气"本是明人对宋儒的批评。

在戏曲批评中，"头巾气"主要指用经史之语作曲，如徐复祚评《玉玦记》第六出《访友》〔六么令〕并二〔前腔〕云："此三小令最有致可喜。

---

① 陈骙著，刘彦成注释《文则注释》，书目文献出版社，1988，第21页。
② 蔡毅编著《中国古典戏曲序跋汇编》卷六，齐鲁书社，1989，第648页。
③ 祁彪佳：《远山堂曲品》，载俞为民、孙蓉蓉编《历代曲话汇编·明代编》第三集，黄山书社，2009，第593页。
④ 祁彪佳：《远山堂剧品》，载俞为民、孙蓉蓉编《历代曲话汇编·明代编》第三集，黄山书社，2009，第664页。
⑤ 艾穆：《艾熙亭先生文集》卷四，明万历刻本。
⑥ 黄仕忠：《徐复祚〈南北词广韵选〉批语汇辑》（下），《中华戏曲》2015年第1期。

独如'戒焚如'三字，觉头巾气耳。词忌用经史语，正此类也。"①

经书语多用语气助词，因而明人眼中，用助词入诗，倘若不能巧妙驾驭，也是"头巾气"的表现。杨慎《丹铅总录》卷二十评王维诗用字："王右丞诗：'畅以沙际鹤，兼之云外山。'孟浩然云：'重以观鱼乐，因之鼓枻歌。'虽用助语辞，而无头巾气。"② 王、孟诗中，"以""之"皆为助词。

"头巾语"所针对的主要是语言内容，有"头巾语"（即以经史语、助词创作）的作品并不意味着其风格毫不可取。孟称舜评宫天挺《范张鸡黍》第一折〔仙吕点绛唇〕云："一篇大头巾语，然语语爽健。"③ 可见明代曲家对戏曲的内容与风格能够区别对待，并不因为带有头巾语或头巾气便持彻底否定的态度。

王骥德《曲律·论曲禁第二十三》中，"学究语"下注"头巾气"④，由此可知"学究语"即"头巾语"，盖系以"头巾"代指"学究"之称。王骥德《曲律·论剧戏第三十》云："掇拾陈言，凑插俚语，为学究，为张打油，勿作可也。"⑤ 此"拾掇陈言"即指"学究"的常见作派，亦"头巾语"的常见表现。

"陈言"多为俗辞烂套。李东阳《怀麓堂诗话》云："秀才作诗不脱俗，谓之头巾气。和尚作诗不脱俗，谓之馂馅气⑥。咏闺阁过于华艳，谓之脂粉气。能脱此三气，则不俗矣。"⑦ 李氏所谓"俗"，指上述三类诗人群体在诗作形式与风格上普遍容易出现的三种气质，物多必易失于俗贱，以上三"气"及其语言、内容的表现形式所具有的"俗"气均不受世人青睐。

明代也有许多曲家称"学究"为"村学究"。明方弘静《千一录》卷十一云："杜喜用经语，间亦有不工处，要之志于经者，词人以来惟杜子耳。痴人闻忌头巾气，乃避六经，谓与诗背矣，妄者乃目杜为村夫子。"⑧ 方弘静认为，在诗人之中，唯有杜甫喜欢用经书之语入诗，明代痴妄之人认为，凡以"六经"之语入诗，即头巾气，必与诗的特质相悖，是一种俗

---

① 黄仕忠：《徐复祚〈南北词广韵选〉批语汇辑》（上），《中华戏曲》2014 年第 2 期。
② 杨慎撰，王大淳笺证《丹铅总录笺证》（下），浙江古籍出版社，2013，第 924 - 925 页。
③ 孟称舜编《古今名剧合选》，载《古本戏曲丛刊》四集，商务印书馆，1958。
④ 王骥德著，陈多、叶长海注释《曲律注释》，上海古籍出版社，2012，第 180 页。
⑤ 王骥德著，陈多、叶长海注释《曲律注释》，上海古籍出版社，2012，第 207 页。
⑥ "馂馅气"即"酸馅气"。
⑦ 李东阳撰，周寅宾、钱振民校点《李东阳集》第三册，岳麓书社，2008，第 1516 页。
⑧ 方弘静：《千一录》卷十一，万历刻本。

野的路径，因而称杜甫为"村夫子"，其意类于"村学究"。"村"又有粗野、粗俗之意，在明代南方曲家的语言文化中，"村"的意义近似于"伧"，所以，"村夫子""头巾气""村学究""伧父"之间存在相通之处。故王骥德《曲律》《杂论第三十九上》评《琵琶记》："至后八折，真伧父语。或以为朱教谕所续，头巾之笔，当不诬也。"① "伧父语"与"头巾之笔"之间的联系就在于"村"与"俗"。

六 "书生习气""书袋子语"与"措大语（气）"

"书生习气"，见《李卓吾评传奇五种》总评云："如《鸣凤》，原出学究之手，曲白尽佳，不脱书生习气。"② 从内容上说，"书生习气"与"学究语""头巾气"在某种程度上具有共同点，只是"书生习气"的外延比"头巾气"更为宽泛。

"书生习气"的表现为"书生语"或"书袋子语"。王骥德《曲律·论曲禁第二十三》中，"书生语"下注"时文气"③。"时文气"最直接的表现就是徐渭批评邵灿《香囊记》时所说的"以时文为戏曲"。这种创作风气的兴起有多方面的原因，最主要的是明代曲家的"八股文——戏曲"文体认同观念。"书生习气"的第二种表现是喜欢以典故或成句入曲，即"书袋子语"。以上两种表现均是"书生习气"的外在形式。

第三种表现即"措大语"。"措大，也作'醋大'；谑称读书人，含轻慢意。唐宋时期可称在朝廷为官的儒士，也可泛指一般的读书人。元明以后一般指未入仕的贫寒书生。"④ "措大语"多形容戏曲风格酸腐，如徐复祚评价《龙泉记》《五伦全备记》为"措大书袋子语"⑤，评关汉卿补《西厢记》后四出"措大语、白撰语层见迭出"⑥ 等等。

以上五种术语简洁直观，一语中的，分别概括了戏曲创作应当摒弃的方法与风格：过俗如张打油语、伧父语不可取，过于文言如学究语、头巾

---

① 王骥德著，陈多、叶长海注释《曲律注释》，上海古籍出版社，2012，第257页。
② 李卓吾：《李卓吾评传奇五种总评》，载梁辰鱼著，吴书荫校点《梁辰鱼集·附录》，上海古籍出版社，2010，第629页。
③ 王骥德著，陈多、叶长海注释《曲律注释》，上海古籍出版社，2012，第180页。
④ 江蓝生：《说"措大"》，《语言研究》1995年第1期。
⑤ 俞为民、孙蓉蓉编《历代曲话汇编·明代编》第二集，黄山书社，2009，第257页。
⑥ 俞为民、孙蓉蓉编《历代曲话汇编·明代编》第二集，黄山书社，2009，第264－265页。

语、书生语亦不取，过于矫揉造作如"奴婢学夫人语"犹不可取。

以往的文学批评，往往注重借助"骨髓""肌肤""生气""肺肠""头脑""筋节"等人体内部构造概念比喻文本创作的结构、价值等，展示了文学批评思想中将艺术与人体视为"异质同构"①的批评观念。而明代批评者尤其是明代曲家频繁采用的"人—文"风格论，从人的整体形貌、内在气质、社会地位、文化背景等角度对戏曲文本风格开展批评，较之结构论的比喻形式而言，更具有思想深度。

明代著名的曲论家王骥德、徐复祚、凌濛初等人皆是"人—文"风格论的践行者。从他们的戏曲批评中可以看出，"人—文"风格论的核心是人、文关系论，从狭义角度说，是人对文的影响、文对人的反映。以上五个术语反映了明人尤其是明代曲家意识到了人的身份、地位、气质、学养对文本精神气质与风格特色的影响，以"气"命名的方式，更加反映出批评者对作家个性的发现与重视，以及对戏曲艺术风格本质的理解。

总体而言，在中国古代文学批评史中，始终坚持了一条由人物品鉴指导、影响戏曲品鉴的思想路径，正如吴承学所说的："一方面是人物品鉴的艺术化使人物形象更具感染力；另一方面文学批评则在方法、形式方面吸取了人物品鉴的精髓，从而显得玄远和简要。"②

值得补充的是，明代曲家还开辟了一种新的批评路径，就是借助文本批评开展作家批评，即借助作品所呈现出来的戏曲风格，反观作者的精神风貌，如钟羽正为丁采曲集作《小令序》云："余虽未睹其面，而探会于逸兴之歌，意真味婉，气正声平。一种清风，千秋可想。"③作家风格论是戏曲风格论中的重要组成部分，钟羽正所采用的这种由作品风格逆向推测作家精神风貌的做法，是"人——文"风格论的又一表现，也是明代戏曲风格论批评的一大进步。

第四节　明清词曲审美中的"酸"

上节所论术语之外，明清词曲理论中还有一个有趣的术语"酸馅气"。如

① 吴承学：《中国古典文学风格学》，北京大学出版社，2011，第3页。
② 吴承学：《中国古典文学风格学》，北京大学出版社，2011，第3页。
③ 俞为民、孙蓉蓉编《历代曲话汇编·明代编》第三集，黄山书社，2009，第698页。

杨慎评南宋词人冯艾子词云："殊有北宋秦、晁风味，比南宋教督气、酸馅味，不侔矣。"① 寻其语意，乃将"酸馅味"一词作为文学风格论术语使用。与杨慎此言相近、以"气"论词的，还有李渔《窥词管见》对词体风格的论述：

> 词之最忌者，有道学气，有书本气，有禅和子气。吾观近日之词，禅和子气绝无，道学气亦少，所不能尽除者，惟书本气耳。②

此论同样是以若干种不同的"气"来归纳语言风格。但是，与含义明确的道学气、书本气、禅和子气相比，"酸馅气"含义颇为费解，须待考证而后知。

案诸文献，苏轼的诗作《赠诗僧道通》，在"语带烟霞从古少，气含蔬笋到公无"句下自注："谓无酸馅气也。"③ 该词以前从未出现在诗歌批评中，现代读者也很难理解。朱自清在《论书生的酸气》中把"酸馅气"解释成"酸了的菜馒头的馅儿，干酸，吃不得，闻也闻不得"④。换言之，在朱自清看来，"酸馅"就是"酸了的菜馒头的馅"。这种认识很符合一般人的理解，究其实际却大有望文生义之嫌。

宋元以来的笔记、小说、戏曲中，数见"酸馅"一词。如宋郭彖《睽车志》卷四讲到，常州华严寺僧道良转世为牛，长老道素令寺僧"日以僧食啖之，酸馦至顿食五十枚"。⑤《喻世明言·宋四公大闹禁魂张》说："宋四公夜至三更前后，向金梁桥上四文钱买两只焦酸馅，揣在怀里……"⑥；"宋四公怀中取出酸馅，着些个不按君臣作怪的药，入在里面，觑得近了，撇向狗子身边去。狗子闻得又香又软，做两口吃了，先摆番两个狗子。"⑦ 无名氏《度黄龙》杂剧末折〔沽美酒〕亦云："道理分明心印传，枉了那蒲

① 沈雄：《古今词话词评》上卷引，载唐圭璋主编《词话丛编》，中华书局，1986，第1008页。
② 李渔：《李渔全集》第二卷，浙江古籍出版社，1991，第511页。
③ 张志烈、马德富、周裕锴主编《苏轼全集校注》第八册，河北人民出版社，2010，第5310页。
④ 朱自清：《论书生的酸气》，载朱乔森编《朱自清全集》卷三，江苏教育出版社，1988，第250页。
⑤ 郭彖：《睽车志》卷四，载李梦生校点《宋元笔记小说大观》（四），上海古籍出版社，2001，第4105页。
⑥ 冯梦龙编，许政扬注《喻世明言》卷三十六，人民文学出版社，1958，第523页。
⑦ 冯梦龙编，许政扬注《喻世明言》卷三十六，人民文学出版社，1958，第525页。

团上数年吃酸馅，枉劳倦。"① 这样的例子还有许多。显然，"酸馅"是一种以"枚""只"等为计量单位的有馅的食品，而非变质的馒头馅。

"酸馅"的形、味究竟如何？是何种食材制成，又当怎样烹饪？上述文学作品皆未作说明。许政扬注酸馅为"菜馒头"②，《戏曲词语汇释》《元明清文学方言俗语辞典》则释为"菜包子"③。二者意义相近，但现代的馒头、包子种类繁多、形状不一，要据以揣想古代酸馅的准确样貌，仍很困难。更重要的是，"酸馅"之"酸"由何而来，尚无方家予以落实。

北宋以来，"酸馅"一词常为诗学批评借用，"酸馅气"是相当重要的文学理论术语，因此很有厘清的必要。兹考述如下：

一　何为酸馅

酸馅出现在北宋。宋代以前，文献中未见"酸馅"一词——该结论得到"中国基本古籍库""国学数典"等电子检索工具的支持。究其原因，首先是制作酸馅的原材料要到宋朝才普及。其次，酸馅是蒸制食品，蒸在北宋取代烘烤，成为面食烹饪的主流。在宋代史料里，有关酸馅的记载频频出现，它不仅是中原人民喜闻乐见的主食，也是颇有风味的夜市小吃，并且在节庆风俗中占据一席之地。

（一）酸馅的名称

现存宋代文本中，有酸馣、酸馅、酸韽、酸䑛等数种不同写法。

欧阳修《归田录》卷二云："京师食店卖酸馣④者，皆大出牌榜于通衢，而俚俗昧于字法，转酸从食，馣从臽。有滑稽子谓人曰：'彼家所卖馂馅（原注：音俊叩）不知为何物也。'饮食四方异宜，而名号亦随时俗言语不同，至或传者转失其本。"⑤

---

① 无名氏：《度黄龙》，载《孤本元明杂剧》第四册，中国戏剧出版社，1958。
② 冯梦龙编，许政扬注《喻世明言》卷三十六，人民文学出版社，1958，第 523 页。
③ 陆澹安：《戏曲词语汇释》，上海锦绣文章出版社，2009，第 295 页。岳国钧主编《元明清文学方言俗语辞典》，贵州人民出版社，1998，第 1519 页。
④ 通行本《归田录》作"酸馣"，学津讨原本《归田录》则作"酸醸"，从"酉"，或有所据。见欧阳修：《归田录》卷二，中华书局，1991，第 21 页。
⑤ 欧阳修：《归田录》卷二，载韩谷校点《宋元笔记小说大观》（一），上海古籍出版社，2001，第 621 页。

从欧阳修的记载可以知道，"酸馅"是这种食品通行的正确写法，俗写为"馂馅"，又误读为"馂餡（俊叩）"。清代郝懿行《证俗文》的考证说明，"馛"等于"馅"，"酸馛"就是"酸馅"："肉裹劖谓之脂。《释名》：'脂，衔也。衔炙细密肉，和以姜、椒、盐、豉，已，乃以肉衔裹其表而炙之也。'案：脂音陷，或作馅。《字汇》：'凡米面食物，坎其中，实以杂味曰馅，或作馛。'"①

根据郝氏征引的《字汇》一条，所谓"馅"或"馛"，指的是用面作皮，里面有馅心的食物，近于今天的包子之类，所以能够以"枚""只""个"等为计量单位。"馅"字和"餡"字形体接近，很容易出现欧阳修《归田录》中提到的误写。传世文献中，的确有误"馅"为"餡"者：南宋周密《武林旧事》和元代熊宗立《居家必用事类全集》都是如此。

一种事物出现之初，约定俗成的标准写法还未深入人心，所以可能有多个同音字同表其意。通行本《归田录》中用"馛"字，从"食"；另一种常见的写法则是"豏"，从"豆"。

前文已引宋郭彖《暌车志》卷四，常州华严寺之牛每顿食用"酸豏"至五十枚。② 黄庭坚《山谷别集》卷七《智海禅院大殿功德疏》有"不可酸豏里咬不着"③ 之语。孟元老《东京梦华录》"马行街铺席"条则记载当时夜市有"酸豏"出售。④ 豏，《类篇》谓之"饼中豆"，即豆馅。之所以写作"酸豏"，盖因这种食品往往是掺杂豆馅的。详于下文。

（二）酸馅之酸

吴自牧《梦粱录》卷十六"荤素从食店"条云："市食点心，四时皆有，任便索唤，不误主顾。且如蒸作面行卖四色馒头、细馅大包子，卖米薄皮春茧、生馅馒头……水晶包儿、笋肉包儿、虾鱼包儿……细馅儿夹儿、笋肉夹……甘露饼、肉油饼……糖肉馒头、羊肉馒头、太学馒头、笋肉馒头……肉酸馅、千层儿、炊饼、鹅弹。更有专卖素点心从食店，如丰糖糕、乳糕……麸笋丝、假肉馒头、笋丝馒头……七宝酸馅、姜糖辣馅、糖馅馒

---

① 郝懿行著，安作璋主编《郝懿行集》（三），齐鲁书社，2010，第2591页。
② 郭彖，李梦生校点《暌车志》卷四，载《宋元笔记小说大观》（四），上海古籍出版社，2001，第4105页。
③ 黄庭坚著，郑永晓整理《黄庭坚全集辑校编年》，江西人民出版社，2008，第1656页。
④ 孟元老著，伊永文笺注《东京梦华录笺注》卷三，中华书局，2006，第313页。

头、活糖沙馅……包子……"（引文标点，笔者略有更改）。① 文中提到了
"肉酸馅""七宝酸馅"两种食物。显然，在南宋时期，酸馅是有荤有素的。
素酸馅中还有杂馅，如七宝酸馅。

《梦粱录》在此列举了很多蒸制的面食。比较晚出的周密《武林旧事》
卷六"蒸作从食"条也列有"子母茧、春茧、大包子……大学馒头、羊肉
馒头、细馅、糖馅、豆沙馅、蜜辣馅、生馅、饭馅、酸馅……"② 总结两种
记载可以找到宋代面食中由面皮包裹馅心制成的四大品类："茧""馒头"
"包儿（包子）""馅"。宋朝人之所以做出区分，是因为它们的制作方法存
在一定区别。今人将"酸馅"解释为"菜馒头"或"菜包子"，都忽略了
当时人眼中"馅"和"馒头""包子"明确的区别，所以略欠允当。

"酸馅"类是"馅"类面食中的一种，今日北方方言中，该词语仍保留
了一定遗存，比如一种介于包子、蒸饺之间的食品在河北等地被称为"大
馅"。酸馅和糖馅、豆沙馅、蜜辣馅……之间的差别，只在其中包裹的馅
心。恰如今日的包子，以豆沙为馅便称作"豆沙包"，以糖为馅便称作"糖
包"，以肉为馅便称作"肉包"。"酸馅"面皮中包裹的是某种"酸"。当酸
馅的馅中含有肉时，便称为"肉酸馅"；含有七种不同食材时，便称为"七
宝酸馅"。

那么，问题的关键便是："酸馅"之"酸"究竟何指？

元代成书的《农桑辑要》卷五"蓝菜"条引《务本新书》云："（蓝
菜）二月畦种，苗高，剥叶食之。剥而复生，刀割则不长。加火煮之，以
水淘浸，或炒熘，或拌食，或包酸馅，或卷饼。"③ 其中谈到酸馅是用"以
水淘浸"过的蓝菜叶包成。

这"以水淘浸"过的菜叶也叫作黄虀。元代《居家必用事类全集》中
有记载，庚集"食素"部"菜馅"条云："黄虀碎切，红豆、粉皮、山药
片，加栗黄尤佳。五味拌打拌搦馅包。"④ "馅"即"馅"，其实也就是酸馅
之类。

---

① 吴自牧：《梦粱录》卷十六，浙江人民出版社，1980，第 147 – 149 页。
② 周密著，钱之江校注《武林旧事》，浙江古籍出版社，2011，第 137 页。
③ 司农司编，西北农学院古农研究室整理，石声汉校注《农桑辑要校注》卷五，农业出版
社，1982，第 170 – 171 页。
④ 熊宗立：《居家必用事类全集》庚集，载《北京图书馆古籍珍本丛刊》（61），书目文献出
版社，1998 年，第 282 页。

所谓"黄虀",或作"黄齑",就是现在的酸菜。宋代朱敦儒《朝中措》词云:"自种畦中白菜,腌成瓮里黄齑。"① 明白告诉我们当时人用瓮腌白菜制作黄虀,与今日腌制酸菜无异。《农桑辑要》所谓"加火煮之,以水淘浸"指的是酸菜的腌制过程。清人丁宜曾《农圃便览》"酸菜"条云:"用肥嫩白菜稍少煮,不可太熟。取出冷透,入礶内,温小米饭清汤浸之,勿太热;不用盐。才酸便用。陆续添汤、菜,可竟冬食。"② 其要领与宋元时代的制作工艺无根本改变,而于火煮火候、淘浸方法记述差详。

虀同齑,《周礼·天官·醢人》"以五齐",郑玄注:"齐当为齑……凡醯酱所和,细切为齑。"③ 简单说来,可指酸菜、咸菜、酱菜等腌制食品。酸菜腌制时,绿色素被破坏,呈现黄色,故名"黄虀",今人缘其色、味,俗称黄菜、酸菜。黄虀又称"淡虀",一来因为酸菜制作过程中"不用盐",与其他腌制食品迥异;二来酸菜适宜与脂肪丰富的肉类一同烹饪,以改善口感,而贫民仅取其廉价,无油水调和,则味道难免寡淡——此"淡虀"之"淡",近乎梁山黑旋风李逵之"口里淡出鸟来"。黄虀味酸,古人常说"酸黄虀"。元杂剧《玉清庵错送鸳鸯被》第四折中有〔沽美酒〕云:"则他这酸黄虀怎的吃,粗米饭但充饥。"④ 王实甫《西厢记》第二本〔叨叨令〕云:"浮沙羹、宽片粉,添些杂糁;酸黄虀、烂豆腐,休调唝。"⑤ 明代郭勋《雍熙乐府》卷三第二十九首〔端正好〕中也有"酸黄虀、烂豆腐"⑥ 的俗语。酸黄虀、烂豆腐、粗米饭并提,显然三者都是廉价的素食,尤其前二者,更都因发酵带有异味。

酸馅用黄虀包成,所以文献常把酸馅与黄虀、淡虀并提。元杂剧《花间四友东坡梦》〔牧羊关〕云:"虽然是食酸馅,揑淡虀,淡则淡淡中有味。"⑦ 明代王衡《郁轮袍》杂剧第六折〔驻马听〕云:"那壁厢百种针槌,

① 朱敦儒:《朝中措》,载朱敦儒著,洪永锂编《朱敦儒集》卷中,浙江大学出版社,2005,第102页。
② 丁宜曾著,王毓瑚校点《农圃便览》,中华书局,1957,第77页。
③ 郑玄注,贾公彦疏《周礼注疏》卷六,北京大学出版社,1999,第138页。
④ 无名氏:《玉清庵错送鸳鸯被》,载王季思主编《全元戏曲》卷六,人民文学出版社,1999,第139页。
⑤ 王实甫著,张燕瑾校注《西厢记》,人民文学出版社,2018,第78页。
⑥ 郭勋:《雍熙乐府》卷三,明嘉靖刊本,《四部丛刊续编·集部》(78),上海书店,1985。
⑦ 吴昌龄:《花间四友东坡梦》,载王季思主编《全元戏曲》卷三,人民文学出版社,1999,第360页。

道我斋头酸馅瓮中薤。这壁厢齐声赞美，又道我眼能说话手能飞。"① 这"酸馅"和"淡薤""瓮中薤"都是一套东西。

宋代人开始制作酸菜。在中国基本古籍库中检索"酸菜""淡薤""黄薤""黄齑"，得到的结果与检索"酸馅"相似，全是宋代以来资料。有了关键食材酸菜，酸馅这种面点食品便在宋代应运而生。

（三）酸馅的制作与食用

《武林旧事》早说过，酸馅属于"蒸作从食"，是蒸出来的。明代无名氏《度黄龙》杂剧第三折，正末"袖中倒出蒸食四个科"，云："您众人看，这个是扬州琼花，这四个酸馅是琼花观斋食也。"② 这条材料可以证实明代的酸馅也是蒸食。

但是酸馅也可以烤着吃。酸馅有一种形态，名曰"焦酸馅"，或曰"燋酸豏"。

《东京梦华录》卷三"马行街铺席"中载："夜市直至三更尽，才五更又复开张。如要闹去处，通晓不绝。寻常四稍远静去处，夜市亦有燋酸豏、猪胰胡饼、和菜饼……"③

燋，古同"焦"，从火焦声。《周禮·春官》曰："以明火爇燋。"④ "燋酸豏"即"焦酸馅"，当是以火炙烤过的酸馅。《东京梦华录》说此物在夜市出售。《梦粱录》卷十三"夜市"条亦云："又有夜市物件……木檐市西坊卖焦酸馅、千层儿。"⑤有关"焦酸馅"的记载不多，却都与夜市相关，很可能这种食品和今天的地摊烧烤一样，基本只在夜市上出售。开封至今尚有"马道街"，地处繁华，长年累月，夜市无间，所卖食品亦多有烧烤类，其情形与《东京梦华录》中"马行街铺席"的状况仍极相似。

话本小说《宋四公大闹禁魂张》中，宋四公夜里三更时分外出买"焦酸馅"，正可以与《东京梦华录》的记载相印证。烧烤可以提升面食的香味，使之外焦里嫩，增加口感，故而小说中说宋四公买到的"焦"酸馅

---

① 王衡：《郁轮袍》，载沈泰辑《盛明杂剧》卷二十，民国七年至十四年武进董氏诵芬室刻本，第22页。
② 无名氏：《度黄龙》，第10页，见《孤本元明杂剧》第四册，中国戏剧出版社，1958。
③ 孟元老著，伊永文笺注《东京梦华录笺注》卷三，中华书局，2006，第312－313页。
④ 郑玄注，贾公彦疏《周礼注疏》卷二十四，北京大学出版社，1999，第648页。
⑤ 吴自牧：《梦粱录》卷十三，浙江人民出版社，1980，第120页。

"又香又软"。

做酸馅，无非面皮和馅心。

宋代金盈之《醉翁谈录》卷三"京城风俗记"载："人日，正月初七日也。造面茧，以肉或素馅，其实厚皮馒头、酸馅也"（引文标点笔者略有改动）。①"厚皮馒头"和酸馅并举，可见宋代酸馅面皮比一般馒头更加厚实。

元代熊宗立《居家必用事类全集》云："（酸䭔）馒头皮同，褶儿较粗，馅子任意，豆馅或脱或光者。"② 这说明元代酸馅也类似馒头，只是面皮上的褶儿比馒头上的粗。

元刻本《新刊的本散家财天赐老生儿》〔寨儿令〕："是谁家些贤妇女，孝儿郎？准备的整齐拖拽着慌，糖饼儿香，酸䭔儿光，村酒透瓶香。"③ 所谓"光"，与馒头、包子等白面细粮制作的面食蒸熟后的表皮特征相符。

《梦粱录》有"肉酸馅"，然而酸馅的主流渐渐趋于素食。酸馅自产生以来，便常被僧人用作素斋食用。见于宋代载籍的有：

（1）蔡絛《铁围山丛谈》卷五云："方其（僧道楷）死时，招聚大众曰：'汝等偕来，尝吾大酸馅。'食竟，独入深山，久不出。众往视之，坐石上，已跏趺而化矣。"④

（2）黄休复《茅亭客话》卷九"天仓洞"条云："医人张世宁，先为僧，名法晕。"法晕曾到天仓洞，洞内"石床茶灶相连。就之略憩。或觉馁，思酸馅食，面前寻有一双酸馅。"⑤

（3）吴自牧《梦粱录》卷四"解制日"条云："七月十五日，一应大小僧尼寺院设斋解制，谓之'法岁周圆之日'。自解制后，禅教僧尼，从便给假起单，或行脚，或归受业，皆所不拘。其日又值中元地官赦罪之辰。诸宫观设普度醮，与士庶祭拔。宗亲贵家有力者，于家设醮饭僧荐悼，或拔孤魂。僧寺亦于此日建盂兰盆会，率施主钱米，与之荐亡。家市卖冥衣，亦有卖转明菜花、油饼、酸馅、沙馅、乳糕、丰糕之类。卖麻谷窠儿者，

---

① 金盈之：《醉翁谈录》卷三，古典文学出版社，1958，第 12 页。
② 熊宗立：《居家必用事类全集》庚集，载《北京图书馆古籍珍本丛刊》（61），书目文献出版社，1998，第 282 页。
③ 武汉臣：《新刊的本散家财天赐老生儿》，载王季思主编《全元戏曲》卷二，人民文学出版社，1999，第 655－656 页。
④ 蔡絛撰，冯惠民、沈锡麟点校《铁围山丛谈》卷五，中华书局，1983，第 91 页。
⑤ 黄休复著，李梦生校点《茅亭客话》卷九，载《宋元笔记小说大观》（一），上海古籍出版社，2001，第 448 页。

以此祭祖宗，寓预报秋成之意……"①

（4）郭彖《睽车志》卷四，常州华严寺僧道良转世为牛，长老道素令寺僧"日以僧食啖之，酸𧐐至顿食五十枚"。②

可见北宋时酸馅已成为斋食的主要品种。酸馅和僧人异常密切的联系使它渐渐由一种食品转变为与僧人有关的、具有特殊意义的文化符号。一般人家斋僧，也常以酸馅为供。以叶梦得《避暑录话》卷下的一则趣话为例：宰相章惇宴请一位"行解通脱，人以为散圣"的僧人净端，章惇吃荤食馒头，净端吃素食酸馅。仆人"误以馒头为酸馅，置端前，端得之，食自如"。而章惇则吃到了酸馅，"知其误，斥执事者而顾端曰：公何为食馒头？"结果，"端徐取视曰：乃馒头耶？怪酸馅乃许甜。"③

同为面食，馒头多是肉馅，而明清两代所见的关于酸馅的记录几乎均为素馅。时间长了，人们忘记酸馅的本意，便以为酸馅只能是素食，甚至将它等同于菜馅馒头。清代刘埥在《以自制饻饻奉馈金圃并小诗请和并引》中说："抟面蒸食，古以裹肉者为馒头，包菜者为酸馅。今则加以蔗糖，拌以果实，秦晋总谓之馍馍，燕齐则谓之饻饻，南方无专名也。"④ 就是一例。

虽然《居家必用事类全集》说酸馅"馅子任意"，可是两件东西却不能少。这两件就是酸菜和豆馅。前文已引，"豆馅或脱或光"，但是最好用红豆。上等的酸馅用的是多种食材的混合馅料："黄蘑碎切，红豆、粉皮、山药片，加栗黄尤佳。五味拌，打拌，搦馅包。"⑤ 馅料如此丰富复杂，可见酸馅是一道很有讲究的美食。

讲究的选料让酸馅不只是一种市井小吃，还是一种节日食品。

宋朝在人日食用的"面茧"，实际上就是一种酸馅。北宋金盈之《醉翁谈录》卷三"京城风俗记"载："人日，正月初七日也。造面茧，以肉或素馅，其实厚皮馒头、酸馅也。馅中置纸签，或削作木，书官品，人自探取，以卜异时官之高下。贵家或选取古今名人警摘句，可以占前途者，然亦但

---

① 吴自牧：《梦粱录》卷四，浙江人民出版社，1980，第25页。
② 郭彖著，李梦生校点《睽车志》卷四，载《宋元笔记小说大观》（四），上海古籍出版社，2001，第4105页。
③ 叶梦得：《避暑录话》卷下，中华书局，1985，第56页。
④ 刘埥：《以自制饻饻奉馈金圃并小诗请和并引》，载《刘文清公遗集》卷十二，道光六年刘氏味经书屋刻本，第8页。
⑤ 熊宗立：《居家必用事类全集》庚集，载《北京图书馆古籍珍本丛刊》第六十一册，书目文献出版社，1998，第282页。

举其吉祥之词耳。故欧公有诗，云'来时壁茧正探官'之句。"① 人日即农历新年的第七天，是唐宋时代重要的节日。宋时在这一天会有相当热闹有趣的节庆活动，而活动的中心就是这种面食。该习俗经过变形后，在明清以至现代有所保留，即在新年食用的饺子中置物，以卜吉。

明代焦周《焦氏说楛》记载了各个节日应景的活动及食品，其中有"四月八，指天，酸馅"② 的说法。酸馅是明代佛诞日（四月初八）的应景食品。

二 从酸馅到"酸馅气"

苏轼《赠诗僧道通诗》自注"谓无酸馅气也"③，把食品酸馅带进了文学批评领域。"酸馅气"是个新奇的字眼，一经坡公拈出，遂而流行开来，其义不断扩展。

（一）"酸馅气"之本义由来

元刻本大都新刊关目的本《地藏王证东窗事犯》〔尧民歌〕云："（带云）百姓每恰似酸馅一般。（唱）都一肚皮填包着气。"④ 这则材料说明酸馅这种面食制成之后，面皮内包裹着一团气体。究其原因，是酸菜馅含有因发酵产生的二氧化碳气体，在熟制过程中，气体受热膨胀，却又被面皮包裹，无法排出。僧人多食酸馅，酸馅外表饱满、内质酸陈空虚的特点，恰又与僧诗往往内容陈腐空洞的现象十分相似，因此苏轼拉来作一雅谑。

此后，"酸馅气"一语固定下来，摇身变作一个重要诗学术语，在文艺批评领域活跃了近千年。宋代叶梦得《石林诗话》卷中云："近世僧学诗者极多，皆无超然自得之气，往往反拾掇摹效士大夫所残弃。又自作一种僧体，格律尤凡俗，世谓之酸馅气。"⑤ 并举前引苏轼《赠诗僧道通诗》及注为例，给这一术语做了界定。此后，"酸馅气"以及"酸馅"都被用来形容

---

① 金盈之：《醉翁谈录》卷三，古典文学出版社，1958，第12页。
② 焦周：《焦氏说楛》卷五，明万历刻本。
③ 张志烈、马德富、周裕锴主编《苏轼全集校注》第八册，河北人民出版社，2010，第5310页。
④ 孔文卿：《地藏王证东窗事犯》，载王季思主编《全元戏曲》卷三，人民文学出版社，1999，第311页。
⑤ 叶梦得撰，逯铭昕校注《石林诗话校注》，人民文学出版社，2011，第135页。

由僧人创作，格调酸腐、意境凡近、内容及技巧缺乏创新的诗风。

"自作一种僧体"一语，是个具有很高价值的理论突破。宋人开始使用"体"的概念评价诗歌，叶梦得生活在南北宋之间，他使用这个概念，比主要活动在南宋理宗朝的严羽创作《沧浪诗话》早了百年左右。文学批评史在论定功绩时，观点应当改写。

"僧体"概念刚一诞生，便因富含"酸馅气"而带有浓郁的贬义色彩。清代张玉书编《佩文韵府》时，收录"僧体"，并引用《石林诗话》中的这段文字作解释。叶梦得的见解被后来的诗歌批评者广泛接受，后人评点僧诗往往以有无酸馅气作为衡量标准。如明代李东阳《怀麓堂诗话》称："秀才作诗不脱俗，谓之头巾气。和尚作诗不脱俗，谓之馈馅气。咏闺阁过于华艳，谓之脂粉气。能脱此三气，则不俗矣。"① 此"三气"及不俗之说在批评史上影响很大。又如明代杨慎评价元天目山释明本（号中峰）《九字梅花诗》曰"后四句有斋饭酸馅气"②；清代沈涛《匏庐诗话》下卷评如皋诗僧默然《雪夜归山》《初秋》两诗"皆无酸馅气息"③；清戚学标《三台诗话》评价元代天台僧人子贤《题绿筼楼》《寄敏仲谦于洞庭翠峰寺》等诗"皆极闲整，无些子酸馅气"④；清代祝德麟《赠长沙僧寄尘》诗云："僧家学酸馅，习气良可鄙。"⑤ 例子尚多，不必赘引。

（二）"酸馅气"适用范围的扩展

"酸馅气"本来专指僧诗，但是在广泛的使用中，"酸馅气"的概念逐渐扩展，主要表现于三个层次。

第一，由评价僧人诗作扩展到评价僧人创作的书画等其他艺术门类。如明代王世贞《弇州山人四部续稿》文部《赵吴兴真草千文后》云："其结法遒紧圆润，工力悉敌，而波磔之际，往往锋铩中发异趣，酸馅之气为之一洗……"⑥ 这里将赵孟頫、智永两家真草千字文作比较，"酸馅之气"被

① 李东阳著，周寅宾、钱振民校点《李东阳集》第三册，岳麓书社，2008，第1516页。
② 杨慎著，王仲镛笺证《升庵诗话笺证》，上海古籍出版社，1987，第495页。
③ 沈涛：《匏庐诗话》下卷，载杜松柏主编《清诗话访佚初编》（三），台北新文丰出版公司，1987，第372页。
④ 戚学标：《三台诗话》，载陶元藻编，俞志慧点校《全浙诗话》卷二十六，中华书局，2013，第707-708页。
⑤ 祝德麟：《悦亲楼诗集》卷二十九，清嘉庆二年姑苏张遇清局刊本，第8页。
⑥ 王世贞：《赵吴兴真草千文后》，载《弇州山人四部续稿》卷一百六十二，清文渊阁四库全书本。

移于评价僧人智永的书法作品。与之相类，清代梁同书《频罗庵遗集》卷九则以"酸馅气"贬斥僧人怀素的草书："怀素满纸恶习，始终是酸馅气，非士人本领。"①

在此类批评中，"酸馅气"和"士人本领"是两个对立的术语。"酸馅气"作为指代僧人的符号，对僧人、世俗作者二者加以区分，并作出贬义性的价值判断。

第二，由评价僧侣诗人平移到评价世俗诗人。如杨慎《丹铅总录》谓《水经注》所载古歌谣如《三峡歌》等"皆可以入诗材，胜俗子看《韵府群玉》，搜出酸馅恶料，令人呕哕也。"②酸馅指代诗歌素材的熟常。清代魏裔介《朱公艾越游草序》云："大约别才别趣之说固为知言，然非多读书则其识不高，而怀不旷。识不高、怀不旷，纵呕尽满腔血，终是酸馅气耳。"③酸馅气指诗歌格调不高、见解不精、风格常俗。

值得注意的是，当"酸馅"被移于评价世俗诗人，其含义即由僧人之口头禅习气转化为经生儒师的迂阔酸腐作风。一个特别典型的例子见于清代沈起凤《谐铎》卷三《穷士扶乩》：吴中穷士马颠为盐贾与诸名士扶乩，大受赞赏，待他将自己的诗稿呈给众人时，"诸名士才一批阅，曰：'此穷儒酸馅耳，何足言诗！'连阅数首，俱言不佳"④。酸馅和僧人的文化联系被抛却，使用者仅着眼于"酸"，并衍生出酸腐、穷酸等意义。

继而酸馅与儒生形象的联系固定下来，用以指代沉溺经学、迂腐拘执的冬烘。由此衍生出含义扩展的第三个层次。

第三，由僧诗平移并扩展到世俗作者的其他文艺创作，即前两个层次的综合。最普遍的用法是文体间的平移借用，特别是常用于评价儒师经生酸腐迂阔的散文。清张谦宜《絸斋论文》卷五《评品》中说《孙明复墓志》"作经师文字，无酸馅气，立意高，用笔超也。胡翼之墓表精于史汉，故无庸腐铺贴诸病。"⑤"酸馅气"的表现即"庸腐铺贴"，它和"立意高，用笔超"相对立，用于评价"经师文字"。这一含义泛化之后，也可以指代"庸腐铺贴"的空话、废话，如清代彭士望《树庐文钞》卷十《论战国秦》

---

① 梁同书：《频罗庵遗集》卷九，嘉庆二十二年陆贞一刻本，第36页。
② 杨慎撰，王大淳笺证《丹铅总录笺证》，浙江古籍出版社，2013，第119页。
③ 魏裔介著，魏连科点校《兼济堂文集》卷六，中华书局，2007，第136页。
④ 沈起凤著，乔雨舟校点《谐铎》卷三，人民文学出版社，1999，第37页。
⑤ 张谦宜：《评品》，载《絸斋论文》卷五，清康熙六十年刻本，第11页。

篇云："胜、广谋曰：'今亡亦死，举大计亦死，等死，死国可乎？'既死，又能择死，何事不成？其令徒属曰：'壮士不死则已，死则举大名耳。侯王将相宁有种乎？'要言不烦，英英勃勃，觉后人告檄俱酸馅气。"①

在指代冬烘先生方面，"酸馅气"的近义语为"头巾气"。如《明文海》卷二百四十，薛应旂《遵岩文粹序》云："迨至弘德间，习尚旋流，识趣日溺。于是李献吉、何仲默各以文自负一时。人士勌有定见，亦遂翕然归之。何之言犹或近于理道，李则动曰'史汉，史汉'，一涉于六经诸儒之言，辄斥为头巾、酸馅，目不一瞬也。"②引文将头巾与酸馅并提。头巾是明代秀才的服饰，在明人俗语中，"头巾气"通常指代经师，特别是宋代以来理学家令人生厌的板重面目。经师、理学家以为作文害道，其说经文字有一套固定化的话语体系，风格俗而琐，不符合"古文"的规范。故而郝敬《心丧记》论志墓文，即曰："文人死，须文人作传；公卿大夫死，须公卿大夫题铭。乃为同调知已，轻车熟路，岂经生训诂酸馅语可充数也？"③

在古文理论领域，"酸馅气"的概念曾被若干重要理论家运用，因此它受到比较广泛的接受。如明代唐顺之的理论名作《答茅鹿门知县》曰："今有两人，其一人心地超然，所谓'具千古只眼人'也，即使未尝操纸笔，呻吟学为文章，但直据胸臆，信手写出，如写家书，虽或疏卤，然绝无烟火酸馅习气，便是宇宙间一样绝好文字。"④像这样不经意的运用，说明"酸馅气"已经是文学批评中的常用话语。

除散文批评外，"酸馅气"也适用于其他文体或书法等艺术门类。如明代杨慎《词品》在评论冯伟寿《春风袅娜》词时指出："殊有前宋秦晁风艳，比之晚宋酸馅味、教督气不侔矣。"⑤即以"酸馅味"指代理学先生迂腐的说教气。又如明代王世贞《艺苑卮言·附录二》以之评价书法："唐文皇以天下之力摹书法，以取天下之才习书学，而不能脱人主面目。玄、徽亦然。智永不能脱僧气，欧阳率更不能脱酸馅气，旭、素、颜、柳、赵吴

---

① 彭士望：《论战国秦》，载《树庐文钞》卷十，清道光四年刻本，第18页。
② 薛应旂：《遵岩文粹序》，载黄宗羲编《明文海》（三），中华书局，1987年影印本，第2481－2482页。
③ 郝敬：《心丧记》，载黄宗羲编《明文海》（五），中华书局，1987年影印本，第4642页。
④ 唐顺之：《答茅鹿门知县》，载《唐荆川文集》卷七，明万历刊本，《四部丛刊初编·集部》（第二六一册），上海书店，1989。
⑤ 杨慎著，岳淑珍导读《词品》卷四，上海古籍出版社，2009，第98－99页。

兴不能脱俗气。"① 僧人智永被归纳为僧气，而"酸馅气"则用于世俗官员欧阳询，可见在一部分明代人手中，"酸馅气"已断去了初始的基本含义，而转化为酸腐板滞的代称。

在各类文体中，词的语言特别忌讳酸腐板滞。管贞乾在《诗余醉附言》中说："今人庄语、雄语、经济语、金华殿中语，毕竟不如情致语为流畅。今文台阁体，碎金体，诰、诏、羽檄体，天才、人才、鬼才三绝之体，毕竟不如风流体为骀荡。"② 虽然没有提到"酸馅气"，但"金华殿中语"和酸馅气意思相近。前引李渔所谓"禅合子气"，更与酸馅气同意。这些论述共同说明，词体文学中，"酸馅气"乃一大忌。（本文写作时曾受陶慕宁师指导，与陶师共同署名，发表于《文学与文化》2016 年第 1 期，此处略有修改）

第五节　明代词曲审美中的"淡"

在中国古典文学尤其是明代戏曲批评中，"淡"是一个非常微妙的风格论范畴，也是一个表述简单而内涵多维复杂的形容词：味觉、视觉、情感、氛围等多维内涵复杂交错，并融感性知觉与理性辩证于一体。作为一种直接源于批评者感知意识的风格论范畴，其深层的价值不仅在于批评者的审美指向，更在于蕴含其中的修辞指向、叙事指向和排场指向。

一　"淡"的审美指向

中国古典文学批评兴起之初就有以"味"论文艺的审美传统。汉代扬雄《解难》云："客难扬子曰：'凡著书者，为众人之所好也。美味期乎合口，工声调于比耳。'"③ 他认为读者阅读书籍就像饮食与欣赏音乐一样，合乎读者口味的食物才是美味，能悦听众之耳的音乐才是好乐。扬雄强调作

---

① 王世贞：《〈艺苑卮言〉附录二》，载《弇州山人四部稿》卷一百五十三，台北韦文图书出版社，1976，第 6992－6993 页。
② 管贞乾：《诗余醉附言》，载潘游龙辑，陈玭等订《新选古今诗余醉》第一册，明胡正言十竹斋刻本。
③ 扬雄著，张震泽校注《扬雄集校注》，上海古籍出版社，1993，第 200 页。

品给予读者的审美感受，这也是后世风格论的精髓。

晋代陆机《文赋》也以"味"喻文学："阙大羹之遗味，同朱弦之清泛。"① 遗味、余音均是接受者的感受，以此为喻，旨在强调文学作品的感染力。南朝梁刘勰《文心雕龙·宗经》云："辞约而旨丰，事近而喻远。是以往者虽旧，余味日新……"② 以"余味"论文学，大概是受了陆机的影响。滋味论于南北朝时期获得普遍认可，成为文学批评的重要方法，以"淡"论文学的传统亦于此际形成。

明代戏曲批评中的"淡"范畴及其审美观念兴盛于晚明，与戏曲主情、重情的创作思潮有关，也与晚明曲家追求"本色"、追求戏曲雅化的创作风气和审美风尚有关。

（一）"重情"观念与"淡"的否定意义

钟嵘《诗品》评价玄言诗云："理过其辞，淡乎寡味。"③ "淡"本身是一种感性意识，诗的本质是一种言志抒情、偏于感性的文体。当诗歌成为纯粹的说理工具，抒发情感志趣的功能就会随之减弱，读者的感性思维难以从中感受到才情性灵的丰腴，故云"淡乎寡味"。才情性灵正是戏曲这种兼备诗性与叙事性的文体最易吸引读者的部分，是令读者回味不绝的精髓，在明代戏曲创作与批评领域尤其受人重视。明刻本《杨东来先生批评〈西游记〉总论》云："独是编至二十四折，富有才情，最堪吟咀。"④ "吟"者，曲也，"咀"者，"才情"也，滋味也，"最堪吟咀"无异于说本剧富于才情，所以滋味浓郁，浓与淡恰是以味论剧的两极。

冯梦龙曾于《太霞新奏》卷六评沈璟《赠外》散套云：

> 原稿尚有〔尾声〕云："非是种情偏重色，爱杀你知音的俊才，那更高歌堪畅怀。""色"叶"洒"，既借北韵，而语弱味淡，使全篇无色。⑤

"种情偏重色"之"色"，念作"登徒子好色"之"色"，方能体现曲中人物情感性灵，方有滋味。但沈璟素来严于格律，此处以北韵为曲，

---

① 陆机著，张少康集释《文赋集释》，人民文学出版社，2002，第183页。
② 刘勰著，黄霖编著《文心雕龙汇评》，上海古籍出版社，2005，第19页。
③ 钟嵘著，曹旭集注《诗品集注·序》，上海古籍出版社，1994，第24页。
④ 蔡毅编著《中国古典戏曲序跋汇编》卷七，齐鲁书社，1989，第810页。
⑤ 冯梦龙著，俞为民校点《太霞新奏》，江苏古籍出版社，1993，第83页。

"色"当叶"洒"。如此一来，"色"表示颜色，意义与性情无关，不合此处人物的情感表达，故而冯梦龙批评说"语弱味淡"。所以在明代戏曲创作重情思潮的影响下，从味觉的角度以"淡"论戏者，多寓批评之意，指叙事或文辞缺乏情感性灵。

（二）"本色"观念与"淡"的肯定意义

明代曲家在戏曲语言风格论上对于"淡"的追求在一定程度上与晚明戏曲"本色"论具有相通之处。在很多曲家笔下，"本色"意味着洗却铅华，自然纯朴，如徐渭《题昆仑奴杂剧后》云："语入要紧处，不可着一毫脂粉，越俗越家常，越警醒，此才是好水碓，不杂一毫糠衣，真本色。"① 徐复祚《曲论》认为："《香囊》以诗语作曲，处处如烟花风柳。……丽语藻句，刺眼夺魄。然愈藻丽，愈远本色。"② 因而在很多批评者看来，在创作中能够保持原状、以寻常话语进行创作，不事藻绘者，便是"本色"，亦可称之为"淡""淡色"，这种等价关系产生的基础即绘画理论常识。比如由明入清的黄宗羲于《外舅广西按察史六桐叶公改葬墓志铭》中评其岳父叶宪祖云："生平至处在填词，一时玉茗太一，人所脍炙，而粉筐黛器，高张绝弦。其佳者亦是搜牢元人成句。公古淡本色，街谈巷语，亦化神奇，得元人之髓。"③ 在这些论述中，"淡"与"本色"偏向于戏曲人物的语言风格。可以说，戏曲语言风格论中的"淡"范畴在某种程度上是"本色"范畴的具体化。

这种"具体化"主要表现在两方面，一是去繁杂，二是去矫饰，将两者综合论述，莫过于何良俊的《四友斋丛说》。其书云："《西厢》内……如'太行山高仰望，东洋海深思渴'，则全不成语。此真务多之病。余谓郑词淡而净，王词浓而芜。"④ 此处的"淡"即简洁干净，不事繁杂。又云："王实甫《丝竹芙蓉亭》杂剧仙吕一套，通篇皆本色语，殊简淡可喜……夫语关闺阁，已是秾艳，须得以冷言剩句出之，杂以讪笑，方才有趣；若既着相，辞复浓艳，则岂画家所谓'浓盐赤酱'者乎？画家以重设色为'浓

① 徐渭：《徐渭集》，中华书局，1983，第 1093 页。
② 徐复祚：《三家村老曲谈》，载俞为民、孙蓉蓉编《历代曲话汇编·明代编》第二集，黄山书社，2009，第 256－257 页。
③ 黄宗羲：《黄宗羲全集》第十册，浙江古籍出版社，1985，第 380 页。
④ 何良俊：《四友斋丛说》，中华书局，1959，第 339 页。

盐赤酱'，若女子施朱傅粉，刻画太过，岂如靓装素服天然妙丽者之为胜耶！"① 何良俊在批评中综合味觉与视觉的双重感知、绘画与文学的双重维度，明确将"淡"与"施朱傅粉""浓盐赤酱"对立起来，"淡"即"素"，"淡"之美在于"蕴藉"，在于"天然妙丽"，此即去矫饰。这是何良俊关于"本色"和"淡"的辩证理论，他肯定了"淡"在文辞风格上的积极意义。

（三）"雅洁"追求与"淡"的旨归

在晚明戏曲批评中，"雅"是一个非常重要的风格论范畴，它昭示了晚明曲家在戏曲尊体、化俗为雅的道路上的追求与努力。结合批评语境可知，此"雅"指在创作中既遵循戏曲文体的特殊性，又在创作语言技法层面以"雅"为追求。我们不妨再读晋代陆机《文赋》中的文字："或清虚以婉约，每除烦而去滥。阙大羹之遗味，同朱弦之清泛。虽一唱而三叹，固既雅而不艳。"② 在陆机看来，"雅"本身就指创作上的清、约、除烦去滥。明代戏曲批评中，"雅"与陆机之论一脉相承，往往与"淡""简""洁""净""闲"并用，"简""洁""净""闲"实质上是"淡"的具体表现，其中尤以"李卓吾"最突出，比如《李卓吾先生批评幽闺记》评语"叙事不烦，填词洁净"③，《李卓吾先生批评古本荆钗记》评语"大雅不俗""淡而不厌""妙在洁净不繁"④，"关目照应都闲淡不恶"⑤，"如此情节都真，大雅不恶"⑥。《李卓吾先生批评锦笺记》云："绝恬绝淡，绝无油盐气，所以为大雅。"⑦ 此"油盐气"与上文所说的"浓盐赤酱"同类，皆指掩饰本来味道、本真色相的附加修饰。

以不加雕琢、不假修饰为雅，是明代诸多戏曲批评家的共识。徐渭论杂剧"点铁成金者，越俗越雅，越淡薄越滋味"⑧，这一逻辑思维的灵感来

---

① 何良俊：《四友斋丛说》，中华书局，1959，第 339 页。
② 陆机著，张少康集释《文赋集释》，人民文学出版社，2002，第 183 页。
③ 转引自朱万曙《明代戏曲评点研究》，安徽教育出版社，2002，第 372 页。
④ 转引自朱万曙《明代戏曲评点研究》，安徽教育出版社，2002，第 374 页。
⑤ 转引自朱万曙《明代戏曲评点研究》，安徽教育出版社，2002，第 375 页。
⑥ 转引自朱万曙《明代戏曲评点研究》，安徽教育出版社，2002，第 375 页。
⑦ 转引自朱万曙《明代戏曲评点研究》，安徽教育出版社，2002，第 379 页。
⑧ 徐渭：《徐渭集》，中华书局，1983，第 1093 页。

自扬雄的"大味必淡，大音必希"① 论。显然在文学滋味论中，抛却"情"与"理"的纠缠，仅仅从语言本身的修辞审视，"淡"在"俗"与"雅"之间建立起一架沟通的桥梁，遵循这一语言书写原则的戏曲作品虽俗亦雅，这也是类似《鼎镌陈眉公批评玉簪记》中"俗雅"② 一语行得通的原因。

二 "淡"的修辞指向

"淡语"一词与纯粹的"淡"范畴不同。"淡"指的是戏曲写成之后呈现出的风格，而"淡语"则偏重于戏曲语言的修辞问题。

明人从修辞的角度以"淡"论戏曲语言，旨在追求一种不假过多粉饰的创作方法和语言风格，其评判依据或评判结论往往落足于作品是否写出了真情真境，是否是情感真实自然的流露。徐渭尝云："夫真者，伪之反也。故五味必淡，食斯真矣，五声必希，听斯真矣，五色不华，视斯真矣。"③ 他认为五味、五声、五色皆是对食物、听觉、视觉的伪装，去掉这些装饰，食物少了五味的调和而归于"淡"，却达到了去伪存真的效果。

与本色观念影响下的"淡"的审美取向一致，修辞维度的"淡语"也分两类：一、不假修饰；二、简单雅洁。

（一）不假修饰

所谓不假修饰，是对明代文人戏中雕饰文采、卖弄学问等创作风气的拨乱反正，在晚明的戏曲批评中备受欢迎。恰如元好问所云"一语天然万古新，豪华落尽见真淳"，"淡"即不加粉饰，不堆饾饤，于家常言语之间展露本色，给人以天然妙丽、真实传神之感。祁彪佳云："词以淡为真。"④ "真"是"淡"的落脚点。

"明道人"眉批《风流院》第九出《阅记》云："看他前前后后摹情处、写景处，并无一字卖弄学问，都从真神处描摹出来，无字不真，有字不化。自是化工，的是化工。""此等语并不经心，却似喉咙头里出来的，

---

① 扬雄著，张震泽校注《扬雄集校注》，上海古籍出版社，1993，第 201 页。
② 转引自朱万曙《明代戏曲评点研究》，安徽教育出版社，2002，第 393 页。
③ 徐渭：《徐渭集》，中华书局，1983，第 908 页。
④ 祁彪佳：《远山堂曲品》，载俞为民、孙蓉蓉编《历代曲话汇编·明代卷》第三集，黄山书社，2009，第 566 页。

妙在天然，绝无造作，所谓神奇生于平淡也。"① 此"平淡"乃传神之本，其前提是不"造作"、不"卖弄学问"，唯求描摹"真神"。

孟称舜《古今名剧合选·酹江集》评价《中山狼》云："康对山与王渼陂，同以声乐相尚。或谓王艳而整，康富而芜，彼此各有短长。又谓康所作莽具才气，然喜生造，喜堆积，喜多用老生语，不得与王并驱。然若此剧，雅淡真切，而微带风丽，视王《沽酒游春》曲，殆亦不肯居轻。吾谓微逊王者，正少其雄宕耳。"② 此处的"淡"，不务辞藻之富艳，不慕形式之整齐，不生造逞才，不堆积学问；洗尽铅华，唯见真淳。此"淡"即"雅"、即"真"、即天然、即妙丽。

朱有燉《春风庆朔堂》杂剧第四折〔驻马听〕：（正旦）"每日家絮絮叨叨。你着我陪酒陪歌何日了。一回家聒聒噪噪。他道是没穿没吃怎生熬。（卜儿）你不去唱，不要在我家住。（正旦）一时间没三万句不成交。半年来有五百遍闲争闹。好心焦。搅得我梦魂儿孤枕上无着落。"孟称舜评云："他剧骂虔婆处也太狠太似厮闹语，此只家常淡语，写出恶景苦境，绝高手笔。"③ 文采派在组织人物语言时往往以骈俪为文、以典故为文，辞采华丽，不符人物身份或日常生活状态。本剧甄月娥对虔婆日常的"絮絮叨叨""聒聒噪噪"描述适度，既不过分雕饰，直抒胸臆，情真意切，风格简淡；又符合日常对话情境和甄月娥的性格特点。如此家常言语正是"越淡薄越有滋味"的体现。

文采派在组织人物语言时往往以骈俪为文、以典故为文，辞采华丽，不符人物身份或日常生活状态。相比之下，明刻本《醉乡记》中的人物语言比较讲究分寸，比如第三折无是公之语处眉批云："骈语淡素故难。"同节又有批语"淡得妙"。第三十二折〔桂枝香〕处眉批云："淡味自韵。"第三十四出评云："淡趣。"④ 展示了当时戏曲创作与批评对"淡""淡韵""淡趣"的推崇。

祁彪佳《远山堂曲品》评史槃《唾红记》云："词以淡为真，境以幻为

①　朱京藩：《风流院》，载《古本戏曲丛刊》二集，商务印书馆，1955。
②　孟称舜著，朱颖辉辑校《孟称舜集》卷三，中华书局，2005，第588页。
③　孟称舜编《古今名剧合选》，载《古本戏曲丛刊》四集，商务印书馆，1958。
④　孙仲龄：《醉乡记》，载《古本戏曲丛刊》二集，商务印书馆，1955。

实，《唾红》其一也。"① 借助于"淡"，消解了"幻"与"真""实"的对立，实现了三者的统一，展示了"淡"范畴强大的融合性与哲理性。

（二）简单雅洁

所谓简单雅洁，是指在叙述故事、组织语言时注重情节的冷热调剂，语言的繁简效果。以绘画的笔法为譬，近景描画繁琐，远景描画简单，这是对视觉感受的反映与再现，故而"淡"者"简"，"简"者亦"淡"。元代倪瓒以简淡闻名。其山水画往往于图画下端简单勾勒出数块山石、两三棵树木、一两座房屋的概貌，已给人以微远之感。图画上端则是数笔淡墨晕染而成的山峰，山上墨点参差，不具形象，但能令人感受上端景致更为茫远，同时由墨点而想象其间林木葱茏、山石参差之景未必输于下端近景。图画中间位置或大片留白，或隐约着几抹极淡的苍色，便让人感受到水面的辽阔苍茫，甚至望洋兴叹。这里的"淡"于创作而言，简简单单、不假雕饰即可成就，却令人生发似简实繁，似小实大，似无实有之感。"淡"笔完成了整体布局、空间勾勒，体现了浓郁的文人雅趣。孟称舜《张生煮海总评》云："旧称李好古词如孤松挂月，若此剧闲淡高雅，自是佳手。"② 孙钟龄编本《东郭记》评第四十四出〔红绣鞋〕云："收得何等淡雅。"③ 所以，从笔法的简洁出发，"淡"与"雅"之间存在相通之处，"淡"能致"雅"，"雅"者简淡。

此外，"淡"也是沟通"雅""俗"的关键。上文已证"淡"具有不假藻饰、绝假存真的意义，不假藻饰、绝假存真在某种程度上即是"俗"的表现，"俗"与"雅"可借助"淡"而实现并存。孟称舜评《青衫泪》第一折云"用俗语愈觉其雅"④，评《二郎收猪八戒》云"收场闲雅"⑤ 亦然。类似例子颇多，恕不枚举。

（三）适度原则

在语言层面，以"淡"论曲最能体现明代曲家对中国古典绘画理论的

---

① 祁彪佳：《远山堂曲品》，载俞为民、孙蓉蓉编《历代曲话汇编·明代编》第三集，黄山书社，2009，第566页。
② 孟称舜著，朱颖辉辑校《孟称舜集》，中华书局，2005，第577页。
③ 孙钟龄：《东郭记》，载《古本戏曲丛刊》二集，商务印书馆，1955。
④ 孟称舜编《古今名剧合选》，载《古本戏曲丛刊》四集，商务印书馆，1958。
⑤ 孟称舜编《古今名剧合选》，载《古本戏曲丛刊》四集，商务印书馆，1958。

借用与延展。在绘画理论中，"淡"与"简""清""浅""素"相通互渗，与"浓""繁""深""艳"相对互转，却又与之相反相成。厚此薄彼，一味求淡、求简、求清、求浅、求素，或者一味求浓、求繁、求深、求艳，于绘画、戏曲而言，均不足取。"淡"笔须适得其所、适可而止，与其他笔法相互映衬，方能激发人的无穷想象与领悟能力，展示出毫不逊于浓墨重彩、精写细描的价值与魅力。若一味求之，反失于刻意、单调、空洞，缺乏真性情，不似真情境，难以使人领略语言的魅力。

比如徐复祚曾以与"淡"互渗的"清"范畴批评《明珠记》第十九出《宫怨》之〔七犯玲珑〕"秋云淡淡黄，凄凉父子情"及〔前腔〕凡四曲："此阕亦清，但觉情思易竭，底里尽窥耳。若以《明珠》本色字面在内点缀，便应不至空疏若此。"① 徐复祚所说的"点缀"是明代批评家惯用的文法术语，戏曲评点中尤其常见。他们肯定"点缀"法，也就意味着追求一种适度、中和之美。

吕天成反对"袭朴淡以充本色"②，他说："本色不在摹剿家常言语，此中别有机神情趣，一毫装点不来，若摹剿正以蚀本色。"③ 正是出于此种道理。向来戏曲名家，亦不唯淡是求。王骥德于《新校注古本西厢记自序》评王实甫云："实甫斟酌才情，缘饰藻艳，极其致于浅深、浓淡之间，令前无作者、后掩来哲，遂擅千古绝调。"④ 对《西厢记》中深浅、浓淡适度共存、相得益彰的文字给予了极高的评价。

在具体的文学批评中，"淡"的味觉意义与视觉意义往往掺杂并用。除了冯梦龙的"语弱味淡，使全篇无色"，明代其他诸家戏曲批评中也存在此种现象。朱朝鼎《新校注古本西厢记跋》云："夫传奇，称最善者，要在浓淡得体，而实不由妆抹成。近世制剧，淡则嚼蜡无味，浓则堆绣不匀，斯亦无庸校注已。"⑤ 这里将味觉层面的"淡"与视觉层面的"浓"对比，给人以批评维度的错乱感，但并不影响世人的理解。沈德符谓明代宫廷过锦戏讲究"浓淡相间，雅俗并陈"⑥，张岱观剧时亦赞"浓淡、繁简、松实之

---

① 黄仕忠：《徐复祚〈南北词广韵选〉批语汇辑》（下），《中华戏曲》2015 年第 1 期。
② 吕天成著，吴书荫校注《曲品校注》，中华书局，2006，第 22 页。
③ 吕天成著，吴书荫校注《曲品校注》，中华书局，2006，第 22 页。
④ 王骥德著，陈多、叶长海注释《曲律注释》，上海古籍出版社，2012，第 444 页。
⑤ 蔡毅编著《中国古典戏曲序跋汇编》卷六，齐鲁书社，1989，第 665 页。
⑥ 沈德符：《万历野获编》，中华书局，1959，第 798 页。

妙"①，《且居批评息宰河传奇》云："极冷戏，极热文；极淡戏，极浓文；极无聊戏，极有用文。"② 以上诸人均讲究文辞修饰上的浅深浓淡交相映衬，遵循此适度原则的作品，在展示戏曲之风致的同时，也展示了作者娴熟驾驭各种语言风格的能力。

三 "淡"的叙事指向

叙事层面，"淡"即叙事简洁。与"淡"相反相成的范畴是"浓"，"浓"即叙述详尽。比如明传奇《异梦记》中，王奇俊听闻梦中情人顾云容因抗拒假冒的"王琦俊"逼婚，投水身亡。得官后，于本剧第二十六出遣人往渭塘接顾父为之养老。第二十八出《访旧》，差使来到顾家细说因由，真相大白，差使奉命邀请顾父同行。此前皆为"王生之接"，起因经过，款款写来，笔墨细致。顾父听到邀请，仅说了两句话："我去那里何用？""这等明日与你同行。"笔墨简略明快。此后到第二十九出王奇俊见到顾父之前，别无笔墨写其去的经过。"王生之接"解除了顾父对王奇俊的误会，顾父见到王生后，恰巧遇到因勾结奸僧而被抓至王府的张曳白，又解除了王生的疑问，找到了冒充王生、逼婚云容的罪魁，故事情节环环相扣。《玉茗堂批评异梦记》第二十八出总评云："王生之接甚浓，顾老之去甚淡，若为后来关目而设此折。"③ 正是以笔墨之多少、叙述之详略论"浓""淡"。

（一） 淡处设色

"浓"与"淡"是相对存在的，"淡"处如同绘画中的留白，与"浓"共同促成了戏剧情节的完整性。于剧情而言，"浓"处内容细密，"淡"处内容疏朗。

叙事简淡之处往往意味着这些情节与戏曲主脑关系相对疏远，却又碍于叙事针线与血脉之关系，不宜彻底省略。基于此，具有这种特点的情节被称为"淡处"。比如明澹慧居士编的《凤求凰》第十四出《解裘》，司马相如携文君私奔途中盘缠用尽，为投店饮食，相如慷慨解下狐裘为资。私奔途中情形并非戏剧的重要情节，假如漏而不写，于传奇长篇而言容易割

---

① 张岱著，林邦钧注评《陶庵梦忆注评》，上海古籍出版社，2014，第115页。

② 转引自朱万曙《明代戏曲评点研究》，安徽教育出版社，2002，第399页。

③ 汪廷讷著，汤显祖批《玉茗堂批评异梦记》，载《古本戏曲丛刊》二集，商务印书馆，1955。

断前后故事的血脉，专写一出，又显得无关紧要，从分量上看，本折即可称为"淡处"。为了增添"淡处"的欣赏价值，作者设计了解裘换酒的情节，为司马相如增添了"豪爽本色"。澹慧居士于本出末尾总评云："此出澹中设色。"① 澹，浅淡，淡漠，通"淡"。此"设色"主要指在交代无关紧要却又省略不得的情节时，简单巧妙地借助一件小事，以寥寥数笔点缀人物形象或增添情节的耐读指数。

又如明刻本《李卓吾先生批评锦笺记》评第二出《游杭》云："妙处都在闲处下笔、淡处设色，而曲中亦多佳句。"② 评点第十六出《阅录》："阅录一段光景，殊有思致，殊有余波，妙甚妙甚。所谓闲中设着，淡处传神者，此也。"③ 在这些评点中，"游杭""阅录"情节是"淡处"，曲中佳句是"设色"，叙事中增加波澜是"设着"。

（二）闲处下笔

此外，与"淡""简"相似，与"繁""浓"相反的，还有一个常见的戏曲风格论范畴——"闲"。"闲"常用于评价情节散缓、分量较轻、着墨不多之处，与情节"淡处"情理、风格相近。明刻本《李卓吾先生批评锦笺记》中评第二出《游杭》云："妙处都在闲处下笔、淡处设色，而曲中亦多佳句。"④ 评点第十六出云："《阅录》一段光景，殊有思致，殊有余波，妙甚妙甚。所谓闲中设着，淡处传神者，此也。"⑤闲处下笔、设着，淡处设色、传神，最能表现剧作者设计波澜、驾驭情节的能力与情致。此种创作方法皆令人于平凡处观风景。

（三）冷处著神

色温联觉是人们生理感应中最常见的一种知觉意识。在色温联觉感应下，由"淡"引发的对应词是"冷""冷淡"。在明代戏曲批评中，"冷""淡"这一对触觉感受也较为常见，不仅用于批评戏曲叙事之繁简，还用于戏剧情节、氛围和场面的评点。

---

① 澹慧居士编《凤求凰》，载《古本戏曲丛刊》二集，商务印书馆，1955。
② 转引自朱万曙《明代戏曲评点研究》，安徽教育出版社，2002，第378页。
③ 转引自朱万曙《明代戏曲评点研究》，安徽教育出版社，2002，第379页。
④ 转引自朱万曙《明代戏曲评点研究》，安徽教育出版社，2002，第378页。
⑤ 转引自朱万曙《明代戏曲评点研究》，安徽教育出版社，2002，第379页。

徐渭《重刻订正元本批点画意北西厢》之《凡例》云："《西厢》难解处，不在博洽，而在闲冷。"① "闲"即简淡，在此处与"冷"具有互训关系。两者与"博洽"相对，指笔墨简陋、情节单调不热闹。《杨东来先生批评〈西游记〉总论》云："北调仅《西厢》二十折，余俱四折而止，且事实有极冷淡者，结撰有极疏漏者。"② "冷淡"是结撰疏漏的结果，题材冷僻也会给人冷淡之感。

"冷淡"除了给人闲冷、难解的阅读感受，有时候还会营造出多意朦胧的意蕴风格。明末爱莲道人评价《鸳鸯绦》云："记中微词冷语，似谐似隐，若教若诫。"③ 这种似谐似隐的风格即源于该传奇中遣词用语之微妙简冷。

明代戏曲批评也用冷淡、热闹来评价戏曲中的情感风格。比如《玉茗堂批评种玉记》评第十七出《妃怨》云："绝塞风尘，离情惨澹，字字如画。"④ 这里的"惨澹"与文字繁简无关，系穷苦之言带给人的冷淡感。孟称舜评《诤范叔》杂剧第一折〔醉扶归〕曲云："极热心人偏说出极冷淡话，正是英熊失路无聊之语。"这里的"冷淡"除了形容人物情感之穷苦，还用来反衬人物形象语言与性格之间的反差。

韩愈论文云："欢愉之辞难工，而穷苦之言易好也。"⑤从创作的角度审视，穷苦冷淡之言较之欢愉热闹之辞更需要作者深入体会人物的情感与精神，更易于传神。从阅读与接受的角度审视，中国古典戏曲的审美传统是追求团圆，追求热闹，在这种情况下，戏剧中的穷苦之境、冷淡之语往往分外引人注目，易于动人。明刻本《墨憨斋详定酒家佣传奇》第二十五折《郭亮寻孤》眉批："此出甚冷而实能动人。"⑥ 即同此理。

明刻本《墨憨斋详定酒家佣传奇》第二十三折，李燮、王成来到酒店，店主问二人："二位沽酒么？用热的，用冷的？"王成答："但取酒性中和，那管人情冷热。"⑦语言铿锵，句子整饬，干脆利落，后六个字尤令人感到

① 蔡毅编著《中国古典戏曲序跋汇编》卷六，齐鲁书社，1989，第649页。
② 蔡毅编著《中国古典戏曲序跋汇编》卷七，齐鲁书社，1989，第810页。
③ 爱莲道人：《鸳鸯绦记叙》，载《古本戏曲丛刊》二集，商务印书馆，1955。
④ 汪廷讷著，汤显祖批《玉茗堂批评种玉记》，《古本戏曲丛刊》二集，商务印书馆，1955。
⑤ 韩愈：《荆潭唱和诗序》，载韩愈著，刘真伦、岳珍校注《韩愈文集汇校笺注》第三册，中华书局，2010，第1122页。
⑥ 冯梦龙：《墨憨斋详定酒家佣传奇》下卷，载《古本戏曲丛刊》二集，商务印书馆，1955。
⑦ 冯梦龙：《墨憨斋详定酒家佣传奇》下卷，载《古本戏曲丛刊》二集，商务印书馆，1955。

一种不同寻常的冷隽性情。正是这种冷隽不俗使店主不由得高看一眼，背云：“听他出口，不似庸人。”急忙唤女儿：“热一壶上好的十月白来！”[①] 此处眉批云：“冷处著神。”[②] 此“冷”即指王成的性情与说话风格。又如明刻本《谭友夏、钟伯敬批评绾春园传奇》第六出《贻诗》总评：“《奇逢》、《寻梦》等剧何异？传神处更妙在倩云之情比杨生较热，所以最后相逢，都不冷落耳。”[③] 此“冷”“热”亦指人的情感。

四　“淡”的排场指向

在戏曲演唱理论中，明人称不加配乐的演唱为“清唱”。“清”源自于不假丝竹，不假修饰，透露着“丝不如竹，竹不如肉”的自信，正与“淡”的脱卸铅华、惟务真淳相通。明代人称“清唱谓之冷唱”[④]，对“清”“冷”的喜爱正源自淡雅的审美精神。

演出排场的冷与淡，明人也多有关注。明刻孙仲龄《东郭记》传奇第四十一出〔尾声〕处眉批云：“淡结局。”[⑤] 第四十四出〔红绣鞋〕眉批：“即用开场语终局，收得何等淡雅。”[⑥] 均是对戏剧场面风格的评论，这种“淡”受人欣赏。但是在以情节为重的戏曲演出中，一味“淡”或“冷”的场景反倒受人批评。

（一）易冷、忌冷的场景

最易“冷”、忌“冷”的有两种情形，一是“背唱”，即今人所说的“背躬唱”，指在戏剧演出中面对观众并背对同台角色，用演唱的方式评价其他角色，或者表达内心的思想情感。背唱的内容相当于心理描写，只是给观众听。同台的其他人物在戏剧情境中并不知情，因而在演出中须按照

---

① 史槃著，冯梦龙详定《墨憨斋详定酒家佣传奇》下卷，《古本戏曲丛刊》二集，上海商务印书馆，1955。

② 冯梦龙：《墨憨斋详定酒家佣传奇》下卷，《古本戏曲丛刊》二集，商务印书馆，1955。

③ 沈孚中著，谭元春、钟惺批评《谭友夏、钟伯敬批评绾春园传奇》，载《古本戏曲丛刊》二集，商务印书馆，1955。

④ 纪振伦：《乐府红珊凡例二十条》，载俞为民、孙蓉蓉编《历代曲话汇编·明代编》第二集，黄山书社，2009，第450页。

⑤ 孙仲龄：《东郭记》，载《古本戏曲丛刊》二集，商务印书馆，1955。

⑥ 孙仲龄：《东郭记》，载《古本戏曲丛刊》二集，商务印书馆，1955。

故事逻辑情节的发展需要继续表演，即便说话也不真的发出声来，其实充当了背躬唱者的背景，却又不可静止不动。比如《墨憨斋重定梦磊传奇》第五折《石间定婿》中，刘公路（外扮）了解了文景昭（生扮）的情况后，背唱了一支〔玉肚交〕，盛赞文景昭的相貌与才华，并表达了将女儿许给文景昭的心思。在剧本中，刘公路背唱时文景昭在做什么，作者并没有给出明确的文字提示。冯梦龙眉批〔玉肚交〕云："外背唱时，生随意作赞叹园石语，方不冷淡。"① 对文景昭的表演进行了补充。这里的"冷淡"指背躬唱时整个舞台场面的风格与氛围。

二是配角的长篇独白易冷、忌冷。比如孟称舜《古今名剧合选·柳枝集》中收录的《月明和尚度柳翠》，原剧本中有一段长老唱西方赞与咒语的片段，赞语及咒语极长，其内容与戏剧情节关系并不十分密切，长老亦非主要人物，所以演唱时极易冷场。孟称舜在采编本剧时对长老的唱念进行了修改，并以眉批的形式解释了改写的原因："长老唱西方赞及咒语三段，从吴兴改本者，以此处太冷场不便搬演也。"② 上述两种情形如若处理不当，舞台上便易呈现单调、冷淡感，可见单独求"淡"并不利于演出与观赏。

解决问题的路径不妨借鉴《伍伦全备忠孝记》开场〔西江月〕词："白多唱少，非干不会把腔填。要得看的，个个易知易见。不免插科打诨，妆成乔态狂言，戏场无笑不成欢。用此耸人观看。"③ 此正是陈继儒所谓"夫世人与之正言庄语，辄低迷欲睡间，杂以嘲弄谐谑，曼歌长谣，不觉全副精神，转入声闻。"④ 即调和戏曲的表现内容、形式与风格，可以改善演出中过淡的局面。这其实涉及了戏曲的冷热调剂问题。

（二）"冷""热"调剂

排场上的"冷淡"，对立语是"热烈"或"热闹"。"冷淡"的审美意义仍需要"热闹"的帮衬才能得到充分发挥。孙鑛最有名的南戏"十要"

① 史槃著，冯梦龙详定《墨憨斋重定梦磊传奇》，载《古本戏曲丛刊》二集，商务印书馆，1955。

② 孟称舜编《古今名剧合选》，载《古本戏曲丛刊》四集，商务印书馆，1958。

③ 星源游氏与贤堂重订，抚东王氏蕓英堂参阅，绣谷唐氏世德堂校梓《伍伦全备忠孝记》，载《古本戏曲丛刊》初集，商务印书馆，1954。

④ 陈继儒：《题西楼记》，载俞为民、孙蓉蓉编《历代曲话汇编·明代编》第二集，黄山书社，2009，第234页。

论第七"要善敷衍，淡处作得浓，闲处作得热闹"① 就是这个道理。

戏曲批评中关注到的"冷""热"调剂多表现为以下几个方面：

一是语言上的冷热调剂，如《东郭记》第四十四出眉批"热腹冷语"。此评语其实是指出《东郭记》这里写出了人物热心肠、冷口齿的复杂性情。关于这方面的批评，在整个明代的戏曲批评中并不多见。

二是情感上的冷热调剂，如明刻本《谭友夏、钟伯敬批评绾春园传奇》第六出《贻诗》总评："传神处更妙在倩云之情比杨生较热，所以最后相逢，都不冷落耳。"②

三是叙事上的调剂，如《谭友夏、钟伯敬批评绾春园传奇》第十五出《回诗》总评："前出死的想出活来，此出冷的做入热去。文人肚肠不知怎地生成的。"第二十七出《锄奸》总评："妙在只一冷语，埋伏后许大关目。"③ 后面的"许大关目"即是"热"。冯梦龙《楚江情叙》云："此记模情布局，种种化腐为新。《训子》严于《绣襦》，《错梦》幻于《草桥》，即考试最平淡，亦借以翻无穷情案，令人可笑可泣。"④ 此"无穷情案"较之"平淡"，更是热闹。

四是局面上的冷热调剂，比如冯梦龙《墨憨斋详定酒家佣传奇》第二十六折《酒馆哭奠》眉批："旅奠是大关节，借僧道为热闹耳。"⑤ 祭奠本身是一件非常苦楚悲冷的事情，请僧道为道场，在情节内容上增强了场面的热闹氛围，正是冷处做得热闹的表现。汤显祖《红梅记总评》云："上卷末折《拷伎》，平章诸妾跪立满前，而鬼旦出场，一人独唱长曲，使合场皆冷……苦无意味。毕竟依新改一折名《鬼辩》者方是，演者皆从之矣。"⑥ 批评原剧冷热缺乏调剂的问题。张岱亦强调戏曲"浓淡、繁简、松实之妙"⑦，如"吾兄近作《合浦珠》……热闹之极，反见凄凉"⑧，见解

① 吕天成著，吴书荫校注《曲品校注》，中华书局，2006，第 160 页。
② 沈孚中著，谭元春、钟惺批评《谭友夏、钟伯敬批评绾春园传奇》，载《古本戏曲丛刊》二集，商务印书馆，1955。
③ 沈孚中著，谭元春、钟惺批评《谭友夏、钟伯敬批评绾春园传奇》，载《古本戏曲丛刊》二集，商务印书馆，1955。
④ 冯梦龙：《楚江情·叙》，载魏同贤主编《冯梦龙全集》第十二册，凤凰出版社，2007，第933 页。
⑤ 冯梦龙：《墨憨斋详定酒家佣传奇》下，载《古本戏曲丛刊》二集，商务印书馆，1955，第 11 页。
⑥ 汤显祖：《红梅记总评》，载《古本戏曲丛刊》初集，商务印书馆，1954。
⑦ 张岱著，林邦钧注评《陶庵梦忆注评》，上海古籍出版社，2014，第 115 页。
⑧ 张岱：《琅嬛文集》，浙江古籍出版社，2013，第 107 - 108 页。

深刻。

五是在戏曲抒情、叙事、表演等的节奏层面的调剂。这一层面的调剂在诗文理论中也时有论及，比如唐代皎然《诗式》云："以缓慢而为澹泞。"① "缓慢"说的是节奏，"澹泞"是节奏表现的状态效果，意近于"冲淡"。以此类推，"淡""冷"之于情节氛围，表现为叙事从容不迫。"淡"与音乐文字的关系体现于在一定长度的音乐中，字多者"稠"，即"浓"；字少者"稀"，即"淡"。王世贞云："凡曲，北字多而调促，促处见筋；南字少而调缓，缓处见眼。北则辞情多而声情少，南则辞情少而声情多。"②字"多"即繁、稠，在有限的音乐长度内，每个字分得的音乐长度即小，故唱得急促，整体风格显得紧张热闹。字"少"即简，在同样的音乐长度内，每个字分得的时值相对较长，故而唱得舒缓散淡、冷静从容。这其实也与伴奏乐器变化有关，冯梦龙《太霞新奏·序》即谈过这个问题："胜国尚北，皇明专尚南，盖易弦索而箫管，陶激烈于和柔，令听者解烦，释滞油然，觉化日之悠长。"③

"热烈"则有情节发展节奏快速的意义，我国唐代就有将此种风格的戏称为"热戏"的例子。崔令钦《教坊记序》云："凡戏，辄分两朋，以判优劣，则人心竞勇，谓之'热戏'。于是诏宁王主藩邸之乐以敌之。一伎戴百尺幢，鼓舞而进；太常所戴，即百余尺，此彼一出，则往复矣；长欲半之，疾乃兼倍。太常群乐鼓噪，自负其胜。"④ 倒数第二句说明此戏在演出中节奏越来越快。钱钟书论证云："'热'与急每相连属，古医书如《素问》第四〇《腹中论》'热气慓悍，……心不和缓，是为焦急。'《乐府诗集》卷八〇张祜《热戏乐》：'热戏争心剧火烧'，又引《教坊记》载'热戏'中'一伎戴百尺幢鼓舞而进'，又一伎出，'疾乃兼倍'；是'戏'之'热'在乎奏伎之竞'疾'。"⑤

从节奏调和的意义上说，张弛有度方是事情发展的普遍规律，冷淡与

---

① 皎然著，李壮鹰校注《诗式校注》卷一，人民文学出版社，2003，第24页。

② 王世贞：《艺苑卮言》，载俞为民、孙蓉蓉编《历代曲话汇编·明代编》第一集，黄山书社，2009，第511-512页。

③ 冯梦龙：《太霞新奏·序》，载冯梦龙著，魏同贤主编《冯梦龙全集》第十册，凤凰出版社，2007，第1页。

④ 崔令钦著，任中敏笺订，喻意志、吴安宇校理《教坊记笺订》，凤凰出版社，2013，第33页。

⑤ 钱钟书：《管锥编》（四），生活·读书·新知三联书店，2008，第1935页。

热闹的交织非常有必要。《新灌园总评》云："旧本臧儿、牧童，率皆备员，未足发笑。且牧童孳尾而出，殊觉草率。请观新剧，冷热天悬矣。"① 对旧本《灌园记》不满，主要在于其情节上未能做到冷热调剂，新改编后的剧作实现了冷与热的对比和调剂。

张岱的浓淡与冷热往往与现象背后的情感氛围相关，如"吾兄近作《合浦珠》亦犯此病。盖郑生关目，亦甚寻常，而狠求奇怪，故使文昌、武曲、雷公、电母，奔走趋跄。热闹之极，反见凄凉。兄看《琵琶》《西厢》，有何怪异？布帛菽粟之中，自有许多滋味，咀嚼不尽，传之永远，愈久愈新，愈淡愈远"②。张岱还指出，与"装神扮鬼""作怪兴妖"这种表面上的"闹热"形式相比，戏曲真正的热闹当是"情"，认为袁于令的《西楼记》"只一情字，《讲技》《错梦》《抢姬》《泣试》，皆是情理所有，何尝不闹热？何尝不出奇？何取于节外生枝、屋上起屋耶？"③ 认为将情理表现到极致，比纯粹结构剧情要可取。

五　"淡"与文人之趣

"淡"在很大程度上呈现出浓郁的文人之趣。追求浓淡得宜，不一味追求浓烈，也是明代文人在长期的文学教育中受到的熏陶。明刻孙仲龄《醉乡记》传奇第四十出《斧柯慰所期》眉批云："坡公尝云，作文到得平淡乃是绚烂之极，如此等是也。"④ 由此可以非常明显地发现注重戏曲"淡"的审美品质，除了受古代哲学、绘画理论的影响，很大程度上也受了古典诗文理论（如苏轼之论）的影响。这种审美观念在明代很多戏曲作家或批评家那里都有所体现。如戏曲作家袁黄在其教授制义的著作《游艺塾文规》卷七中云："凡作文，最要浓淡相间，该浓即浓，该淡即淡，乃是大方。文字若一味求腴，便是小家数矣。"⑤ 这种审美观念在明代很多戏曲批评家那里都有所体现。陈洪绶在《邀孟子塞》中评价孟称舜云："诗与文皆淡，神

① 冯梦龙：《新灌园总序》，载冯梦龙著，魏同贤主编《冯梦龙全集》第十一册，凤凰出版社，2007，第5页。
② 张岱：《琅嬛文集》，上海古籍出版社，2013，第107-108页。
③ 张岱：《琅嬛文集》，浙江古籍出版社，2013，第108页。
④ 孙仲龄：《醉乡记》，载《古本戏曲丛刊》二集，商务印书馆，1955。
⑤ 袁黄著，黄强、徐姗姗校订《游艺塾文规》，武汉大学出版社，2009，第102页。

和品共清。"① 他们将这种深植于雅文学中的审美观念自觉地移到了对戏曲的鉴赏方面。

个别曲家在戏曲的浓淡审美问题上提出了一些新范畴，比如主张戏曲"浓淡烦简，折衷合度"② 的潘之恒提出了"致节""淡节""亮节"等批评范畴。他认为，每一种审美趣味都须有节制，过犹不及，可惜明代很多剧作并没有做到这一点。故而潘之恒云："以致观剧几无剧矣。致不尚严整，而尚潇洒；不尚繁纤，而尚淡节。淡节者，淡而有节，如文人悠长之思，隽永之味；点水而不挠，飘云而不殢，故足贵也。"③"淡"即简单、简略，或粗线条的勾勒。"节"，节制也，如潘之恒"亮节"论云："其大净小悍而有亮节。亮节者，亮而有节。以之定净品，殊无满意。此色忌秾烦，尚简贵，数十年来，惟长兴丁雁塘擅场，犹觉其秾为烦。秾不为净病，病其甚尔。"④"亮节"是潘氏对净行的审美标准，提倡简贵，反对秾繁过度。由此观之，"淡节"即淡而有节制、淡得恰到好处。"如文人悠长之思"很明显地道出了潘之恒的观念出自文人的审美眼光。

有些曲家还把"浓淡得体"上升为戏曲风格的最高境界。比如朱朝鼎《新校注古本西厢记跋》云："夫传奇称最善者，要在浓淡得体，而实不籍妆抹成。近世制剧，淡则嚼蜡无味，浓则堆绣不匀。"⑤ 而少数批评者将《西厢记》视为秾艳之作，批评其偏离本色，对此朱朝鼎发表了自己的观点："《西厢》本人情，描写以刺骨语。不特艳处沁人心髓，而其冷处着神、闲处寓趣，咀之更自隽永。一二俗子以本语难认，别而意窜易之，徒取艳调，形诸歌吟，而冷与闲，茫然未有会也。是不足为《西厢》冤哉！"⑥

---

① 陈洪绶：《邀孟子塞》，载孟称舜著，朱颖辉辑校《孟称舜集·附录一》，中华书局，2005，第603页。
② 潘之恒：《鸾啸小品》，载潘之恒著，汪效倚辑注《潘之恒曲话》，中国戏剧出版社，1988，第211页。
③ 潘之恒：《鸾啸小品》，载潘之恒著，汪效倚辑注《潘之恒曲话》，中国戏剧出版社，1988，第54页。
④ 潘之恒著，汪效倚辑注《潘之恒曲话》，中国戏剧出版社，1988，第54页。
⑤ 朱朝鼎：《新校注古本西厢记跋》，载王骥德著，陈多、叶长海注释《曲律注释》附录三，上海古籍出版社，2012，第470页。
⑥ 朱朝鼎：《新校注古本西厢记跋》，载王骥德著，陈多、叶长海注释《曲律注释》附录三，上海古籍出版社，2012，第470页。

六　"淡"范畴对明代词曲审美的影响

明代戏曲批评中的"淡"范畴是历代"淡"范畴论的集大成者，而其意义维度的纵深发展，批评层次、审美意义的丰富、复杂，超越了明代以前"淡"范畴理论的总和，展示了戏曲风格论的哲理与思辨，又结合戏曲文体的特殊性，具有修辞、叙事、排场设计等方面的审美取向。戏曲文体的包容性、开放性，兼顾案头创作与场上表演效果的文体特点，是"淡"范畴审美意义得以开拓与深化的基石。

词兴起于樽前、花间，受词体功能和使用情境的影响，"争斗秾纤"①，"词尚绮艳"②，媚、艳之风备受欢迎。明代以前，很少有人以"淡""清"作为词体的审美标准，甚至对于语言不媚不艳之词，世人常持否定态度，明代曲家毛晋《隐湖题跋》评陈亮词云："读至卷终，不作一妖语、媚语，殆所称不受人怜者欤？"③毛晋又评赵师侠词云："或病其能作浅淡语，不能作绮艳语，余正谓诸家颂酒赓色，已极滥觞，存一淡妆，以愧浓抹，亦初集中放翁一流也。"④陈、赵二氏之词不受世人赏识，即在于词坛向来尚媚、艳而不尚淡。

词学批评领域以"淡"为审美趣味，是明代才兴起的现象。曲家邓志谟《新刻洒洒篇》卷三评女性词，多喜其"平淡中绰有雅态""平淡中有天然雅趣"。⑤其《兰雪堂古事苑定本》对所选春、夏、秋、冬景词的赞誉之辞有"凄清""潇洒出尘""清逸""清旷""清新""奇绝新绝""新雅豪畅"等，反对"俗尘气"⑥，这里的"清""新""雅"与"淡"有相通之处。

毛晋与邓志谟这些评点或受明代戏曲审美观念的影响，抑或是词学审美发展到一定阶段之后，自然产生了新的审美趣味。至清代况周颐《蕙风

---

① 毛晋：《隐湖题跋》，载《明词话全编》第六册，凤凰出版社，2012，第3989页。
② 毛晋：《隐湖题跋》，载邓子勉编《明词话全编》第六册，凤凰出版社，2012，第3988页。
③ 毛晋：《隐湖题跋》，载邓子勉编《明词话全编》第六册，凤凰出版社，2012，第4000页。
④ 毛晋：《隐湖题跋》，载邓子勉编《明词话全编》第六册，凤凰出版社，2012，第3991页。
⑤ 邓志谟：《新刻洒洒篇》卷三，载邓子勉编《明词话全编》第六册，凤凰出版社，2012，第4189－4193页。
⑥ 邓志谟：《风韵情词》卷五《附诗余风韵情词》，载邓子勉编《明词话全编》第六册，凤凰出版社，2012，第4180页。

词话续编》，将"淡"的审美理念又提升至新高度："词有淡远取神，只描取景物，而神致自在言外，此为高手。"① 较之于明代曲家对"淡"的高度推崇，晚了许多。

---

① 况周颐著，俞润生笺注《蕙风词话·蕙风词笺注》，巴蜀书社，2006，第414页。

第三章　文章视野下的戏曲批评

明代是戏曲创作、演出与批评高度繁荣的时代。曲家沈宠绥在其《度曲须知》中感叹："粤征往代，各有专至之事以传世：文章矜秦、汉，诗词美宋、唐，曲剧侈胡元。至我明则八股文字姑无置喙，而名公所制南曲传奇，方今无虑充栋，将来未可穷量，是真雄绝一代，堪传不朽者也。"①

其所谓"各有专至之事以传世"，即是将元明戏曲视为与古文、唐诗、宋词、八股文一样"雄绝一代"的文体。由此引申，既然曲家将戏曲与前代各种雅文学文体同等看待，其在戏曲批评方面自然也会借鉴各文体的理论经验。

现存的明代戏曲批评专书主要包括以下四类：一是集戏曲创作、鉴赏、音乐、表演等理论于一体的专著，如徐渭的《南词叙录》、王骥德的《曲律》等；二是作家、作品评论，如吕天成的《曲品》、祁彪佳的《远山堂曲品》和《远山堂剧品》等；三为曲谱和曲论，如朱权的《太和正音谱》、沈璟的《南词韵选》、沈宠绥的《弦索辩讹》和《度曲须知》、程明善的《啸余谱》等；四是演员资料汇编，如夏庭芝的《青楼集》等。

随着书坊刊刻的日益兴盛，戏曲序跋、凡例也成为一类重要的戏曲批评形式。今人蔡毅编的《中国古典戏曲序跋汇编》，中国戏曲研究院编的《中国古典戏曲论著集成》，俞为民、孙蓉蓉合编的《历代曲话汇编·明代编》等著作中，裒辑了大量的明人戏曲序跋、凡例。这些作品不仅反映了曲家、批评家乃至书商的戏曲理论，而且蕴藏了丰富的戏曲本事，记载了纷繁复杂的人际关系和戏曲交流情况，是研究戏曲理论及其发生环境的重要参考资料。

记载了戏曲创作、改编、演出等内容的书信和日记也可以看作一类戏

---

① 沈宠绥：《度曲须知》卷上，载俞为民、孙蓉蓉编《历代曲话汇编·明代编》第二集，黄山书社，2009，第616页。

曲理论载体。此外还有大量的观剧、评剧诗词，散见于明人诗文集中。它们往往附带戏曲演出的时间、地点、观众等信息，为今人了解明代戏曲演出与文本传播途径提供了线索。

通过分析以上资料可以发现：明代曲论往往有意消解戏曲与雅文学之间的理论隔膜，或者将戏曲视为一般性的"文章"，并移用诗、古文、八股时文等文体的批评方法和术语。

第一节 从文章学理论到戏曲理论的平移

明代曲论中将戏曲剧本或剧本中的某支曲子比拟为其他文体的现象十分常见，其所比拟的文体包括诗歌、乐府、赋、史传、悼文、状、表、策，等等（见表12）。

表12　明代戏曲评点中的跨文体类比举隅

评点对象	评语	文献来源
《麒麟閣》之《青楼寄迹》	此一篇《列女传》。	《古本戏曲丛刊》二集
《麒麟閣》之《借词辱佞》	却是一纸俱状。	同上
《谭友夏、钟伯敬批评绣春园传奇》之《哭艳》	读《出师表》不哭者，其人不忠；读《陈情表》不哭者，其人不孝。吾谓读《哭艳》不哭者，其人不情。	同上
《醉乡记》之《登坦两欲迷》	直作《洛神赋》《高唐赋》矣。	同上
《醉乡记》之《深情虫解语》	又作《艳异编》《虞初志》矣。	同上
《芙蓉影》之《远塞》	是一篇《吊古战场文》。	同上
《双金榜》第九出〔大迓鼓〕	该而细，当得左丘明笔法。	同上
《秋夜潇湘雨》	读此剧觉潇潇风雨从疏棂中透入，固胜一首《秋声赋》也。	孟称舜编《柳枝集》，《古本戏曲丛刊》四集
《三度城南柳》第一折〔油葫芦〕	青莲遗调。	同上
《三度城南柳》第三折〔南宫一枝花〕	一篇《渔父》词。	同上

续表

评点对象	评语	文献来源
《重对玉梳记》	当与韩昌黎诗并观	同上
《重对玉梳记》第二折〔滚绣球〕	胜过《伤秋赋》	同上
《孤雁汉宫秋》	惟白香山浔阳江上《琵琶行》可相伯仲	孟称舜编《酹江集》,《古本戏曲丛刊》四集
《范张鸡黍》第三折	通篇如听《薤露》歌	同上
《东堂老》	与昔人《家诫》及《进学解》同是一篇好文字	同上
《赵氏孤儿》第四折	极紧极合拍,此篇叙述可作一篇《史记》读	同上
《西厢记》	《崔氏春秋》	李开先《李开先全集》
《琵琶记》"长空万里"	是一篇好赋	何良俊《四友斋丛说》
《西厢记》第三本第三折《乘夜逾墙》〔新水令〕	绝类魏武乐府	徐复祚编《南北词广韵选》
《琵琶记》之《宦邸忧思》南吕〔太师引〕"细端详"与〔前腔〕二曲	文法似从昌黎《吊田横文》来	同上
《红蕖记》第五出南吕〔春锁窗〕"黄金散"与〔前腔〕凡二曲	首阕似染坊中记账,次阕似《点鬼簿》	同上
《西厢记·草桥惊梦》	此折是一部小《西厢》,亦是一部小《庄子》。其关节曾不足为,通传有无重轻,然不得此,则已前十五出便索然矣	同上
《西厢记·白马解围》	实甫此文,亦堪为巨鹿、鸿门二段《史记》之续	同上
《二淫记》	一部左史	祁彪佳《远山堂曲品》
《神女记》	亦堪配骚,亦堪佐史	同上
《昙花》	当作一部类书观	同上
《戒珠记》	收罗一部《晋史》	同上
《翠乡梦》中〔收江南〕	是偈,是颂	祁彪佳《远山堂剧品》

评点对象	评语	文献来源
孟称舜之曲	古之诗、古之乐	祁彪佳《孟子塞五种曲序》，《历代曲话汇编》
传奇、杂剧	以全本当八股大乘，以杂剧当尺幅小品	程羽文《盛明杂剧·序》，《盛明杂剧》

表 12 引述的各则材料都是将戏曲作品与文章、诗歌进行类比，建立跨文体的相似关系。由此可以引申出推论：既然不同文体的作品具有相似性，那么在戏曲批评之中自然也可以使用与文章、诗歌相类的批评话语。本节论述的就是批评话语由诗文等雅文学体裁平移、借用到戏曲批评之中的现象。

一　尊体视域下的文体认同

将戏曲与"文章"所包含的多种文体相提并论是明代曲家为戏曲追溯本源的结果，体现了他们在尊体视域下的文体认同观念，主要表现为以下四种方式。

（一）文体形式类比

文体形式类比既是文体认同中最普遍的现象，也是戏曲追本溯源中最重要的环节。形式相似性打破了戏曲与其他文体的对立或隔阂，促进了戏曲向理论成熟的文体的靠拢，便于戏曲作家与批评者向其他文体学习。比如孟称舜评《天赐老生儿》云："曲体似诗似词，而白则可与小说演义同观之。元之《水浒传》是《史记》后第一部小说，而白中佳处直相颉颃，故当让之独步耳。"[1] 指出了戏曲作品与诗、词、小说的相似性，尤其是在戏曲宾白和小说之间构建起明确的类比关系，使这二种文体的欣赏与评价标准得以融通。

在文体形式类比的基础上论及创作方法的明代曲家不在少数，较为典型的如臧懋循的《元曲选后集序》云："所论诗变而词，词变而曲，其源本出于一。而变益下，工益难，何也？词本诗而亦取材于诗，大都妙在夺胎

---

[1]　孟称舜编《古今名剧合选》，载《古本戏曲丛刊》四集，商务印书馆，1958。

而止矣。曲本词而不尽取材焉，如六经语、子史语、二藏语、稗官野乘语，无所不供其采掇，而要归于断章取义，雅俗兼收，串合无痕，乃悦人耳。"①臧懋循指出了戏曲与诗、词在文体上的流变与取材上的异同，提倡戏曲应在诗的基础上脱胎换骨，同样为戏曲批评提供了评点取鉴的对象，也指明了应当注意的地方。

（二）内容、功能类比

戏曲（包括散曲）是叙事性与抒情性都很强的文体，从内容与功能入手进行类比，其关注点往往是叙事与抒情的内容、形式与方法。比如康海《沜东乐府序》云："世恒言诗情不似曲情多，非也。古曲与诗同，自乐府作，诗与曲始歧而二矣。其实诗之变也，宋元以来益变益异，遂有南词、北曲之分。"②指出了戏曲与诗歌在抒情上的相似性。这种类比也常见于具体作品的评点中，比如李贽《焚书》评《红拂记》云："孰谓传奇不可以兴，不可以观，不可以群，不可以怨乎？"③将传奇戏曲的功能与古诗相比肩。冯梦龙将戏曲与传记等同："古传奇全是家门正传，从忠孝节义描写性情。"④也有人将戏曲与小说相类比，譬如胡应麟的《少室山房笔丛》云："《水浒》余尝戏以拟《琵琶》，谓皆不事文饰而曲尽人情耳。"⑤孟称舜传奇《二胥记》第二十出《投庵》，杨文骢（即"巽倩龙友氏"）评云："似一则小说。"⑥本文表10《明代戏曲评点中的跨文体类比举隅》中对《麒麟罽》《绾春园》《醉乡记》等相应内容的评点亦是如此。

更多的情况是，明人笼统地称戏曲为"文"或"文章"，如陈继儒评价张凤翼的《红拂记》云："不有斯文，何伸豪兴？溉乎黄钟大吕之奏，天地放胆文章也。"⑦《谭友夏、钟伯敬批评绾春园传奇》第三十二出《贻诗》

① 臧懋循撰，赵红娟点校《臧懋循集》，浙江古籍出版社，2012，第115页。
② 康海著，（新加坡）陈靝沅编校，孙崇涛审订《康海散曲集校笺》，浙江古籍出版社，2011，第3页。
③ 李贽著，张建业主编《李贽全集注》，社会科学文献出版社，2010，第133页。
④ 冯梦龙著，魏同贤主编《冯梦龙全集》第十二册，凤凰出版社，2007，第1375页。
⑤ 胡应麟：《少室山房笔丛》，上海书店，2001，第437页。
⑥ 孟称舜著，杨文骢评点《二胥记》，载《古本戏曲丛刊》三集，文学古籍刊行社，1957。
⑦ 陈继儒：《红拂记跋》，载俞为民、孙蓉蓉编《历代曲话汇编·明代编》第二集，黄山书社，2009，第232页。

眉批："大文章、大关目。"① 又如孟称舜《二胥记》第十九出《责胥》〔驻马听〕曲云："兵入京都。一战功成万骨枯。你看父哭其子，弟哭其兄，妇哭其夫。尸横血渍满江湖。比你一家百口待何如？元帅你只知父兄受惨，心儿苦。却不道万姓何辜。那人人怨恨情还毒。"杨文骢评云： "绝大文章。"②

这些类比说明了明代戏曲批评者对戏曲基于修辞、叙事、抒情等手法上的表现境域、叙事功能与抒情功能的重视，这必然引起批评者对这些手法的关注。附录中对《双金榜》、《琵琶记》二十三出《宦邸忧思》、《赵氏孤儿》的批评即是如此。

（三）章法、句法、字法类比

汪涌豪认为："自江西派起，人多讲句法、章法。由于这类法式易使文章呆板，使文气断绝，故他们又济之以讲'脉'，要求其意义连贯，体相圆和，在此基础上再讲'波澜'，赋予挟势而动运动不息的生命特征。"③ 明代曲家多重视戏曲的章法、句法、字法，以"脉""波澜"④论文，体现了明代曲家的文本鉴赏视角，这种鉴赏习惯源自古文与时文的熏陶。如徐复祚评《琵琶记》二十三出《宦邸忧思》南吕〔太师引〕"细端详"并〔前腔〕二曲："二阕共十六句，而十六转折，揣摩想像，意态无穷。文法似从昌黎《吊田横文》来，真神品也。"⑤ 评《西厢记·长亭送别》："前二阕以赋体作词曲，中九首用论体，〔耍孩儿〕以下，复用赋体。平平实实，奇奇峭峭。"⑥ 评《玉合记》第四出〔千秋岁〕第二阕内"绮宴醒犹恼"云："是何句法？"⑦ 此外他还关注戏曲的起、承、转、合，入题与结束等。其他如冯梦龙的《太霞新奏》卷十一评沈璟的《寄情罗帕》散套云："首曲言赠帕，次曲序帕之美，三四曲序谨藏爱重之意，而以成欢为用帕之吉日，结

---

① 沈孚中著，谭元春、钟惺批评《谭友夏、钟敬伯批评绾春园传奇》，载《古本戏曲丛刊》二集，商务印书馆，1955。
② 孟称舜著，杨文骢评点《二胥记》，载《古本戏曲丛刊》三集，文学古籍刊行社，1957。
③ 汪涌豪：《中国文学批评范畴及体系》，复旦大学出版社，2007，第265－266页。
④ 明代曲论家以"脉""波澜"论文的情况，例见本章第三、第五节。
⑤ 黄仕忠：《徐复祚〈南北词广韵选〉批语汇辑》（上），《中华戏曲》2014年第2期。
⑥ 黄仕忠：《徐复祚〈南北词广韵选〉批语汇辑》（上），《中华戏曲》2014年第2期。
⑦ 黄仕忠：《徐复祚〈南北词广韵选〉批语汇辑》（下），《中华戏曲》2015年第1期。

之极有章法。"① 《醉乡记》末出〔北梅花酒〕夹批："段段收拾，通是文章法。"② 孟称舜（约 1600–1684③）评《赵氏孤儿》第四折："文字到好处，便山歌曲白与高文典册同一机局，试看此段叙述缓急、轻重、多少处，便解作文法则。"④ 《雷轰荐福碑》总评："半真半谑，行文绝无粘带。"⑤ 《东郭记》第十八出〔孝顺歌〕末句处眉批："亦用古文章法。"⑥ 《谭友夏、钟伯敬批评缩春园传奇》的眉批同样处处以古文章法评点本剧。

这些文法类比较之内容、功能类比更深一层，清晰地展示了明代曲家的理论素养和戏曲批评的思想、方法与关注点，明代戏曲理论范畴的来源多可借此辨寻。

（四）风格类比

明代戏曲从内容到语言，不同的作家、作品各有不同的风格，成熟于戏曲之前的文体所具备的各种风格大都可以在戏曲作品中捕捉到它们的气息。

不过，风格类比通常着眼于戏曲的"真""奇""妙"等内容上的审美特点，这些风格原本也是明人对各体"文章"的审美诉求，展示了明人在审美价值上将戏曲与各体文章等而视之的文体认同观念。

以"真"为例，李开先《词谑》载：

> 有学诗文于李崆峒者，自旁郡而之汴省。崆峒教以："若似得传唱〔锁南枝〕，则诗文无以加矣。"请问其详。崆峒告以："不能悉记也，只在街市上闲行，必有唱之者。"越数日，果闻之，喜跃如获重宝，即至崆峒处谢曰："诚如尊教。"何大复继至汴省，亦酷爱之，曰："时调中状元也！如十五《国风》，出诸里巷妇女之口者，情词婉曲。有非后世诗人墨客操觚染翰、刻骨流血所能及者，以其真也。"⑦

---

① 冯梦龙编，俞为民校点《太霞新奏》，江苏古籍出版社，1993，第 182 页。
② 孙仲龄撰《醉乡记》，《古本戏曲丛刊》二集，商务印书馆，1955。
③ 朱颖辉：《前言》，载孟称舜著，朱颖辉辑校《孟称舜集》，中华书局，2005，第 3、15 页。
④ 孟称舜编《古今名剧合选》，载《古本戏曲丛刊》四集，商务印书馆，1958。
⑤ 孟称舜著，朱颖辉辑校《孟称舜集》，中华书局，2005，第 581 页。
⑥ 孙仲龄撰《东郭记》，载《古本戏曲丛刊》二集，商务印书馆，1955。
⑦ 李开先著，卜键笺校《李开先全集》，上海古籍出版社，2014，第 1552 页。

李梦阳认为诗歌的创作秘诀在于"真","真"也正是时曲〔锁南枝〕的风格特征，所以他鼓励后学从民间散曲中领悟诗歌创作的真谛。这是借诗与曲文体风格类比的手段，将戏曲之"真"提升到了极高的地位。何大复对戏曲之"真"的褒扬较之李梦阳有过之而无不及，他认为〔锁南枝〕堪比《诗经·国风》，其真情流露，婉曲尽致，后世骚人墨客竭尽全力亦未能与之匹敌。

周之标《吴歈萃雅题辞》云：

> 世道日衰，人心日下，毋论真文章、真事业，不可多得，即最下如淫词艳曲，求其近真者绝少。惟是闺中思妇、塞外征人，情真境真，尚堪摹画，而骚人以自己笔端，代他人口角，或灯之前，或月之下，或花之旁，或柳之畔，或山水之间，洋洋出之，宛然真也；歌之者亦宛然真也。然则八股何如十三腔，而学士家虽谓读烂时文，不如读真时曲也可。①

周氏认为"真"是为人处世、操觚染翰的难得佳境。时文与时曲均借笔墨摹画情境，然而在对"真"的表现程度上，时文远不如时曲。托名于古文大家的《谭友夏、钟伯敬批评绾春园传奇》在第二十九出《苗警》眉批中云："文章难处只是一个真字，此文有之。"亦以戏曲类比文章，并奉"真"为圭臬。

又如"龙洞山农"在评论《西厢》时提到了"童心"，李贽认为："夫童心者，绝假纯真，最初一念之本心也。""天下之至文，未有不出于童心焉者也。"② 故"童心"的理论内核即"真"。李贽的《童心说》将《西厢》与《水浒传》、举子业、大贤言圣人之道均列为"古今至文"，其根本原因也在于"真"。学界多认为《李卓吾先生批评琵琶记》系他人托名李贽所编，本书卷末云："《琵琶》短处有二：一是卖弄学问，强生枝节；二是正中带谑，光景不真。此文章家大病也，《琵琶》两有之。"③ 此亦以"真"为戏曲批评中的核心审美观念，与李贽《童心说》中的观点倒是如出一辙。

对于"奇""妙"的讨论，同样是明代戏曲批评长盛不衰的话题，也是

---

① 周之标：《吴歈萃雅题辞》，载王秋桂主编《善本戏曲丛刊》第二集，台北学生书局，1984，第5-8页。

② 李贽著，张建业主编《李贽全集注》第一册，社会科学文献出版社，2010，第276页。

③ 俞为民、孙蓉蓉编《历代曲话汇编·明代编》第一集，黄山书社，2009，第548页。

明代戏曲批评在戏曲与文章之间建立类比关系的纽带。这些风格类比展示了明人对戏曲的审美期待，风格本身又往往依赖于文本创作方法与形式展示出来，故而关注"真""奇""妙"等风格也会引发人们对这些品格的实现途径的关注，这也是明代戏曲批评修辞论的内在动力。

（五）"视戏为文"与"以文为戏"

上述四种类比可以简称"视戏为文"，即将戏曲视为广义的文章，其极致乃"以戏为文"，即认为可以用创作戏曲的方法写广义的文章。《李卓吾先生批评锦笺记》总评云："传奇中有《锦笺》，真合时之作也，有致，有味，有词，以之为举业，百发百中之技也，作者可谓大宗匠也矣！"[①] 此论认为用创作《锦笺记》的方法制举业，必然百发百中，是典型的"以戏为文"论，表现了论者对戏曲文体优点的充分肯定。

"视戏为文""以戏为文"与"以文为戏"大相径庭。"视戏为文"旨在抬升戏曲文体地位，在此文体认同观念下，戏曲作品的内容、功能、文法、章句、风格中的一种或数种类似于文章，往往受到褒扬。"以文为戏"主要表现为以诗为戏曲、以赋为戏曲、以时文为戏曲等，忽略了戏曲的文体个性，除了丘濬、王世贞等个别站在诗文立场上主张或支持以诗为曲、以文为曲，大部分戏曲评点者对此法持否定态度。例如徐复祚批评《香囊记》"以诗语作曲，……丽语藻句，刺眼夺魄。然愈藻丽，愈远本色"[②]，指出以诗为戏容易产生藻丽的文风，并非戏曲的正宗风格。梅鼎祚云："郑氏《玉玦》而后一大变矣，缘情绮靡，古赋之流尔，何言戏剧！"[③] 即批评郑氏以赋为戏，写出来的作品风格类于赋而非戏。又如徐复祚评《西厢记》第五本第二折云："此折词大都应转前十七出，然颇少情至语。通前彻后，才得'心头横躺'一语耳。或爱其'春风秋雨'句，然是白傅诗。'孤身''一日'二句亦是成语。'雨零风细'语亦有韵。其余无足采。"[④] 言外之意，以诗为戏或者以古人成句为戏，不易于描摹、抒写真情。反对"以文为戏"，坚守

---

① 俞为民、孙蓉蓉编《历代曲话汇编·明代编》第一集，黄山书社，2009，第551页。
② 徐复祚：《三家村老曲谈》，载俞为民、孙蓉蓉编《历代曲话汇编·明代编》第二集，黄山书社，2009，第256–257页。
③ 梅鼎祚：《丹管记题词》，载俞为民、孙蓉蓉编《历代曲话汇编·明代编》第一集，黄山书社，2009，第597页。
④ 黄仕忠：《徐复祚〈南北词广韵选〉批语汇辑》（上），《中华戏曲》2014年第2期。

戏曲文体个性，体现了明代戏曲批评者的戏曲文体独立意识与文体自信。

总体而言，将戏曲作品与其他文体或文艺形式类比的批评方式在明代戏曲批评中非常普遍。"谑浪俱是文章，演唱亦是说法"①，类比现象本身除了说明戏曲文体复杂、功能多样、文法灵活、风格兼容并蓄，与各种文体的文章有共同点以外，表露了明代戏曲批评者推尊曲体的文体观念，还间接地证明了借鉴其他文体文法理论范畴、术语批评、解读戏曲的可能性与合理性。

当上述文体认同成为明代戏曲领域的一种普遍现象时，人们不再像元代周德清、燕南芝庵、夏庭芝等人那样局限于对戏曲音乐理论的研讨或演员评点。他们已经认识到戏曲文体的重要作用，并有意抬升了戏曲的地位，在以"文章"审视戏曲的同时，也以"文章"的审美标准与创作标准来审视戏曲的创作与批评活动，借文章笔法进行戏曲创作，甚至直接借用文章的语言进行戏曲编创。比如借用古文章句编写剧本的孙仲龄及其《东郭记》，借杜诗编剧的邵璨及其《香囊记》，又如戏曲中的集句诗、集句词等，反映了戏曲文体认同的兼容并蓄性。

二 文章视域下的宾白理论

元、明两代，戏曲家对"宾白"的认识差异极大，元人对"宾白"的态度比较随意，但在明代戏曲批评中，"宾白"却颇受重视。

元代保留下来的戏曲文本大多有套曲而无宾白，明人据此推测元杂剧由书会才人完成曲词部分的创作，剩下的宾白大多留给演员们现场发挥，可见宾白的表达具有一定的灵活性。臧懋循编选《元曲选》时，根据当时可见的元杂剧刻本以及传承至明的杂剧演出情况，为许多元刻本中没有宾白的剧本也酌情编写了宾白。这些宾白有上场诗、退场诗之类的韵白，也有普通的散白。不同的剧本中同类人物的韵白往往相似，如老旦上场往往念"花有重开日，人无再少年"，然后自报家门。何种情况说何种套话，大多约定俗成。总体而言，在臧懋循的《元曲选》中，宾白的篇幅、内容和形式均极简单，并具有明显的套路与程式。这种程式化宾白的价值主要体

① 陈继儒：《秋水庵花影集叙》，载俞为民、孙蓉蓉编《历代曲话汇编·明代编》第二集，黄山书社，2009，第239页。

现于简单地介绍人物与勾连情节，但是缺乏鲜明的人物个性和灵动之气，极易被人忽视。

与元代相比，宾白作为剧本中不受曲牌限制、最灵活、最能直接表白人物心理的话语成分，开始在明代得到广泛重视。

第一，明人指出宾白是戏曲不可或缺的组成部分。明代万历年间刊刻的《李卓吾先生批评无双明珠记》中总评云："传奇有曲，有白，有介，有诨，如耳、目、口、鼻不可相废。"① 将戏曲的各种成分比作人的五官，宾白比喻为戏曲之目，大概是因为戏曲宾白是叙事的重要组成部分，由此可以了解戏曲的情节内容。袁宏道在其《紫钗记总评》中云："凡乐府家，词是肉，介是筋骨，白、诨是颜色。"② 将白、诨比喻为人的脸色，无异于指出白、诨是最显而易见、便于表情达意的剧本成分。周之标在他所编选的剧曲、散曲选集《珊珊集》中破例收录了说白，其《增订珊珊集·凡例》有专门说明："此刻或载说白，皆情节关系可资谈柄者，幸毋草草抹过。"③ 同样意识到白具有叙述情节的重要作用，因而十分重视。

第二，指出了宾白在叙事说理上的重要作用。在创作领域，宾白的叙事功能得到了更加充分的重视，与戏曲中曲辞的分工日益明确。曲辞往往更偏重于抒情，宾白更偏重于叙事，没有宾白，读者很难理解内容情节。止云居士编北曲选《万壑清音》（亦称《北调万壑清音》），于凡例云："选曲至今日极矣，然有选得稍备者，失于无板，间有点板者，则又苦于无白，使玩之者茫然不知为何物。即有白者，又多鄙俚可厌，亦在选中。"④ 重视宾白的叙事功能并在风格上讲究化俗为雅，都足以证明明代宾白的作用得以张扬以及当时曲家对宾白的重视。

第三，提出了关于宾白的审美标准。如《玉茗堂批评异梦记》第二十出《投环》〔前腔〕（即〔尾犯序〕）眉批："白中'可怜'两字不紧，必要工两句紧语。"本出总评云："此折乃好关目也，两下惊疑，全在投环之际，演者须从白内寻出动人处为妙。"第二十一出《义妒》〔画眉序〕处眉

---

① 俞为民、孙蓉蓉编《历代曲话汇编·明代编》第一集，黄山书社，2009，第552页。
② 袁宏道：《紫钗记总评》，载俞为民、孙蓉蓉编《历代曲话汇编·明代编》第二集，黄山书社，2009，第413页。
③ 周之标编《增订珊珊集·凡例》，载王秋桂主编《善本戏曲丛刊》第二辑，台北学生书局，1984，第7页。
④ 止云居士：《北调万壑清音凡例》，载王秋桂主编《善本戏曲丛刊》第四辑，台北学生书局，1987，第27页。

批云："胄访着这生一句紧白为妙。"本出总评云："情节甚佳，曲白都畅，稍加节润便极精神。"① "紧""畅""动人"是汤显祖对宾白提出的审美标准。《小青娘风流院传奇》第四出《稽籍》眉批"曲白妙处，都如行云流水"，与汤显祖提出的"畅"的审美意蕴相同。王骥德《曲律》卷三第三十四节《论宾白》将宾白分为定场白与对口白两类，分类本身就意味着研究的开始。王骥德还简述了各类宾白应达到的审美标准："'定场白'稍露才华，然不可深晦。""'对口白'须明白简质，用不得太文字。"②

第四，王骥德对戏曲宾白的体制进行了革新，促进了杂剧由北向南的转型。王骥德《曲律》卷四云："予昔谱《男后》剧，曲用北调，而白不纯用北体，为南人设也。已为《离魂》，并用南调，郁蓝生谓：自尔作祖，当一变剧体。既遂有相继以南词作剧者。后为穆考功作《旧友》，又于燕中作《双鬟》及《招魂》二剧，悉用南体。知北剧之不复行于今日也。"③ 王骥德较早开始为南人创作南曲杂剧，这一创作实践是从宾白开始的，大概《男皇后》中的宾白依照南戏体制，曲仍北曲。王骥德此后的杂剧创作，曲词和宾白均用南戏体制，影响很大；到了祁彪佳编写《远山堂剧品》时，南杂剧"已数十百种"，充分说明了王骥德的改革适应了当时戏曲发展的趋势，也符合明人的欣赏习惯。宾白的改革、南杂剧的文体创新，在明代戏曲史乃至中国古代戏曲史上都有很深远的影响。

无论是文体追本溯源还是从戏曲到文章的文体认同，均将戏曲视为"文章"一脉。在这种情况下，作为"文章"的一部分且长期没有得到足够重视的宾白开始获得较多的关注。它不再是曲辞夹缝中可有可无的套话或提示语，而是表达人物情感世界并参与戏曲叙事的重要文字。

在创作领域，宾白的字数由少到多，篇幅由短到长，形式由散到骈。臧懋循《元曲选序》云："曲白不欲多。唯杂剧以四折写传奇故事，其白有累千言者。观《西厢》二十一折，则白少可见。尤不欲多骈偶，如《琵琶》黄门诸篇，业且厌之。而屠长卿《昙花》白终折无一曲，梁伯龙《浣纱》、梅禹金《玉盒》白终本无一散语，其谬弥甚。"④ 虽系批评，却意味着宾白

---

① 王元寿著，玉茗堂批《玉茗堂批评异梦记》，载《古本戏曲丛刊》二集，商务印书馆，1955。

② 王骥德著，陈多、叶长海注释《曲律注释》，上海古籍出版社，2012，第219-220页。

③ 王骥德著，陈多、叶长海注释《曲律注释》，上海古籍出版社，2012，第364页。

④ 臧懋循著，赵红娟点校《臧懋循集》，浙江古籍出版社，2012，第114页。

突破旧程式的藩篱，在叙事、抒情的技巧与篇幅上均获得了极大的拓展。

最能展示宾白技巧与篇幅变化的就是"文体嵌套"，即在杂剧或传奇文体中嵌入诗、词、赋、小说等其他文章体式。除了明传奇、杂剧中普遍存在的定场诗、落诗，还有赋体——王骥德就曾说过"《紫箫》诸白，皆绝好四六"①。孙仲龄《醉乡记》的明刻本第三十三出《还评折桂枝》中评生角的宾白："四六不肥浓，的是大苏一派。"② 即指这段宾白中嵌入了四六体，或者说用四六体编写宾白。孟称舜于杨显之的《秋夜潇湘雨》第四折眉批云："一篇白语可作一文读。"③ 有的剧作家为剧中人物的说白设置一段长篇大论，类似于一段赋，《浣纱记》《昙花记》等诸多剧作中均有类似情况。也有人在宾白中插入集句诗，比如《昆仑奴》，徐渭云："至于曲中引用成语，白中集古句，俱切当，可谓拿风抢雨手段。"④

以上均为明代曲家在戏曲中进行文体嵌套的具体例子。这种创作方式在推动戏曲宾白创作技巧的同时，也必然迎来批评者的关注。批评者针对这种长篇文体的评价也自然而然地借鉴了嵌套文体的批评理论。如王骥德《曲律》卷三云："苏长公有言：'行乎其所当行，止乎其所不得不止。'则作白之法也。"⑤ 此处借用的"行乎其所当行，止乎其所不得不止"⑥ 理论，即来自苏轼文论。

文体嵌套是明人重视宾白的一大标志，也是明代宾白开始文人化的一大表现，由此不仅加强了与其他文体的相似性，也搭建了明代批评者借助各种文章理论评点戏曲的重要桥梁。

明代戏曲宾白备受重视的又一重要原因是，明人意识到了戏曲与八股文均属"代言体"，卢前《八股文小史》云："夫八股文（一曰四书文）系代圣贤立言，自起讲始即入口气。如题为孔子之言，或及门诸子之言，即入所言者之口气。"⑦ "口气"或"口吻"是明代八股文批评中的常用概念，在代言体语境下，也是戏曲批评中的常用概念。

---

① 王骥德著，陈多、叶长海注释《曲律注释》，上海古籍出版社，2012，第 219 页。

② 孙仲龄：《醉乡记》，载《古本戏曲丛刊》二集，商务印书馆，1955。

③ 孟称舜编《柳枝集》，载《古本戏曲丛刊》四集，商务印书馆，1958。

④ 徐渭：《题昆仑奴杂剧后》，载《徐渭集·徐文长佚草》卷二，中华书局，1983，第 1093 页。

⑤ 王骥德著，陈多、叶长海注释《曲律注释》，上海古籍出版社，2012，第 220 页。

⑥ 苏轼：《与谢民师推官书》，载张志烈、马德富、周裕锴主编《苏轼全集校注》第十六册，河北人民出版社，2010，第 5292 页。

⑦ 卢前：《卢前文史论稿·八股文小史》，中华书局，2006，第 197 页。

比如孟称舜评宫天挺《范张鸡黍》第三折〔金菊香〕"极肖口语"①，评关汉卿《窦娥冤》第二折〔贺新郎〕云："妙，妙，逼真烈孝女口气。"②这里的"口语""口气"即人物个性的一种形式。曲辞自然也讲究人物口吻合乎性格与情境，如孟称舜评《三度任风子》第三折〔耍孩儿〕："看得彻，是初悟人猛烈口语。"评〔煞尾〕："截钉截铁口语，放下屠刀肺肠。"③

相对于曲辞而言，宾白不受曲牌格律的限制，遣词造句上较自由，较曲辞更容易模拟人物口气（吻）。对"口气（吻）"的审美标准是：人物语言合乎人物身份、性格与情境。这一标准往往通过作者的"写"来实现，这就直接促进了中国古典戏曲"写人"理论的建立与成熟。戏曲"写"人理论中的核心术语是"写"，由之衍生出来的"描写""摹写""描摹"等术语，牵涉进来的"画""描画"等术语，打通了戏曲与绘画、艺术与文学等的理论联系，并由此引入"设色""点缀"等修辞论术语和"淡""浓"等风格论范畴。

孟称舜评《赵氏孤儿》第四折云："此折曲白俱妙，是世间绝大文章，勿以小曲视之。"④ 巧妙的宾白设计与曲辞紧密结合，相得益彰，极大地提升了戏曲的叙事与抒情效果，更是加强文体认同、促进文学理论范畴与术语体际平移的文本基础。

三　文章理论的平移借用

戏曲文体作为一种后出的文体形式，自然深受文学传统的影响，最明显的表现就是在戏曲创作中直接从古人文章中汲取营养。《珍珠记》第一出副末开场〔鹧鸪天〕云："搜逸史，摘骚材，悲欢离合巧安排。"⑤ 王骥德的《曲律》卷二《论读书》也说："词曲虽小道哉，然非多读书以博其见闻，发其旨趣，终非大雅。须自《国风》《离骚》、古乐府及汉、魏、六朝、三唐诸诗，下逮《花间》《草堂》诸词，金、元杂剧诸曲，又至古今诸部类书，俱博蒐精采，蓄之胸中。于抽毫时掇取其神情标韵，写之律吕，令声

① 孟称舜编《古今名剧合选》，载《古本戏曲丛刊》四集，商务印书馆，1958。
② 孟称舜编《古今名剧合选》，载《古本戏曲丛刊》四集，商务印书馆，1958。
③ 孟称舜编《古今名剧合选》，载《古本戏曲丛刊》四集，商务印书馆，1958。
④ 孟称舜编《古今名剧合选》，载《古本戏曲丛刊》四集，商务印书馆，1958。
⑤ 无名氏：《珍珠记》，载《古本戏曲丛刊》二集，商务印书馆，1955。

乐自肥肠满脑中流出，自然纵横该洽，与剿袭口耳者不同。"① 同卷《论声调》又云："其法须先熟读唐诗，讽其句字，绎其节拍，……机栝既熟，音律自谐。"② 凡此种种，都是戏剧作家和理论家对戏曲作品汲取其他各类文体滋养的论述。

明代戏曲批评中有两种典型的批评思路，其一是结合戏曲文体形式、内容、技巧、风格等，追溯戏曲文体之本源，认为戏曲是《诗经》、古乐府、史传等作品或文体之流变；其二是在批评中经常将戏曲与雅于戏曲的诗、词、古文、史传等文体相类比，寻求戏曲与其他文体的共同点或相通性，从而树立对戏曲的文体认同。这两种思路均有意识地指出了戏曲与多种体裁的相似性，搭建了戏曲向其他文体理论中借鉴批评经验与理论的桥梁。许多文法理论就通过这一桥梁平移到了戏曲批评中。

元代陈绎曾将"文法"总结为八个层面：

> 陈文靖公问为文之法，绎曾以所闻于先人者对曰："一养气，二抱题，三明体，四分间，五立意，六用事，七造语，八下字。"③

此八法，从作者的文章学养到提笔前的构思，再到文章中最细微的某个字词的拈定，无不包含在内。戏曲批评中的作家修养论、文体论以及创作论中的"立间架""立主脑""论用事""论句法""论字法"等，都可以在陈氏八法中寻找到源头。

大体上看，明代戏曲批评中的理论借鉴主要表现为从诗歌理论中借鉴经验以及从古文、时文领域中借鉴经验。

（一）诗歌理论

在一系列文体认同与文体嵌套的研讨中，许多人尝试用其他文体中的某些现象来解释戏曲文体中的类似问题。借诗歌领域的现象解释戏曲领域的问题，是相对普遍的做法。比如李开先的《西野〈春游词〉序》说戏曲

---

① 王骥德著，陈多、叶长海注释《曲律注释》，上海古籍出版社，2012，第152页。

② 王骥德著，陈多、叶长海注释《曲律注释》，上海古籍出版社，2012，第158页。

③ 陈绎曾：《文说》，载张思齐编著《八股文总论八种》，武汉大学出版社，2009，第69页。"四分间"即分间架，《八股文总论八种》中写作"四分门"（参见周振甫《中国修辞学史》，商务出版社，1991，第325页；王筱云等主编《中国古典文学名著分类集成29文论卷》，第244页）。

"俱以金、元为准，犹之诗以唐为极也"①，这里说的其实是后来作者须以前人经典为范式的意思。又如何良俊的《四友斋丛说》云："近代人杂剧以王实甫之《西厢记》，戏文以高则诚之《琵琶记》为绝唱。……今二家之辞，即譬之李、杜，若谓李、杜之诗为不工，固不可；苟以为诗必以李、杜为极致，亦岂然哉？"②借诗歌中不必局限于李、杜两种风格的现象，提出戏曲风格也不必谨守《西厢》《琵琶》两种风格。又如沈德符的《顾曲杂言》云："今乐家传习数字，如律诗之有四韵、八句，时艺之有四股、八比，普天下不能越……"③皆有将戏曲与诗歌类比的现象。这种类比推理尚处于诗歌理论向戏曲理论转移的外围。

对诗歌理论的正式借鉴其实在明初就有了，例如朱权《太和正音谱》中的"香奁体"等来自诗歌理论，又如徐复祚评《西厢记·白马解围》："通篇入得闲冷，接得紧峭，叙得完整。……〔六么序〕以下，叙事中忽入议论，议论又忽入叙事，自设自难，且迷且悟，亦信亦疑，层见叠出，宛如互答章法，从白傅《琵琶引》中来。"④同样是对诗歌创作论的自觉学习。张凤翼好友蒋子徵的《祝发记序》云："夫以孝义人吐孝义语，宜其根情苗言，华声实义，语近理胜，不务强涩，词逸调谐，贤庸并通，虽诗人之感发惩创，史氏之是非劝沮，无以逾此。"⑤"根情苗言，华声实义"出自白居易的《与元九书》。孟称舜评明人王子一的杂剧《误入桃源》第二折〔随煞尾〕云："数枝说相会处，曲俱寻常，看此果觉凄楚之词易工也。"⑥此句观点源于唐代韩愈《荆潭唱和诗序》"和平之音淡薄，而愁思之声要妙；欢愉之辞难工，而穷苦之言易好"⑦。何良俊亦从情感视角出发，他提出的"情辞易工"⑧未必没有受到韩氏之论的影响。

明代戏曲批评向宋诗理论的学习最为明显，宋代诗歌理论中的著名论点很多都被借鉴到了戏曲批评中。如肇兴于宋的"本色""当行"论，后来

---

① 李开先：《西野〈春游词〉序》，载李开先著，卜键笺校《李开先全集》，上海古籍出版社，2014，第596页。
② 何良俊：《四友斋丛说》，中华书局，1959，第337页。
③ 沈德符：《万历野获编》卷二十五，中华书局，1959，第650页。
④ 黄仕忠：《徐复祚〈南北词广韵选〉批语汇辑》（上），《中华戏曲》2014年第2期。
⑤ 蔡毅编著《中国古典戏曲序跋汇编》卷十，齐鲁书社，1989，第1205页。
⑥ 孟称舜：《古今名剧合选》，载《古本戏曲丛刊》四集，商务印书馆，1958。
⑦ 韩愈：《荆潭唱和诗序》，载刘真伦、岳珍校注《韩愈文集汇校笺注》第三册，中华书局，2010，第1122页。
⑧ 何良俊：《四友斋丛说》，中华书局，1959，第338页。

几乎成了明代戏曲批评中最普遍、最核心的两个风格论范畴。徐复祚云："严仪卿论诗云：'须是本色，须是当行。'词曲亦然。"① 此语说明至少徐复祚的"本色""当行"论直接受了严羽《沧浪诗话》的影响。

又如"凑泊"，原是佛教禅宗术语，指勉强、不自然的结合状态，宋代始广泛用于诗歌批评，如陆游在其《跋吕成〈和东坡尖叉韵雪诗〉》中评吕氏诗云："字字工妙，无牵强凑泊之病。"② 喜欢以禅论诗的严羽在其《沧浪诗话》中云："盛唐诗人惟在兴趣，羚羊挂角，无迹可求。故其妙处莹彻玲珑，不可凑泊，如空中之音，相中之色，水中之月，镜中之象，言有尽而意无穷。"③ 这里的"凑泊"带有否定意义，"不可凑泊"提倡诗人在妙不可言的兴趣的指引下，将有限的语言有机结合起来，并使文字组合后的阅读效果超过每一个文字本身意义的简单相加，这种超越类似于空中音、相中色、水中月、镜中花般的玲珑多致。此语对后世诗论影响极大。

明代曲论家喜用"凑泊"评论戏曲的语言组织能力与效果，如徐复祚用"凑""凑语""凑砌"等指凑成，如评散曲《赠妓李素莲》云："中多凑语，不切素莲题。"④ 评《西厢记·泥金捷报》〔挂金索〕"'西厢月底'以下，悉是凑砌语，底里易竭，边幅亦窘"⑤。当时坊间有人认为《西厢记》《佛典奇逢》一折具有埋伏作用的"正撞着五百年风流业冤"为"凑语"⑥，遭到了徐复祚的批评，同样说明了"凑（泊）语"与当时常用的、诗论中的"凑泊"术语一脉相承。

王骥德《曲律》在章法论中指出，在创作时"漫然随调，逐句凑泊"的曲家，往往不懂得创作须讲步骤，而步骤正是"从古之为文，为辞赋，为歌诗者皆然"的构思、分段数、起意、过接、敷衍、收煞、结撰⑦等程序。王氏之论对拯救时弊具有很好的指点作用。《论套数第二十四》再次以相似的文辞论述了如何避免"凑插"。

① 黄仕忠：《徐复祚〈南北词广韵选〉批语汇辑》（上），《中华戏曲》2014 年第 2 期。
② 陆游：《跋吕成〈和东坡尖叉韵雪诗〉》，载钱仲联、马亚中主编，钱仲联校注《陆游全集校注》十，浙江教育出版社，2011，第 257 页。
③ 严羽著，郭绍虞校释《沧浪诗话校释》，人民文学出版社，1983，第 26 页。
④ 黄仕忠：《徐复祚〈南北词广韵选〉批语汇辑》（上），《中华戏曲》2014 年第 2 期。
⑤ 黄仕忠：《明人评〈西厢记〉资料的新发现——徐复祚〈南北词广韵选〉评语辑考》，载章培恒、王靖宇主编《中国文学评点研究论集》，上海古籍出版社，2002，第 301 页。
⑥ 黄仕忠：《徐复祚〈南北词广韵选〉批语汇辑》（下），《中华戏曲》2015 年第 1 期。
⑦ 王骥德著，陈多、叶长海注释《曲律注释》，上海古籍出版社，2012，第 160 页。

　　孟称舜也喜欢用"凑泊"评点戏曲，但他的"凑泊"与此前的"凑泊"大不相同。孟称舜的"凑泊"表示的是文字拼凑得好的意思，比如评明代谷子敬的《三度城南柳》第三折〔贺新郎〕云："绝好文字，一一凑泊得来。"① 评元代杂剧《月明和尚度柳翠》第一折〔赚煞尾〕"凑泊"，评第三折〔般涉调要孩儿〕"处处凑泊"②。祁彪佳评徐阳辉的《青雀舫》："疏疏散散，灵气统于笔墨，若无意结构，而凑簇自佳。"③ "凑簇"与孟称舜的"凑泊"也是同一用法。

　　创作论中常用的术语"悟入"也是严羽从佛禅理论中借鉴而来的诗论术语。最早以"悟入"论戏曲创作的是以李开先为中心的山东曲家，比如李开先《改定元贤传奇后序》云：

　　　　今所选传奇，取其辞意高古，音调协和，与人心风教俱有激劝感移之功。尤以天分高而学力到，悟入深而体裁正者，为之本也。④

《西野〈春游词〉序》云：

　　　　传奇戏文虽分南北，套词小令虽有短长，其微妙则一而已。悟入之功，存乎作者之天资学力耳。⑤

《南北插科词序》云：

　　　　时或强缀一篇，虽中板拍，殊无定声，以此钩致虚名。然非有神解顿悟之妙，好之笃而久，是以知之真而作之不差耳。⑥

　　李开先的"悟入"论可以归纳为以下三点：

　　其一，不论是创作南北曲，还是创作套词或小令，作者须具备的根本

---

① 孟称舜：《古今名剧合选》六，载《古本戏曲丛刊》四集，商务出版社，1958。
② 孟称舜：《古今名剧合选》六，载《古本戏曲丛刊》四集，商务出版社，1958。
③ 祁彪佳：《远山堂曲品》，载俞为民、孙蓉蓉编《历代曲话汇编·明代编》第三集，黄山书社，2009，第544页。
④ 李开先：《改定元贤传奇后序》，载李开先著，卜键笺校《李开先全集》，上海古籍出版社，2014，第2179页。
⑤ 李开先：《西野〈春游词〉序》，载李开先著，卜键笺校《李开先全集》，上海古籍出版社，2014，第596页。
⑥ 李开先：《南北插科词序》，载李开先著，卜键笺校《李开先全集》，上海古籍出版社，2014，第562页。

条件之一，就是要有深刻的"悟入"精神。其二，"悟入"的功力与作者的天赋、学习能力有关，这是李开先反复强调的内容。其三，"悟入"深刻的作品也往往是优秀的作品。

以李开先为中心的曲家在评价李开先小令时亦常用"悟入""妙悟"，如梁玉庵云："佳什诚得真诠妙悟者，东篱、小山辈，恐不得专美于前矣！"孙夹谷云："示来南曲，各诣神解妙悟，脱去艺文蹊径。"谢与槐云："仆于曲调音谱，无所谙解，虽尝从兄抵掌艺圃，终阻妙悟。"① 以上诸说均将能否妙悟作为评骘小令高下的重要参考标准，甚至还将能否妙悟作为小令作法与艺文蹊径的区分标志。

明刻本《三先生合评元本西厢记》中"李卓吾"亦用"悟入"评点戏曲作法："读《水浒传》，不知其假；读《西厢记》，不厌其烦。文人从此悟入，思过半矣。"② 对小说戏曲亦真亦假、亦繁亦简的笔法与审美效应予以褒扬，并指出悟入是获得这种构思的重要法门。

"活法"原本也是禅宗术语，指不拘一格、灵活变通。江西诗派后期诗论家吕本中在其《夏均父集序》中将"活法"平移至诗歌理论：

> 学诗当识活法。所谓活法者，规矩备具而能出于规矩之外，变化不测而亦不背于规矩也。③

"活法"说在南宋引起了较为广泛的关注，张元干、周孚等人对之皆有发挥。王骥德将"活法"用于戏曲音律论中，其《曲律》卷二云："大略阴字宜搭上声，阳字宜搭去声。如……此下字活法也。"④ 这里的"活法"指的主要是句中用字的阴阳搭配富于变化。

（二）古文、时文理论

明代戏曲批评者早已发现了戏曲与古文在叙事上的共同点、与时文作为代言体的共同点，批评角度与理论大部分来自古文、时文理论，或者受了古文、时文批评方法的影响。方苞的《钦定四书文凡例》云："明人制义，体凡屡变。自洪、永至化、治，百余年中，皆恪遵传注，体会语气，

---

① 俞为民、孙蓉蓉编《历代曲话汇编·明代编》第一集，黄山书社，2009，第415、417页。
② 俞为民、孙蓉蓉编《历代曲话汇编·明代编》第一集，黄山书社，2009，第543页。
③ 吕本中：《夏均父集序》，载刘克庄《后村先生大全集》卷九十五，四部丛刊景旧抄本。
④ 王骥德著，陈多、叶长海注释《曲律注释》，上海古籍出版社，2012，第105页。

谨守绳墨，尺寸不逾。至正、嘉作者，始能以古文为时文，融液经史。"①明代正、嘉时期的时文创作与批评本身就已经熔铸了古文作法理论，从这一角度说，明代戏曲受时文的影响更大。

1. 创作论借鉴

北方曲家中，李开先注重用"句法"辨别作家作品，比如《词套》第十八"无名氏〔越调·斗鹌鹑〕散套"条云："知其为元词，不知元何人也。或云王伯成。观其句法意味，非伯成不能，或人必有据耳。"②南方曲家更是不胜枚举，比如王骥德的《曲律》总第十六、十七、十八节依次为《论章法》《论句法》《论字法》。

最能体现明代曲论家借用古文章法的是明代戏曲结构论，比如王骥德的章法论云："作曲，犹造宫室者然……"③以宫室建造程序来比喻戏曲创作的顺序，是宋朱熹、吕祖谦等人开启的论文模式。王骥德又云："作曲者，亦必先分数段，以何意起、何意接、何意作中段敷衍、何意作后段收煞，整整在目，而后可施结撰。此法，从古之为文，为辞赋，为歌诗者皆然。"④直言戏曲从构思到起、承接、敷衍、收煞、总结等作法与古文诗赋相似，其实这也与明代时文理论中的章法相似，王骥德在《曲律》卷三《论套数第二十四》中又有说明：

> 套数之曲，元人谓之"乐府"，与古之辞赋，今之时义，同一机轴。有起有止，有开有阖。须先定下间架，立下主意，排下曲调，然后遣句，然后成章；切忌凑插，切忌将就。务如常山之蛇，首尾相应；又如鲛人之锦，不着一丝纰颣。⑤

王骥德认为戏曲与通常的辞赋、时义等广义上的"文章"异名同构，在结构上都有起止、开阖；在创作时，都应当先有大致的形式与主题构思，然后再进行细微处的曲调、辞句设置；在创作手法上，戏曲也应当注重情节照应与逻辑条理。

---

① 方苞：《钦定四书文凡例》，载方苞编，王同舟、李澜校注《钦定四书文校注》，武汉大学出版社，2009，第1页。
② 李开先：《词套》，李开先著，卜键笺校《李开先全集》，上海古籍出版社，2014，第1604页。
③ 王骥德著，陈多、叶长海注释《曲律注释》，上海古籍出版社，2012，第159页。
④ 王骥德著，陈多、叶长海注释《曲律注释》，上海古籍出版社，2012，第160页。
⑤ 王骥德著，陈多、叶长海注释《曲律注释》，上海古籍出版社，2012，第183页。

又如徐复祚编《南北词广韵选》时，常借八股文作法论评点戏曲作品，重视章法、句法、字法，尤其重视戏剧入题、结束、照应、开阖等①，如评《西厢记·佛殿奇逢》云：

> 此折为《西厢》首倡，如衣裳之有要领，时文之有破题，策表之有冒头也。故篇中处处埋伏后十五折情节，如"粉墙"句便为跳墙张本，"透骨髓"句便为问病送方张本。总之，从"正撞着五百年风流业冤"生出来。故此一句为本折片言居要句，亦通本之吃紧句也。"蓼天之一"，不知从何处生出来，谓之顶门一针可，谓之单枪直入亦可，谓之开口见咽亦可……②

他所使用的破题、冒头、埋伏、张本、顶门一针、单枪直入、开口见咽等文体文法术语，皆是明代时文、古文理论的浓缩。

一些关键字、关键范畴和术语的背后往往蕴藏了复杂的文体文法信息，不仅是文法观念与技巧的浓缩符号，也暗示了使用者应当从何种文体理论中寻求借鉴。比如结构论术语"间架"，就是宋人常用的文章结构术语，上文陈绎曾"八法"中的"四分间"，其实就是分间架。

李渔的《闲情偶寄》云：

> 予谓词曲中开场一折，即古文之冒头，时文之破题，务使开门见山，不当借帽覆顶。即将本传中立言大意，包括成文，与后所说"家门"一词相为表里。前是暗说，后是明说，暗说似破题，明说似承题。如此立格，始为有根有据之文。③

李渔在许多方面都受了明代曲家的影响，他也借鉴古文、时文的创作理论谈戏曲创作，较之前人更为全面，堪称明代戏曲理论批评的总结者。

2. 风格论借鉴

除了创作论上的借鉴，部分风格论范畴也来自古文范畴，比如"涩"原本是古人针对语言晦涩难解而提出的否定性范畴。以"涩"论曲的明代

---

① 黄仕忠：《徐复祚〈南北词广韵选〉批语汇辑》（上），《中华戏曲》2014 年第 2 期；黄仕忠：《徐复祚〈南北词广韵选〉批语汇辑》（下），《中华戏曲》2015 年第 1 期。

② 徐复祚：《南北词广韵选》，国家图书馆藏清抄本。

③ 李渔：《闲情偶寄》，载《李渔全集》第三册，浙江古籍出版社，1991，第 60 页。

曲家众多，唯徐复祚之论最为详尽，其《三家村老曲谈》之"梅禹金《玉合记》"条云：

> 梅禹金，宣城人，作为《玉合记》，士林争购之，纸为之贵。曾寄余，余读之，不解也。传奇之体，要在使田畯红女闻之而趣然喜，悚然惧；若徒逞其博洽，使闻者不解为何语，何异对驴而弹琴乎？……徐彦伯为文，以"凤阁"为"鸥门"，"龙门"为"虬户"，当时号"涩体"。樊宗师《绛州记》，至不可句读。文章且不可涩，况乐府出于优伶之口，入于当筵之耳，不遑使反，何暇思维，而可涩乎哉！……此体最易惊俗眼，亦最坏曲体，必不可学。①

"涩体"本是唐代的文章风格论范畴，指在文章中填塞学问、卖弄玄虚，使文章难于理解的创作风格。徐复祚从戏曲文体的特殊属性和戏曲舞台演出与欣赏的一次性（不遑使反）等特点出发，指出戏曲不适合使用涩体，否则不易被人理解。

又如朱有燉《小天香半夜朝元》引云："……特以次第，编为传奇。庶可继乎丽则之音，非若淫词艳曲之比也。"②《贞姬身后团圆梦》引云："关目详细，词语整齐，且能曲尽贞姬之态度，所谓诗人之赋丽以则也，观之者鉴。"③ 这两条材料均化用自古文批评中的"诗人之赋丽以则，词人之赋丽以淫"④。

此外，明代戏曲批评方式本身也受到了文章评点的影响。比如以注释为方式的批评在明代戏曲刻本中也较常见，最典型的是《西厢记》的注释，徐渭、王骥德等人均有著作，其他如屠本畯的《崔氏春秋补》等也是这方面的例子。万历癸丑（1613），山阴朱朝鼎《新校注古本西厢记跋》云："尝观古今典籍，百千其体，传奇亦一体也。大都有事实即有纪载，有纪载即有校注。校以正之，使句字之芜者芟、残者补；注以解之，使意旨之迷者豁、绝者联。"⑤ 校注亦属批评方式的一种，除了对章句内容的修改，还

---

① 徐复祚：《三家村老曲谈》，载俞为民、孙蓉蓉编《历代曲话汇编·明代编》第二集，黄山书社，2009，第 259 - 260 页。

② 朱有燉著，赵晓红整理《朱有燉集》，齐鲁书社，2014，第 449 页。

③ 朱有燉著，赵晓红整理《朱有燉集》，齐鲁书社，2014，第 255 页。

④ 扬雄：《法言》，中华书局，1985，第 5 页。

⑤ 朱朝鼎：《新校注古本西厢记跋》，载王骥德著，陈多、叶长海注释《曲律注释》附录三，上海古籍出版社，2012，第 470 页。

体现了校注者将戏曲与古今典籍相类比的文体意识，是对古诗文批评方式的借鉴。

援引、借鉴古文与时文理论开展戏曲批评，是当时曲论中非常自然的一种现象，不仅出于戏曲与古文、时文的文体相似性的缘故，还与包括明代戏曲批评者在内的广大文人士子的教育背景有关。明代的文人曲家，除了精读王骥德《曲律·论多读书》中所列的各体作品，还时时关注明代日益兴盛的文法理论。坊间除了流行的宋元古文等理论论著，古文理论著作和八股文教科书、参考书亦非常热销。袁黄（1533－1606）所编的八股文教科书如《游艺塾文规》等，在明代流传颇广，当时有志举业者，多以其书为圭臬。在晚明毕魏（约1623－?）据冯梦龙小说改编而成的《滑稽馆新编三报恩传奇》中，广西桂林府人蒯遇时自称："日记千言，学窥袁先生之半豹；眼空一世，笔解庄叟之全牛。以此文压三场，名登两榜。"① 袁黄的文学理论观念亦可能借助八股文大家的特殊身份而影响包括毕魏在内的明代曲家。《游艺塾文规》中说："世间万事，皆有法度，皆有源流，即小小技艺，亦须得人传授，方可名家，况文章乎？"② 这种传统文学批评观念也会因为"名家制举业教科书"这一载体获得更广泛、深远的传播，教科书中大量的古文、时文理论亦可能因此而在明代曲家的理论意识中滋长蔓延。

明代戏曲批评中采用的很多范畴或术语原本并非文章理论范畴。除了上文所说的"悟入"等原系佛禅术语，还有一些来自其他领域，如"针线""剪裁"是裁缝术语，"间架"是建筑术语，"请客"最初被用作说唱术语，"摹画""描摹""点染""设色"等来自绘画理论。这些理论范畴和术语最初被平移到某一种或两种以上的文体批评领域，实现了理论的首次跨界，最后在文体认同观念的基础上，又被明清曲家用于戏曲批评。

总体而言，明代曲论家在考虑戏曲与诗、古文等其他文体的共性、戏曲文体特殊性的基础上，对前人理论进行了选择接受。被借鉴吸收的理论范畴作为各体文章理论中的关键字，或者各体文章理论的浓缩符号，在向戏曲批评领域转移的过程中，内涵与外延或多或少地发生了变化，或增扩、或缩减，或者彻底变异。转移意味着文体认同的建立，而变异则意味着认同基础上的个性意识与曲体自信的增长。

---

① 毕魏：《滑稽馆新编三报恩传奇》第五出，载《古本戏曲丛刊》二集，商务印书馆，1955。

② 袁黄撰，黄强、徐姗姗校订《游艺塾文规》，武汉大学出版社，2009，第9页。

小结

尊体视域下的文体认同，通过"视戏为文""以戏为文"展示了充分的文体自信，同时也促进了戏曲对其他文体创作与批评经验的借鉴吸收，为文学思想与理论范畴和术语由先进文体向戏曲领域转移提供了有利条件。

从广义的文章学视角开展戏曲批评，意味着明代戏曲尝试摆脱市井俗乐的卑微角色，在文学批评领域争取合法、合理的存在地位与价值。在这种批评观念与批评方式的引导下，戏曲创作更加具有文章风味，尽管一度走入了"以文为戏"的迷途，但总体上刺激了戏曲文体观念的演进，促进了曲论向更为成熟的文论借鉴批评理念，加速了戏曲理论体系建构的历程。王骥德、徐复祚等人明确地提出了借鉴诗文创作经验与批评经验的观点，尤其是王骥德的《曲律》，是明代曲家摹仿诗文理论专著撰写戏曲理论专著、建构戏曲理论体系的有益尝试。王骥德的文体认同观念也是他能够最先在自己的戏曲理论著作中建立起戏曲理论范畴体系雏形的根本原因。

明代戏曲批评模式的建立，就是在这样的背景下进行的。戏曲批评者的数量、文学理论修养，开展的范围、探讨的深度均与雅文学有很大差别，这是戏曲理论批评无法像雅文学批评一样构建出大量专门的文体文法理论范畴的客观原因。流行于曲论家圈子内部的文体认同是戏曲批评中极少有彻头彻尾的专体理论与专属范畴的主观原因。

第二节　明代戏曲批评中的"波澜"

波澜，或曰波涛、波浪，本系自然现象。鲍照《登大雷岸与妹书》云："思尽波涛，悲满潭壑。"[1] 汉武帝《李夫人赋》云："思若流波，怛兮在心。"[2] 皆以连绵不绝的流波比喻起伏不已的无尽情思。

以波澜喻文思，就存世文献来看，大概始于唐代。杜甫《歌赠郑谏议

---

[1] 鲍照著，钱仲联增补集说校《鲍参军集注》，上海古籍出版社，1980，第 84 页。

[2] 刘彻：《李夫人赋》，载严可均辑《全上古三代秦汉三国六朝文·全汉文》卷三，商务印书馆，1999，第 31 页。

十韵》中的"毫发无遗憾，波澜独老成"，即是以"波澜"喻文。到了宋代，"波澜"作为批评术语得到比较广泛的使用。

古人借波澜涌动、层层推进、缓急有别、势力强弱各异等自然特性，比喻文学作品中的曲折、层次、节奏、气势等。这一术语在古文创作论中最为常见，被评为有"波澜"的文学作品，往往具有情节或意境曲折、层次迭出的特点，或具有内容饱满、趣味充盈、缓急交替、气势充沛等特点。

在戏曲批评中作品是否具有"波澜"，也是评骘戏曲优劣的重要标准。

一　古文批评中的"波澜法"

"波澜"也许是私塾教授写作的先生们在为弟子讲授古文作法时，为便于孩童理解，习惯采用的一个譬喻。久而久之，这种譬喻在口耳相传中逐渐成为文法理论中的一个约定俗成的文学理论术语。现在可见的文献中，较早用"波澜"进行古文批评者，须从宋代朱熹与吕祖谦说起。

吕祖谦作注的《观澜集注》原系宋人林之奇编，顾名思义，"澜"即"波澜"，书的命名显然昭示此书以富有"波澜"作为选注篇目的标准。是书原本有六十三卷，《四库全书总目》著录二十五卷，包含从屈原到宋代的赋、诗、歌、行、引、颂、书、碑、铭、箴、赞、哀辞、论、序、记、疏、杂文、论等文体，可见早在宋代，"波澜"的适用范围已经非常广泛了，只不过，在同时代人留下的书面文论中，却很难看到用"波澜"批评古文以外的其他文体的情况。

吕祖谦编著的《吕氏家塾增注三苏文选》问世，遭到了朱熹的批评。朱熹给"东南三贤"中的又一人张栻写信说："渠又为留意科举文学之久，出入苏氏父子，波澜新巧之外更求新巧，坏了心路，遂一向不以苏学为非……"（《与张敬夫》）[1] 由此可知，"波澜"何谓，是张栻、吕祖谦、朱熹之间不言自明的通识，因而它也很可能是当时普遍使用的文学理论术语。

从朱熹的信来看，他本人似乎并不欣赏苏氏父子追求"波澜"之新巧的路数。吕祖谦与朱熹相反，他重视"波澜"之法，并在著作中屡屡用"波澜"评骘文章，尤其是举业文字的高下。例如，《古文关键·看古文要法》中云：

---

[1]　朱熹著，郭齐、尹波点校《朱熹集》第三册，四川教育出版社，1996，第1310页。

看柳文法

〔关键〕　　出于《国语》。

当学他好处，当戒他雄辩，议论文字亦反覆。

看欧文法

〔平淡〕　　祖述《韩子》。议论文字最反覆。

学欧平淡，不可不学他渊源。徒平淡而无渊源，则委靡不振。

看苏文法

〔波澜〕　　出于《战国策》《史记》。亦得关键法。

当学他好处，当戒他不纯处。①

　　从上述行文的内在结构来看，"关键""平淡""波澜"均为古文要法或追求的审美境界，是阅读上述古文大家的古文作品时应当把握的关键词，也是吕祖谦根据柳宗元、欧阳修、苏轼的古文作法总结出的文法术语。吕祖谦认为，"波澜"是苏轼的文法特色，源出于《战国策》《史记》。这两本史书以叙事为主，大概"波澜"指《战国策》《史记》的叙事技巧，也可能指该叙事技巧的效果——曲折的情节、恢宏的气势等。

　　吕祖谦的弟子楼昉继承了乃师文论观念，亦以"波澜"论文。其《崇古文诀》中评苏轼《策略五》云："此篇主意在通下情。间架整，波澜阔，议论佳，可为策格。"② 此"波澜"既指叙事内容的充实阔大，也指文章气度恢宏。在宋代著名的古文理论著作中，以"波澜"论文法，未有出吕、楼观念之外者。

　　吕祖谦亦曾以"波澜"为喻论《易》之理。其《丽泽论说集录》卷一《门人集录易说》开篇即云："读《易》，当观其生生不穷处。"③ 其中"履"部有云："'物畜然后有礼'。言物惟畜之多故好。譬如水积畜多，故波澜自然成文。"④ 倘若从文章之学的视角解读上述引文，则亦可发现此处"波澜"与上文文论术语"波澜"的相通之处：在有限的篇幅内融入丰盈的思想意义，恰如水积渊深而波澜兴起。《易》亦文章，篇幅不长，却有"生生不穷"的意

---

① 吕祖谦：《古文关键·看古文要法》，载王水照编《历代文话》第一册，复旦大学出版社，2007，第235－236页。

② 楼昉：《崇古文诀评文》，载王水照编《历代文话》第一册，复旦大学出版社，2007，第493页。

③ 吕祖谦：《丽泽论说辑录》卷一，载《吕祖谦全集》第二册，浙江古籍出版社，2008，第1页。

④ 吕祖谦：《丽泽论说辑录》卷一，载《吕祖谦全集》第二册，浙江古籍出版社，2008，第14页。

蕴，关键即在于思想的充溢。《文章精义》云："韩如海，柳如泉，欧如澜，苏如潮。"① 海、泉、澜、潮所隐喻的也是文章的思想内容与气势。

二　"波澜"的发展与平移

总体而言，虽然宋人以"波澜"作为修辞方法论术语已成通识，但是在可见的文献中，关于"波澜"的使用与阐释并不充分。"波澜"的内涵与审美意蕴于明代得到丰富与发展。明代使用"波澜"最突出的是古文理论家，以茅坤、袁黄等人讲授古文或举业文法的著作为代表，这也是他们师法吕祖谦《古文关键》等文学理论的证据。明代的"波澜"之法主要有以下两方面的理论含义。

其一，指文章内容转折层叠。

明茅坤《唐宋八大家文钞》卷一百一十老泉文钞四评苏洵《〈乐〉论》云："论乐之旨非是，而文特嫋娜百折，无限烟波。"② 评苏洵《春秋论》云："特其行文嫋娜百折，似属烟波耳。"③ 这里的"烟波"都源自于行文的婉转或转折，因而"波澜"在古文中最为明显的表现形式之一是转折。

"转折"不仅可以指叙事情节、内容上的转折，也可以指意义表达形式或者风格上的明显、晦暗等。茅坤《唐宋八大家文钞》卷一百一十老泉文钞四评苏洵《〈易〉论》："文有烟波，而以《礼》为明，以《易》为幽，谓圣人所以用其机权以持天下之心，过矣。"④ 这里的"明"与"幽"相反，形成了一种解读感受上的变换、对比，此论中的"烟波"即得之于此。

"波澜"不仅用于形象地比喻文章中的种种转折，还被用来形容文章内部的层次。文章有波澜，则有生趣，给人以阅读的快感，在崇尚趣味的明代，这一点备受关注。熟谙时文之法的袁黄在其《游艺塾文规》正续编讲义中亦多次强调文章须有层次与波澜。其书卷四评价刘是之文："首二句，

---

① 李塗著，刘明晖校点《文章精义》，人民文学出版社，1960，第 62 页。
② 茅坤：《唐宋八大家文钞评文》，载王水照编《历代文话》第二册，复旦大学出版社，2007，第 1951 页。
③ 茅坤：《唐宋八大家文钞评文》，载王水照编《历代文话》第二册，复旦大学出版社，2007，第 1952 页。
④ 茅坤：《唐宋八大家文钞评文》，载王水照编《历代文话》第二册，复旦大学出版社，2007，第 1951 页。

'道法弘范'是一层意思，'斋戒神明'二句是第二层，'不但准绳'一句是第三层，'即或寻声'三句是第四层，末句是第五层。如登百仞浮屠，一级高于一级；又如曲涧流泉，一转一折，波澜萦洄，悠然可爱。"① 层层之间，"一转一折"，追求的是行文层次分明而又曲折多致。

"波澜"在明代时文领域也被视为文本内容转换之处的手法，如袁黄《游艺塾文规》续编卷五云："起伏处贵有照应，开合处贵有波澜，驰骋处贵有节制，铺叙处贵有曲折，过接处贵无痕迹。"② "开合处贵有波澜"，讲究行文内容或者情节的开头、结合处有起伏，有气势，避免平庸。

通过语言形式的变换，也可以使文章产生波澜。谢枋得的《文章轨范》评韩愈《后二十九日复上宰相书》云："此一段连下九个'皆已'字，变化七样句法。字有多少，句有长短，文有反顺，起伏顿挫如层澜惊涛怒波。读者但见其精神，不觉其重叠，此章法、句法也。"③ 这里的"一段连下九个'皆已'"就是一种层叠之法，是行文有"波澜"的突出表现。字数的多少、句式的长短、文意的反顺变化，都可以视为形式或内容上的转变或转折。尽管这里的"皆已"重复极多，却因为意义的转折变化而消磨了形成上的重复感，仅在读者心中留下了重叠之法所积蓄的气势，婉如层澜怒波，给人以深刻的印象。明代古文大家王慎中评价苏轼《贾谊论》"文字翻覆变幻，无限烟波"④ 亦然。

其二，指行文的意义层层递进。

谢榛《四溟诗话》云："长篇之法，如波涛初作，一层紧于一层。"⑤ 以波涛喻长篇诗作的层次，以波频之"一层紧于一层"喻诗作的情节、情感或诗意发展的动态进程。他认为，长篇诗作宜层次迭出，由缓渐紧。这种论法显然继承了吕祖谦开启的"波澜法"，不仅对波澜术语的内涵与适用范围有所开拓，也对诗歌的表现手段与表现层次有所突破。

茅坤也自觉承担了传承前人文法理论的职责，将"波澜"法作为重要写作技巧和审美观念传授子孙。其《茅鹿门文集》卷三十二杂著《文诀五

---

① 袁黄撰，黄强、徐姗姗校订《游艺塾文规》，武汉大学出版社，2009，第66页。
② 袁黄撰，黄强、徐姗姗校订《游艺塾文规》，武汉大学出版社，2009，第226页。
③ 谢枋得：《文章轨范》卷一，载《文渊阁四库全书》第一三五九册，台北商务印书馆，1986，第545页。
④ 转引自茅坤：《唐宋八大家文钞评文》，载王水照编《历代文话》第二册，复旦大学出版社，2007，第1980页。
⑤ 谢榛著，宛平校点《四溟诗话》卷一，人民文学出版社，1961，第25页。

条训缙儿辈》谈创作云："须于草稿完后，便当再三暗诵，将篇中得失处彻首彻尾审订一番。当删者删之，当改者改之，当扩充者扩充而驰骤之，务令文之神王而烟波无尽，不可草率了事。"① 其实质就是提倡在行文中使用"波澜法"拓展文章的意蕴空间。"驰骤"一词指在叙事中张弛有度，不可一味泛泛而谈，须讲究语言形式、文势或叙事情势等的变化。他评价曾巩《送周屯田序》云："议论似属典刑，而文章烟波驰骤不足。"② 显然将"驰骤"作为"波澜"术语中的一个必要条件，这是茅坤对"波澜"理论内涵的一种开拓。

无论是茅坤的"波澜"文法论，还是谢榛的"波浪"诗法论，均表现了明代诗文领域向宋代文学批评理论的学习，是师古、复古的文学思潮中的浪花一朵，对明代的文学创作与批评均有较大的影响。

三 戏曲"波澜"的具体表现

明代曲家长期受古文、时文、诗歌理论教育的影响，在写作过程中早已形成了在文学创作中设计"波澜"的意识。当整个文学创作环境中普遍以"波澜"作为评价文章高下的一项标准时，能够设计"波澜"者往往被视为具有创作才华的人。这种意识在晚明孟称舜的《郑节度残唐再创》（亦名《英雄成败》）杂剧中有很明显的体现，比如第二折〔金钱儿〕（黄巢）唱词云："大都来五行难迭办，八字犯孤寒。辜负了胸中排剑戟，笔下走波澜。"③ 剧中黄巢以"波澜"比喻自己的创作才华，正反映了孟称舜甚至当时文士普遍以"波澜"评骘文章优劣的批评意识与审美取向。

在这种创作意识笼罩的环境中，徐渭评《香囊记》云："《香囊》如教坊雷大使舞，终非本色，然有一二套可取者，以其人博记，又得钱西清、杭道卿诸子帮贴，未至澜倒。"④ "澜倒"即以波浪倾颓之势比喻剧作的失败。该词的采择表明徐渭以波澜喻《香囊》，也足以说明当时"波澜"之法对于明代戏曲创作论与鉴赏论的影响。

---

① 茅坤著，张梦新、张大芝点校《茅坤集》，浙江古籍出版社，2012，第862页。
② 茅坤：《唐宋八大家文钞评文》，载王水照编《历代文话》第二册，复旦大学出版社，2007，第1939页。
③ 孟称舜著，朱颖辉辑校《孟称舜集》卷一，中华书局，2005，第50页。
④ 徐渭著，李复波、熊澄宇注释《南词叙录注释》，中国戏剧出版社，1989，第51-52页。

从明代戏曲批评中使用"波澜"的情况看,"波澜"在戏曲创作中的表现主要有五种类形。

其一,巧合。

明代柴绍然为朱京藩《风流院》作叙云:"是记成,嘱余弁首,余唯是纪事之幻,写景之珍,呼应之周,波澜之巧,与夫赋句之奇艳、之自然,业已字栉而句比之,又复何赘?"① 这里的"波澜"有两种意思,首先指本剧中的转折。转折是《风流院》叙事的一大特色,单从明代德聚堂刊本(见于《古本戏曲丛刊》二集)中"明道人"的多处评语就可以看出。其次,"波澜"还指引起剧中人物命运发生重大变化的巧合情节。如第七出,独自住在孤山别院的冯小青临波自照,无限伤感,题了一首自怜的诗。这时,家中佣人为了给她解闷,请了个唱盲词的为小青唱《魏太监》。唱完之后,小青娘让佣人给盲婆赏钱,佣人便随手拿小青的诗笺包了赏钱给盲婆。盲婆出门后,即把诗笺丢掉了,恰巧被书生舒洁郎捡到,此即他与冯小青人魂之恋种种情节的开端。"明道人"在盲词开端处眉批云:"忽然插入波澜,不惟文致茏疏,而借此为遗诗张本,拾诗根脚,略无痕迹。"这一"波澜"也是引发两人命运转变的重要因素。

其二,误会。

戏曲情节中的"误会"本身就曾被人视为一种波澜。祁彪佳《远山堂曲品》评《鹔钗》云:"此记波澜,只在荆公误认宋广平为康璧耳,搬弄到底……"② 此"波澜"即指荆公之误会。明末刻本《临川玉茗堂批评西楼记》十一出《缄误》批语云:"空函之误,甚有波澜。"③ 亦指误会。

"误会"之所以给人以波澜之感,是因为戏剧人物往往因为误会而产生巨大的情感波动。明刻本《双金榜》下卷第三十九出落场诗末句云:"人情反覆似波澜。"(《古本戏曲丛刊》二集)在明代戏曲批评中,也常常把戏剧中人物情感的反覆(复)变化以及因此而引起的戏剧情节称为"波澜"。比如祁彪佳《远山堂曲品》评王元寿《梨花记》条云:"《红梨花》传奇有两种,皆本之元人《三错认》剧。此记结构稍幻,而三婆说鬼一段,情趣少

---

① 蔡毅编著《中国古典戏曲序跋汇编》卷十一,齐鲁书社,1989,第1369页。
② 祁彪佳:《远山堂曲品》,载俞为民、孙蓉蓉编《历代曲话汇编·明代编》第三集,黄山书社,2009,第566页。
③ 朱万曙:《明代戏曲评点本评语选辑》,载《明代戏曲评点研究》,安徽教育出版社,2002,第387页。

减，惟后之再遇金莲，觉有无限波澜。"① 此"波澜"是由于谢金莲与赵汝州重逢时二人的情感与心理严重不对称产生的。

在《梨花记》传奇中，洛阳太守的同窗赵汝州听说洛阳有名妓谢金莲，特写信给刘太守，希望能帮忙安排一见。刘太守怕赵汝州沉迷女色误了学业，设计将赵汝州安排在花园中居住读书，又安排谢金莲以"王同知之女"的身份夜游花园，与赵汝州邂逅，备受赵汝州爱慕。第二日晚间，谢金莲以红梨花赠赵汝州。第三日白天，卖花三婆到花园采花，赵汝州问三婆谢金莲所赠是什么花。三婆一看大惊失色，急欲遁去，在赵汝州的坚持下，只好告诉他送红梨花的女子，是王同知亡女的幽魂，她因相思病而亡，心怀怨恨，曾于夜间出来引诱少年书生，自己孩儿的性命就是幽魂勾取的。赵汝州不知道谢金莲、三婆与自己的邂逅均出自太守的计谋，听闻三婆言语，惊恐万分，匆匆离开洛阳进京赶考，并一举状元及第，任洛阳县令。在赵汝州拜见太守的宴会上，太守密令谢金莲将一枝红梨花插扇上为赵汝州招风。赵汝州一见人与花，以为白日见鬼，顿时惊惧失措，且退且骂。另一方，谢金莲也不知道太守让三婆欺骗赵汝州自己是幽魂所化，只因对赵汝州心生爱慕，阔别之后忽然相逢，十分欣喜，意欲亲近，却不料被赵汝州认作妖精鬼魅大加呵斥，以为是赵汝州负了心，既愤恨又茫然。这一场景即祁彪佳所说的"波澜"，其产生原因在于谢、赵二人由于误会而导致彼此的情感态度偏离了原来的轨迹，互不对称。

类似的例子很常见，又如明刻本江陵翠竹居士评《鸳鸯绦》第十一出《独醒》云："妙在疑信相半，文字才有波澜。"陈洪绶批评孟称舜《节义鸳鸯冢娇红记》第二十四出《妓饮》〔海棠春〕〔前腔〕〔念奴娇引〕〔念奴娇序〕云："四枝各写情款，曲尽烟澜。"② 等等。

其三，曲折的人物遭际。

戏曲中人物的曲折遭遇也常被视为"波澜"，比如祁彪佳《远山堂曲品》评价陈与郊《樱桃梦》云："炎冷、合离，如浪翻波叠，不可摸捉，乃

① 祁彪佳：《远山堂曲品》，载俞为民、孙蓉蓉编《历代曲话汇编·明代编》第三集，黄山书社，2009，第 564 页。
② 孟称舜著，陈洪绶批评《节义鸳鸯冢娇红记》，载《古本戏曲丛刊》二集，商务印书馆，1955。

肖梦境。"① 此"浪翻波叠"即因人物的炎冷合离引起。《玉茗堂批评种玉记》第十五出《促晤》总评云:"妙在书停使去,转出子夫力挽。仲儒遑赴塞晤,此变中又变,错中更错,生出几许峦峰,弄出几许波澜。提放之巧若此。"② 又如明刻本《李卓吾先生批评锦笺记》中第七出《寻笺》评语云:"寻笺不成,亦有波澜。"③ 评第二十六出《遥访》云:"妆点出女医一节,最有波澜。"④

周朝俊所作传奇《红梅记》堪称明代最有波澜的剧作之一。《玉茗堂批评红梅记·总评》云:"裴郎虽属多情,却有一种落魄不羁气象。即此可以想见作者胸襟矣。境界纡回宛转,绝处逢生,极尽剧场之变。……曹悦种种波澜,悉妙手点缀,词坛若此者亦不可多得。"⑤ 堪称的论,明代其他评点者亦有共鸣,如明崇祯陈长卿刻本《新刻袁中郎先生批评红梅记二卷》中第卅三出《空喜》总评云:"《空喜》妙甚,皆文人波澜处。"⑥《空喜》一出,卢昭容的表哥曹悦听信堂官李子春之言,欢天喜气地回家张罗婚礼,准备与卢昭容拜堂成亲;竟不知李子春明修栈道,暗度陈仓,早已将卢昭容送上了回乡与裴舜卿团聚的船只,因而他的婚礼只能是空欢喜一场。这种空欢喜就是以上两个批评本中所说的"波澜",它的审美体验是建立在曹悦娶亲受挫的基础上的。

总体来看,戏曲中的一切情节转折均可视为波澜。李开先《夜宴观戏》云:"一人分贵贱,数语有悲欢。"⑦ 戏剧叙事中,每个人物的贵贱、穷达、悲欢、离合等的变化,正是在这种审美观念的驱使下所设的波澜。

有时"波澜"也被用来泛指普通的戏剧情节,而不局限于戏剧中的曲

---

① 祁彪佳:《远山堂曲品》,载俞为民、孙蓉蓉编《历代曲话汇编·明代编》第三集,黄山书社,2009,第541页。

② 汪廷讷著,汤显祖批《玉茗堂批评种玉记》,载《古本戏曲丛刊》二集,商务印书馆,1955。

③ 朱万曙:《明代戏曲评点本评语选辑》,载《明代戏曲评点研究》,安徽教育出版社,2002,第378页。

④ 朱万曙:《明代戏曲评点本评语选辑》,载《明代戏曲评点研究》,安徽教育出版社,2002,第379页。

⑤ 周朝俊著,王星琦校注《红梅记》,上海古籍出版社,1985,第178页。

⑥ 周朝俊撰,袁宏道评《新刻袁中郎先生批评红梅记二卷》,美国哈佛大学哈佛燕京图书馆编《哈佛燕京图书馆藏中文善本汇刊》第三十七册,商务印书馆、广西师范大学出版社,2003,第153页。

⑦ 赵山林选注《历代咏剧诗歌选注》,书目文献出版社,1988,第100页。

折之处。如剑啸阁主人《焚香记总评》云："独金垒换书，及登程，及招婿，及传报王魁凶信，颇类常套，而星相占祷之事亦多。然此等波澜，又氍毹上不可少者。"① 此处的"波澜"，指金垒换书、登程、招婿、传信、星占等情节。这些情节之间并不都具有转折关系，也不见得具备巧合、误会、情感反复、叙事荒诞等内容特点，它们甚至落入寻常叙事的俗套之中，却是本剧情节发展的必要环节，并推动戏剧情节的进一步发展，因而被视为必不可少的"波澜"。

其四，"波澜"也指戏曲叙事者出人意料的写作笔法。

在创作中，不按照寻常的叙事逻辑，通过情节板块或叙事秩序的错位，可以实现文章叙事、情感等层面的折叠或转折，这种效果也常常被称为"波澜"。《文章技法辞典》将"波澜法"归入叙事法之中，指"叙事中突起波峰、出人意料的笔法"。② "出人意料"也是叙事逻辑不同寻常的一种表现，如祁彪佳《远山堂曲品》评价史槃《唾红记》云："叔考匠心创词，能就寻常意境，层层掀翻，如一波未平，一波复起。"③ 此语评价的对象并不是戏剧中的具体情节，而是史槃不断打破寻常意境的笔法。

在正常的叙事情节中忽然插入一段看似与戏剧本事关联不大，却能引发戏曲主要人物情感与命运变化的插曲，如丸石入水，激起层层漪轮，这样的插曲也被称为"波澜"，或者说"突起波峰"。上文所说的《风流院》第七出插入的盲婆唱弹词的情节，就属于这样的"波澜"，唱弹词的情节既娱乐了剧中人物小青娘，又娱乐了观众；既使盲婆获得了利益，又使憧憬情缘的落魄书生偶然开启了一段情缘，并因这段情缘使小青获得重生。整个戏曲中主要人物的命运皆因书生捡到了盲婆丢弃的诗笺而打破了原来的轨迹，发生了否泰、祸福的扭转。清代袁守定在《占毕丛谈》中评司马迁《屈原贾生列传》云："序屈原而忽入渔父之词一段，此文章波澜法也。"④ 这里的"波澜法"和《风流院》中的"插入波澜"意义相同。

其五，以波澜比喻音乐上的变化。

徐渭在《南词叙录》中论戏曲音乐源流时云："徽宗朝，周、柳诸

---

① 蔡毅编著《中国古典戏曲序跋汇编》卷十一，齐鲁书社，1989，第 1324 页。
② 金振邦编著《文章技法辞典》，东北师范大学出版社，1991，第 197 页。
③ 祁彪佳：《远山堂曲品》，载俞为民、孙蓉蓉编《历代曲话汇编·明代编》第三集，黄山书社，2009，第 566 页。
④ 郑奠、谭全基编《古汉语修辞学资料汇编》，商务印书馆，1980，第 528 页。

子，以此贯彼，号曰'侧犯''二犯''三犯''四犯'，转辗波荡，非复唐人之相。晚末，而时文、叫吼，尽人宫调，益为可厌。'永嘉杂剧'兴，则又即村坊小曲而为之，本无宫调，亦罕节奏，徒取其畸农、市女顺口可歌而已……"① "侧犯"本指以宫犯羽，后被周邦彦创为调名。这里的"转辗波荡"形容周邦彦、柳永等人的犯调在音乐上转折多姿，充满灵活动态感。

四 戏曲"波澜"的审美追求

从文化心理上看，批评家对"波澜"的追求分为两个层面。

首先是结构技巧的层面，即情节设计需要曲折复杂，出人意表。恰如祁彪佳评价陈与郊《樱桃梦》所云："炎冷、合离，如浪翻波叠，不可摸捉，乃肖梦境。《邯郸》之妙，亦正在此。"② 换言之，在祁彪佳看来，《樱桃梦》和《邯郸记》等以梦境为题的剧作，其优点在于复杂曲折，富于变化。

明代戏曲家非常重视对曲折性的追求，即使是在比较短小的片段中，也要尽可能添入复杂的变化。如徐复祚评《西厢记·月下佳期》云："此折多峭笔，多俊调，而其精彩焕发，处处似片霞散锦，勺水兴波。"③ 其所谓"勺水兴波"，就是指《西厢记》本折能在狭小篇幅中生出变化。

至于制造曲折变化的目的，则往往是为了通过有意趣的细节，使人物形象圆整丰满、鲜活生动，进而增加作品的情趣。如《玉茗堂批评种玉记》第二十八出《误醋》总评云："曲尽儿女子情态，无此一折，几于水直波穷，便少余趣。"④《误醋》的内容，是剧中两位女性角色由友好到互相吃醋，最后又重归于好。该出对全剧情节发展没有任何推进，但经此一番曲折，让人物心理活动变得真实可信。倘若无此一番波澜，让剧情平直发展，剧中人物形象就过于简单扁平。

归根结底，戏曲作为审美性的艺术作品，既像应用文一样追求明白晓

---

① 徐渭著，李复波、熊澄宇注释《南词叙录注释》，中国戏剧出版社，1989，第15页。
② 祁彪佳：《远山堂曲品》，载俞为民、孙蓉蓉编《历代曲话汇编·明代编》第三集，黄山书社，2009，第541页。
③ 黄仕忠：《徐复祚〈南北词广韵选〉批语汇辑》（上），《中华戏曲》2014年第2期。
④ 汪廷讷著，汤显祖批《玉茗堂批评种玉记》，《古本戏曲丛刊》二集，商务印书馆，1955。

畅，又要提高阅读张力，激发读者兴趣。正如王骥德《曲律》卷三所说：
"《玉玦》诸白，洁净文雅，又不深晦，与曲不同，只稍欠波澜。"① 戏中文
字能够"洁净文雅，又不深晦"，自然已是佳作；但缺乏曲折变化，毕竟还
是遗憾。

其次，在更深入的层面上，"波澜"还象喻着文学作品的思想内容。作
品内容充实博大，就像大海波澜万顷；作品内容狭小单薄，则像涸辙之水，
无处兴波。故而宋人吕本中云："须于规模令大，涵养吾气而后可。规摹既
大，波澜自阔。"②

吕氏这段论述，源自孟子的"知言养气"说。唐宋古文家大多重视文
气之说，韩愈、欧阳修都曾引申此说，作为自己古文理论的核心要素。而
如何才能实现"养气"，涉及儒家的修行理论，按照朱子"读书穷理"的理
学观点，学问是养气功夫的基础，也是文章写作的基础。所以八股文理论
家袁黄，在《游艺塾文规》卷一谈到："不读书穷理，则波澜易竭，润色无
资……岂能臻文章之妙境？"③

戏曲理论家也同样接受这套以"读书穷理"来求得文章"波澜"的理
论。例如戏曲家张凤翼学问渊博，"于学无所不窥，注精六艺，旁览百家，
有境必穷，有义必了"，④ 所以他的剧作被吕天成推许为"汪洋挹叔度之
波"。⑤ 吕天成的评语运用了《世说新语·德行》中"叔度汪汪如万顷之
陂"的典故，本意是指人的器量深广，宛如万顷波澜。此处引申为作品评
价，由于张凤翼读书广泛，"稽古搜奇于洞壑"⑥，故其剧作内容广博，有如
万顷之波。

最后需要补充，在明代文学批评中，还有两个与"波澜"有关的概念
需要辨析。

其一为"烟波"，或曰"烟波生色"。这个概念最初多用于古文批评，
例如茅坤《唐宋八大家文钞》经常用它评价"三苏"之文：

① 王骥德著，陈多、叶长海注释《曲律注释》，上海古籍出版社，2012，第220页。
② 转引自胡仔纂集，廖德明校点《苕溪渔隐丛话·前集》卷四十九，人民文学出版社，
　1962，第333页。
③ 袁黄撰，黄强、徐姗姗校订《游艺塾文规》，武汉大学出版社，2009，第8页。
④ 祁承㸁：《处实堂续集序》，载《澹生堂集》卷八，转引自吕天成著，吴书荫校注《曲品校
　注》，中华书局，2006，第55-56页。
⑤ 吕天成著，吴书荫校注《曲品校注》，中华书局，2006，第54页。
⑥ 吕天成著，吴书荫校注《曲品校注》，中华书局，2006，第54-55页。

通篇按武成败之事而责之，而文多烟波生色处。（评苏洵《孙武》）①

余特爱其烟波生色处，往往能令人涕洟。（评苏轼《方山子传》）②

子由之文，其奇峭处不如父，其雄伟处不如兄，而其疏宕媚娜处，亦自有一片烟波，似非诸家所及。（评苏辙《历代论》）③

此云"烟波生色"，有时也被称作"摇曳生姿"，是指古文在论事说理之外，运用优美语言，来激发情绪、感动人心的笔法。作家往往利用纡徐曲折的叙事来实现这一目的，所以被称为"波"或者"摇曳"。

曲论同样使用这一"烟波"概念，如王骥德《曲律·论套数》认为成功的散曲，"而其妙处，政不在声调之中，而在句字之外。又须烟波渺漫，姿态横逸，揽之不得，挹之不尽。摹欢则令人神荡，写怨则令人断肠。不在快人，而在动人。此所谓'风神'，所谓'标韵'，所谓'动吾天机'。不知所以然而然，方是神品，方是绝技。即求之古人，亦不易得。"④ 这里的"烟波"，显然也是笔姿摇曳、情态动人之意。

其二为"波涛"，或曰"波浪"，指文本因情节或情感的陡转，而积蓄成强大的文势。如朱权评乔梦符之曲云："如神鳌鼓浪。若天吴跨神鳌，喷沫于大洋，波涛汹涌，截断众流之势。"⑤ 又评费唐臣之曲云："如三峡波涛。神风耸秀，气势纵横，放则惊涛拍天，敛则山河倒影，自是一般气象，前列何疑！"⑥ 其所谓"鼓浪""波涛"，都是这个意义。还有孟称舜《古今名剧合选·酹江集》中，《一世不伏老》的"总评"谓："有气蒸云梦、波撼洛阳（按当作"岳阳"）之概。"⑦ 也指文有气势，震撼人心。这是一种意象式的批评方式。

---

① 茅坤：《唐宋八大家文钞评文》，载王水照编《历代文话》第二册，复旦大学出版社，2007，第 1956 页。
② 茅坤：《唐宋八大家文钞评文》，载王水照编《历代文话》第二册，复旦大学出版社，2007，第 1993 页。
③ 茅坤：《唐宋八大家文钞评文》，载王水照编《历代文话》第二册，复旦大学出版社，2007，第 2013 页。
④ 王骥德著，陈多、叶长海注释《曲律注释》，上海古籍出版社，2012，第 183 页。
⑤ 朱权著，姚品文点校、笺评《太和正音谱笺评》，中华书局，2010，第 23 页。
⑥ 朱权著，姚品文点校、笺评《太和正音谱笺评》，中华书局，2010，第 23 页。
⑦ 孟称舜著，朱颖辉辑校《孟称舜集》，中华书局，2005，第 588 页。

第三节 "请客"与文学批评中的主客论

"主客"是中国哲学中的一组重要范畴。从宋代开始,"主"与"客"的对立关系被广泛运用于文学批评,并由之衍生出名为"请客"的创作方法。无论诗文、小说、戏曲,"请客"与文学批评中的"主客"论都是批评家重要的理论话语。

一 话本小说的"请客"

将"主"与"客"("宾")的对应关系引入文学批评,最早见于宋人蒲大受(约 1082 – 1187)的《蒲氏漫斋语录》①。蒲氏原书已佚,据张镃《仕学规范》所录,其文云:"凡为文须要有主客,先识主客,然后成文字。如今作文,须当使一件故事,后却以己说佐之,此是不知主客也。须是先自己意,然后以故事佐吾说方可。"② 在蒲氏的"主客"论中,"主"指作者论点,"客"指用来佐证论点的论据,即所谓"故事"。

依蒲氏此论,凡作文应注意次序,先"主"而后"客",即先提出中心论点,再以用典、使事的方法佐证论断。显而易见,这种观点符合一般文章写作的原则。但是,蒲氏所反对的先客后主模式,在宋代文学实践中也有特别的适用情形:宋代话本的一般于开头处先讲一段简短故事,谓之"(德胜)头回",而后再用议论性的语言说明故事主旨,谓之"入话"。

宋代话本的这种"客"在前、"主"在后的叙事模式被称为"请客"。明代钱希言(约 1612 年前后在世,吴县人)的《戏瑕》卷一《水浒传》条可证:

> 《词话》每本头上有"请客"一段,权做个"德胜利市头回",此政是宋朝人借彼形此,无中生有妙处。游情泛韵,脍炙千古,非深于词家者,不足与道也。微独杂说为然,即《水浒传》一部逐回有之,

---

① 邓国军、王发国:《〈蒲氏漫斋录〉考论》,《文学遗产》2003 年第 2 期。李剑国,任德魁:《〈蒲氏漫斋录〉新考》,《文学遗产》2004 年第 6 期。

② 张镃:《仕学规范》,载王水照编《历代文话》第一册,复旦大学出版社,2007,第 327 页。

全学《史记》体。文待诏诸公暇日喜听人说宋江，先讲摊头半日，功父犹及与闻。今坊间刻本，是郭武定删后书矣。郭故跗注大僚，其于词家风马，故奇文悉被划薙，真施氏之罪人也。而世眼迷离，漫云搜求武定善本，殊可绝倒。①

目前存世的宋代话本经过了明人整理，未见明标"请客"二字的情况。竺青、李永祜两先生认为："'请客'之意与'摊头'同，二者均为明代江浙艺人的行业用语。"② 或许可以推测，"请客"一词很可能是宋代说话艺人所习用的行话，该词伴随着宋元旧篇话本小说流传下来，至明代仍然在钱希言生活的江浙一带使用。

以"主客"关系论，话本小说的结构为客在前、主在后，恰如日常生活中宾主相对揖让、请客先行的做法。"请客"这一词语或即由此而来。在宋元时代，雅文学批评中也有"请客"的说法，涵义与此不同。

二 "请客"用于论诗

"请客"一词被用于文学批评，见于宋人对苏轼诗文的评点。作为宋代文学的代表性作家，苏轼在诗歌、散文写作中都开创了若干新颖的手法。效仿苏轼乃是宋代文坛的风尚，而总结苏轼的创作技巧自然也成为宋代批评家的时代任务。

苏轼创造的一类诗歌对仗技巧被评点家命名为"（因事）请客"。南宋著名诗人刘辰翁（1232－1297）是这些评点家的代表，"开了我国文学批评'评点派'的先河"③。刘氏总结苏轼诗歌中的对仗发现："先生诗格固豪放、老健，至对偶切处，如'黄耳蕈'对'白芽姜'，'牛尾狸'对'鸡头鹘'，今以'舶趠风'对'黄梅雨'，或者谓因事请客，然原其句意，每每相贯。"④

引文所谈，是针对以下几首作品：

① 钱希言：《戏瑕》卷一，中华书局，1985，第8页。
② 竺青、李永祜：《〈水浒传〉祖本及"郭武定本"问题新议》，《文学遗产》1997年第5期。
③ 段大林：《刘辰翁集·前言》，载刘辰翁撰，段大林校点《刘辰翁集》，江西人民出版社，1987。
④ 张志烈、马德富、周裕锴主编《苏轼全集校注》第三册，河北人民出版社，2010，第2031页。

《与参寥师行园中，得黄耳草》

遣化何时取众香，法筵斋钵久凄凉。寒蔬病甲谁能采，落叶空畦半已荒。老楮忽生黄耳菌，故人兼致白芽姜。萧然放箸东南去，又入春山笋蕨乡。①

《舶趠风并引》

吴中梅雨既过，飒然清风弥旬，岁岁如此，湖人谓之舶趠风。是时，海舶初回，云此风自海上与舶俱至云尔。

三旬已过黄梅雨，万里初来舶趠风。几处萦回度山曲，一时清驶满江东。惊飘蔌蔌先秋叶，唤醒昏昏嗜睡翁。欲作兰台快哉赋，却嫌分别问雌雄。②

《送牛尾狸与徐使君》

风卷飞花自入帷，一樽遥想破愁眉。泥深厌听鸡头鹘，（蜀人谓泥滑滑为鸡头鹘。）酒浅欣尝牛尾狸。通印子鱼犹带骨，披绵黄雀漫多脂。殷勤送去烦纤手，为我磨刀削玉肌。③

这三首诗作歌咏的主要对象分别是黄耳菌、舶趠风和牛尾狸。为了形成对偶，苏轼引入白芽姜、黄梅雨、鸡头鹘三个与本题无关的事物。如此，则前者为主，后者为客。这种为了对仗需要，将与本题无关的客体引入诗中，由此形成一联流水对的手法，被称为"因事请客"。

值得注意的是，"因事请客"一语的本意是指为了对仗而从题外引入对象。这原是一种负面的批评意见，但刘辰翁指出，苏轼并不是简单、生硬地处理这类对仗，虽然他引入的事物与本题并不直接相关，但总能融化于句中，形成通畅、完整的意义。唯其如此，方为一种成功的技巧。以苏轼的三篇诗作来验证，刘辰翁举出的对仗句都是相当流畅自如的流水对，并不给人横生枝节、突兀凑泊的感受。刘氏所谓"原其句意，每每相贯"，确实是恰当的评价。

刘辰翁等评点家注意到"请客"的写作技巧，是因为苏轼这类对仗句的特点十分鲜明：

就句式来看，这类七言诗句皆为"上二下五"的特殊结构，同时句子

① 张志烈、马德富、周裕锴主编《苏轼全集校注》第三册，河北人民出版社，2010，第 1888 页。
② 张志烈、马德富、周裕锴主编《苏轼全集校注》第三册，河北人民出版社，2010，第 2030 页。
③ 张志烈、马德富、周裕锴主编《苏轼全集校注》第三册，河北人民出版社，2010，第 2312 页。

的中心语被置于句末三字，所以显得音韵铿锵，有一种刚健拗怒之美。这是苏、黄很有代表性的特有句式，极具辨识度。就对仗看，这类对句非常严谨、工切，难度极高，却又不失自然流畅。

总之，这是一种成熟、典范的写作技巧。显然，苏轼是有意识地探索出这种写法，其艺术效果出色，值得后人学习。《四库全书提要》批评刘氏"论诗评文，往往意取尖新，太伤佻巧"①，即指刘氏特别着意于总结此类写作技巧。平心而论，刘辰翁对苏轼写作技巧的总结比较客观，也确有相当可观的实践意义。

明代诗论家使用"请客"一词，有时基本沿袭该术语在宋元时期的内涵。以钟惺（1574－1625）的《唐诗归》为例，书中凡云"请客"，皆指引入本题之外的事物，以形成对仗句或对比关系。例如该书卷十论录孟浩然诗《南山下与老圃期种瓜》："樵牧南山近，林间北郭赊。先人留素业，老圃作邻家。不种千株橘，惟资五色瓜，邵平能就我，开径剪蓬麻。"钟惺评"不种千株橘"句云："未免请客。"② 又如同书卷二十一录杜甫诗《孤雁》："孤雁不饮啄，飞鸣声念群。谁怜一片影，相失万重云。望尽似犹见，哀多如更闻。野鸭无意绪，鸣噪自纷纷。"锺惺评末联云："咏物请客语，难于妙此，可为法。"③ 在这两例中，诗歌主要描写对象分别为"瓜"和"孤雁"，作者引入"橘"和"野鸭"，形成主客相对的关系。

在钟惺看来，"请客"技法的运用有成功的范例，也有不成功者。如孟浩然诗，"千株橘"并无深刻含义，未免凑泊；而杜甫诗则在孤雁与野鸭之间构建了有意味的对比，所以值得后人学习。

钟惺的唐诗评点可以看作刘辰翁"请客"论的发扬光大。

在明代诗论中，"请客"还有另一种用法。谢榛（1495－1575）曾借"孙登请客"的典故来比喻近体诗创作，其《四溟诗话》卷三第四十九云：

> 宗考功子相过旅馆曰："子尝谓作近体之法，如孙登请客。未喻其旨，请详示何如？"曰："凡作诗先得警句，以为发兴之端，全章之主。格由主定，意从客生。若主客同调，方谓之完篇。譬如苏门山深松草堂，具以琴樽，其中纶巾野服，兀然而坐者，孙登也。如此主人，庸

---

① 金毓黼等编《文溯阁四库全书提要》卷九十七，中华书局，2014，第3191页。
② 钟惺：《唐诗归》卷十《盛唐》五，明刻本。
③ 钟惺：《唐诗归》卷二十一，明刻本。

俗辈不得跻其阶矣。惟竹林七贤，相继而来，高雅如一，则延之上坐，始足其八数尔。"子相曰："若作古体，亦用此法，可乎？"曰："凡作古体近体，其法各有异同，或出于有意无意之间，妙之所由来，不可必也。妙则天然，工则浑然，二体之法，至矣尽矣。"①

谢榛认为，近体诗的一般写作过程是先得到一个警句，再补足其他七句，凑成全篇。警句是全诗的核心部分，即"全章之主"，奠定了全诗的基调，其他句子都是警句的陪衬，要与之和谐同调。"格由主定"指主句决定了诗作的风格，有何种格调的主句，便会"请"来何种格调的"客"句；"意从客生"指主与客是全诗的必要组成部分，诗歌的内容由"客"句完成。明末颇有诗名的姚旅（？－1623 年以后）在其《露书》（约成书于万历三十九年，即 1611 年）卷三引用了谢榛的上述论点，并评论曰："诗须有警语，始不虚作，然有得警句而七句随至者，此皆有神焉。"②

在现代读者看来，谢榛提倡的创作模式并不合理，因为这种生凑使作品必然缺乏真情实感，假若为了配合一个佳句而强凑一篇诗作，难免会带来情感生硬、内容单薄的弊病。谢榛的江湖游士身份使他往往为创作而创作，故有以上主张。

三 "请客"用于论文

在古文批评中，"请客"被用来指代苏轼创造的一种议论技巧，即通过引入参照对象，制造对比来揭示题旨。

例如，宋末元初李塗③在其《文章精义》中写道："文字请客对主极难，子瞻《放鹤亭记》以酒对鹤，大意谓清闲者莫如鹤，然卫懿公好鹤而亡其国；乱德者莫如酒，然刘伶、阮籍之徒反以酒全其真而名后世，南面之乐，岂足以易隐居之乐哉？鹤是主，酒是客，请客对主，分外精神。又归得放鹤亭

① 谢榛著，宛平校点《四溟诗话》卷三，人民文学出版社，1961，第 84 页。
② 姚旅著，刘彦捷点校《露书》，福建人民出版社，2008，第 63 页。
③ 袁茹考证"李塗"又写作"李淦"。李塗约生于 1230－1240 年间，见袁茹《〈文章精义〉作者、编者补考》，《安徽师范大学学报》（人文社会科学版）2014 年第 3 期。李氏生平事迹亦见马茂军《宋代散文史论》，中华书局，2008，第 498－508 页。

隐居之意切；然须是前面（备得）'饮酒'二字，方入得来，亦是一格。"① 此段文论是针对苏轼《放鹤亭记》结尾的议论部分而发。苏轼原文如下：

> 《诗》曰："鹤鸣于九皋，声闻于天。"盖其为物，清远闲放，超然于尘垢之外，故《易》《诗》人以比贤人君子、隐德之士。狎而玩之，宜若有益而无损者，然卫懿公好鹤则亡其国。周公作《酒诰》，卫武公作《抑戒》，以为荒惑败乱无若酒者，而刘伶、阮籍之徒，以此全其真而名后世。嗟夫！南面之君，虽清远闲放如鹤者，犹不得好；好之，则亡其国；而山林遁世之士，虽荒惑败乱如酒者，犹不能为害，而况于鹤乎？由此观之，其为乐未可以同日而语也。②

根据文题，鹤是立论的对象，即本文之"主"；酒与本题无关，却被引入文中，与鹤形成对比衬托关系，即为"客"。苏轼将"酒"引入文中，建立"嗜酒"与"好鹤"的类比关系，再由嗜酒对隐德之士有益，推论出好鹤对隐德之士亦有益的结论。这种笔法即为"请客"。

李淦指出，本文在写作中的难处主要在于所请之"客"需当与"主"相称，具有足够的可比性，不可一重一轻、分量悬殊。因此"清闲者莫如鹤"，而"乱德者莫如酒"，能够形成比较均衡的对比，也就是所说的"请客对主"。

此类论说文主要追求议论新颖，翻空出奇，能言人所不能言。南宋洪迈的评语说："他人记此亭，拘于题目，必极其所以摹写隐士之好鹤有何意思。公乃于题外酒上说人好鹤，隐然为天下第一快活，固在言外矣。"③ 换言之，运用"请客"笔法，从题外的新颖角度切入论说，是苏轼此文的主要优点。

苏轼这一创作经验受到众多评点家的重视。清人沈德潜认为，本篇"妙句中自分宾主"④，且云："插入饮酒一段，见人君不可留意于物，而隐

---

① 李塗著，刘明晖校点《文章精义》，人民文学出版社，1960，第 63 页。王水照《历代文话》第二册所收《古今文章精义》多"备得"二字（参见王水照编《历代文话》第二册，复旦大学出版社，2007，第 1565 页）。
② 苏轼：《放鹤亭记》，载张志烈、马德富、周裕锴主编《苏轼全集校注》第十一册，河北人民出版社，2010，第 1137 页。
③ 张志烈、马德富、周裕锴主编《苏轼全集校注》第十一册，河北人民出版社，2010，第 1141 页。
④ 沈德潜：《唐宋八大家文读本》卷二十三，清初刻本。

士之居，不妨轻世肆志。此南面之君未易隐居之乐也。中间'而况于鹤乎'一句，玲珑跳脱，宾主分明，极行文之能事。"① 清初学者林云铭亦云："把酒对鹤，一主一客，两引证，两断制，看来极难收束，止用'而况鹤乎'四字转入本题，兔起鹘落之笔，吾不能测其所以然。"② 以上所引各家之说，都强调苏轼对本文宾主关系的成功处理。

苏轼是后世古文创作主要的模仿对象。明代中期的唐宋派古文家发现，八大家论说文都擅长运用此类技巧，例如：

> 茅坤（1512－1601）评韩愈《对禹问》："通篇以客形主，相为发明。"③
> 茅坤评欧阳修《释惟俨文集序》："此篇看他以客形主处，亦自远识及多转调。"④
> 唐顺之评苏轼《子思论》："借客形主，转丸于千仞之上。"⑤

这里"以客形主"或"借客形主"的说法，与前面所论苏文的"请客"大体接近。《对禹问》以禹为论述对象，引入尧舜做陪衬；《释惟俨文集序》记释惟俨，引石曼倩做陪衬；至于《子思论》，则广引孟、荀二子及老聃、杨朱、墨翟、田骈、慎到、申不害、韩非诸子为陪衬。

唐宋派是明清时代古文理论发展的重要环节，经过他们的表彰提倡，"主客"或曰"请客"的议论方法已经可以看作一种普遍性的写作技巧。所以近代时期，带有总结性意味的文章学著作，日本学者儿岛献吉郎的《中国文学通论》总结曰："宾主法，一曰宾主相形法，欲言甲事，先援引乙事，使主客相对照，轻重相映射的。"⑥

对此创作方法，后人在宋明评点家的基础上不断深入阐发。晚清民国

---

① 沈德潜：《唐宋八大家文读本》卷二十三，清初刻本。
② 苏轼著，张志烈、马德富、周裕锴主编《苏轼全集校注》第十一册，河北人民出版社，2010，第1141页。
③ 茅坤：《唐宋八大家文钞评文》，载王水照编《历代文话》第二册，复旦大学出版社，2007，第1812页。
④ 茅坤：《唐宋八大家文钞评文》，载王水照编《历代文话》第二册，复旦大学出版社，2007，第1867页。
⑤ 茅坤：《唐宋八大家文钞评文》，载王水照编《历代文话》第二册，复旦大学出版社，2007，第1981页。
⑥ 儿岛献吉郎：《中国文学通论》，孙俍工译，台北商务印书馆，1972，第132页。

学者宋文蔚的《文法津梁》由于时代较晚，其解说也较清晰。宋氏云："以
题目为主，从题外引来陪衬者为宾。然宾中意思，仍须从主中生出，或在
主之反面，或在主之对面，方与题目有情。"① 用前文提到的各篇文章验证
宾主关系都符合宋氏所举的情形。

类似地，"主客"或"请客"的技法在骈文中也有应用。元人陈绎曾的
《文章欧冶》"唐赋制"条将"请客"作为排赋的写作方法，与"虚排"
"实排""用事"并举：

> 虚排　取虚体中字，立柱排之。
>
> 实排　取实体中字，立柱排之。
>
> 用事　用古事立柱排之。
>
> 请客　用请题外事外，立柱排之。②

所谓"用请题外事外"，与前面所论古文之请客，含义基本一致。

顺带言及，明清时代一般将科举考试中遇到不会的题目，随意书写自
己平日里背诵下来的文字内容，敷衍了事的做法称为"请客"。陆容（1436
－1494）《菽园杂记》云："今吏部每选考试监生作经义，有不能记本题者，
任意书平日所记文字塞白，名曰'请客'文章，亦得除授有司一职云。此
风自宣德以来已有之矣。"③ 很多时候，论者谈及科举之文时使用"请客"
一词，都是这个含义。如杨慎（1488－1559）的《升庵集》卷52《论
文》云：

> 论文或尚繁，或尚简。予曰："繁，非也；简，非也；不繁不简，
> 亦非也。"或尚难，或尚易。予曰："难，非也；易，非也；不难不易，
> 亦非也。"繁有美恶，简有美恶，难有美恶，易有美恶，惟求其美而
> 已。故博者能繁，命之曰该赡，左氏相如是也，而"请客"者顷刻能
> 千言。精者能简，命之曰要约，《公羊》《谷梁》是也，而"曳白"者
> 终日无一字。④

---

① 宋文蔚编《评注文法津梁》，兰台书局有限公司，1983，第16页。

② 陈绎曾：《文章欧冶》，载王水照编《历代文话》第二册，复旦大学出版社，2007，第
1288－1289页。

③ 陆容撰，佚之点校《菽园杂记》卷八，中华书局，1985，第94页。

④ 杨慎：《升庵集》卷五十二，文渊阁四库全书本。

"曳白"即"交白卷"，明人常将"曳白"与"请客"并举，如《绿牡丹·戏草》〔皂罗袍〕："免教曳白，还他满挥。又非请客，还他切题。"

四　"请客"与小说、戏曲批评

明清时代，论者常将"请客"理论与小说批评结合起来，如上文所举钱希言的《戏瑕》，即认为"请客"是宋人"借彼形此，无中生有"的叙事妙法。

与钱希言同时代的王骥德（1542？－1623），将"请客"理论引入了戏曲批评，其《曲律》卷三《论曲禁》罗列了四十条在作曲中应当避免的音乐或文辞问题，其中第二十八条即"请客"。王骥德自注解释"请客"云："如咏春而及夏，题柳而及花类。"①

在实践中，王骥德评《西厢记》卷五〔后庭花〕"当初五言诗紧趁逐，后来七弦琴成配偶；他怎肯冷落了诗中意，我则怕生疏了弦上手"一段的评语说："此言琴而及诗，似属'请客'。"②

上例王骥德对"请客"一词的理解，与同时代诗文评点接近，但王骥德使用"请客"一词主要表达否定的态度。如他在《曲律》中批评《琵琶记》云："又不可令有败笔语。《琵琶》〔侥侥令〕……至'两山排闼'二句，与上何干？大是'请客'！"③类似的，还有他批评北曲《万种闲愁》第三调〔金索挂梧桐〕云："'黄莺似唤侪'四句，又是请客。"④王氏的批评态度主要是基于当时曲家追求骈俪、炫耀辞采的不良创作风气而发，目的在于强调本色的曲风。

相形之下，小说评点中的"主客"论更有理论价值。毛纶、毛宗岗父子评点《三国演义》时，注意到同一类型的人物或情节之间具有"主客"关系。例如《读〈三国志〉法》云：

刘备以帝胄而缵统，则有宗室如刘表、刘璋、刘繇、刘辟等以陪之。曹操以强臣而专制，则有废立如董卓，乱国如李傕、郭汜以陪之；

---

① 王骥德著，陈多、叶长海注释《曲律注释》，上海古籍出版社，2012，第180页。
② 王骥德校注：《古本西厢记》卷五，明万历四十一年香雪居刻本。
③ 王骥德著，陈多、叶长海注释《曲律注释》，上海古籍出版社，2012，第212－213页。
④ 王骥德著，陈多、叶长海注释《曲律注释》，上海古籍出版社，2012，第184页。

孙权以方侯而分鼎，则有僭号如袁术，称雄如袁绍，割据如吕布、公
孙瓒、张杨、张邈、张鲁、张绣等以陪之。①

人物塑造是毛氏父子评点《三国》最有见解的角度。《读〈三国志〉
法》又云：

> 《三国》一书，有以宾衬主之妙，如将叙桃园兄弟三人，先叙黄巾
> 兄弟三人，桃园其主也，黄巾其宾也；将叙中山靖王之后，先叙鲁恭
> 王之后，中山靖王其主也，鲁恭王其宾也；将叙何进，先叙陈蕃、窦
> 武，何进其主也，陈蕃、窦武其宾也……②

这些提法与诗文中的"主客"或"请客"论亦有契合，其大旨总不外
乎"欲言甲事，先援引乙事，使主客相对照，轻重相映射"。

第四节　明代曲论术语"剪裁"

中国古代的文学批评常借"立象尽意"的形式来表述某些抽象、复杂
或难于言说的道理、观念或感悟，"剪裁"就是其中一个取象于生活的批评
术语。

早在南朝时期，就有以织布（锦）制衣比喻文学创作或构思的说法。
在明代王骥德等人的戏曲批评中，该术语更被用于讨论作品构思、结构、
修辞、叙事等多个层次的理论和经验。

一　"剪裁"产生的比喻系统

"剪裁"是中国古代文学批评领域中常见的一个创作论术语。晋代陆机
《文赋》云："诗缘情而绮靡，赋体物而浏亮。"③"绮""本指有纹饰的织

---

① 黄霖编，罗书华撰《中国历代小说批评史料汇编校释》，百花洲文艺出版社，2007，第
381 页。
② 黄霖编，罗书华撰《中国历代小说批评史料汇编校释》，百花洲文艺出版社，2009，第
383 页。
③ 陆机著，张少康集释《文赋集释》，人民文学出版社，2002，第99页。

物"，"靡"本指"好的织物"。① 又云："或藻思绮合，清丽千眠。炳若缛绣，凄若繁弦。必所拟之不殊，乃闇合乎曩篇。"② 徐复观认为，此语乃"以织喻作者对作品的经营"。③ 在此基础上，陆机将织机的机杼、机轴比喻成奇思妙想的生产媒介，将文学作品比喻为纺织的成果，并提出了创作要创新，避免思路雷同的问题："虽杼轴于予怀，怵佗人之我先。"④《说文解字》云："杼，机持纬者。"⑤ "轴，持轮者也。"⑥ 段玉裁注曰："轴所以持轮，引申为凡机枢之称，若织机之持经者亦谓之轴是也。"⑦ 后世以"独出机轴"比喻文章构思的创新脱套。

除了以织物喻文学作品，南朝人还曾以锦绣喻人之才思，最有名的典故莫过于《南史·江淹传》：

> 淹少以文章显，晚节才思微退，云为宣城太守时罢归，始泊禅灵寺渚，夜梦一人自称张景阳，谓曰：'前以一匹锦相寄，今可见还。'淹探怀中得数尺与之，此人大恚曰：'那得割截都尽！'顾见丘迟谓曰：'余此数尺既无所用，以遗君。'自尔淹文章蹢矣。⑧

后人遂以"锦"喻文才，"残锦"喻文才匮乏。比如陆游《落花》诗云"瑞锦已残犹有梦，明霞初散可无诗"⑨ 等等，"锦""梦"之喻出自《南史·江淹传》。

以纺织、锦等喻戏曲作品亦不乏其人，如天一阁本《录鬼簿》中关于吴昌龄的吊词云："十段锦段段和协。"⑩ 此"十段锦"即吴昌龄的十个杂剧。张禄《南北小令引》云："乐府有套数，有小令，譬之机中文锦，全端

---

① "绮"，《汉书·高帝纪下》注曰："文缯也，即今之细绫也。""靡"，《方言》云："东齐言布帛之细曰'绫'，秦晋曰'靡'。"转引自汪涌豪《中国文学批评范畴及体系》，复旦大学出版社，2007，第222页。

② 陆机著，张少康集释《文赋集释》，人民文学出版社，2002，第145页。

③ 陆机著，张少康集释《文赋集释》，人民文学出版社，2002，第165页。

④ 陆机著，张少康集释《文赋集释》，人民文学出版社，2002，第145页。

⑤ 许慎撰，段玉裁注《说文解字注》，上海古籍出版社，1988，第262页。

⑥ 许慎撰，段玉裁注《说文解字注》，上海古籍出版社，1988，第724页。

⑦ 许慎撰，段玉裁注《说文解字注》，上海古籍出版社，1988，第724页。

⑧ 李延寿撰《南史》，中华书局，1975，第1451页。

⑨ 陆游：《剑南诗稿校注》卷三十四，载陆游著，钱仲联校注《陆游全集校注》第四册，上海古籍出版社，1985，第2241页。

⑩ 钟嗣成，贾仲明著，马廉校注《录鬼簿新校注》，文学古籍刊行社，1957，第69页。

匹者，固为粲然夺目，赏玩不穷矣。其剪割畸零，亦自可人意。"① 明传奇《醉乡记》第三十四出〔北水仙子〕处眉批："收得妙，直是天孙之锦。"② 明代丘汝乘为《金童玉女娇红记》作《娇红记序》云："展而读之，一唱三叹，铿乎金石，灿乎文锦也。"③ 等等，皆属此类。此外，据《明史·职官志》"钟鼓司"条载，明代宫廷演戏中有"过锦"之戏④，"过锦"之称或许亦取譬于锦绣华美之意。

以锦绣喻人之才思、思绪以及思绪的结晶——文本，必然引起与之相关的"机杼（轴）""剪裁"（或"裁剪""剪截"）、"缝纫""针线"等词成为譬喻构思与创作过程的常用语辞。其中"剪裁"与"针线"成为后世文学批评中常用的一组比喻性术语。

像大部分比喻性范畴、术语一样，"剪裁"的意义指域亦在各种文体批评和历代批评者的使用过程中不断发生变化，这种变化就像滚雪球一样，在最初的意义核上不断黏上新的意义，被人使用的频率与范围也随之增多、拓展。

范畴、术语意义不断衍变的前提是，它们作为一种文化符号，在不同时期的使用与取舍往往与各个时期人们的思维、话语习惯和审美观念有关。单就"剪裁"来看，其使用始于南北朝时期，较之"剪裁"本身的意义而言，其文学批评上的隐喻意义也有了增长；宋代"剪裁"的意义获得了第二次扩展，明代，该术语的意义定型，并成为明代戏曲理论批评中较有影响力的一个结构论术语。

二 南北朝："剪裁"术语的产生

在南北朝时期，在隐喻语境中，对"锦绣"的"剪截"具有三点意义，其一是指对文本的删繁就简，例如《文赋》所云"丰约之裁"⑤ 即此谓也。其二是指剪除无用之词与材料，其三是指构思阶段对思路的整理裁度，后世的"别出心裁"即"剪裁"构思的一种体现。

---

① 张禄：《南北小令引》，载俞为民、孙蓉蓉编《历代曲话汇编·明代编》第一集，黄山书社，2009，第 240 页。
② 孙仲龄：《醉乡记》，载《古本戏曲丛刊》二集，商务印书馆，1955。
③ 蔡毅编著《中国古典戏曲序跋汇编》卷七，齐鲁书社，1989，第 807 页。
④ 陶慕宁：《明教坊演剧考》，《南开学报》（哲学社会科学版）1999 年第 6 期。
⑤ 陆机著，张少康集释《文赋集释》，人民文学出版社，2002，第 212 页。

"剪裁"的上述意义均见于《文心雕龙》。《文心雕龙·熔裁》云："规范本体谓之熔，剪截浮词谓之裁。裁则芜秽不生，熔则纲领昭畅。"① 意为熔意裁词，删掉不必要的和芜杂的词句，是使文章明白晓畅、合乎体制、繁简适度的必要手段。《熔裁》又云："夫美锦制衣，修短有度，虽玩其采，不倍领袖。"② 其意为：用美丽的锦缝制衣服，长短都要有一定的尺度，即使喜爱它精彩的纹饰，也不可以因此而增加领、袖的长度。总而言之，"剪裁"以合乎体裁为前提，以繁简适度为准则，只有符合这些"剪裁"要求，才可以创造出"情周而不繁，辞运而不滥"③ 的文学作品。

刘勰还在《熔裁》中指出，文学创作中过于偏好文采容易导致繁简失度，他认为陆机就有这样的文学创作心理，因而说："《文赋》以为'榛楛勿剪，庸音足曲'，其识非不鉴，乃情苦芟繁也。"④ 指出陆机并非不能辨别优劣，只是他苦于芟繁罢了。

南朝时开启的"剪裁"理论在文学结构论中影响深远，其理论意义在长期的文学批评中并没有发生新变。

三　宋代："剪裁"意义的扩展

宋代，"剪裁"的使用次数增多，在文学批评中的意义又有了新的扩展。

其一，"剪裁"被有些批评者用来指模仿他人，缺乏个性与创新精神的创作方式。比如宋魏庆之《诗人玉屑》卷十"自得"条引无名氏《漫斋语录》云："诗吟函得到自有得处，如化工生物，千花万草，不名一物一态。若摸勒前人，无自得，只如世间剪裁诸花，见一件样，只做得一件也。"⑤

其二，"剪裁"被用来统称诗句的加工，如朱熹《新喻西境》云："自然触目成佳句，云锦无劳更剪裁。"⑥

其三，宋人在四六文中，将"剪裁"作为一种对仗技巧。谢伋《四六谈麈》这方面的论述最有代表性：

---

①　刘勰著，黄霖编著《文心雕龙汇评》，上海古籍出版社，2005，第111页。
②　刘勰著，黄霖编著《文心雕龙汇评》，上海古籍出版社，2005，第112页。
③　刘勰著，黄霖编著《文心雕龙汇评》，上海古籍出版社，2005，第112页。
④　刘勰著，黄霖编著《文心雕龙汇评》，上海古籍出版社，2005，第112页。
⑤　魏庆之编《诗人玉屑》卷十，上海古籍出版社，1978，第220页。
⑥　朱熹著，郭齐、尹波点校《朱熹集》第一册，四川教育出版社，1996，第222页。

四六施于制诰表奏文檄，本以便于宣读，多以四字、六字为句。宣和间，多用全文长句为对，习尚之久，至今未能全变。前辈无此体也。（此起于咸平王相翰苑之作，人多效之。）

四六之工，在于裁剪。若全句对全句，亦何以见工？

四六经语对经语，史语对史语，诗语对诗语，方妥帖。太祖郊祀，陶谷作赦文，不以"笾豆有楚"对"黍稷非馨"，而曰"豆边陈有楚之仪，黍稷奉惟馨之荐"。近世王初寮在翰苑，作宝箓宫青词云："上天之载无声，下民之虐非降。"时人许其裁剪。①

谢伋要求在对句中，出自经书的语词，必须以同样出自经书的语词相对，出自史书或诗歌的语词亦然，即所谓"经语对经语，史语对史语，诗语对诗语"。然而完整引用经史的全文作为对仗，难免僵硬板滞，不便发挥写作技巧，因此需要运用"剪裁"的手段，将经史中的整句切割成散碎的字词，再重新组织。谢伋举为例子的王安中（初寮）就是个中高手，颇受时人称许。"上天之载"和"下民之虐"分别出自《诗·大雅》中的《文王》和《板》二篇，皆为"经语"，但"下民之虐"并非《诗经》原文，而是经过王安中的"剪裁"，把"下民"和"虐"两个语词重新粘接，并赋予新的意义。

无论是"剪裁"的操作准则，还是"工"的标准，宋人四六文中的这种创作要求都超越了以前单纯从语言词性对仗上求工整的目标。这种"剪裁"论到了明代还很兴盛，如胡应麟《诗薮》外编卷五载：

宋人用史语，如山谷"平生几两屐，身后五车书"，源流亦本少陵；用经语，如后山"咒功先服猛，戒力得扶颠"，剪裁亦法康乐，然工拙顿自千里者，有斧凿之功，无熔炼之妙。矜持于句格，则面目可憎；架叠于篇章，则神韵都绝。②

"剪裁"在这里的意义未变，但对"工"的标准提出了更为严格的要求，既要熔剪裁于无痕，又要于间架堆叠之间见出神韵。

---

① 谢伋：《四六谈麈》，中华书局，1985，第1页。
② 胡应麟：《诗薮》，上海古籍出版社，1958，第212页。

四　明代："剪裁"意义的完备

明代，"剪裁"的含义得到了全面、透彻的阐释与运用。

其一，明人继承了"剪裁"所具有的各项意义，比如时文批评领域，袁黄评价焦竑之文"熔裁得法"①，其理论直接来自刘勰的《文心雕龙》。此外，明人还将"剪裁"上升到了文法的高度，比如唐寅《作诗三法序》云：

> 诗有三法：章、句、字也。……为句之法，在"模写"，在"锻炼"，在"剪裁"。……模写之欲如传神，必得其似；锻炼之欲如制药，必极其精；剪裁之欲如缝衣，必称其体：是为句法。②

唐寅所说的"剪裁"，其意义尚未超越刘勰《文心雕龙》对"剪裁"的要求与规范，但是唐寅之论自有其创新之处，即继宋代谢伋等人将"剪裁"作为四六之法后，唐寅又明确地将"剪裁"提升为与模写、锻炼相并列的诗歌句法。唐寅的"三法"论述与此前的章法、句法、字法不尽相同。此前的三法相对较少触及细致的作法，它们与风格论交融在一起且更倾向于风格论；而唐寅的三法论则从审美中超脱出来，尽管与风格审美有些许联系，但其主题讲述的是方法论。比如句法中的"模写""剪裁"，虽然也与审美藕断丝连，但毕竟说的是诗歌作法问题。总而言之，唐寅的"三法"论很有开创性，在明代的诗歌作法上产生了深远的影响。后来曾经担任文坛盟主的王世贞在其《艺苑卮言》中也提到了章法、句法、字法，他的"句法"即"抑扬顿挫，长短节奏，各极其致"③，其实际内容与唐寅之论多有相似。由此可以推测唐寅"三法"论在当时的影响，其中的"剪裁"说也有可能随之而得到传播。

其二，"剪裁"不再拘泥于言辞方面的修整，它的作用对象涉及文辞、内容与情感等多方面的删繁就简。这种进步首先发生于科举文学批评领域，如左培《文式》云：

---

① 袁黄著，黄强、徐姗姗校订《游艺塾文规》，武汉大学出版社，2009，第 106 页。
② 唐寅著，应守岩点校《六如居士集》，西泠印社出版社，2012，第 178 页。
③ 王世贞著，罗仲鼎校注《艺苑卮言校注》卷一，齐鲁书社，1992，第 38 页。

题目既长，作者当自出一机轴，令题为我驾驭，不可令我为题牵制。题情溟漫，我约之以剪裁；题句错综，我当之以凌驾。①

左培的《文式》是八古文理论著作。八股文作为代言体，要求代圣人立言，替圣人写心，因而这里的"题情"是一个非常复杂的复合范畴："题"指题目，"情"指这个题目涉及的圣人可能有的思想、情志等；"题情"几乎可以统摄全篇的思想、内容与篇幅。对"题情"的剪裁较之语言剪裁而言，提升了写作难度，既考验作者对圣贤经典的理解能力，又考验其写作技巧。

在这种情况下，左培强调作者不可迷失自己的主动地位，鼓励由作者来驾驭题目，而不是由题目来架空作者。左培提出的统摄"题情"的法宝就是"自出一机轴"的"剪裁"方法。"自出一机轴"即是作家的主体意识与能动性高度发挥的最佳状态，具体而言，就是作者灵活驾驭题目，在"剪裁"个人构思时不拘格套，注重创新，并对溟漫之处进行约束，使之条理清晰，思路朗畅，繁简合度。

其三，"剪裁"由语言、构思层面过渡到文本内部叙事结构层面。语言形式与内容上的剪裁虽涉及语言结构论，但这种"结构"是单一的、平面的，而文学作品的结构事实上是多维度、多层次的。将"剪裁"的结构功能施展到文学结构的各个方面，创造性地开拓并深化了"剪裁"的适用范围的人是古文大家茅坤。作为"唐宋八大家"的鼓吹者，茅坤在《唐宋八大家文钞》中从善于剪裁结构的角度评价欧阳修、王安石、苏轼、苏洵的古文：

宋诸贤叙事，当以欧阳公为最。何者？以其调自史迁出，一切结构裁剪有法，而中多感慨俊逸处，予故往往心醉。曾之大旨近刘向，然逸调少矣。王之结构裁剪，极多镌洗苦心处，往往矜而严，洁而则，……至于苏氏兄弟，大略两公者，文才疏爽豪荡处多，而结构裁剪四字，非其所长。②

---

① 左培：《文式》卷下，载王水照编《历代文话》第三册，复旦大学出版社，2007，第3174页。

② 茅坤编，高海夫主编《〈唐宋八大家文钞〉校注集评·论例》，三秦出版社，1998年，第6-7页。

第一，这里的"剪裁"论批评的对象是叙事结构，对叙事结构进行剪裁也是茅坤最早提出的观点。将欧阳修叙事结构法的源头追溯到了司马迁的《史记》叙事法，是茅坤古文理论的一项重要内容。第二，茅坤结合王安石的古文创作，指出了结构剪裁有其特点，即"矜而严，洁而则"。第三，茅坤还指出了结构剪裁并不是所有人都可以做到的，是否进行剪裁，以什么样的标准开展文学结构剪裁等，都与作家的个性风格有密切的关系；像苏轼、苏辙这样的作者，才高气爽，性格豪放，大行不顾细谨，往往在文章的结构上疏于裁度，有这样的才气与性格的作家也都不善于结构剪裁。

茅坤的论述有一定的道理，苏轼曾在《与谢民师推官书》中自评其文："大略如行云流水，初无定质，但常行于所当行，常止于所不得不止，文理自然，姿态横生。"① 如此行文，虽亦有其佳处，但从另一方面也表明了苏轼寻常作文往往任凭个人的才气与情思奔流而下，洋洋洒洒，淋漓尽致，却很少刻意的设计与节制。这与茅坤对苏轼的评价也非常契合。

茅坤在明代复古文学思潮中具有重大影响，是用古文文法来开展时文创作批评的理论家，他的相关理论如《唐宋八大家文钞》中的重要论述备受关注，其中常用的"剪裁"作为结构论术语被广泛接受便不言而喻了。

五 戏曲批评中的"剪裁"术语

最早将"剪裁"用于戏曲理论批评的是王骥德。王骥德《曲律》卷三《论剧戏第三十》云：

> 北剧仅一人唱，南戏则各唱。一人唱，则意可舒展，而有才者得尽其春容之致。各人唱，则格有所拘，律有所限，即有才者，不能恣肆于三尺之外也。于是贵剪裁，贵锻炼：以全帙为大间架，以每折为折落，以曲白为粉垩、为丹腹。勿落套，勿不经；勿太蔓，蔓则局懈而优人多删削；勿太促，促则气迫而节奏不畅达；毋令一人无着落，勿令一折不照应。传中紧要处，须重着精神，极力发挥使透。如《浣纱》遗了越王尝胆及夫人采葛事，红拂私奔、如姬窃符，皆本传大头脑，如何草草放

---

① 苏轼：《与谢民师推官书》，载张志烈、马德富、周裕锴主编《苏轼全集校注》第十六册，河北人民出版社，2010，第5292页。

过？若无紧要处只管敷演，又多惹人厌憎。皆不审轻重之故也。①

王骥德的论述透露出两方面的信息：

其一，王骥德在遵守戏曲的体制与格律的前提语境中，将"剪裁""锻炼"同时用于戏曲创作结构论，这种"剪裁""锻炼"并提的作法与观念很有可能也受了唐寅"三法"的影响。不同的是，唐寅的"剪裁"更偏重于句法，而王骥德"剪裁"的对象更偏重于整个戏曲结构。

其二，"剪裁"所追求的目标不仅在于文本创作层面，还涉及戏曲演出层面，总体而言，大约有五层。一是"不落套"，即别出心裁，不因循守旧，这依然属于结构构思层面。二是"勿不经"，即裁去荒诞不经的材料，讲究事理逻辑，这是对题材内容的处理层面。三是"勿太蔓"，即繁简合度，防止因情节芜杂而导致的格局松散、伶人删改。四是"勿太促"，即剪裁的标准不可过于严苛，影响戏曲叙事情节发展的正常节奏，同时又要兼顾剧中人物戏份的合理安排以及折与折之间的照应关系。五是分辨轻重、主次，注意统筹安排，集中精力将最重要的部分写出彩来，无关紧要的地方不可烦冗惹厌。

可以说，王骥德对"剪裁"的使用一开始就综合了从南北朝到明代的诸多论点，且又与戏曲的文体特色与演出要求结合起来论述，在戏曲领域兼具总结性与开创性。王骥德以外，其他曲家在戏曲批评中采用的"剪裁"术语大多因循前人之论的部分含义，偶尔在某些小的方面稍微生发一点新的创见，但总体而言，很少有超越王骥德者。比如祁彪佳的《远山堂曲品》评《水浒记》："记宋江事，畅所欲言，且得裁剪之法。"② 评汪廷讷的《二阁记》："昌朝此记，虽雅有裁炼，但于二阁初之失和，继之合欢，俱不能刻入深情，觉未大快人意。"③ 从这里可以看出，祁彪佳认为剪裁合理有助于叙事条理的清晰朗畅，使戏曲显得文雅整齐。汤显祖云："兼喜秾文艳史，时时游戏眼前，或剪或裁，或联或合，欲演为小说而未暇。"④ 此论对"剪裁"并无新的见解或补充。

---

① 王骥德著，陈多、叶长海注释《曲律注释》，上海古籍出版社，2012，第 206－207 页。
② 祁彪佳：《远山堂曲品》，载俞为民、孙蓉蓉编《历代曲话汇编·明代编》第三集，黄山书社，2009，第 578 页。
③ 祁彪佳：《远山堂曲品》，载俞为民、孙蓉蓉编《历代曲话汇编·明代编》第三集，黄山书社，2009，第 559 页。
④ 蔡毅编著《中国古典戏曲序跋汇编》卷十，齐鲁书社，1989，第 1236 页。

　　王骥德之外，唯独值得注意的是，《玉茗堂批评种玉记》第五出《缘探》〔尾犯序〕眉批云："《西厢》使女乖，此独使男蠢。时地不同，各裁其用。"其意思大概是，在不同的剧作情境中，出于戏曲叙事情节与主题的需要，身份相同、地位相似的角色不可以千篇一律，人物的性格与言行都要根据戏剧情节、主题的特殊性进行相应的裁度。这一"剪裁"论已经向人物塑造理论发生了转移，不再是纯粹的结构论术语了。

　　集明代戏曲理论之大成的李渔在其《闲情偶寄》中云："编戏有如缝衣，其初则以完全者剪碎，其后又以剪碎者凑成。"① 其理论仍建立于前人开拓的基础上，并无超越，只不过是将"剪裁"与"针线"的意思联合起来使用了。又云"剪碎易，凑成难……"② 显然李渔更看重"凑成"即"针线"的功能，甚至认为"凑成"的活动中蕴藏着作者充分的创造性劳动，这样的观点，其实是对"剪裁"的文学结构意义的一种弱化。

第五节　明代曲论术语"针线"

　　"针线"是戏曲理论中的一个重要术语。在讨论戏曲结构时，"针线"与前文所论"剪裁"构成一组对应关系：所谓"剪裁"，是指将写作素材或作者的思绪、情感，按照文体规范与叙事需要，进行创造性的分割、删削与修整。与之相对，"针线"则讲求将这些创作要素穿凑为一体，形成珠联璧合、气韵贯穿、脉络通畅、前后照应的文学作品。

　　在进入戏曲理论批评之前，"针线"一词已经广泛应用于诗文批评，并衍生出一系列相关概念，如"线索""袜线"等。这类术语的广泛应用，表明中国叙事文学的结构技巧走向成熟。

一　"针线"产生的语言文化背景

　　"针线"一词由日常生活进入文学批评，是因为元明口语中经常以针线为喻。在戏曲作品中，可以找到大量例证。

---

① 李渔：《闲情偶寄》，载《李渔全集》第三册，浙江古籍出版社，1991，第10页。
② 李渔：《闲情偶寄》，载《李渔全集》第三册，浙江古籍出版社，1991，第10页。

首先，"针线"含有"勾连"的意味。例如，陈与郊《樱桃梦》传奇第十四出，旦云："樱桃姐，多谢你了，谢你个引线针儿绣成绮。"又如汪廷讷《种玉记》传奇第四出退场诗云："红鸾天喜已相邻，不费冰人线引针。"① 这类用法，都有引导男女勾连之意。或如梁辰鱼《续江东白苎》之《九疑山·代金陵马瑶姬寄渤海次君》云："最怜有线无针引，因此上杜陵来去没寒温。"② 也是以"针线"比喻引导他人建立联系，以"针"喻引荐者，以"线"喻才华与能力。亦有贬义用法，如官场、科场中的交通勾连。如孟称舜《英雄成败》杂剧第一折〔古仙子〕（郑畋）："敢敢敢认了些怪戚乔亲将姓字宣，向向向昭文馆暗里通针线，做做做的来不值半文钱。"③

其次，"针线"含有筹谋规划、预做埋伏之意。如元杂剧《蓝采和》〔混江龙〕云："试看我行针布线，俺在这梁园城一交却又早二十年。"④ 此处的"针线"，意即"设计策划"⑤。周清原的短篇小说集《西湖二集》卷二十八《天台匠误招乐趣》入话中，也有"针线"一词："他两个相好的朋友，见他手上举着这个金戒指儿细细审问来历。这两个朋友要救阮三官性命，遂把阮三官这个戒指儿除去，思量要在这戒指上做针线。"⑥ 这里的"做针线"，亦为"谋划""埋伏"。

再次，"针线"含有秩序之意。李开先《李中麓闲居集》之二中《打球》诗颈联云："得来手扑棒，妙处线穿针。"⑦ 以"针线"形容球在棒间有序穿梭、接连不断、灵活精准。

在此背景下，"针线"一词由日常事物移用于文学批评，演变为批评术语，主要以针线的以下特点为隐喻的基础：其一，针线缝纫，应当以构思、剪裁为前提，以规矩尺度为准则。其二，在具体操作过程中，先针后线，线随针走，针线交替，体现了次序性与连续性。其三，行针步线的初级结果，是针与线的轨迹，针具有穿透性，线从针穿透的小孔中先入而后出，前后照应；隐而复现，明暗交替；似断实连，埋伏照应（"隐""暗"即"埋伏"，"现""明"即"照应"）。其四，从衣物的外表看，以针脚细密、

① 汪廷讷著，李占鹏点校《汪廷讷戏曲集》，巴蜀书社，2009，第 101 页。
② 梁辰鱼著，吴书荫校点《梁辰鱼集》，上海古籍出版社，2010，第 420 页。
③ 孟称舜著，朱颖辉辑校《孟称舜集》，中华书局，2005，第 47 页。
④ 王季思主编《全元戏曲》第七册，人民文学出版社，1999，第 117 页。
⑤ 陆澹安：《戏曲词语汇释》，上海锦绣文章出版社，2009，第 100 页。
⑥ 周清原著，周楞伽整理《西湖二集》卷二十八，人民文学出版社，1989，第 455 页。
⑦ 李开先著，卜键笺校《李开先全集》（上），上海古籍出版社，2014，第 196 页。

矩度如一为工整，丝线无痕为上品。

二　诗文批评中的"针线"

文学理论意义上的"针线"较早出现于宋代诗论。南宋赵次公《杜诗赵次公先后解辑校》评近体诗《投赠哥舒开府翰二十韵》"勋业青冥上，交亲气概中"云："此四句而下，通十二句，乃公作诗针线，暗以言自己也。今四句言翰勋业之高，在青冥之上，而其待交亲以气概结之。"① 此"针线"指在作品中以一种隐晦的方式表达己意，其构思类似于针线活儿中忽隐忽现、似断实连的特点。明代单宇《菊坡丛话》卷三云："裴说《冬日》诗云：'粝食拥败絮，苦吟吟过冬。稍寒人却健，太饱事多慵。树老生烟薄，墙阴贮雪重。安排祇如此，公道会相容。'此《冬至》诗三四尤佳，乃应破首句，所谓有针线不苟作也。"② 此"针线"取喻于针痕线迹交替隐现的特点：首句"粝食"与第四句"太饱事多慵"一明一暗，正面描写与反面衬托意义照应；"败絮"与第三句"稍寒人却健"前后文辞相应。如此一来，首、颔两联，意义上起、承相续，照应紧密，故谓之"有针线，不苟作"。明顾梦麟《诗经说约》卷七评《甫田》③ 末章云："小之可大，迩之可远，《集传》照上两章，颇自作针线。"④ 此"针线"指《甫田》第三章内容与前两章内容在描写人物、抒发情感方面大小、远近照应。

后世文论中亦多用"针线"开展批评，其含义仍取譬于上文所列的针线特点，其意义大致有以下三种。

其一，指首尾照应，文中各部分之间串联、衔接紧密。譬如元代倪士毅的《作义要诀》云："要是下笔之时，说得首尾照应，串得针线细密，步

---

① 杜甫著，赵次公注，林继中辑校《杜诗赵次公先后解辑校》，上海古籍出版社，2012，第65－66页。

② 单宇：《菊坡丛话》卷三，载周维德辑校《全明诗话》第一册，齐鲁书社，2005，第219页。

③ 《诗经·甫田》云："无田甫田，维莠骄骄。无思远人，劳心忉忉。无田甫田，维莠桀桀。无思远人，劳心怛怛。婉兮娈兮，总角丱兮，未几见兮，突而弁兮。"见程俊英、蒋见元著《诗经注析》，中华书局，1999，第277－279页。这是一位流浪的农民思念远人的诗。前两章皆思念远人之语（远），第三章则为想象再见时的情景（迩）——往日婉娈的总角孩童（小）已经成年（大）。借助想象，对思念之人的描述由小及大，由合至分，因而顾梦麟说"小之可大，迩之可远"。

④ 顾梦麟：《诗经说约》卷七，台北中研院文哲所，1996，第466－467页。

步思量主意，句句挑得明，教他读去顺溜。"① 倪士毅是较早在八股文批评中使用"针线"的人，他的"针线"与"血脉"一样，均强调文章内部的串联衔接，并将这种结构特点视为八股文创作中必须要恪守的法度。其《作义要诀》云："然未有无法度而可以言文者。法度者何？有开必有合，有唤必有应，首尾当照应，抑扬当相发，血脉宜串，精神宜壮。如人一身，自首至足，缺一不可，则是一篇之中，逐段逐节，逐句逐字，皆不可以不密也。"② 倪士毅的这种观点和对"针线""血脉"的运用对后世的八股文作法与批评影响很大。到了晚明袁黄的《游艺塾文规》和戏曲家毕魏的《滑稽馆新编三报恩传奇》中，还可以看到倪士毅在八股文理论中留下的深刻印迹。比如《游艺塾文规》正编卷七评王肯堂之文云："沉细有针线，亦可擅魁元之选。"③ 显然，袁黄认为王肯堂之文极好，"可擅魁元之选"的一项重要原因就是王肯堂能够谨守八股文之"针线法度"。《游艺塾文规》卷八中评价解元赵维寰云："最有针线，最有笔力。"④ 有"笔力"可以看出，此"针线"的意义更契合上文分析的"针"的隐喻功能，表明了袁黄对赵维寰思想深刻透彻、着眼点选取准确的赞赏。

后世古文批评中也常常采用"针线"。例如，苏辙《陈州为张安道论时事书》一文被明代古文大家茅坤选入了《唐宋八大家文钞》，其文篇首两句云："伏以中外臣庶各有职事，越职而言，国有常宪。臣守土陈州，非有言责而辄言之，计其狂愚，兹实有罪。"⑤ 表明自己越职进言，有违国家常法。篇尾一句云："臣不胜区区忘身忧国之诚，是以势疏而言切，惟陛下察之。"⑥ 言其位卑未敢忘忧国，虽非朝中重臣，仍然上书谏言。首尾照应，表情达意前后一致，故而明代茅坤评价此文："始末处，有针线法度。"⑦

---

① 倪士毅：《作义要诀》，载张思齐整理《八股文总论八种》，武汉大学出版社，2009，第95－96 页。
② 倪士毅：《作义要诀》，载张思齐整理《八股文总论八种》，武汉大学出版社，2009，第92 页。
③ 袁黄撰，黄强、徐姗姗校订《游艺塾文规》，武汉大学出版社，2009，第104 页。
④ 袁黄撰，黄强、徐姗姗校订《游艺塾文规》，武汉大学出版社，2009，第116 页。
⑤ 茅坤著，高海夫主编《唐宋八大家文钞校注集评》卷一百二十六《颍滨文钞》，三秦出版社，1998，第5898 页。
⑥ 茅坤著，高海夫主编《唐宋八大家文钞校注集评》卷一百二十六《颍滨文钞》，三秦出版社，1998，第5901 页。
⑦ 茅坤著，高海夫主编《唐宋八大家文钞校注集评》卷一百二十六《颍滨文钞》，三秦出版社，1998，第5906 页。

明代毕魏据冯梦龙的小说《老门生三世报恩》改编且由冯梦龙校订、深刻反映科举之弊的明末戏曲《滑稽馆编三报恩传奇》第五出《谈文》中教官云："自古文章多奇变,有学那先辈寻针线。……更有那专尚词华,脉理全不辨。"此"针线"即指时文中组织结构的"脉理"。《墨憨斋订定万事足传奇》第三折《评文受教》中,周约文评价学生墨卷云:"你看英贤天资纵,奇思泉涌,好一似水面风文寻不出,绵中针缝。(这卷是陈生的)更春容大雅,春容大雅。"这两条材料均是戏曲家在戏曲作品中用八股文文法来评点戏曲中的时文创作,这种现象在明代戏曲中并不少见。仅就"针线"而言,这两条材料说明明代曲家在文法理论上深受时文、古文批评的影响,也是他们借时文、古文文法指点戏曲创作、开展戏曲批评的诱因或前提。

其二,指思路通畅、构思缜密。比如元代释行秀《从容庵录》卷四第六十六则《九峰头尾》中曾以针线喻创作:"……出则为云为雨,入则冰结霜凝,此乃乍出乍入,未是作家。直得针线贯通,毫芒绵密,机丝不挂,文彩纵横。"① 此"针线"指文思当如针线般通畅连绵。又如明傅梅《嵩书》卷九竺业篇《文载》云:"……因阅《万松评唱》,疑其葛藤,潜心久之,忽自省曰:'曹洞宗风,大播天下,有织锦回文之妙,非针线细密、盘旋转折、立触当头者,不能与伊作主也。'"② 此"针线细密"喻思路缜密。

其三,提出了"针线"在结构上的审美目标,即段落之间过接、"缝合"紧密,无针线之迹象。如明代刘夏在《刘尚宾文集》卷三《答孟左司书》中论古文云:"欧阳永叔蔓延宛转,兰筋柳骨,如神于缝者,灭尽针线之迹,但觉织成一片。"③ 盖指欧阳修之文思绪连贯,整体浑融,无分崩离析之感,有宛转绵密之趣。袁黄在《游艺塾文规》续编卷二收录了《青螺郭先生论文》,郭氏在文中评价两扇题式的作法技巧时说:"此样题须要针线联络得密乃佳。"④ 此"针线"从各扇之间的联络入手,属于明显的结构论。类似于扇与扇等板块之间的连接在八股文中通常被称为"过脉",若两部分之间衔接稍有疏漏,便给人文气断绝之感。故而《青螺郭先生论文》云:"长题有三要:起处要概括,过脉处要针线,平铺处要断制。"⑤ 此"三

① 释行秀:《从容庵录》卷四,大正新修大藏经本。
② 傅梅:《嵩书》卷九,明万历刻本。
③ 刘夏:《刘尚宾文集》卷三,明永乐刘拙刻,成化刘衢增修本。
④ 袁黄撰,黄强、徐姗姗校订《游艺塾文规》,武汉大学出版社,2009,第198页。
⑤ 袁黄撰,黄强、徐姗姗校订《游艺塾文规》,武汉大学出版社,2009,第199页。

要"论反映了郭氏对八股文结构的认识，断而实连，平铺之处反而要有"断制"，这种做法也显示了明代八股文批评中对形式与技巧之间形成的相反相成现象的审美观念。

三 "针儿线"：从市语到戏曲名称

以"针线"论戏曲的表现形式之一，是以"针线"为戏曲文体名称。文体名称往往是一种文学批评观念浓缩而成的意义符号，体现了人们对文体外在体制形式、内在逻辑结构乃至文本风格的浓缩型评价，因而可视为属于综合性、符号化的理论批评。

元末陶宗仪《南村辍耕录》卷二十五"院本名目"中"打略拴搐"类的"卒子家门"中有针儿线、甲仗库、军闹、阵败四项，其中只有"针儿线"似乎与"卒子"身份不相匹配。元杂剧《魔利支飞刀对箭》第二折有一段说白被认为是"针儿线"：

> （净扮张士贵领卒子上，云）自小从来为军健，四大神州都走遍；当日个将军和我奈相持，不曾打话就征战。我使的是方天画杆戟，那厮使的是双刃剑；两个不曾交过马，把我左臂厢砍了一大片。着我慌忙下的马，荷包里取出针和线；我使双线缝个住，上的马去又征战。那厮使的是大杆刀，我使的是雀画弓带过雕翎箭；两个不曾交过马，把我右臂厢砍了一大片。被我慌忙下的马，荷包里取出针和线；着我双线缝个住，上的马去又征战。那厮使的是簸箕大小开山斧，我可轮的是双刃剑；我两个不曾交过马，把我连人带马劈两半。着我慌忙跳下马，我荷包里又取出针和线；着我双线缝个住，上的马去又征战。那里战到数十合，把我浑身上下都缝遍。那个将军不喝采，那个不把我谈美；说我厮杀全不济，嗨！道我使的一把儿好针线。①

明传奇《精忠记》第七出中有一段对白与此相似：

> （净）自家兀术四太子是也。今有南朝岳飞，统兵前来与俺交战，把都每，谁有本事的说上来？（众随意各说介。丑）我有本事。论俺本

---

① 王季思编《全元戏曲》卷六，人民文学出版社，2009，第859页。

事真熟惯，上阵交锋不懒慢，领兵只觉手脚慌，拿住便叫可怜见。（末）你输了。（丑）不输！他那里点银枪，俺这里狼牙箭，一来一往，战三十合，被他左胁上去了一大片。（末）你又输了。（丑）不输，被我连人带马收，收拾勒马跑回营。腰间取出针和线，连皮带骨缝。缝一个绽，跳上马来又征战。那入娘的换了家伙了。（末）换了甚么兵器？（丑）换了丈八矛，俺这里连珠箭。一来一往，战了六十合，被他右胁上又去了一大片。（末介。丑）还不输！连人带马收，收拾跑回营。腰间又取针和线，连皮带骨缝。缝一个绽，跳上马来又征战。那狗揶的又换了家伙了。（末介。丑）他那里大刀砍，俺这里刚刚剩得三枝秃头箭。一来一往，战了一百二十合。恼了那入娘的，提起大刀，砍砍，连人带马砍做七八段。（末介。丑）不输！被我连人带马收，收拾跑回营，腰间又取出针和线，连人带马缝一个大破绽，跳上马来又征战。那入娘的拦住马头，不与我战了，反赠我一匹罗，一匹绢。（末介。丑）他说道将军本事烂平常，倒做得一手好针线。①

上述两段念白均被认为是杂剧院本名目"针儿线"的遗留。② 这些念白非常滑稽，而且押韵，富有节奏感。从其内容来看，古人以"针儿线"命名，大概有三个原因。其一，剧中张士贵与丑角征战本领不高，屡战屡败，针、线是他们缝合创伤，反复、连续作战的关键物件。其二，"腰间取出针和线，连皮带骨缝一个绽，跳上马来又征战"，在说白中反复出现，具有串联、过渡意义，使得整篇文字前后照应、衔接，这也符合"针线"的理论意义。其三，"针线"在文中反复出现，是关键道具；针线的出现次数多，既衬托出对方战术高强，战争持久、激烈；又使情节层次分明、节奏紧凑，不需要借助更多的语言便能说明问题。

"针儿线"具有相对固定的形式与内容，是基于对文体形式与内容特征的认识，高度抽绎出来的文体名称。剧中的针线运用情节具有荒诞性，但这也恰恰说明，"针线"这一小小的物件在世人意识中具有强大的牵引连接作用。明人传奇对院本"针儿线"的借鉴，表明对"针儿线"这种充满隐

---

① 姚茂良著，中山大学中文系五五级明清传奇校勘小组整理《精忠记》，中华书局，1959，第12-13页。

② 胡忌：《宋金杂剧考》，中华书局，2008，第250页；江巨荣：《剧史考论》，复旦大学出版社，2008，第4-5页。

喻的文体名称的认同与借鉴。

四 戏曲批评中的"针线"

以"针线"论戏曲的表现形式之二,即以"针线"类术语隐喻戏曲文本的结构理路,以明代徐复祚、王骥德、冯梦龙等人为代表,最突出者当属由明入清的李渔。

戏曲批评中的"针线"在继承诗文理论内涵及其特点的基础上又有新的发展与变化,即更加偏重于叙事层面的结构论,这种新变与戏曲的文体形式与叙事功能的发展有关。明代传奇戏曲汲取了南戏的体制,在文本打破了杂剧一本四折的常规、篇幅获得极大拓展的同时,在叙事时空与情节容量上均有极大的开拓。这些戏剧中,人物的梦幻与现实交织、穷通交替,事有巨细之别,人有美丑之态。如何构思情节、组织片段、制造波澜,成为戏曲结构论探讨的重要内容,也是"针线"理论关涉的主要内容。正如古文家左培所云:"题目既长,作者当自出一机轴,令题为我驾驭,不可令我为题牵制。……擒龙捉虎,扼要争奇,如整衣挈领,金针暗渡,任千条万绪,可一索而穿矣。"① 总体而言,明代戏曲批评中的"针线"在叙事结构论的角度发挥了以下五项作用。

(一) 联络弥缝

裁锦制衣,先须剪裁,后须缝合;剪裁须得体,不同部位宽窄有别,修短合度;针线须熨帖,过接之处紧致细密,平整无痕。以之比喻文学创作,"剪裁"体现了作者对文章架构与内容板块的宏观把握,架构不同,章节长短、分量轻重亦各不相同。"针线"则体现了作者对行文思绪的组织与梳理,同样的内容与材料,组织的方法与形式不同,便会出现不同的文章效果。

从整体构思出发,使纷繁复杂的事件前后衔接为一体,就是"针线联络"。例如,一衲道人屠隆的《昙花记·凡例》云:"博收杂出,颇尽天壤间奇事。然针线连络,血脉贯通,止为成就木公一事。"② 一条线索只能有

---

① 左培:《文式》卷下,载王水照编《历代文话》第三册,复旦大学出版社,2007,第3174页。
② 蔡毅编著《中国古典戏曲序跋汇编》卷十,齐鲁书社,1989,第1213页。

一个主题，只能串联一人之事，故而有"针线"的戏曲从结构上杜绝了情节杂乱无章、松散零落的局面，具有条理清晰、前后衔接、情节连贯的叙事效果。此种方法恰如茅坤评王安石的《上仁宗皇帝言事书》云："此书几万余言而其丝牵绳联，如提百万之兵，而钩考部曲无一不贯。"①

"针线"又一被普遍使用的理论意义是"弥缝贯穿"，即弥补行文内容上的空洞、疏漏、不细密之处，梳理贯穿思路上的壅滞、不熨帖之处，使情节滴水不漏、思路通畅、气脉贯穿。明代文章学家朱荃宰《文通》云：

> 述之以事，本之以道，考其理之所在，辨其义之所宜，卑高巨细，包括并载而无所遗，左右上下，各在有职而不乱者，体也。体立于此，折衷其是非，去取其可否，不徇于流俗，不谬于圣人，抑扬损益，以称其事，弥缝贯穿，以足其言。②

朱荃宰认为，文体内部各部分有条不紊、各司其职是文章体制形式的内在要求，也是文章体制得以成立的前提。在这种前提下，"弥缝贯穿"就是维护文章体制形式与内部秩序的应有之义，是确保文章内容完整、条理清晰的重要方法。因而，不论是何种文体，只要片段之间疏于衔接或存在缺漏，就须施以"针线"弥缝。

在戏曲批评中这样的事例不少，其中冯梦龙就是惯于为他人弥补缺陋的高手。其《量江记序》云："《量江》事奇，聿云氏才情更奇。间有微颣纤瑕，余为纂而缝之。"③他校订的多种明传奇也体现了这一点。明末阮大铖的戏曲也擅于针线弥缝。坊刻本阮大铖《双金榜》第九出眉批云："接缝逗笋。""节节相生，竟成件无缝天衣。"第十一出眉批云："接缝逗笋。"④这些事例表明，注重戏曲内部叙事的完整性与条理性是当时著名曲家的共同意识。当时的戏曲批评者注重用"针线"的这一意义评价戏曲，除了上述例子，又如孟称舜批元杂剧《誶范叔》第四折云："语语还报，针线极

---

① 茅坤：《唐宋八大家文钞评文》，载王水照编《历代文话》第二册，复旦大学出版社，2007，第1901页。
② 朱荃宰：《文通》卷二十八，载王水照编《历代文话》第三册，复旦大学出版社，2007，第3076页。
③ 俞为民、孙蓉蓉编《历代曲话汇编·明代编》第三集，黄山书社，2009，第34页。
④ 阮大铖：《双金榜》，《古本戏曲丛刊》二集，商务印书馆，1955。

细"①，等等。

明代曲家也有疏于弥缝者。徐复祚评价王骥德《题红记》云："独其结构如抟沙，开阖照应，了无线索，每于紧处散缓，是又大不如伯起者也。"②有意思的是，"每于紧处散缓"，即疏于缝合之过，这种"掣襟露肘"③的现象在沈璟剧作中同样存在，给了王骥德"五十步笑百步"的机会，比如王骥德批评沈璟《坠钗记》云："何兴娘鬼魂别后，更不一见，至末折忽以成仙会合，似缺针线。"④

"针线"理论最初是作为诗歌理论进入文学批评的，继而是古文批评、时文批评，最后才转移到明代戏曲批评中。从"针线"的传播途径看，熟悉诗、古文、时文创作，接受过相关的理论训练，尤其是善于古文、时文的戏曲作者或戏曲批评家，多有借助"针线"的相关理论指导实践的意识，上文所涉及的冯梦龙、张凤翼（伯起）、徐复祚、屠隆、阮大铖等均是如此，尤其是冯梦龙与张凤翼，皆古文、时文大家。由此我们亦可以窥见明代诗文批评对戏曲批评的影响。

（二）埋伏照应

"针线"及其理论方法在戏曲中的广泛运用使戏曲叙事避免了单调的从头至尾的直线模式，具备了一线贯穿而又扑朔迷离、纡回曲折的可能性，体现了明人对戏曲叙事技巧的深入认识。

韦佩居士《燕子笺序》云："构局引丝，有伏有应，有详有约，有案有断。即游戏三昧，实寓以《左》《国》、龙门家法。而慧心盘肠，婉纡屈曲，全在筋转脉摇处，别有马迹蛛丝、草蛇灰线之妙。"⑤此论对《燕子笺》中曲折纡回、埋伏照应的叙事情节深表赞叹。究其言辞，与袁黄《游艺塾文规》卷五"机关甚活，脉络甚贯通，通篇如常山蛇势，宛转击应……"⑥续编卷五《了凡袁先生论文》"灰中线路，草里蛇踪，默默相应"⑦等语颇

---

① 孟称舜编《古今名剧合选·十三·酹江集》，《古本戏曲丛刊》四集，商务印书馆，1958。
② 俞为民、孙蓉蓉编《历代曲话汇编·明代编》第二集，黄山书社，2009，第260页。
③ 凌濛初：《南音三籁·谭曲杂札》，载《凌濛初全集》四，凤凰出版社，2010，第5页。
④ 王骥德著，陈多、叶长海注释《曲律注释》，上海古籍出版社，2012，第312页。
⑤ 韦佩居士：《燕子笺序》，载吴毓华编著《中国古代戏曲序跋集》，中国戏剧出版社，1990，第228页。
⑥ 袁黄撰，黄强、徐姗姗校订《游艺塾文规》，武汉大学出版社，2009，第85页。
⑦ 袁黄撰，黄强、徐姗姗校订《游艺塾文规》，武汉大学出版社，2009，第224页。

相似，就连以史传笔法开展戏曲批评的思路，也与诗文批评中借史传之法评点时文的思路相通，可见戏曲批评深受时文批评的影响。

这里的"草蛇灰线"可以从张竹坡对《金瓶梅》第二十回的评语中获得形象的解释："岂知《金瓶》一书，从无无根之线乎！试看他一部内，凡一人一事，其用笔必不肯随时突出，处处草蛇灰线，处处你遮我映，无一直笔、呆笔，无一笔不作数十笔用，粗心人安知之。"①"草蛇灰线"的审美意义在于行文灵活多变、摇曳多姿，处处皆有生机，处处值得回味，作者所有的针线笔墨都可以得到充分的利用，用最简洁的笔墨可以发挥出最大的叙事效果。

韦佩居士所谓"构局引丝""筋转脉摇""马迹蛛丝""草蛇灰线"② 皆与"针线"贯串情节、明暗相间、埋伏照应甚至"针线"意象本身带有的轨迹曲折的特点相符，是"针线"理论的丰富与发展。"谋划""埋伏"带有情节构思的意义，在性质上偏向于情节结构论，具有这一功能意义的"针线"在戏曲批评中也很常见。例如，明刻本《李卓吾先生批评锦笺记》评第十出《传私》云："先结侍儿之缘，最有埋伏，最有针线。"③《古本戏曲丛刊》二集所收明传奇《鸳鸯绦》坊刻本第二十四出〔侥侥令〕处有批语云："暗中有针。"同样隐喻此处有伏笔。

"埋伏照应"与"联络弥缝"一样，体现了"针线"的功能与价值。凡设"埋伏"之处，必寓明暗之关系；凡有"谋划""埋伏"，必寓事件先后之顺序，这些功能意义均属于线性叙事理论的范围。丁耀亢于《赤松游·啸台偶著词例》中提出"词有七要"的创作与审美观念，其七云："要照应密，前后线索，冷语带挑，水影相涵，方为妙手。"④ 这里的"前后"同样指戏剧叙述时的顺序，而"水影相涵"之致则显示出丁耀亢对戏曲叙事应从多个角度、多条线索或维度设置埋伏的观念。

---

① 侯忠义、王汝梅编《金瓶梅资料汇编》（增订本），北京大学出版社，1985，第88页。
② "作为'结构线索'之'草蛇灰线'，其主要特征表现为：前文同一物象有意无意地反复叙写，至后文关键处加以点破，从而显露出一条非常清晰的贯串线索。"见谭帆等著：《中国古代小说文体文法术语考释·释"草蛇灰线"》，上海古籍出版社，2013，第246页。
③ 朱万曙：《明代戏曲评点本评语选辑》，载《明代戏曲评点研究》，安徽教育出版社，2002，第379页。
④ 丁耀亢撰，张清吉校点《赤松游·啸台偶著词例》，中州古籍出版社，1999，第808页。

（三）组织语言

在戏曲批评中，"针线"也被用来指称具有连接作用的虚词，这是较诗文批评的新变之处。如《西厢记·夫人停婚》中的〔五供养〕〔庆宣和〕〔得胜令〕〔乔牌儿〕等词，徐复祚评云："此折俱用衬垫虚词作结构，点缀提掇，灵通圆妙。……处处着力，处处针线，正如天马行空，神龙戏海，无从而睹其踪迹也。"① 此外，以"针线"为中心的术语群落中，"顶针续麻""一线串珠"（或云"连珠"）等，也着重指语言的组织结构与特点。

以针线法调配语言的另一个表现就是将人物必须说而未必非于某一出说的话调配到合适的章节，既不显得缺漏人情，亦不显得繁冗多余。冯梦龙修改《永团圆》传奇时即用此法，其《总评》云："余所补凡二折：一为《登堂劝驾》，盖王晋登堂拜母，及蔡生辞亲赴试，皆本传血脉，必不可缺；又一为《江纳劝女》，盖抚公抴婚，事出非常，先任夫人，岂能为揖让之事？必得亲父从中调停一番，助姑慰解，庶乎强可。且父女岳婿，借此先会一番，省得末折抖然毕聚，寒温许多不来。此针线最密处也。"②

（四）说理透彻

将系列材料组织起来，使之成为一气呵成、条理清晰的文学作品，体现了作者深厚的材料组织能力和叙事能力，即"笔力"。笔力往往与形象化的"针线"结合论述，《游艺塾文规》卷八评点庚子解元赵维寰文章"最有针线，最有笔力"③，即此之谓。

"笔力"相当于"针线"中"针"的比喻意义与内涵，着重指笔触有力、叙述深入、说理透彻。有笔力的作品，或一针见血，于三言两语之间直逼精髓；或绵里藏针，于迂回曲折处时露机警。明传奇《鸳鸯绦》第二十四出〔侥侥令〕的评语"暗中有针"④ 便属后者。

"笔力"作为串联材料、组织成文的能力，与作者的文思畅达与否有关，文思滞涩、缺乏笔力，很难完成情节复杂的戏曲作品。明末阮大铖《双金榜·小序》云："此传梗概胎结久矣。一针未透，阁笔八年。偶过铁

---

① 俞为民、孙蓉蓉编《历代曲话汇编·明代编》第二集，黄山书社，2009，第354页。
② 冯梦龙著，魏同贤主编《冯梦龙全集》第十二册，凤凰出版社，2007，第1375页。
③ 袁黄编，黄强、徐姗姗校订《游艺塾文规》，武汉大学出版社，2009，第116页。
④ 路迪：《鸳鸯绦》，载《古本戏曲丛刊》二集，商务印书馆，1955。

心桥，一笑有悟，遂坐姑孰。春雨二十日而填成。"① 结合上下文便可发现，此"一针未透"指的是行文思路阻塞，也从另一角度反映出戏曲创作是环环相扣、前后相连、注重次第的思想活动，其中的任何一个环节不能圆满完成，就相当于串联情节材料的线条前后断离一样，无法完成文学创作。

在明代戏曲批评中，"针线"有关的术语，如"线索""一线穿珠""顶针续麻""贯穿""接缝逗笋"等，或者从"线"的意象特征衍生而来，或者由其作用衍生出来，与"针线"有部分意义或功能上的重合点，并共同构成了以"针线"为中心的术语群落，在戏曲结构论中占据非常重要的位置。

此外，"袜线"也是戏曲批评中数次出现的理论术语。"袜线"具有贬义色彩，乃宋人李台嘏嘲讽韩昭才艺浅短之语，事见宋代孙光宪《北梦琐言》卷五："韩昭仕王氏，至礼部尚书、文思殿大学士，粗有文章。至于琴棋书算射法，悉皆涉猎，以此承恩于后主。时有朝士李台嘏曰：'韩八座事艺，如拆袜线，无一条长。'时人龃之。"② 后人借"袜线"作为自谦之语，如明代史杰有诗集名《袜线集》，萧仪亦有《袜线集》。梅鼎祚《奉答申相公》云："两朝实录，楼藏有年。初亦私有所札记，将图就质台端。比且史局广开，鸿典肇举。袜线之长，绳枢之贱，自揣已审，直是太阳当空，爝火宜息尔。"③

"袜线"被用于戏曲批评首见于冯梦龙《酒家佣·叙》："而天池谬以已死赵伯英为生，未免用客掩主；虹江以杜乔之女为李燮妻，中间离合，复入泛常圈套。而媵女作妾，情节亦支蔓，且失实，余酌短长而铸焉。采陆者十之三，采钦者十之四，而余以袜线足之。"④ 盖冯氏以"袜线"谦称自己的戏曲编创技艺不高，此指改编、补写之处。此外，"袜线"也具有与"针线"相似的意思，这里的"袜线"还指组织、联络、弥缝陆、钦两家剧本材料。

王骥德《曲律》卷四采用"袜线"一词批评张凤翼的戏曲："长洲体裁轻俊，快于登场，言言袜线，不成科段。"⑤ 此"袜线"既指才气不足，也批评张凤翼的戏曲虽适合场上演出，但是言语之间疏于联络，结构松散。

---

① 阮大铖：《双金榜·小序》，《古本戏曲丛刊》二集，商务印书馆，1955。
② 孙光宪：《北梦琐言》卷五，中华书局，1960，第43页。
③ 梅鼎祚：《奉答申相公》，《鹿裘石室集》卷六十，明天启三年玄白堂刻本。
④ 蔡毅编著《中国古典戏曲序跋汇编》卷十一，齐鲁书社，1989，第1345页。
⑤ 王骥德著，陈多、叶长海注释《曲律注释》，上海古籍出版社，2012，第315页。

附　录

凡例

一、本附录的辑录对象来源于《古本戏曲丛刊》《不登大雅文库珍本戏曲丛刊》《明清孤本稀见戏曲汇刊》《稀见明代戏曲丛刊》，以及今人整理的明人戏曲单行本。其中，《古本戏曲丛刊》所收录的明代戏曲最多，故优先辑录其中所见之论剧（曲）诗、词、曲，并简单标注剧本出处。

二、若《古本戏曲丛刊》中所见诗、词、曲与其他版本有细微差异，如别字、异体字等，以按语说明。

三、若《古本戏曲丛刊》中所见诗、词、曲与其他版本有较大差异时，则先录前者，次录后者，以便读者参考。

四、附录一所辑诗作大都见于戏曲最后一出（折）末尾，辑录时不再一一细标所在作品中的具体出、折等位置，个别位于剧中的诗作除外。

五、附录二所辑录的词作主要见于戏曲开场部分，不同剧作开场的标注有异，或标第一出、第一折，或标《开场》《缘始》等；另有个别词作见于卷中、卷下之首，辑录时皆注明所在位置。

六、附录三所辑录的曲子位置不一，或见于剧本中间位置，或见于剧本末尾，辑录时一一标明所在剧本的具体位置。

七、部分论剧（曲）前后的宾白中，有与之相关的宾白对理解这些曲文有重要参考价值，因此一并摘录于附录中。

八、许多论剧词、曲之中有衬字、衬句，或有未按词、曲格律填词者，原剧本未标注，附录二、附录三悉按原本抄录；原剧本中标注的衬字、衬句，本附录皆以小字书写，并以下划线标识。

九、原文中模糊难辨之字，皆以□代之。

十、附录所收词、曲重新标点。

附录一　明代戏曲中的论剧（曲）诗

新刻出像音注商辂三元记

三元历中世间稀，未嫁孤孀天下奇。公婆八裘承封赠，慈母三迁志不移。圣恩垂诏褒旌显，门鹤貔貅龙虎威。编成新传扬千古，万载芳名众所知。（《古本戏曲丛刊》初集）

伍伦全备忠孝记

大道根源出自天，人人身上五伦全。今来古往忠为首，地义天经孝最先。须把居家移治国，从来坤道要承乾。交情不为存亡变，守志宁因祸乱迁。这本传记从古少，千年世上不流传。（《古本戏曲丛刊》初集）

薛平辽金貂记

龙章褒宠下神京，御墨淋漓雨露新。罢职归田仍效职，捐生冒险复更生。爹娘未报乌儿孝，夫妇先谐鸳侣盟。本传金貂真出色，词华万古永留名。（《古本戏曲丛刊》初集）

新刊合并陆天池西厢记

曾咏明珠掌上轻，又将文思写莺莺。都缘天与丹青手，画出人心万种情。（《古本戏曲丛刊》初集）

怀香记

才子佳人并美难，情钟青琐一窥间。聊成离合悲欢调，留与风流醉笑看。（《古本戏曲丛刊》初集）

新刻出像音注点板徐孝克孝义祝发记

谩夸戛玉与铿金，描写当时孝子心。莫道阳春应寡和，也须倾耳有知音。（《古本戏曲丛刊》初集）

新刊音注出像齐世子灌园记

琼花玉树擅词场，冶叶倡条漫北方。莫笑曲终还奏雅，知音洗耳自平章。（《古本戏曲丛刊》初集）

墨憨斋重定新灌园传奇

其一

琼花玉树擅词场，冶艳柔条漫比方。何待曲终方奏雅，知音洗耳自平章。

其二

孝子忠臣女丈夫，却将淫亵引昏途。墨憨笔削非多事，要与词场立楷模。（《冯梦龙全集》第十一册，凤凰出版社，2007，第96页）

虎符记

忠臣孝子并承恩，妻妾贞贤在一门。慕陶半生荒菊径，填词数阕付梨园。（《古本戏曲丛刊》初集）

谭友夏批点想当然传奇

孤枕柔香梦到迟，阿谁曾似与娇痴。一见有形是不是，半笑无声知未知。心随宫调平声曲，待得佳人唇吐足。唱到伤心一字难，是我愁来君缓续。（《古本戏曲丛刊》初集）

李卓吾先生批评玉合记

璧月团圆玉树新，尊前歌舞醉留春。试翻剪雪裁云句，且作拈花弄柳人。（《古本戏曲丛刊》初集）

长命缕

紫陌金堤映绮罗，禅心未了奈情何。年光到处皆堪赏，灯下妆成月下歌。（《古本戏曲丛刊》初集）

昙花记

对境逢场日几回，灵根便向此中栽。兔毫不弄闲风月，龙藏曾参大辨

才。艳曲如今翻法曲，歌台回首是香台。从来游戏成三昧，舌底莲花瓣瓣开。(《古本戏曲丛刊》初集)

墨憨斋复位三会亲风流梦

其一

千愁万恨过花时，人去人来酒一卮。唱尽新词欢不见，数声啼鸟上花枝。

其二

新词催泪落情肠，情种传来玉茗堂。谁按宫商成雅奏，菰芦深处有龙郎。(《古本戏曲丛刊》初集)

义侠记

世情真假尽经过，傀儡场中面目多。忠义事存忠义传，太平人唱太平歌。(《古本戏曲丛刊》初集)

博笑记

旧迹于今总未湮，一番提起一番新。无论野史真和假，且乐樽前幻化身。(《古本戏曲丛刊》初集)

玉簪记

京兆府当年指腹，女贞观重会玉簪。慢写出风情月思〔1〕，画堂前侑酒承欢。(《古本戏曲丛刊》初集)

注：

〔1〕思，《不登大雅文库珍本戏曲丛刊》版作"态"，见《不登大雅文库珍本戏曲丛刊》第十三册，第69页。

双珠记

忠孝贤贞具秉彝，双珠离合更神奇。明王超格颁恩宠，留得余风作世维。(《古本戏曲丛刊》初集)

红梨花记

人情反覆似波澜，此客空弹贡禹冠。世事茫茫何足问，阳春一曲和皆

难。（《古本戏曲丛刊》初集）

奇遇玉丸记

少微英气降尘凡，闲往闲来弄玉丸。旷世奇逢新耳目，满腔文锦烂穹窿。对花酌酒空浮俗，服月吞云示九还。一本霓裳天上曲，时人莫作等闲看。（《古本戏曲丛刊》初集）

窦禹均全德记

闻说当年窦禹均，平生积德与存仁。阴德事存全德传，留与知音仔细评。（《古本戏曲丛刊》二集）

金莲记

春还淑气满长安，世上浮名好是闲。闻道仙郎歌白雪，阳春一曲和皆难。（《古本戏曲丛刊》二集）

韩夫人题红记

几见填词谱御沟，笑他尘土污风流。从今翻作吴歈曲，一洗江南翰墨羞。（《古本戏曲丛刊》二集）

冬青记

千秋意气收骸事，四海风流顾曲情。解道升沉俱幻劫，梁尘扇影度余生。（《古本戏曲丛刊》二集）

琴心记

才子文章冠古今，佳人倾国更知音。花间每忆相思调，月下常追隔壁琴。分散莫嫌清夜怨，团圆须记白头吟。谁人为写云和曲，落魄孙生万古心。（《古本戏曲丛刊》二集）

唐韦状元自制荃簧记

忠怀千载恨悠悠，往事偏随一叶舟。宫室至今承宝剑，商歌犹得弄荃簧。梅花雪印留青鸟，莲荫风回纪紫骝。歌舞台中胜汉史，乔妆还是旧封侯。（《古本戏曲丛刊》二集）

墨憨斋详定酒家佣传奇

谁将清史换清讴，世上悲欢席上忧。银管也知君独秉，梨园留作汉阳秋。（《古本戏曲丛刊》二集）

墨憨斋新定洒雪堂传奇

其一

洒雪堂中再世缘，多情生死总堪传。情人自有情人报，花谢重开月再圆。

其二

谁将情咏传情人，情到真时事亦真。一自墨憨笔削后，梨园终日斗芳新。（《古本戏曲丛刊》二集）

望湖亭记

梨园至再请新声，请得新声字字精。只管当场词态好，何须留与案头争。（《古本戏曲丛刊》二集）

荷花荡

卷下第八出

世局从来一场戏，须知歌谱总文章。古言不用当风立，若还有麝自然香。（《古本戏曲丛刊》二集）

醉乡记

一生长困为情牵，婚宦空需二字缘。夙业三生临翰苑，良朋四友萃书田。五经已分春秋畜，六籍徒劳昼夜干。慢讼词章七步足，却屯名姓八方传。九秋欲晋蟾宫问，十载还随兔颖妍。底是同人成百岁，何须大有计千年。狂歌万首咸堪醉，清悟空谈恒欲仙。小曲真成点鬼簿，更为算博笑华筵。（《古本戏曲丛刊》二集）

墨憨斋订定万事足传奇

山城公署喜清闲，戏把新词信手编。但愿闺人除妒嫉，不愁家谱绝流传。夫妻恩爱原无碍，朋友周旋亦可怜。少壮几时须远虑，休言万事总由

天。(《古本戏曲丛刊》二集)

《墨憨斋重定女丈夫传奇》

红拂从来是女英，药师今古号知兵。补将柴绍平阳主，此段传奇始擅名。(《古本戏曲丛刊》二集)

墨憨斋新定精忠旗传奇

据宋史分回出折，按旧谱合调谐宫。不等闲追欢买笑，须猛省子孝臣忠。(《古本戏曲丛刊》二集)

凤求凰

阳羡书生本幻仙，口中瓣瓣放青莲。问谁拈出当垆案，罨画溪头陈玉蟾。(《古本戏曲丛刊》二集)

鸳鸯绦传奇

阳羡一书痴，感愤吐新词。清言能脱俗，激语或伤时。立国思忠义，传家必孝慈。持世有君子，知罪两凭之。(《古本戏曲丛刊》二集)

诗赋盟传奇

秋色排清入画楼，美人楼上语闲愁。钟情我辈多奇遇，不是知音不与谋。(《古本戏曲丛刊》二集)

灵犀锦传奇

簇簇新声调占高，传情写景尽歌谣。岂云善叶宫商谱，戏拍红牙弄彩毫。(《古本戏曲丛刊》二集)

重校十无端巧合红蕖记

醉后狂歌尽少年，新词宛转递相传。风情月思知何限，咏絮嘲花且自怜。(《古本戏曲丛刊》三集)

二胥记

旧宫禾黍叹离离，孤馆幽窗夜雨时。浊酒数杯灯一盏，老夫和泪驾

〔1〕新词。(《古本戏曲丛刊》三集)

注:

〔1〕按:"驾",剧本旁批"写"字。

疗妒羹

集成冷翠总凄音,风雨长宵耐短吟。若得小青真属我,便遭奇妒也甘心。(《古本戏曲丛刊》三集)

一笠庵新编人兽关传奇

关分人兽事偏新,描出须眉宛似真。笔底锋芒严斧钺,当场愧杀负心人。(《古本戏曲丛刊》三集)

墨憨斋订定人兽关传奇

其一

为人为犬事偏新,描出须眉宛似真。笔底锋芒严斧钺,当场愧杀负心人。

其二

重将曲白再三参,□□□从一笠庵。奏出宫商倾人耳,□□词学有司□。(《冯梦龙全集》第十二册,凤凰出版社,2007,第1370页)

一笠庵新编占花魁传奇

貂裘敝矣作长吟,谱出新词管绿沉。千古钟期应尚在,个中山水自高深。(《古本戏曲丛刊》三集)

樱桃园

引商刻羽未须夸,填得新词是当家。名在江湖人不识,数声欸乃雪中槎。(《盛明杂剧二集》)

逍遥游

偶向蒙城勒去骢,梦回蝴蝶晓窗红。漫将旧谱翻新调,实理休嗤是撮空。(《盛明杂剧二集》)

还金记

还金千古说阴功，夫妇那堪趋向同。张氏藏诗明日月，梁公迈处起疲癃。石麟诞瑞天心顺，玉诏颁恩帝典隆。料得芳名香汗简，一篇小记待观风。（《不登大雅堂珍本戏曲丛刊》第四册，学苑出版社，2003，第317页）

红线金盒记

〔开引〕翡翠堂前列管弦，芙蓉屏底斗婵娟。主人情重华筵设，先奏梨园第一篇……事据唐人正传，词填乐府新腔。白下山人胸次高，含豪吮墨斗风骚。编成艳丽英雄传，花月场中夺锦标。（黄仕忠编《明清孤本稀见戏曲汇刊》上，广西师范大学出版社，2014，第6-7页）

琴心雅调

司马弄琴心，文君白首吟。从今翻雅调，与尔发清音。（黄仕忠编《明清孤本稀见戏曲汇刊》上，广西师范大学出版社，2014，第100页）

秋风三叠·冷眼

剧中集唐

树头树底觅残红，刻木牵丝作老翁。回首可怜歌舞地，罗帷绣幕围香风。（黄仕忠编《明清孤本稀见戏曲汇刊》上册，广西师范大学出版社，2014，第245页）

剧末

做的逢场作戏，看的回嗔作喜。还是傀儡牵人，还是人牵傀儡。（黄仕忠编《明清孤本稀见戏曲汇刊》上册，广西师范大学出版社，2014，第253页）

并头花记

传奇聊演百般花，风月场中趣味赊。试问此编何处得，彩毫梦里撷英华。（廖可斌主编《稀见明代戏曲丛刊》第三册，东方出版中心，2018，第565页）

凤头鞋记

传奇记演凤头鞋，节奏宫商却未乖。勿谓吾曹今诞妄，聊将乐府作诙谐。（廖可斌主编《稀见明代戏曲丛刊》第三册，东方出版中心，2018，第727页）

新编何文秀玉钗记

忠贞节孝振纲常，闲气争腾日月光。为托传奇垂竹帛，高风千载永流芳。（廖可斌主编《稀见明代戏曲丛刊》第三册，东方出版中心，2018，第828页）

红杏记

开场

世态如春梦，韶光似酒浓。徘徊月下句，谱作曲中情。礼义廉与耻，孝悌信和忠。插科闲打诨，凉竹载新声。（廖可斌主编《稀见明代戏曲丛刊》第四册，东方出版中心，2018，第384页）

第三十六出

龙游荷叶塘边隐，久遭浅水待风云。二十余年无变化，阳春和调谩陶情。（廖可斌主编《稀见明代戏曲丛刊》第四册，东方出版中心，2018，第552页）

花眉旦

开宗话柄

陈教授泣赋眼儿媚，江匀卿刺损眉儿翠。孟子若旧填北四支，香令君重谱花眉记。（廖可斌主编《稀见明代戏曲丛刊》第四册，东方出版中心，2018，第676页）

第三十出

前无作者后无双，独占风流荀令香。一曲霓裳天上奏，可容貂续顾周郎。（廖可斌主编《稀见明代戏曲丛刊》第四册，东方出版中心，2018，第769页）

盐梅记

奇男奇女作奇逢，笔下须知有化工。寄与苏州佣笔吏，莫教笑杀雁来红。（廖可斌主编《稀见明代戏曲丛刊》第五册，东方出版中心，2018，第480页）

曲中曲

剧末

着意寻春春已收，行藏不让晋风流。闲来编入穿云调，留与秦淮古渡头。（廖可斌主编《稀见明代戏曲丛刊》第七册，东方出版中心，2018，第41页）

墨憨斋重定西楼楚江情传奇

幔亭峰上有歌名，宣武曾留赋北征。醉醒十年巫峡梦，死生一曲楚江情。情关牢固终难破，梦境迷离只未清。倘得玉人提镜照，尾生原是旧卢生。（《冯梦龙全集》第十二册，凤凰出版社，2007，第1042页）

墨憨斋重定永团圆传奇

一段姻缘耳目新，每从节义显彝伦。当场不独夸词调，唤醒当今势利人。（《冯梦龙全集》第十二册，凤凰出版社，2007，第1460－1461页）

附录二　明代戏曲中的论剧（曲）词

屠赤水先生批评荆钗记

第一出

〔临江仙〕一段新奇真故事，须教两极驰名。三千今古腹中存。开言惊四座，打动五灵神。　　六府齐才并七步，八方豪气凌云。歌声遏住九霄云。十分全会者，少不得仁义礼先行。（《古本戏曲丛刊》初集）

按，此版与《古本戏曲丛刊》初集所收《新刻原本王状元荆钗记》第一出词作不同，或许系明人词作，故录之。

冯梦龙订定杀狗记

第一出

〔满江红〕铁砚毛锥，几年向、文场驰逐。任雕龙手段，俯头屈足。浪迹浑如萍逐水，虚名好似声传谷。笑半生梦里，鬓添霜，空碌碌。　　酒人中，聊托宿。诗社内，聊容足。价〔1〕嘲风弄月，品红评绿。点染新词别样锦，推敲旧谱无瑕玉。管风流领袖播千秋，英雄独。（《古本戏曲丛刊》初集）

注：

〔1〕按："价"，《冯梦龙全集》所收录的《杀狗记》中作"惯"字。（《冯梦龙全集》第十二册，凤凰出版社，2007，第1469页）

新刊重订出像附释标注音释赵氏孤儿记

第一出

〔满江红〕咏月披云，诗曲赋得趣。偏得惯浑砌。科乔这般学识。毕竟世情多孟浪，何妨肺腑为编捻。闲观处，撰掇一曲新词，真奇特。　　有欢笑，有离析。无灵异，无奇绝。按父子恩情，君臣忠直。休言打动众官人，直甚感动公侯伯。众乐官，御街行，说端的。（《古本戏曲丛刊》初集）

李九我批评破窑记

第一出

〔满庭芳〕生际明时，高堂大厦，文章绣吐天葩。牙签玉轴，占断五侯家。鲰生后学，空逞俐齿伶牙。本待看时容易，做就实堪夸。　　编话本，锦上添花。但佳人才子，暂时落泊，异日荣华。添插南科北诨，按宫商由自无差。贤门听戏文，可意恬静莫喧哗。（《古本戏曲丛刊》初集）

按，此处虽标〔满庭芳〕，填词多未遵格律。

新刻出像音注刘玄德三顾草庐记

第一折

〔鹧鸪天〕换羽移宫实不差。戏文编撰极精嘉。山林台阁多佳趣，四海斯文总一家。　　须静雅，莫喧哗。近来多少爱筝琶。今朝幸遇知音者，一奏词章众口夸。（《古本戏曲丛刊》初集）

重校金印记

第一出

〔水调歌头〕挥毫夺造化，鼓舌动风雷。良时未遇，珠玉暂尘埋。尚且鹏程九万，未遂龙门三汲，风月且舒怀。闲将六国传，书会好安排。按宫商，妆科范，有诙谐。比如故事，有如神骥压驽骀。醒炎凉世态，只恁轻贫重富，所贵在多才。知音高着眼，大喝采声来。（《古本戏曲丛刊》初集）

裴度香山还带记

第一出

〔昼堂春〕梨园名号始于唐。由来几度登场。诙谐谑语似猖狂。出入纲常。　　务要循规蹈矩，休轻换羽移商。酒边今古有周郎。订误须防。（《古本戏曲丛刊》初集）

按：〔昼堂春〕应为〔画堂春〕。

新刻出像音注唐朝张巡许远双忠记

第一出

〔满庭芳〕士学家源，风流性度，平生志在鹰扬。命途多舛，曾不利文场。便买山田种药，杏林春熟，橘井泉香。无人处，追思往事，几度热衷肠。　　幽怀无可托，搜寻传记，考究忠良。偶见睢阳故事，意惨情伤。便把根由始末，都编作律吕宫商。双忠传天长地久，节操凛冰霜。（《古本戏曲丛刊》初集）

伍伦全备忠孝记

第一出

〔鹧鸪天〕书会谁将杂曲编。南腔北曲两皆全。若于伦理无关紧，纵是新奇不足传。　　风日好，物华鲜。万方人乐太平年。今宵搬演新编记，要使人心忽惕然。

〔临江仙〕每见世人搬杂剧，无端无赖前贤。伯喈负屈十朋冤。九原如可作，怒气定冲天。　　这本《五伦全备记》，分明假托扬传。一场戏理五伦全。备他时世曲，寓我圣贤言。（《古本戏曲丛刊》初集）

〔西江月〕亦有悲欢离合，始终开阖团圆。白多唱少，非干不会把腔填。要得看的，个个易知易见。　不免插科打诨，妆成乔态狂言。戏场无笑不成欢。用此竦人观看。(《古本戏曲丛刊》初集)

重校五伦传香囊记

第一出

〔鹧鸪天〕一曲清歌酒一巡。梨园风月四时新。人生得意须行乐，只恐花飞减却春。　今即古，假为真。从教感起座间人。传奇莫作寻常看，识义由来可立身。(《古本戏曲丛刊》初集)

苏英皇后鹦鹉记

第一折

〔鹧鸪天〕戏曲相传已有年。诸家搬演尽堪怜。无非取乐宽怀抱，何必寻求实事填。　身有限，景无边。及时行乐莫留连。侵寻□□颠毛白，追忆从前却□然。(《古本戏曲丛刊》初集)

新刻出像音注薛仁贵跨海征东白袍记

第一折

〔西江月〕一段新奇故事，须交羽省驰名。三千里在腹中存。正是华筵开四座，惊动五灵神。　论此一本传奇，诸人皆晓所遇。君臣有义，夫妇有节，为子有孝。今日搬演一回，正是一回搬动一回新。(《古本戏曲丛刊》初集)

新刻出像音注韩湘子九度文公升仙记

第一折

〔沁园春〕百岁人生，露泡电影，不久时光。叹荣华富贵，穷通得失，都成一笑，傀儡排场。黑发未几，红颜渐退，转眼斑斑两鬓霜。今古事，慢慢从头细数，多少兴亡。　不须惆怅与思量，且忙里偷闲耍一场。对绿酒开怀拚一醉，尽疏狂。谈笑有何妨？风月遮笼莺花庭院，闲将传记演新腔。管甚么尘埃汩汩，名利忙忙。

〔鹧鸪天〕帘幕围春满画堂。东风罗绮暗生香。梨园风月知多少，别院笙歌不等常。　歌韵巧，乐声狂。轻盈翠袖舞仙郎。今番试演新奇传，野调山声别是腔。

〔临江仙〕这本蓝关仙记，果然物外清音。诗词歌赋一番新。写他玄妙理，劝尔世尘人。　　湘子仙班列圣，文公绝代儒神。文章山斗贯时英。一篇佛骨表，千载汗青名。（《古本戏曲丛刊》初集）

新刻全像胭脂记

第一出

〔水调歌头〕盛世千年乐，梨园一局新。锦绣珠玑灿，宫商动文林。幸遇风云佳会，桃花春浪，一跃赴龙门。如展才华志，莫负圣明君。　　遇良辰，逢月夕，登蓬瀛。编成古调，一回搬动一回新。自是悲欢离合，风花雪月，耗散精神。读书子番作偷香下客，生死同盟。（《古本戏曲丛刊》初集）

新编林冲宝剑记

第一出

〔鹧鸪天〕一曲高歌劝玉觞。闲收风月入吟囊。联金缀玉成新传，换羽移宫按旧腔。　　诛谗佞，表忠良。提真托假振纲常。古今得失兴亡事，眼底分明梦一场。（《古本戏曲丛刊》初集）

新刊合并陆天池西厢记

第一折

〔南乡子〕吴苑秀山川。孕出词人自不凡。把笔细书云锦烂，堪观。光照空濛五色间。　　天意困儒冠。且卷经纶卧碧山。那个荣华传万载，徒然。做支词儿尽意顽。

〔临江仙〕千古西厢推实甫，烟花队里神仙。是谁翻改污瑶编。词源全剽窃，气脉欠相连。　　试看吴机新织锦，别生花样天然。从今南北并流传。引他娇女荡，惹得老夫颠。（《古本戏曲丛刊》初集）

紫钗记

第一出

〔西江月〕堂上教成燕子，窗前学画蛾眉。清歌妙舞驻游丝。一段烟花佐使。　　点缀红泉旧本，标题玉茗新词。人间何处说相思？我辈钟情似

此。（《古本戏曲丛刊》初集）

明珠记

第一出

〔南歌子〕清新乐府唱堪听。遏云行。凤鸾鸣。宫怨闺愁，就里诉分明。掩过西厢花月色，又拨断，琵琶声。　　佳人才子古难并。苦离分。巧完成。离合悲欢，只在眼前生。四座知音须拱听，歌正好，酒频倾。（《古本戏曲丛刊》初集）

按，此调应为〔江城子〕，非〔南歌子〕。戏曲中的词作多有不合格律处，本书仅摘录其文本，不再一一注明。

新刻出像音注点板徐孝克孝义祝发记

第一折

〔千秋岁〕华堂芳宴。胜赏知无限。金缕奏，珠喉转。香生丛桂幕，舞动桃花扇。湘帘卷，十洲三岛人间见。　　声正应俳，调古何须艳。孝义事，当敷演。悠扬令耳听，仿佛前难传。兴起处，不须邺架开书卷。（《古本戏曲丛刊》初集）

目连救母劝善戏文

卷中开场

〔西江月〕古圣书囊奥妙，皇朝法纲严明。几人读得几人遵。不负圣皇立训。　　演戏少扶世教，长歌庶感人心。假饶看了不关情。有愧游鱼出听。

卷下开场

〔鹧鸪天〕日暖风和景物鲜。太平人乐太平年。新编孝子寻娘记，观者谁能不悚然。　　搜实迹，据新编。括成曲调入梨园。词华不及《西厢》艳，但比《西厢》孝义全。（《古本戏曲丛刊》初集）

长命缕

第一出

〔临江仙〕寿星南纪正当阳，老人作戏逢场。新词按谱韵宫商。金樽檀板，狂得且须狂。　　一段悲欢离合事，不淫不妒贞良。更有那攘夷卫国

副平章。勋名节义，长命缕传芳。（《古本戏曲丛刊》初集）

修文记

开场

〔月下笛〕三界牢狱，熬煎欲火，漂沉祸水。文言好绮。美浮花、拈浪蕊。闲提五寸斓斑管，狠下轮回种子。怪添油加焰，牵藤惹蔓，汉卿君美。

世爱《琵琶记》。奈千载中郎，无端受毁。老夫孟浪，欲向词场一洗。眼中亲见希奇事，尽入淋漓笔底。这神察天听，何等语，敢苟然而已。（《古本戏曲丛刊》初集）

新刊音注出像齐世子灌园记

第一出

〔东风齐着力〕华屋珠帘，寿山福海，别是风烟。玉觥满泛，正好醉琼筵。多少赏心乐事，笙歌沸、似听钧天。新声奏，一翻金缕，不改青编。把往事演。齐燕叹、忠臣慷慨，孝子迍遭。窜身灌溉，潜地结良缘。幸有宗英为将，出奇计、坤转乾旋。摧强敌，一时匡复，千载名传。（《古本戏曲丛刊》初集）

谭友夏批点想当然传奇

第一出

〔鹊踏枝〕花发千枝莺百啭。有酒如泉，与泪相更变。世间别有藏春院。情多命薄难令见。　　过眼惊心牵几线。一点难消，多少欢肠断。惟敲好句描娇艳。重重掌记相思案。（《古本戏曲丛刊》初集）

李卓吾先生批评玉合记

开场

〔满庭芳〕才子韩翃，名姬柳氏，多情打得成双。参军出塞，鼙鼓起渔阳。暂向禅林寄迹，遭番将强逼专房。还朝后，香车绮陌，邂逅各沾裳。

雄威看许俊，立时飞马，夺取孤凰。把当年玉合，再整新装。为问王孙侍女，重相会下界仙乡。章台咏，风流节侠，千古播词场。（《古本戏曲丛刊》初集）

重校埋剑记

第一出

〔行香子〕达道彝伦，终古常新。友朋中无几何存。朝同兰蕙，暮变荆榛。又陡成波，翻作雨，覆为云。　　所以先贤，著绝交文，畏人间轻薄纷纷。我思前事，作劝人群。可继萧朱，追杜左，比雷陈。（《古本戏曲丛刊》初集）

博笑记

第一出

〔西江月〕昭代名家野史，于今百种犹饶。正言庄语敢相嘲。却爱诙谐不少。　　未必谈言微中，解颐亦自忘劳。岂云珠玉在挥毫。但可名扬为博笑。（《古本戏曲丛刊》初集）

易鞋记

第一出

〔满庭芳〕两眼乾坤，满怀今古，看来多少风光。神仙幽怪，此已付荒唐。不数秦楼汉苑，细歌舞、经几斜阳。谩指点，衣冠艺圃，万古重纲常。易鞋双玉案，义夫节妇，烈日秋霜。相逢还又别，空赋高唐。犹喜桃源路近，复见仙郎。其间事，有关名教，风化不寻常。（《古本戏曲丛刊》初集）

校正原本红梨记

第一出

〔瑶轮第五曲〕华堂开，玳筵列。樽俎虽陈，主宾未浃。且将行酒付优伶，喜转眼间悲欢聚别。也非关朝家事业。也非关市曹琐屑。打点笑口频开，此夜只谈风月。　　论卖文，生涯拙。岂是夸多，何曾斗捷。从来抱膝便长吟，觉一霎时壮心暂折。也无甚搬枝运节。也无甚阳秋衮钺。若还见者吹毛，甘骂老奴饶舌。（《古本戏曲丛刊》初集）

新刻全像高文举珍珠记

第一出

〔鹧鸪天〕拉友寻春郊野回。胸罗春景发词蓓。珠玑万斛寒星斗，风月

一襟饶壮怀。　　搜逸史，摘骚才。悲欢离合巧安排。寄语闾阎歌舞客，莫惊玉笛落江梅。(《古本戏曲丛刊》二集)

新刻出像音注观世音修行香山记

第一出

〔鹧鸪天〕帘幕围春满画堂。东风罗绮暗生香。梨园风月知多少，庭院笙歌弗等常。　　歌韵巧，乐声狂。轻盈翠袖舞仙郎。今番试演新奇传，野调山声别是腔。(《古本戏曲丛刊》二集)

按：此词与《古本戏曲丛刊》所收《韩湘子九度文公升仙记》开场所用〔鹧鸪天〕词同，两剧本皆由金陵富春堂刊印。

新刻全像包龙图公案袁文正还魂记

第一出

〔鹧鸪天〕遇酒当樽酒满斟。一觞一曲乐天真。三杯五盏陶情性，对月临风自赏心。　　摆列处，〔1〕歌声嘹亮遏行云。春风蒲席知因〔2〕乐，一曲教君侧耳听。(《古本戏曲丛刊》二集)

注：
〔1〕原文此处少一个三字句。
〔2〕"因"：似当作"音"。

新刻五闹蕉帕记

第一出

〔满庭芳〕净洗铅华，单填本色，从来曲有他肠。作诗容易，此道久荒唐。屈指当今海内，论词手、几个周郎。笑他行，非伤绮语，便落腐儒乡。　　不才嗟落魄，胸中无字，一味疏狂。但酒间花畔，长听商量。也学邯郸脚步，胡诌弄、几曲登场。知音客，休言鲍老，不会舞郎当。(《古本戏曲丛刊》二集)

锦笺记

第一出

〔西江月〕身外闲愁莫惹，眼前声伎堪规。一生聚散与欢悲。消得檐前寸暑。　　漫道梦长梦短，总将傀儡搬提。清歌雅宴且追随。亦是百年良

会。(《古本戏曲丛刊》二集)

新编全像点板窦禹钧全德记

第一出

〔水龙吟〕尝闻先哲遗言，人世难逢开笑口。碌碌浮生，难道青春再有。欲养性情，当亲歌咏，群居契友。且及时行乐，逢场作戏，共欢娱，齐拍手。(《古本戏曲丛刊》二集)

墨憨斋重定梦磊记传奇

第一折

〔玉楼春〕十年映断芸窗雪。两字功名成梦蝶。惟余一片热心肠，唤却毛生弄秋月。　月明天上方圆缺。曲尽词完板堪叠。试于台畔听宫商，应知不是盲公拙。(《古本戏曲丛刊》二集)

新刻狄梁公返周望云忠孝记

第一出

〔何陋子〕景仰先贤模范，无非激劝人情。词艳不关风化体，有声曾似无声。惟有忠良孝友，知音入耳堪听。　剧演唐臣故事，河阳狄氏怀英。千古口碑传政绩，流风遗爱何深。试看瞻云转日，委然殊绝完人。(《古本戏曲丛刊》二集)

金莲记

第一出

〔临江仙〕词曲元人称独步，到今户叶宫商。《夷坚》《艳异》总荒唐。何如苏学士，才节世无双。　赤壁一游闲事耳，生平梗概宜详。金莲新谱慢铺张。未能追雪调，聊取佐霞觞。(《古本戏曲丛刊》二集)

冬青记

第一出

〔玉楼春〕长陵朽骨归寒士。肉食营营妻若子。掀髯一啸拂处刀，肝胆未知谁向是。　休提弱冠纵横志。快筑糟丘拚醉死。骚坛绮句付红牙，至恐多情断肠尔。(《古本戏曲丛刊》二集)

重校剑侠传双红记

佚名

第一出

〔西江双月〕传奇本供欢笑，何须故作酸辛。刑囚逼虏与遭兵。冻馁流离颠窨。　魂断穷途绝塞，谗疏节孝忠贞。令人泪眼更愁颦。却替古人耽闷。　到底虽然欢庆，其间痛楚难禁。从今丢罢怨和嗔。特阐风情侠性。　岂是忘分离合，非干不解哀忻。要令观者尽怡神。忽作楚囚悲愤。（《古本戏曲丛刊》二集）

重校四美记

第一出

〔西江月〕大明一统天下，王都万载遐昌。民安国泰出祯祥。五谷丰登乐享。　主圣臣忠子孝，妻贤妇节明良。九流三教有纲常。叠做一场新唱。（《古本戏曲丛刊》二集）

新刻出相点板八义双杯记

第一出

〔鹧鸪天〕百岁流光暗里驰。等闲青鬓易成丝。尊前助乐频呼酒，窗下怡情谩缀词。　因事迹，费心思。离合悲欢要得宜。谨按传奇非妄诞，拟同乐府并相摧。（《古本戏曲丛刊》二集）

唐韦状元自制莝篌记

第一出

〔千秋岁引〕石室词豪，金闺诗侠。壮气千秋何处泄。星剑生前曾浴日，霜毫身后犹飞雪。首胪传肘金印，是旧功业。　共羡麒麟新画烈。唐室寒灰还再热。纸上重挥当年节。白雪应知和者寡，红尘拟有知人哲。寄雌黄，戏场上，凭谁说。（《古本戏曲丛刊》二集）

墨憨斋详定酒家佣传奇

第一出

〔西江月〕公论定归忠义，天心不佑权奸。一时颠倒费周旋。人事天心

越显。　　　古往今来变态，离悲合喜因缘。谩将旧记纂新编。好情知音搬演。（《古本戏曲丛刊》二集）

墨憨斋新定精忠旗传奇

第一折

〔蝶恋花〕发指豪呼如海沸。舞罢龙泉，洒尽伤心泪。毕竟含冤难尽洗。为他聊出英雄气。　　　千古奇冤飞遇桧。浪演传奇，冤更加千倍。不忍精忠冤到底。更编纪实《精忠记》。（《古本戏曲丛刊》二集）

墨憨斋新定洒雪堂传奇

〔风流子〕听余至情语，君试看、情种死生图。要一种多情，成千万状，一场啼笑，亘古今无。奇绝处、虽谐而欲泣，纵幻不为虚。最有情时，忽成断绝，不相干处，凑个欢娱。　　　此回君信否？须覆阅齐谐，知此非诬。自是钟情之至，安有常乎？看骨化形销，死轻情重，钿还镜合，生与情俱。我亦不禁情至，于是乎书。（《古本戏曲丛刊》二集）

张玉娘闺房三清鹦鹉墓贞文记

第一出

〔玉楼春〕枫林一片伤心处。芳草萋萋鹦鹉墓。自来贞女定多情，谩道情多纷似絮。　　　我情似海和谁诉。彩笔谱成肠断句。不堪唱向女贞祠，枫叶翻飞红泪雨。（《古本戏曲丛刊》二集）

小青娘风流院传奇

第一出

〔蝶恋花〕怨毒于人为最甚。可惜鸾雏落在豚鸡阵。不是区区拈出迅。浪花枝血年年恁。　　　星斗文章成画饼。下第无聊，嚼出宫商恨。珠斛屋金生不幸。全凭笔占风流胜。（《古本戏曲丛刊》二集）

望湖亭记

第一出

〔临江仙〕词隐登坛标赤帜，休将玉茗称尊。郁蓝继有槲园人。方诸能作律，龙子在多闻。　　　香令风流成绝调，幔亭彩笔生春。大荒巧构更超

群。鲰生何所似,颦笑得其神。(《古本戏曲丛刊》二集)

荷花荡

第一出

〔满庭芳〕旧谱新翻,权将消夏,摘来几种奇缘。拈成一片,异致果堪传。最恨依文落套,当场演、痛痒无关。斯传也,从空凿出,思路实幽玄。

更删繁削冗,私心自愧,句拙词单。有一般堪喜,花样新颁。总是悲欢离合,把别谱、蹊径都挽。深发愿,期逢识者,重与订瑶篇。(《古本戏曲丛刊》二集)

醉乡记

第一出

〔蝶恋花〕笔梦花生闲戏耍。不分《离骚》,续却《风》和《雅》。过客光阴真也假。子虚了为赓司马。　　白雪楼头春又夏。婚宦因循,镇日如聋哑。碧眼胡人应复寡。唾壶不禁年来打。(《古本戏曲丛刊》二集)

墨憨斋重定双雄传奇

第一折

〔东风齐著力〕月下花丛,金炊玉馔,满座春风。猛拚沉醉,何事逞雕虫?多少人忧人乐,难依样、做哑妆聋。新声奏,悲歌慷唱,尽寄编中。　　造事有穷通。看好花蔓草,颠倒枯荣。羊肠九折,心面总难同。才说好还天道,早消磨、一半英雄。挥毫处,满腔侠气,日贯长虹。(《古本戏曲丛刊》二集)

凤求凰

第一出

〔玉楼春〕冷看世事如棋垒。蛮触雌雄呼吸改。英雄袖手卧蒿莱,坐对金鸾飞翠霭。　　文人腑脏清于水。拍脑长吟销慷慨。闲抽五色绘风流,一曲飞觞浇傀儡。(《古本戏曲丛刊》二集)

鸳鸯绦传奇

缘始

〔春云怨〕堪嗟世事。但罄竹南山,无从屈指。文官爱钱,武官爱命,空自百年养士。虏骑纵横，满朝震恐，天下无一人义士。克剥民脂，奸蒙圣听，今古皆如此。　若读《鸳鸯绦》院本。要识尽忠尽孝，劝惩俱至。广志广谋张小二。造意设机，图财致命，奈世上于今半是。张氏两眸，杨生一第，天公分定焉尔。（《古本戏曲丛刊》二集）

泊庵芙蓉影

第一出

〔水调歌头〕青灯闲作赋，白雪漫成歌。载酒瑶华堂上，明月影婆娑。满眼当场傀儡，做就悲欢离合，无计奈他何。只恐收棚早，有兴莫蹉跎。

思量起，终日醉，苦无多。百年有尽，况分一半梦中过。试看斜阳影里，尽是英雄遗恨，从教荒冢覆松萝。古今多少事，渔唱与樵歌。（《古本戏曲丛刊》二集）

怀远堂批点燕子笺

第一出

〔西江月〕老却名缰拘管，闲充词苑平章。春来秋去酒樽香。烂醉莫愁湖上。　燕尾双叉如剪，莺歌全副偷簧。晓风残月按新腔。依旧是张绪当年情况。（《古本戏曲丛刊》二集）

咏怀堂新编十错认春灯谜记

第一出

〔西江月〕圣代文章有价，骚人墨笔流香。百花深处咏怀堂。画个竹林小象。　大阮名高南舍，小儿窃比东方。请君烂醉手中觞。莫管闲愁天样。（《古本戏曲丛刊》二集）

剑啸阁自订西楼梦传奇

第一出

〔临江仙〕白发无根愁种就，劝君及早徜徉。风流节侠满词场。尊前颜似玉，灯下语如簧。　试看悲欢离合处，从教打动人肠。当筵谁者是周郎？纵思敲字句，无敢乱宫商。（《古本戏曲丛刊》二集）

元宵闹传奇

第一折

〔西江月〕意懒一腔愁绪，心驰满载幽思。床头金尽少相知。酷见炎凉滋味。　闭室闲观《水浒》，缘情草就传奇。高明为我润删之。莫笑俚词鄙句。（《古本戏曲丛刊》二集）

竹叶舟传奇

第一折

〔浣溪沙〕长日酣眠醉甕头。不知乌兔几春秋。独将班管写牢愁。　谢却簪缨回世俗，自将檀板协歌讴。新词吟罢水云流。（《古本戏曲丛刊》二集）

重校十无端巧合红蕖记

〔千秋岁引〕袖手风云，蒙头日月。一片闲心再休热。鲲鹏学鸠各有志，山林钟鼎从来别。独支颐，频看镜，总勋业。　词社乍闻弦管歇。垆畔有人肌似雪。扇影梁尘欲相接。醒狂次公肠已断，风流公瑾愁应绝。畅开怀，妙选伎，延年决。（《古本戏曲丛刊》三集）

笔耒斋订定二奇缘传奇

第一出

〔临江仙〕大块有情生绿竹，假余作耒为耕。廿年种就一灵根。四时无别长，惟有曲芽生。　搜集宫商律吕，制成几套阳春。当场弦管奏新声。个中不到处，留待惜惺人。（《古本戏曲丛刊》三集）

西园记

第一出

〔西江月〕买到兰陵美酒，烹来阳羡新茶。请听檀板按琵琶。莫道今朝少暇。　俗子开谈即俗，佳人启口尤佳。扇头羞落满檐花。恼得春风欲骂。（《古本戏曲丛刊》三集）

画中人

第一出

〔蝶恋花〕笔砚生涯独未窘。恼乱愁肠，蓦地闲思忖。据理苛评难作准。妄言妄听姑教仅。　　世事茫茫如画本。竖抹横涂，颠倒随人哂。唤画虽痴非是蠢。情之所到真难忍。（《古本戏曲丛刊》三集）

情邮记

第一出

〔临江仙〕生苑流仙人似驿，几多驻足时光。黄河日夜水汤汤。愁随刀放下，恼共发除将。　　只有情丝抽不尽，些儿露出疏狂。又拈曲谱按宫商。空中观聚散，局外问炎凉。（《古本戏曲丛刊》三集）

三社记

第一出

〔法曲献仙音〕蚕茧抽思，兔毫频举，另是一番情趣。技匪雕龙，才惭绣虎，宫商乱敲金玉。檀板彻宵云驻。春风慉歌舞。　　阿谁主。叹春来、海棠朝润，低瞬见、梨花院闻夜雨。不把千金买笑，谁怜一滴浇土。任侠钟情自天生，遨游为祖。试通今博古，贯作一场骚赋。（《古本戏曲丛刊》三集）

一笠庵新编一捧雪传奇

第一出

〔木兰花〕〔1〕扣角狂歌，击壶长啸。英雄空与天公闹。买曲青山学种瓜，寻溪碧水闲垂钓。　　捻断吟髭，敲残诗料。虚空嚼破填真照〔2〕。半生梦绕浣花溪，一声响彻阳春调。（《古本戏曲丛刊》三集）

注：

〔1〕《冯梦龙全集》本亦作〔木兰花〕，此调实为〔踏莎行〕。

〔2〕《冯梦龙全集》本中，下片前三句写作" 捻断吟髭敲残诗，料虚空嚼破填真照"，非。

一笠庵新编占花魁传奇卷上

花引

〔临江仙〕千古情根谁种就，种情深处堪传，何须说鬼更谈仙。寻常儿女事，莫作口头言。　　花月场中存至理，情真一点偏坚。石穿木断了情缘。九年面壁者，从此悟真禅。

高唐梦

〔如梦令〕岁事悠悠转毂。世路纷纷覆鹿。人醉我何醒，莫待黄粱先熟。明烛、明烛、梦断巫山六六。（《盛明杂剧》初集）

远山戏

〔画堂春〕花间素女抱云和。传来一曲阳阿。金钗乍坠舞婆娑。妒煞青娥。肯信风云气少，浪言儿女情多。风流京兆有遗歌。胜事如何。（《盛明杂剧》初集）

洛水悲

〔临江仙〕金谷园中生计拙，高阳池上名流。山公任放是良谋。歌声中夜发，酒债几时勾。　　汉水悠悠东到海，繁华总是浮沤。趁他未白少年头。樽前宜粉泽，座上即丹丘。（《盛明杂剧》初集）

易水寒

〔鹧鸪天〕笑煞男儿软似锦。藏头缩脑度流年。恩仇两字英雄气，吊古重翻易水篇。　　人没没，水溅溅。须教四坐莫凄然。凭余夺得天工巧，壮士生还作剑仙。（黄仕忠主编《明清孤本稀见戏曲汇刊》（上），广西师范大学出版社，2014，第132页）

运甓记

第一出

〔齐天乐〕画堂今日歌金缕，座集貂蝉簪组。酒进霞觞，屏开云母，次第装今演古。遍观乐府。尽丽曲妖词，宣淫导颇。过眼生憎，细追寻风化终无补。　　暂且移宫换羽，劝君休觑做、等闲仇伍。宛转莺喉，轻敲象

板，诉出忠良肺腑。循腔按谱。渐引人陶陶，醉乡深处。潦倒金尊，畅饮娱宾主。（《六十种曲》）

芙蓉屏记

首折

〔西地锦〕〔1〕世事无穷变态，人生有限时光。得徜徉处且徜徉。莫遣闲愁磨障。　戏剧明伦劝世，制成正调真腔。从头扮演做一场。博取知音称赏。（廖可斌主编《稀见明代戏曲丛刊》第二册，东方出版中心，2018，第 320 页）

注：
〔1〕此词实为〔西江月〕，非〔西地锦〕。

新编何文秀玉钗记

第一出

〔西江月〕往哲垂名海内，休光蔚映人间。载歌载咏世争传。始信才情无限。　堪惜英雄拓落，更嘉窈窕幽闲。芳名劲节两兼全。风化攸关非浅。（廖可斌主编《稀见明代戏曲丛刊》第三册，东方出版中心，2018，第737 页）

红杏记

〔临江仙〕阳春白雪少年欢，堪叹世事茫茫。人情碌碌且休量。遇景须行乐，何用苦奔忙。　乘时稼穑羡倪宽，经锄忙里偷闲。文章破胆被荒唐。华藻沉洙泗，新调赴朝阳。（廖可斌主编《稀见明代戏曲丛刊》第六册，东方出版中心，2018，第 384 页）

续情灯

第一出

〔忆秦娥〕百年天。瞒空傀儡搬啼笑。搬啼笑。酸倈气大，阎浮界小。　秃尖一幻能千妙。天魔山鬼帮清啸。帮清啸。中山酒醒，扬州梦觉。（廖可斌主编《稀见明代戏曲丛刊》第六册，东方出版中心，2018，第 5 页）

醉月缘

第一出

〔临江仙〕才子文魔千百幻，笔歌墨舞花狂。相思嚼血喷宫商。知音霏玉屑，敲句响琳琅。　　文澜学浪争投到，饶他元白当行。百年三万六千场。飞觞摇夜月，列舞散天香。（廖可斌主编《稀见明代戏曲丛刊》第六册，东方出版中心，2018，第 136 页）

曲中曲

〔西江月〕题起曲中事业，风云变态无常。新编一段作家腔。付与作家闲唱。　　不假情由句句，也须识破桩桩。开场终是有收场。大底戏文模样。（廖可斌主编《稀见明代戏曲丛刊》第七册，东方出版中心，2018，第 38 页）

附录三　明代戏曲中的论剧（曲）曲

伍伦全备忠孝记

第二十九出

〔余音〕这戏文一似庄子的寓言流传。在世人搬演。但凡世上有心人，须听俺谆谆语。（《古本戏曲丛刊》初集）

重校五伦传香囊记

第四十二出

〔余文〕人间善恶宜惩劝。管取紫香囊伍伦新传。万古丹心照简编。（《古本戏曲丛刊》初集）

魏仲雪批评投笔记

第三十八出

〔尾声〕臣忠子孝全忠义。夫荣妻贵世间稀。投笔封侯纪传奇。（《古本戏曲丛刊》初集）

薛平辽金貂记

第四十二折

〔十二时〕此奇编重补订。绕梁声琳琅堪听。留与知音作世珍。(《古本戏曲丛刊》初集)

新刊合并陆天池西厢记

第三十七折

〔十二时〕清词咏罢还重讽。透心髓一团娇哜。万载骚坛说士龙。(《古本戏曲丛刊》初集)

博笑记

剧本前附词隐先生论曲曲:

〔二郎神〕何元朗。一言儿启词宗宝藏。道欲度新声休走样。名为乐府,须教合律依腔。宁使时人不鉴赏。无使人挠喉捩嗓。说不得才长。越有才越当着意斟量。

〔前腔〕参详。含宫泛徵,延声促响。把亥韵平音分几项。倘平音窘处,须巧将入韵埋藏。这是词隐先生独秘方。与自古词人不爽。若遇调飞扬,把去声儿填他几字相当。

〔啭林莺〕词中上声还细讲。比平声更觉微茫。去声正与分天壤。休混把仄声字填腔。析阴辨阳。却只有那平声分党。细商量。阴与阳、还须趁调低昂。

〔前腔〕用律诗句法须审详。不可厮混词场。〔步步娇〕首句堪为样。又须将〔懒画眉〕推详。休教卤莽。试一比类当知趋向。岂荒唐。请细阅《琵琶》字字平章。

〔啄木鹂〕中州韵,分类详。正韵也因他为草创。今不守正韵填词,又不遵中土宫商。制词不将琵琶仿。却驾言韵依东嘉样。这病膏肓。东嘉已误,安可袭为常。

〔前腔〕北词谱,精且详。恨杀南词偏费讲。今始信旧谱多讹,是鲰生稍为更张。改弦又非翻新样。按腔自然成绝唱。语非狂。从教顾曲,端不怕周郎。

〔金衣公子〕奈独力怎隄防。讲得口唇干,空闹攘。当筵几度添惆怅。

怎得词人当行。歌客守腔。大家细把音律讲。自心伤。萧萧白发，谁与共雌黄。

〔前腔〕曾记少陵狂。道细论诗，晚节详。论词亦岂容疏放。纵使词出绣肠。歌称绕梁。倘不谐律吕也难褒奖。耳边厢。讹音俗调，羞问短和长。

〔尾声〕吾言料没知音赏。这流水高山逸响。直待后世钟期也不妨。（《古本戏曲丛刊》初集）

重校金印记

第四十二出

〔余文〕人情似此休炎冷。自古文章可立身。万古流传作话名。（《古本戏曲丛刊》初集）

新刻全像胭脂记

第四十一出

〔尾声〕风情节义难兼擅。胭脂重修在此编。博笑名骚识者传。（《古本戏曲丛刊》初集）

新刊音注出像齐世子灌园记

第三十出

〔尾声〕忠臣良将并贤媛。开国承家在简编。只落千载名传。（《古本戏曲丛刊》初集）

墨憨斋重定新灌园传奇

第三十六折

〔尾声〕去淫词存法戒。要关风化费新裁。直待世有知音方许偕。（《冯梦龙全集》第十一册，凤凰出版社，2007，第96页）

明珠记

第三十四出

〔意不尽〕东吴才子多风度。撮俏拈芳入艳歌。锦片也似丽情传万古。（《古本戏曲丛刊》初集）

怀香记

第四十出

〔意不尽〕一般佳遇风流种。青琐怀香千古颂。谩把缀入宫商，永与知音传讽。（《古本戏曲丛刊》初集）

新刻出像音注点板徐孝克孝义祝发记

第二十八折

〔尾声〕一家节孝传千载。播作新声调颇谐。且向华堂劝寿杯。（《古本戏曲丛刊》初集）

谭友夏批点想当然传奇

第三十八出

〔尾声〕三生石上缘多幻。怎竭得泪河情茧。唱彻新声欲断魂。（《古本戏曲丛刊》初集）

长命缕

第三十四出

〔越恁好〕戏场忻闹，戏场忻闹，论人生总戏中。只改头换面，将人眼蒙，也有贵贱有愚聪。

〔余文〕妻贤子孝臣忠勇。乐府新翻胜乐翁。试看五采毫飞万丈虹。（《古本戏曲丛刊》初集）

重校埋剑记

第三十六出

〔侥侥令〕清朝节孝重。德里义门荣。看取彤管名高传青史，墨客赋新词黄绢工。

〔又〕珊瑚鞭借宠。宝剑气峥嵘。看取旧传新编论交谊，愧杀世间人称友朋。

〔尾声〕谈言倘亦能微中。问滑稽何如优孟。把真假一笑皆空。（《古本戏曲丛刊》初集）

玉簪记

第三十四出

〔尾声〕收〔1〕场大梦如蓬转。堪笑才情〔2〕雅念。慢把新词作话传。(《古本戏曲丛刊》初集)

注:

〔1〕"收",《不登大雅珍本戏曲丛刊》所收录的《鼎镌玉簪记》中作"一"。(《不登大雅珍本戏曲丛刊》第13册第69页)

〔2〕"情",《不登大雅珍本戏曲丛刊》所收录的《鼎镌玉簪记》中作"郎"。(《不登大雅珍本戏曲丛刊》第13册第69页)

双珠记

第四十六出

〔永团圆〕从来名教纲常重。德行彻重瞳。褒旌宠锡如天纵。忠和孝难伯仲。况坚贞胶巩。从容成义勇。卓异尤超众。双珠迎送。悲欢离合中。缀入宫商调,旬日讽传奇粗况。幽响泄潜蛰。按拍醒懵懂。〔1〕愿高明矜作俑。订谬补遗成雅颂。千古知音同玩弄。(《古本戏曲丛刊》初集)

注:

〔1〕"按拍醒懵懂"应是〔永团圆〕曲的末句,此后三句应为本出尾声,但漏标曲牌〔尾声〕。

红梨花记

第三十四出

〔尾声〕拈花弄柳情偏眷。贵贱交情世所难。编作新词万古传。(《古本戏曲丛刊》初集)

奇遇玉丸记

第四十出

〔尾声〕弄丸原有神仙气。岂寻常传奇杂记。自有知音一品题。(《古本戏曲丛刊》初集)

墨憨斋重定女丈夫传奇

第三十六折

〔南余文〕穷通得失虽前带。也要精神挣得来。多少男儿坐老，都似恁般女子教人喝一万声采。（《古本戏曲丛刊》二集）

墨憨斋新定精忠旗传奇

第三十七折

〔尾声〕贤奸今古同芳臭。愤懑心头借笔头。好教千古忠臣开笑口。（《古本戏曲丛刊》二集）

墨憨斋重定双雄传奇

第三十六折

〔意不尽〕悲欢顷刻皆妆就。善恶分明看到头。韵协音和传不朽。（《古本戏曲丛刊》二集）

狮吼记

第三出

〔二犯傍妆台〕纤指拂。金徽鹍弦拨处。谁道赏音稀。正好向客窗同夜话，怎忍弹别鹤，竟思归。我移商换羽腔须按，你流水高山思欲飞。尘情顿减，羁怀自怡。怪不得文君司马深相契。（《古本戏曲丛刊》二集）

麒麟罽

第三十六出

〔尾〕韩王小传原奇妙。奈谱曲梨园草草。因此上任诞轩中信口嘲。（《古本戏曲丛刊》二集）

重订天书记

第三十四出

〔尾声〕花前倾倒玻璃瓮。侧耳新声字字工。千载孙庞感慨中。（《古本戏曲丛刊》二集）

新刻五闹蕉帕记

第三十六出

〔北煞尾〕鼓腹白鸥壮。舒足红梅帐。胸中无别物，曲魔儿时常作痒。不是咱山人夸伎俩。略知些腔调宫商。任闲口，漫雌黄，压着咱则是《西厢》，《琵琶记》输些斤两。再难寻通方肚肠、少林拳棒。学咱不知书也打诨闹词场。

〔尾声〕戏编蕉帕成绝唱。那个词人不鉴赏。都道笔底生花不姓江。（《古本戏曲丛刊》二集）

青衫记

第三十出

〔尾声〕佳人才子从来少。荣辱升沉何足道。白雪还须续彩毫。（《古本戏曲丛刊》二集）

锦笺记

第四十出

〔尾声〕风情节义难兼擅。女诫分明在此编。寄语梨园仔细传。（《古本戏曲丛刊》二集）

鸾鎞记

第二十七出

〔尾声〕榭园性格耽游戏。把两个佳人扯作一堆。妆点新词自解颐。（《古本戏曲丛刊》二集）

玉镜台记

第四十出

〔余文〕前朝懋绩标词翰。《玉台镜记》烂云编。千古名扬四海传。（《古本戏曲丛刊》二集）

四喜记

第四十二出

〔尾声〕文编四喜成何用。但梨园新添一种。付与知音一笑中。(《古本戏曲丛刊》二集)

金莲记

第三十六出

〔越恁好〕鼎纶仙吏，鼎纶仙吏，谱梨园吐茧丝。看瑞芝香满，幽兰调飞。行云驻，檀板催。清霜句落梁州妓。坡仙灵爽，应道神交心契。

〔煞尾〕函三馆里呈余技。解向词林游戏。曾有太乙真人照杖藜。(《古本戏曲丛刊》二集)

题红记

第三十六出

〔越恁好〕洛阳年少，洛阳年少，笑王生意气豪。谩青襟未脱，红笺浪挑。乌丝扫，彩笔抛，千秋谱入梨园调。韩姬灵爽，九原正堪一笑。

〔煞尾〕当场好值春风峭。借皓齿红牙双妙。应有周郎为解嘲。(《古本戏曲丛刊》二集)

冬青记

第三十六出

〔尾声〕彩毫岂屑规声伎。无限骚魂聊寄。谩引奏郁轮解首相嗤。(《古本戏曲丛刊》二集)

琴心记

第四十四出

〔双声子〕新声奏。新声奏。传奇应难朽。应难朽。料知音同笑口。君恩厚。君恩厚。难报酬。难报酬。愿天长地久，万岁金瓯。

〔尾〕康宁富贵皆辐辏。愿子子孙孙称寿。乐不尽满堂春昼。(《古本戏曲丛刊》二集)

新刻出相点板八义双杯记

第三十六出

〔尾声〕奇闻异事堪称奖。杯合人逢似乐昌。编就新文达四方。(《古本

戏曲丛刊》二集）

新编全相点板西湖记

第四十三出

〔尾声〕天来风月无穷兴。今古行为能几人。编作新声天下闻。（《古本戏曲丛刊》二集）

唐韦状元自制箜篌记

第三十四出

〔大环看〔1〕〕喜箜篌无恙。喜箜篌会合。鸾凰第土，恩涵紫泥宠降。暮角歌声嘹亮。弄玉秦楼，正好舞琼箫，文鸾飞飏。骅骝马嘶风声爽。桓葱剑冲霄，光朗擎尊酒，彩袖扬箕帚，相供室家饮畅。

〔大和佛〕灵武星辉奎碧光。金瓯神气张。平胡翼，运青镜，雪痕长。汗史列三行。怕千年后，有人嘲谤。把污名删去，更烈焰，卷词章。九泉有恨堪惆怅。不能勾回人世，也只得，凭石挥毫记短长。

〔越恁好〕看箜篌佳记，看箜篌佳记，走龙蛇□□□〔2〕琅。叹清风淑气，似玉露，沾金掌。贮名山玉章。贮名山玉章。听一声声唱梨园，刻吕雕商。一字字珠玑，列行行桃李花，千古同堂。歌功德，记俊豪，颂太康欢赏。这凡情酒债，都付乾坤虚旷。

〔红绣鞋〕清高蕙质兰芳。兰芳。英雄诗侠颠狂。颠狂。百尺楼，元龙状。悬如斗，印金章。心中事，笑人忙。

〔尾声〕霜毫七首纾情况。不甘心侑酒传觞。还堪笑汉武秦皇事渺茫。（《古本戏曲丛刊》二集）

注：

〔1〕按：〔大环看〕应做〔大环着〕。

〔2〕按："蛇"字后三字不完整，结合上下文推测此处所缺三字为"满目琳"。

墨憨斋新定洒雪堂传奇

第三十九折

〔永团圆〕把多情一种还细剖。有多少假绸缪。也有恩情向后成敝帚。好情人两难凑。不似今番奇遭。离合死生翻与覆。到底终成就。豪诗剧酒，且须为情酬。莫道恢奇事，全然有全然没有。只共情相逗。但许情人受。

〔尾声〕永团圆，团圆后。事到欢娱都住手。写出情词总为愁。(《古本戏曲丛刊》二集)

墨憨斋新定精忠旗传奇

第三十七折

〔尾声〕贤奸今古同芳臭。愤懑心头借笔头。好教千古忠臣开笑口。(《古本戏曲丛刊》二集)

望湖亭记

第三十六出

〔意不尽〕多情莫笑无情憨。节操须关名教场。羞称艳冶，词还正雅规放荡。(《古本戏曲丛刊》二集)

墨憨斋重定双雄传奇

第三十六折

〔意不尽〕悲欢顷刻皆妆就。善恶分明看到头。韵协音和传不朽。(《古本戏曲丛刊》二集)

凤求凰

第三十出

〔南尾〕才人侠女风流韵。千古谁知遇赏音。彩笔惊飞五色云。(《古本戏曲丛刊》二集)

鸳鸯绦传奇

第二十出

〔颗颗珠〕(外)电闪碧双眸。明珠颗颗不是暗中投，诸旄俟知音示而曹。

(外)宫调何如？(生)大凡声音各应律吕，分为六宫十一调，南北虽殊，其义一也。

〔下山虎〕道宫幽邈。南吕萧骚。黄钟贵缠扰。仙吕清高。宫调沉雄，双调健凄激袅。悠扬怨慕商角调。本宫称越调。写幽情抒号笑。敢将生所学，辨出根苗。不负师台这一考。

（外）妙哉！尽情说来，诸生须侧耳静听。

〔第三换头〕〔山麻楷〕休抄。切莫将平仄拗。句法短长勿错毫毛。分标衬贴字，字字都活落。才省得本宫错乱，歌人抢捞，后学神劳。

（外）韵脚何如？（生）先知重浊清，乃识阴阳平仄。故闽海之音不可通于天下，以其偏安一隅也。编入声于三声者，所以济才之窘也。别闭口于鼻舌者，所以正字之讹也。有音此字，字非此字者，宜用阴而阳、阳而阴也。有墨虽满纸，不可入红牙者，板行逢双，文理舛谬也。

〔五韵美〕最难调。是韵脚。侵寻闭口须分晓。切莫将庚与真来相搅。廉纤最少。又须监咸混了。更有那天与山切忌信口嘲。才握管。便先把内中，（外）语音了了。

（外）填词何如？（生）填词有十二科、一十五体，于今填词者，张打油语耳。

〔四般宜〕词垒恁坚牢。堆砌互相高。蠹鱼生食字，满纸类书饶。若不是兰膏麝脑。定须是锦帐鲛鮹。樱桃口，杨柳腰。秦楼楚馆抵死的不肯轻饶。

〔五般宜〕还有那村学究先生口谣。更有那灶下养呆孩乳臊。都道是乐府竞相骄。可怜黄鹂弄杀蓝桥涨倒。倒不如掞华敷藻。胭脂自宝。煞强如紫毫端生气，一丝丝都没了。

（外）议论奇快，我问你如何便登作者之堂？

〔江头送别〕跌不破，眼前景，个中恰好。用不落，口头语，天然绝倒。平常话儿人难到。才许他坛社相交。

（外）尾声若何？（生）尾声自有定格。

〔江神子〕千山一发挑。尾声儿是百尺竿稍。须一言截断惊涛。倘是本枝末句可含包。又何须赘词相扰。

（外）戏曲搭架，也是要紧的，怎生便称绝构？（生）

〔仙吕入双调〕〔忆多娇〕搭架巧。休穿凿。妆神捏鬼逞虚嚣。情理俱无凭空造。杂沓纷敲。杂沓纷敲。徒令识者相嘲。

（外）宾白落场诗，若何便佳？

〔前腔〕（生）嫌深奥。须易晓。集唐四六，总是隔靴搔。点缀诙谐称奇俏。莫费推敲。莫费推敲。等闲间淡写轻描。

〔尾〕敢云世上知音少。本色的自然奇妙。休道乐府，便是诗赋文章，俱从此处讨。

（外赞介）度曲精妙，韵严调妥，尾声末句放开一步，真是意言无尽，且开人多少悟门……

第三十七出

〔尾〕今宵莫把眉梢簇。对月招花歌一曲。果然胜读十年书。（《古本戏曲丛刊》二集）

梦花酣

第三十四出

〔尾声〕展碧苔。描情债。只合临川与会垓。博得个周郎大喝采。（《古本戏曲丛刊》二集）

咏怀堂新编十错认春灯谜记

第三十九出

〔清江引〕满盘错事如天样。今来兼古往。功名傀儡场，影弄婴儿像。饶他算清来，到底是个糊涂账。

〔前腔〕青山绿水堪闲放。壶内清香漾。闲愁万斛堆，白发三千丈。认真的把这部传奇请仔细想。（《古本戏曲丛刊》二集）

诗赋盟传奇

第三十六出

〔意不尽〕风流话本人争诵。谱入音声按九宫。寄语梨园获利丰。（《古本戏曲丛刊》二集）

灵犀锦传奇

第三十六出

〔余文〕禅真新剧多奇异。不袭骚坛旧锦机。付与知音共品题。（《古本戏曲丛刊》二集）

重校十无端巧合红蕖记

第四十出

〔尾声〕人人都向词场诵。白苎曲传之永。这等英贤淑媛岂易遭逢。

（《古本戏曲丛刊》三集）

灵犀佩

第三十五出

〔尾声〕佳人才子怜同调。事比《弄珠楼》更巧。供取当筵笑良宵。
（《古本戏曲丛刊》三集）

新刻宋璟鹣钗记

第三十四出

〔舞霓裳〕彩笔淋漓醉墨香。都道郑生也姓江。频年秃颖堪成冢，只为
梨园乐事，日夜为他忙。可惜个知词宗匠雷来丧。从棘津流水下东洋。

〔尾声〕偏成不顾人嗔赏。论本色元人不让。可惜吠犬哮哮兢滚汤。
（《古本戏曲丛刊》三集）

疗妒羹

第三十二出

〔尾声〕剧中并列贤和妒。看剧者将何所取。惟尔知予或罪予。（《古本
戏曲丛刊》三集）

吐绒记

第三十出

〔浆水令〕这传奇得宪先唐。谱词后天启亲皇。时逢开泰正当阳。花阴
喜气，鸟解春光。成好事，多磨障。下场头定下相思帐。多不怕，多不怕，
风波飘荡。这喜会，这喜会，地久天长。

〔尾〕情音展转欢无量。摹写处精神越爽。更看听渡〔1〕新声绕画梁。
（《古本戏曲丛刊》三集）

注：

〔1〕按："渡"应作"度"。

锦蒲团

第二十五出

〔尾声〕笙庵笔底闻狮吼。愿普天下败子尽回头。觅个大力量的岳翁何

处有？（《古本戏曲丛刊》三集）

一笠庵新编人兽关传奇

第三十出

〔意不尽〕就中人兽分明了。块磊胸中一笔消。掀髯长啸，知予罪我何须较。（《古本戏曲丛刊》三集）

墨憨斋订定人兽关传奇

第三十三折

〔意不尽〕恶人必堕畜生道。奉劝为人防下梢。传奇演□胸中块磊一笔消。（《冯梦龙全集》第十二册，凤凰出版社，2007，第 1370 页）

一笠庵新编永团圆传奇

第二十八出

〔尾声〕新编翻出歌声噪。<u>又不是谈天说鬼话风骚</u>。只愿千万世做<u>夫妻的团圆直到老</u>。（《古本戏曲丛刊》三集）

按：《墨憨斋重定永团圆传奇》中末句作“只愿普天下做夫妻的团圆直到老”。（《冯梦龙全集》第十二册，凤凰出版社，2007，第 1460 页）

太平钱

第二十七出

〔尾声〕太平钱作合氤氲眼。两次团圆齐捌。留与词坛万古扬。（《古本戏曲丛刊》三集）

花酒曲江池

剧末

〔尾声〕立芳名喧满鸣珂巷。补风教知音共赏。成一双满美好夫妻，做一段风流话儿讲。（《古本戏曲丛刊》四辑《脉望馆抄校本古今杂剧》）

真傀儡

〔得胜令〕颠倒着这衣裳。装扮的不斯像。分明是木伴歌登场上。身材儿止争些短共长。我再启首吾皇。问甚么麦熟蚕荒状。生疏了朝天章。捏

不出擎天浴日的谎。（《盛明杂剧》初集）

高唐梦

〔高阳台〕载笔摛词，当筵授简，叨陪昼日三接。泽畔招魂，累臣何处悲咽。江风初动青蘋末，断肠处，洞庭飞叶。且随他下里巴人，品题风月。

〔尾声〕佳人百媚生眉睫。都付与词臣齿颊。绝胜邺中歌白雪。（《盛明杂剧》初集）

兰亭会

〔雁儿落〕（谢）这便是锦心儿宣金玉辞。绣口儿唾珠玑字。读之使神鬼惊，听之觉毛发刺。

〔得胜令〕（殷）铺叙得首尾不支离。包涵得深邃多滋味。风云变，俄顷间，波澜沛，呼吸际。体格儿周密。似漱玉泉珠沸。气势儿豪奇。若干将剑吐霓。

〔折桂令〕（褚）可正是文章巨擘，典诰之仪，雅颂之匹。压倒曹刘，陵轹班马，晁董争驰。峰若高，水若深，江山增美。禽改名，树改色，花鸟生辉。誉播华夷。事布东西。一会兰亭，千古芳遗。（《盛明杂剧》二集）

红莲债

第三折

〔胜葫芦〕则听见乐府新番别样辞。尊前一曲魂飞。好一似呖呖莺声花外语，白雪清音，阳春雅调，谁恁进金卮。

〔么〕好一似杨柳盈盈半醉时。惊鸿态，逐云飞。解舞腰肢风外度，影落梁尘，裙拖血色，学舞西施。（《盛明杂剧》二集卷二十四）

卫将军元宵会僚友

（净扮堂候官）……今夜是元宵节，吾大将军从祀太乙归第，令安排筵席，请董状元、汲长孺、霍嫖姚观灯行乐，不免唤出各色，整备一番。

……

〔耍孩儿〕东风嫋嫋花呈色。武侯家玳瑁筵开。颤巍巍貂蝉满座，光灿灿珠履盈阶。酒倾凤髓浮龙脑，肴煮猩唇烧豹胎。奇花异果多珍菜。论山肴，搜罗尽嵩衡华岱。数水味，摆列及河汉江淮。

奏乐的听着。

〔七煞〕六律儿，休戾乖。八音儿，须克谐。宫商角徵无相害。新声娇细黄鹂语，古乐优柔彩凤嘈。莫愧箫韶弧。务要使，嘉宾意畅，君子颜开。

歌童听着。

〔六煞〕莺喉儿，须润泽。燕舌儿，要刮划。字真韵协知迟快。一声遏住纤云过，三唱还同白雪皑。句句堪惊爱。休得要半声儿鸹舌，满口里胡柴。

舞妓听着。

〔五煞〕翠袖儿，慢慢摔。弓鞋儿，款款抬。腰肢儿要似垂杨摆。绛绡飞处香盈座，绣扇回时媚满怀。掌上轻盈态。莫学那，摇头转目，堕髻欹钗。

打院本的听着。

〔四煞〕扮故事，须洁白。演古人，要相材。涂朱抹紫多神怪。装一个孙庞斗智分成败，扮一个楚汉争锋显盛衰。十八国斗宝临潼赛。演一个信陵君夺符救赵，扮一个淮阴侯拜将登台。

扮戏的听着。

〔三煞〕腔调儿，休缪差。关目儿，要正楷。悲欢离合须明白。悲时使客愁眉蹙，乐处令人笑口开。插打诨休图快。务要扮演出古人情状，莫虚负才子编排。

诸耍技的听着。

〔二煞〕险竿儿，躲闪乖。软索儿，走动谐。卖骟的马上须轻快。打筋斗的平地能颠倒，搬桶子空中有去来。抛丸咽剑多名色。更有演禽兽的绝技，弄蛇鼠的乔才。

〔尾煞〕千家技艺都编摆。一段风花细剪裁。元宵景致无遗外。专等群仙洞府来。

（黄仕忠编《明清孤本稀见戏曲汇刊》上，广西师范大学出版社，2014，第59–62页）

秋风三叠

〔胜葫芦〕人间到处把假场排。瞒不过眼睛乖。当场人看破了观场矮。不堪庄语，只堪调笑，半晌里学诙谐。（黄仕忠编《明清孤本稀见戏曲汇刊》上，广西师范大学出版社，2014，第245页）

新编神后山秋猕得驳虞

剧末

〔尾声〕讴歌鼓腹欢声大。保社稷千秋万载。美风化听歌谣，纪祯祥载方册。（廖可斌主编《稀见明代戏曲丛刊》第一册，东方出版中心，2018，第24页）

新编天香圃牡丹品

（俫儿云）兀的是演乐处也，官人近前看一回。（末唱）

〔鹊踏枝〕晓霞晖。暖云垂。羯鼓声高，仙乐音齐。我这里听弦管悠悠韵美。这的是乐繁华庆赏樽席。

（俫儿云）歌舞的美人，端的是好呵！（末唱）

〔寄生草〕看十二金钗列，见三千粉黛围。锦鹦哥语罢娇声细。紫鸳鸯睡足春光媚。彩蝴蝶舞困名香腻。沉檀火冷篆烟斜，流苏帐暖东风醉。

（末做与花旦相见科）（末云）您演习的乐器如何了？各自试将你那吹弹歌舞的敷演一回，我试看咱。（箫笛旦吹箫一折了，笛一折了）（末云）你这箫笛都吹的焦声了。常言道鼓笛呵箫，您听我说咱。（末唱）

〔金盏儿〕你那里品龙笛。将凤箫吹。五凡工尺上休讹昧。偷声减字取的精微。笛呵寿宁白玉管。箫呵缑岭彩云飞。笛呵画船中龙裂石，箫呵金殿上凤来仪。

（琵琶旦琵琶一折了）（末云）你这弹的指法不清，指拨里无力气。试听我说咱。（末唱）

〔金盏儿〕弹的指法儿要新奇。弦索上索参知。恰便似玉盘中乱撒珍珠碎。子要您轻弹慢捻改的弦宜。搀声高过调，花字紧相随。休夸曹善才，胜似汉明妃。

（唱的旦唱一折了）（末云）你这唱的，也有失拍了处，又发的务头不甚好。你听我说咱。（末唱）

〔金盏儿〕唱的仙吕要起音疾。〔赚煞〕要尾声迟。你将那务头儿扑得多标致。依腔贴调更识高低。停声呵能待拍，放褊呵会收拾。常子是怀揣着十大曲，袖褪着《乐章集》。

（舞旦舞一折了）（末云）你这舞的都骨拙，全无些妖娆巧妙处，十分生疏了。你试听我说。（末唱）

〔金盏儿〕舞的细看你瘦腰围。施展些巧心机。霓裳一曲飘仙袂。翠盘中旋转的紫云回。看了你促金莲罗袜窄，翻翠袖玉纤垂。准备下缠头红锦段，安排着籁地绛绡衣。

（花旦云）谢的哥哥教导，俺都知道了。每日下工夫演习也。（末云）这承应的乐艺，比您花街柳陌、茶房酒肆中不同，您再听我说咱。（末唱）

〔金盏儿〕嘱付你女娇痴。将乐艺用功习。子这内中承应比排场异。入梨园改换了乐官籍。见了些王孙每能骑高驾马，士女每会着四时衣。抵多少高楼一席酒，穷汉半年食。

（花旦云）谢的哥哥说的正是，今后知了也。（末唱）

〔赚尾〕您休要失拍了旧歌词，马鹋了新杂剧。花串的关儿整齐。拴一个焰爨休教冷淡只。玳筵前承应合宜。向宫闱春色光辉，准备着象板银筝间玉笛。正值着繁华月日。似这般太平年岁，任揭天般箫鼓乐雍熙。（廖可斌主编《稀见明代戏曲丛刊》第一册，东方出版中心，2018，第 75 - 77 页）

还金记

第十四出

〔浆水令〕悦人心德传闾里。贯人耳名在华夷。高风千载动人思。论不的物换星移。合编传，收入史。我只怕笔尖难写胸中义。纵写就，还金的终始。怎写出，怎写出，惜困的容仪？

〔前腔〕凤诏边殊恩怎比。豹管内盛德难窥。九天雨露一时挥。旌义夫又旌贤妻。车如簇，人似蚁。争先来看欢声沸。捻银笔，捻银笔，桩桩堪纪。拂玉版，拂玉版，细细留题。

〔尾声〕向红尘树赤帜。请看《还金》一记。付与时人做样儿。（廖可斌主编《稀见明代戏曲丛刊》第二册，东方出版社，2018，第 317 页；亦见《不登大雅堂珍本戏曲丛刊》第四册，学苑出版社，2003，第 317 页）

芙蓉屏记

第三十六出

〔尾声〕传成节义言非妄。击节把新词高唱。休当人间闲戏场。（廖可斌主编《稀见明代戏曲丛刊》第二册，东方出版中心，2018，第 394 页）

凤头鞋记

第三十八出

〔尾声〕传奇自愧皆虚诞。止是宫商不乱。待付与知音一笑看。（廖可斌主编《稀见明代戏曲丛刊》第三册，东方出版中心，2018，第726页）

红杏记

第三十六出

〔双煞尾声〕人情到处皆如梦。事儿真编成红杏。多少调人□□□，我则怕道才浅词庸。是笑傅生。（廖可斌主编《稀见明代戏曲丛刊》第四册，东方出版中心，2018，第551页）

花眉旦

第三十出

〔情未断煞〕风流实甫词中圣。一字字西厢是云雨经。可不羞煞当年老汉卿。（廖可斌主编《稀见明代戏曲丛刊》第四册，东方出版中心，2018，第768页）

息宰河

第三十出

〔传言玉女〕生死离别。一本大奇关节。少雄文向宫商绘写。怕几员脚色，每遗失侄兄嫂姐。文之愆也，抑戏之愆也。

〔闹樊楼〕箫冷文鸾鼓停羯。鄙结缡套子，团圆腐辙。烦恼才收叠。欢喜才开襵。许多的未了事业。这其间是那个说好歇？

〔尾声〕揭纲常，不学艳词坛幻思谎。说实录，出四个字忠孝节义。若有半句虚言非人也。（廖可斌主编《稀见明代戏曲丛刊》第五册，东方出版中心，2018，第91页）

续牡丹亭传奇

第四十二出

〔剔银灯〕临川本无咱面孔。谢词家文情如涌。把香闺显出多英勇。休认作画蛇传诵。

〔山花子〕河东本是风流种。堪夸岭海遗踪。辨忠邪耻作和同。更知兵指授神通。傍花台留连睡浓。谁知是文章钜公。须知此时偎翠红。无限勋名。芍药栏中。

〔尾声〕俏还魂笔锋端重。则索把余波翻动。<u>不是那镂影吹尘优孟同</u>。（廖可斌主编《稀见明代戏曲丛刊》第五册，东方出版中心，2018，第639－640页）

风流配

第三十二折

〔尾声〕风流配合非虚谎。赢得千年佳话扬。付与红牙按拍腔。（廖可斌主编《稀见明代戏曲丛刊》第五册，东方出版中心，2018，第741页）

文渊殿

第二十七出

〔尾声〕番新从古非胡逞。半假还须有半真。敷演氍毹作话文。（廖可斌主编《稀见明代戏曲丛刊》第六册，东方出版中心，2018，第324页）

江天雪

第八出

〔尾〕一场幻事多惊怪。离合怨欢千态。入词章，作传裁。（廖可斌主编《稀见明代戏曲丛刊》第六册，东方出版中心，2018，第390页）

夺解记

〔驻云飞〕满酌香醪。乐奏霓裳促舞腰。宫锦余香袅。簇拥如花貌。嗏，共乐宴春朝。主家年少。富贵荣华，胜似居仙岛。花射香红点绣袍。

〔前腔〕美酒佳肴。缕切纷纭空凤刀。金屋张云幰。绣户明仙藻。嗏，醉酢宝珰摇。玉杯饮导。一派笙歌，胜似梨园乐。宴罢缠头赐锦标。

〔画眉序〕纤玉紫檀槽。莺语间关弄春晓。况哀声繁手，羡伊年少。似避雄鹤惊露哀鸣，失子猿穿林孤啸。（合）度词一曲琵琶里，贵主定应欢笑。

〔前腔〕回风激商调。杀杀霜刀涩寒鞘。转春风和暖，百禽争噪。发千靫鸣镝胡弓，击万片清球虞庙。（合前）

〔前腔〕凄铿谩轻扫。幽咽冰泉在指尖绕。似珠幢斗绝，宝铃双掉。冒胡尘汉姜哀啼，违楚国羁臣悲悼。（合前）

〔前腔〕虚弹转轻巧。白玉寒敲声更肖。似珍珠乱向，玉盘倾倒。寒蛩切催纤秋宵，孤雁宿叫群芦篠。（合前）

〔节节高〕新词胜离骚。擅风谣。联珠抱玉超尘表。情文妙。词旨高。才华耀。看来不觉开怀抱。刘潘郭左何足道？（合）宛若迥风挽雪流，媚似落花依碧草。

〔前腔〕奇才梦彩毫。韵飘萧。芙蓉出水凌凡调。篇章奥。幽思标。新声妙。缕金错彩真堪笑。情兼雅怨人罕到。（合前）

〔尾声〕琵琶度曲宣词藻。更文章光逼层霄。如此才华真国宝。（廖可斌主编《稀见明代戏曲丛刊》第八册，东方出版中心，2018，第 8–9 页）

墨憨斋重定量江记

第三十六折

〔尾声〕闲将彩笔来搬弄。也强似题诗作诵。且付与红牙小拍中。（《冯梦龙全集》第十一册，凤凰出版社，2007，第 364 页）

墨憨斋重定西楼楚江情传奇

第四折

〔沉醉东风〕（外）悄书斋树荫满窗。铜雀砚墨花轻漾。翻新课费端详。呀，这是一卷《梅花赋》，数阕《竹枝词》，鸾笺酬和曲，兰簿往来诗。尽和吟惆怅。圣贤书并没在桌上。这又是成帙的《锦帆乐府》，唉，淫词满案，艳曲成编，怎么了？只这淫词艳章。说甚锦心绣肠？兀的笑杀庭前训义方。

（外）这新制都是桑间濮上之词，岂是吾家世业？

〔江儿水〕这是桑间调，水面腔。宣淫启乱靡靡响。好付梨园供歌唱。岂堪清庙明堂赏？怎把精神滔荡？祖父遗书，仅读不尽，何暇去撰著词曲？库有青缃。何不潜心参讲？

〔五供养〕（生）骚坛伎俩。游戏余功、正业无妨。披函或倦读，洒翰漫成章。寻声问响，逗不破花魔月障。敬佩庭前训，感难忘。自今不去理宫商。（《冯梦龙全集》第十二册，凤凰出版社，2007，第 947–948 页）

第三十六折

〔红绣鞋〕西楼旧玉根苗。根苗。风流节侠堪骄。堪骄。乐府载，史书标。言志浅，寄情豪，纵周郎不费推敲。推敲。

〔意不尽〕就中痴事人难到。痴事还须痴想描。韶华易老，黄粱梦浊谁唤觉？（《冯梦龙全集》第十二册，凤凰出版社，2007，第1042页）

附录四　明代戏曲中的诗文评论

滑稽馆新编三报恩传奇

第五折

〔步步娇〕自古文章多奇变。有学那先辈寻针线。（末）学先辈就是老秀才了。（外）也有才情骋少年。（末）少年正是骋才之日。（外）更有那专尚词华，脉理全不辨。（末）若词华可采，还占便宜。（外）毕竟要逢时，谁是青钱选。（末）老先生听我道来。

〔江儿水〕那朽腐难逢世，文章贵簇鲜。（外）若论理致还让老成之士。（末）老成吾所不取，那宿儒理学休夸羡。（外）难道到取那后进不成？（末）后进奇才真雄杰。科场例把英贤荐。不是学生夸口说定要取个少年门生，少不得特标时彦。还有一言，不瞒老先生说，（低语介）取个少年门生，后来还有受用他处。那老儒前路已短，取之何益？纵有饱学鸿儒，倏忽光阴如电。（《古本戏曲丛刊》二集）

回春记

第一折　贡院谭文

（末）敢问吴下如今还是那一部稿行，如闽中、楚中、粤中，那一个是垂世的？

〔商调集贤宾〕（生）二十年折肱八股头。今日里贤评究。有一等鹤唳半声碧落杳。有一等龙翔千仞洞溪幽。刚道个淹博茂先开东阁。又新得嗜奇安道列金罍。动不动巨舻触浪五岳摇。是不是小艇泛烟千山晓。折倒了江山身独老。赢得个天地首重搔。

（丑）敢问长兄，近来房书行卷，与历昌时风气相同么？

〔混江龙〕（小生）书房行卷。岁岁年年眼倦开。一个个陶汤吴许灯，一个个西江莱阳派。历昌间英词伟句陵山岳，到今日缛采浮飚到江淮。只图个秘笈新词平步金阶。险句聱牙袖拂尘埃。投至得丹墀独对天人策。香飘飘气艳桃李，影迟迟笑对宫槐。

（丑）自天启子丑之际，伪子伪经流毒于文人之心，遂有魏贼之祸。其间谄媚之羞，经史罕见。忠直之摧，开辟未有。可见文运与世运相关，今日言之，黯然魂消。

〔逍遥乐〕（小生）七年阴浊。八股迷离，千官荼毒。因此上，抚今追昔，向简册，羞颜难读。诗书变作媚子舌，王气之诗，美新之牍。秦灭汉溺，污此诔祝。

（末）敢问今日庱薄城下者，三贼所残破者，天下之半，依小弟说，这还是文章的缘故。（生）老兄此言乃刺骨之谈了。文章、世运，互为低昂。昔唐宪宗时，藩镇陆梁，有那一个韩退之，他的文章不袭时趋，一扫浮靡，振起八代之衰。然后裴晋公、李西平，雪夜擒元济，遂成了平淮蔡之功，震慑了天下各路的藩镇。是钟鼓之灵，听笔墨之灵为之提挈。今日的文字，不知何处凑泊。这一番马笼兜的语言，和合出来，全无一点血性，全无半分灵心，就如八寸五分的帽子，个个带得；又如马头上积年行首，张相公也是好的，李朝奉也是熟的，究竟要一个知音与他牵挂的，了不可得。是文章之弊，至今日极矣。且把今日人心的虚诈，风俗的险轧，全副儿和盘子托出，在文章里说道今日朝廷内无良相，外无良将，俺说道今日草野外无文人，内无文心。这是从命根上一刀见血的语言。

〔寄生草〕鸂鶒台杰豕喧，凤凰塞贼氛来。都则是文人笔墨召风雷。谁能令文起八代依山斗，自能令武振千关清海岱。常道是买系绣作昌黎伯，有酒且浇绯衣寨。似今日这一班文武呵，何不令他二公千万载。

〔二煞〕（末）谭天口说得严，擎云手袖得牢。取功名使不着虚圈套。闲看世态眉常锁，但说时文手便摇。谁不爱乌纱帽。一处处随波逐浪，一时时水长船高。

〔一煞〕（丑）俺也不逃名达市朝，俺也不潜身向草茅。权时用拙存吾道。漫言断尽仪存舌，须知掀翻笔有刀。非是俺宽怀抱。包藏着三千礼乐，埋伏着九万扶摇。

〔尾声〕愁嫌日月长，狂来天地小。谩歌流水高山调。似我和你这知己知音天下少。（《古本戏曲丛刊》三集）

四德记

三元捷报

〔不是路〕放下衣包。直入堂前便折腰。来通报，蓝袍脱却换宫袍。小儿曹。三元地位焉能到？他文有波澜中必高。犹难道。四方英俊知多少。莫非差了。莫非差了。

〔皂角儿〕论其年其年少小，论其才其才苍老。观其貌貌虽朴实，观其词词多华藻。在文场内，人如将，笔如刀。文章好。似水滔滔。南山大豹。东海巨鳌。豹文一变，把鳌头独钓。（廖可斌主编《稀见明代戏曲丛刊》第八册，东方出版中心，2018，第148页）

归去来词

〔江儿水〕谩把朱弦拨，琴声彻太虚。雁行斜，摆列十三柱。纤纤银甲寻六律。疾徐恨少桓伊指，几度高山流水。一会吹弹，原解东君憔悴。

〔江儿水〕吹动刘琨曲，连歌蔡琰诗。古来人，制曲含深意。胡笳十八明吹玉。西风引入胡人耳，塞外凄凉几许。一会吹弹，愿解东君憔悴。（此二曲在原剧本中的具体位置不详，录自廖可斌主编《稀见明代戏曲丛刊》第八册，东方出版中心，2018，第338页）

睟盘记

〔桂枝香〕《毛诗》微意。颇知颇悉。《周南》首美《关雎》，召公《甘棠》蔽芾。那更《国风》《雅》《颂》，赋兴与比。互相经纬。蕴珠玑。《鹿鸣》歌罢琼林宴，《四牡》骓骓昼锦回。

〔前腔〕《尚书》旨意。聊知趣味。唐尧放勋格天，虞舜重华协帝。那更夏后殷周，伯益伊吕。明良庆会。蕴珠玑。继天立极明君起，名世贤臣舍我谁。

〔前腔〕《周易》大义。优游玩味。庖羲画自河图，文王演于羑里。那更周孔系词，六爻发挥。三极全备。蕴珠玑。三阳交泰开文运，潜授五龙夹日飞。

〔前腔〕《春秋》礼义。纲常攸系。文从鲁史谍传，事出桓文霸计，那更褒贬笔削，孔丘窃取。游夏无语。蕴珠玑。予夺荣辱惟吾在，贼子奸臣敛手归。

〔前腔〕端详《礼记》。品详明备。周旋裼袭无差，上下雍容有序。那更大小二戴，祖述仲尼。启佑后裔。蕴珠玑。相君定礼临朝日，弦诵洋洋四海熙。（此两曲在原剧本中的具体位置不详，录自廖可斌主编《稀见明代戏曲丛刊》第八册，东方出版中心，2018，第367－368页）

墨憨斋订定万事足传奇

第二折

〔南吕引·狮子序〕庐陵古郡。天柱金华并耸。有无限奇踪。清水飞岩注穴空。浑似我才情泛滥，看笔势喷薄何穷？人杰端因地秀，运来方显文工。

〔南吕·懒画眉〕珠玑万斛聚毫锋。落纸烟霞五色浓。凌云豪气薄雕虫。更觅芝兰伴。花竹书窗月影重。

〔尾〕读书人下笔如山重。赏罚还应笔至公。要立个慢士轻贤卷一宗。

第三折

〔仙吕引·卜算子〕师道颇尊崇。绕座麟和凤。细翻文会尽佳篇，批点须珍重。

〔仙吕·桂枝香〕你看英姿天纵。奇思泉涌。好一似水面风文，寻不出绵中针缝。这卷是陈生的，更春容大雅，春容大雅，余卷呵，一个个才华出众。料想元魁难动。陈循第一，高谷第二，顾愈第三。这是琢磨功，弟哲师方显，才高运自通。

〔中吕·剔银灯〕抱英才须当大用。行为本文章为从。匡时自古称梁栋。齐治平一心为总。陶熔。点化发蒙，时雨后枯枝尽荣。

〔其二〕观于海百川所宗。承师训服膺惟恐。他时若得做朝阳凤。决不负九重恩宠。

〔尾〕戏无益惟勤有功。敬神明把师言遵奉。免移恕罚安神众。再不敢把笔端轻弄。（《冯梦龙全集》第十一册，凤凰出版社，2007，第594－598页）

参考文献

经籍

程俊英、蒋见元：《诗经注析》，中华书局，1999。

顾梦麟：《诗经说约》，台湾中研院文哲所，1996。

郑玄注，贾公彦疏《周礼注疏》，北京大学出版社，1999。

杨伯峻译注《论语译注》，中华书局，1980。

扬雄：《法言》，中华书局，1985。

正史 志书

房玄龄等：《晋书》，中华书局，1997。

沈约：《宋书》，中华书局，1974。

李延寿：《南史》，中华书局，1975。

脱脱等：《宋史》，中华书局，1977。

刘琳等校点《宋会要辑稿》，上海古籍出版社，2014。

柳瑛：《（成化）中都志》，明弘治刻本。

傅梅：《嵩书》，明万历刻本。

陈仪：《直隶河渠志》，清文渊阁四库全书本。

宋联奎：《咸宁长安两县续志 1－2》，台湾成文出版社，1969。

传记、年谱、日记

徐朔方：《晚明曲家年谱》，浙江古籍出版社，1993。

谭献著，范旭仑、牟晓朋整理《复堂日记》，河北教育出版社，2001。

笔记 杂著

刘义庆著，刘孝标注，余嘉锡笺疏《世说新语笺疏》，中华书局，2007。

葛洪：《抱朴子》，上海古籍出版社，1990。

段安节著，亓娟莉校注《乐府杂录校注》，上海古籍出版社，2015。

范摅：《云溪友议》，古典文学出版社，1957。

孙光宪：《北梦琐言》，中华书局，1960。

蔡絛撰，冯惠民、沈锡麟点校《铁围山丛谈》，中华书局，1983。

陈旸著，张国强点校《〈乐书〉点校》，中州古籍出版社，2019。

叶梦得：《避暑录话》，中华书局，1985。

王灼著，岳珍校正《碧鸡漫志校正》，巴蜀书社，2000。

欧阳修：《归田录》，中华书局，1991。

孟元老著，伊永文笺注《东京梦华录笺注》，中华书局，2006。

孟元老等：《东京梦华录：（外四种)》，古典文学出版社，1957。

金盈之：《醉翁谈录》，古典文学出版社，1958。

陆游：《老学庵笔记》，中华书局，1979。

吴自牧：《梦粱录》，浙江人民出版社，1980。

周密撰，吴企明点校《癸辛杂识》，中华书局，1988。

周密：《武林旧事》，中华书局，2007。

郭翼：《雪履斋笔记》，中华书局，1991。

司农司编，西北农学院古农研究室整理，石声汉校注《农桑辑要校注》，农业出版社，1982。

陆容撰，佚之点校《菽园杂记》，中华书局，1985。

杨慎撰，王大淳笺证《丹铅总录笺证》，浙江古籍出版社，2013。

何良俊：《四友斋丛说》，中华书局，1959。

姚旅著，刘彦捷点校《露书》，福建人民出版社，2008。

胡应麟：《少室山房笔丛》，上海书店出版社，2001。

钱希言：《戏瑕》，中华书局，1985。

沈德符：《万历野获编》，中华书局，1959。

焦周：《焦氏说楛》，明万历刻本。

方弘静：《千一录》，明万历刻本。

徐复祚：《花当阁丛谈》，中华书局，1991。

方以智：《通雅》，中国书店，1990。

沈起凤著，乔雨舟校点《谐铎》，人民文学出版社，1999。

丁宜曾著，王毓瑚校点《农圃便览》，中华书局，1957。

上海古籍出版社编《宋元笔记小说大观》，上海古籍出版社，2001。

总集

严可均辑《全上古三代秦汉三国六朝文》，商务印书馆，1999。

茅坤编，高海夫主编《唐宋八大家文钞校注集评》，三秦出版社，1998。

沈德潜：《唐宋八大家文读本》，清初刻本。

唐圭璋编《全宋词》，中华书局，1965。

隋树森编《全元散曲》，中华书局，1964。

王季思主编《全元戏曲》，人民文学出版社，1999。

黄宗羲编《明文海》，中华书局，1987。

赵尊岳编《明词汇刊》，上海古籍出版社，1992。

沈泰编《盛明杂剧》，黄山书社，1992。

廖可斌主编《稀见明代戏曲丛刊》，东方出版中心，2018。

《古本戏曲丛刊》编委会辑《古本戏曲丛刊》初集，商务印书馆，1954。

《古本戏曲丛刊》编委会辑《古本戏曲丛刊》二集，商务印书馆，1955。

《古本戏曲丛刊》编委会辑《古本戏曲丛刊》三集，文学古籍刊行社，1957。

《古本戏曲丛刊》编委会辑《古本戏曲丛刊》四集，商务印书馆，1958。

美国哈佛大学哈佛燕京图书馆编《哈佛燕京图书馆藏中文善本汇刊》（戏曲部分），商务印书馆、广西师范大学出版社，2003。

黄仕忠编校《明清孤本稀见戏曲汇刊》，广西师范大学出版社，2014。

任中敏著，曹明升点校《散曲丛刊》，凤凰出版社，2013。

王秋桂主编《善本戏曲丛刊》，台北学生书局，1987。

卢辅圣主编《中国书画全书》，上海书画出版社，2009。

选本

萧统编，李善注《文选》，上海古籍出版社，1986。

钟惺：《唐诗归》，明刻本。

方回著，李庆甲集评校点《瀛奎律髓汇评》，上海古籍出版社，1986。

顾嗣立编《元诗选》，上海古籍出版社，1993。

凌景埏、谢伯阳校注《诸宫调两种》，齐鲁书社，1988。

钱南扬校注《永乐大典戏文三种校注》，中华书局，1979。

王季烈编选《孤本元明杂剧》，中国戏剧出版社，1958。

郭勋：《雍熙乐府》，明嘉靖刊本。

冯梦龙编，俞为民校点《太霞新奏》，江苏古籍出版社，1993。

杨朝英编，许金榜注《阳春白雪》，中州古籍出版社，1991。

赵山林选注《历代咏剧诗歌选注》，书目文献出版社，1988。

别集

扬雄著，张震泽校注《扬雄集校注》，上海古籍出版社，1993。

鲍照著，钱仲联增补集说校《鲍参军集注》，上海古籍出版社，1980。

杜甫著，赵次公注，林继中辑校《杜诗赵次公先后解辑校》，上海古籍出版社，2012。

韩愈著，刘真伦、岳珍校注《韩愈文集汇校笺注》，中华书局，2010。

白居易著，顾学颉校点《白居易集》，中华书局，1979。

张志烈、马德富、周裕锴主编《苏轼全集校注》，河北人民出版社，2010。

黄庭坚著，郑永晓整理《黄庭坚全集辑校编年》，江西人民出版社，2008。

郭祥正：《青山续集》，清文渊阁四库全书本。

晁公遡：《嵩山集》，清钞本。

陈棣：《蒙隐集》，民国宋人集本。

朱敦儒著，洪永铿编《朱敦儒集》，浙江大学出版社，2005。

吕祖谦：《吕祖谦全集》，浙江古籍出版社，2008。

朱熹著，郭齐、尹波点校《朱熹集》，四川教育出版社，1996。

陆游著，钱仲联、马亚中主编，钱仲联校注《陆游全集校注》，浙江教育出版社，2011。

韩淲：《涧泉集》，文渊阁四库全书本。

郑清之：《安晚堂集》，民国四明丛书本。

刘克庄：《后村先生大全集》，四部丛刊景旧抄本。

洪咨夔：《平斋文集》，四部丛刊续编景宋钞本。

刘辰翁撰，段大林校点《刘辰翁集》，江西人民出版社，1987。

方一夔：《富山遗稿》，清文渊阁四库全书补配清文津阁四库全书本。

张养浩著，王佩增笺《云庄休居自适小乐府笺》，齐鲁书社，1988。

瞿佑著，乔光辉校注《瞿佑全集校注》，浙江古籍出版社，2010。

朱有燉著，赵晓红整理《朱有燉集》，齐鲁书社，2014。

刘夏：《刘尚宾文集》，明永乐刘拙刻，成化刘衢增修本。

李东阳撰，周寅宾、钱振民校点《李东阳集》，岳麓书社，2008。

唐寅著，应守岩点校《六如居士集》，西泠印社出版社，2012。

祝允明著，薛维源点校《祝允明集》，上海古籍出版社，2016。

康海著，〔新加坡〕陈靝沅编校，孙崇涛审订《康海散曲集校笺》，浙江古籍出版社，2011。

杨慎：《升庵集》，清文渊阁四库全书本。

唐顺之：《唐荆川文集》，明万历刊本。

李开先著，卜键笺校《李开先全集》，上海古籍出版社，2014。

王世贞：《弇州山人四部稿》，台北伟文图书出版社，1976。

王世贞：《弇州山人四部续稿》，清文渊阁四库全书本。

徐渭：《徐渭集》，中华书局，1983。

梁辰鱼著，吴书荫校点《梁辰鱼集》，上海古籍出版社，2010。

艾穆：《艾熙亭先生文集》，明万历刻本。

茅坤著，张梦新、张大芝点校《茅坤集》，浙江古籍出版社，2012。

李贽著，张建业主编《李贽全集注》，社会科学文献出版社，2010。

汤显祖著，徐朔方笺校《汤显祖戏曲集》，上海古籍出版社，2010。

袁宏道著，钱伯城笺校《袁宏道集笺校》，上海古籍出版社，1981。

梅鼎祚：《鹿裘石室集》，明天启三年玄白堂刻本。

汪廷讷著，李占鹏点校《汪廷讷戏曲集》，巴蜀书社，2009。

臧懋循撰，赵红娟点校《臧懋循集》，浙江古籍出版社，2012。

茅元仪：《石民四十集》，明崇祯刻本。

凌濛初：《凌濛初全集》，凤凰出版社，2010。

凌濛初著，陈迩冬、郭隽杰校注《二刻拍案惊奇》，人民文学出版社，1996。

冯梦龙编，许政扬注《喻世明言》，人民文学出版社，1958。

冯梦龙著，魏同贤主编《冯梦龙全集》，凤凰出版社，2007。

孟称舜著，朱颖辉辑校《孟称舜集》，中华书局，2005。

吴伟业著，李学颖集评标校《吴梅村全集》，上海古籍出版社，1990。

李渔：《李渔全集》，浙江古籍出版社，1991。

张岱著，林邦钧注评《陶庵梦忆注评》，上海古籍出版社，2014。

张岱：《琅嬛文集》，浙江古籍出版社，2013。

顾炎武撰，华忱之点校《顾亭林诗文集》，中华书局，1983。

彭士望：《树庐文钞》，清道光四年刻本。

魏裔介著，魏连科点校《兼济堂文集》，中华书局，2007。

黄宗羲：《黄宗羲全集》，浙江古籍出版社，1985。

周清原著，周楞伽整理《西湖二集》，人民文学出版社，1989。

储大文：《存砚楼文集》，清文渊阁四库全书本。

祝德麟：《悦亲楼诗集》，清嘉庆二年姑苏张遇清局刊本。

刘墉：《刘文清公遗集》，道光六年刘氏味经书屋刻本。

梁同书：《频罗庵遗集》，嘉庆二十二年陆贞一刻本。

郝懿行著《郝懿行集》，齐鲁书社，2010。

杨恩寿著，王婧之校点《杨恩寿集》，岳麓书社，2010。

诗文评

陆机著，张少康集释《文赋集释》，人民文学出版社，2002。

刘勰著，黄霖编著《文心雕龙汇评》，上海古籍出版社，2005。

谢伋：《四六谈麈》，中华书局，1985。

陈骙著，刘明辉校点《文则》，人民文学出版社，1960。

谢枋得：《文章轨范》，《文渊阁四库全书》第1359册，台湾商务印书馆，1986。

吴讷、徐师曾著《文章辨体 文体明辨》，人民文学出版社，1998。

王世贞著，罗仲鼎校注《艺苑卮言校注》，齐鲁书社，1992。

袁黄撰，黄强、徐姗姗校订《游艺塾文规》正续编，武汉大学出版社，2009。

李塗著，刘明晖校点《文章精义》，人民文学出版社，1960。

张谦宜：《絸斋论文》，清康熙六十年刻本。

宋文蔚编《评注文法津梁》，兰台书局有限公司，1983。

王水照编《历代文话》，复旦大学出版社，2007。

张思齐整理《八股文总论八种》，武汉大学出版社，2009。

钟嵘著，曹旭集注《诗品集注》，上海古籍出版社，1994。

皎然著，李壮鹰校注《诗式校注》，人民文学出版社，2003。

叶梦得撰，逯铭昕校注《石林诗话校注》，人民文学出版社，2011。

胡仔纂集，廖德明校点《苕溪渔隐丛话》，人民文学出版社，1962。

魏庆之编《诗人玉屑》，上海古籍出版社，1978。

严羽著，郭绍虞校释《沧浪诗话校释》，人民文学出版社，1983。

王若虚著，霍松林点《滹南诗话》，人民文学出版社，1962。

杨慎著，王仲镛笺证《升庵诗话笺证》，上海古籍出版社，1987。

谢榛著，宛平校点《四溟诗话》，人民文学出版社，1961。

胡应麟：《诗薮》，中华书局，1958。

况周颐著，俞润生笺注《蕙风词话·蕙风词笺注》，巴蜀书社，2006。

何文焕辑：《历代诗话》，中华书局，1981。

丁福保辑：《历代诗话续编》，中华书局，1983。

杜松柏主编《清诗话访佚初编》，台北新文丰出版公司，1987。

周维德辑校《全明诗话》，齐鲁书社，2005。

陶元藻编，俞志慧点校《全浙诗话》，中华书局，2013。

张炎著，夏承焘校注；沈义父著，蔡嵩云笺释《词源注 乐府指迷笺释》，人民文学出版社，1981。

杨慎著，岳淑珍导读《词品》，上海古籍出版社，2009。

万树：《词律》，中国书店，2018。

唐圭璋编《词话丛编》，中华书局，1986。

朱崇才编《词话丛编续编》，人民文学出版社，2010。

邓子勉编《明词话全编》，凤凰出版社，2012。

葛渭君编《词话丛编补编》，中华书局，2013。

崔令钦著，任半塘笺订，喻意志、吴安宇校理《教坊记笺订》，凤凰出版社，2013。

夏庭芝著，孙崇涛、徐宏图笺注《青楼集笺注》，中国戏剧出版社，1990。

钟嗣成、贾仲明著，马廉校注《录鬼簿新校注》，文学古籍刊行社，1957。

朱权著，姚品文点校、笺评《太和正音谱笺评》，中华书局，2010。

徐渭著，李复波、熊澄宇注释《南词叙录注释》，中国戏剧出版社，1989。

吕天成著，吴书荫校注《曲品校注》，中华书局，2006。

潘之恒著，汪效倚辑注《潘之恒曲话》，中国戏剧出版社，1988。

王骥德著，陈多、叶长海注释《曲律注释》，上海古籍出版社，2012。

中国戏曲研究院编《中国古典戏曲论著集成》，中国戏剧出版社，1959。

蔡毅编著《中国古典戏曲序跋汇编》，齐鲁书社，1989。

吴毓华编《中国古代戏曲序跋集》，中国戏剧出版社，1990。

俞为民、孙蓉蓉编《历代曲话汇编》（唐、宋至近代各编），黄山书社，2006－2009。

傅谨主编《京剧历史文献汇编》，凤凰出版社，2011。

工具书

程明善：《啸余谱》，明万历刻本。

沈璟撰，沈自晋等重定《广辑词隐先生增定南九宫词谱》，清顺治十二年（1655）沈氏不殊堂刻本。

李玉：《北词广正谱》，青莲书屋刻本。

郑骞：《北曲新谱》，台北艺文印书馆，1973。

吕薇芬：《北曲文字谱举要》，社会科学文献出版社，2012。

许慎撰，段玉裁注《说文解字注》，上海古籍出版社，1988。

陆澹安：《戏曲词语汇释》，上海锦绣文章出版社，2009。

岳国钧主编《元明清文学方言俗语辞典》，贵州人民出版社，1998。

郑奠、谭全基编《古汉语修辞学资料汇编》，商务印书馆，1980。

齐森华、陈多、叶长海主编《中国曲学大辞典》，浙江教育出版社，1997。

龚延明编著《宋代官制辞典》增补本，中华书局，2001。

熊宗立：《居家必用事类全集》，书目文献出版社，1998。

侯忠义、王汝梅编《金瓶梅资料汇编》，北京大学出版社，1985。

文学史

李啸仓：《中国戏曲发展史》，中国戏剧出版社，2012。

李昌集：《中国古代散曲史》，华东师范大学出版社，2007。

卢前：《卢前文史论稿·八股文小史》，中华书局，2006。

王国维：《宋元戏曲史》，上海古籍出版社，1998。

郑传寅主编，俞为民、朱恒夫副主编《中国戏曲史》，高等教育出版社，2018。

〔日〕儿岛献吉郎：《中国文学通论》，孙俍工译，台北商务印书馆，1972。

研究专著

金毓黻、董众等编《文溯阁四库全书提要》，中华书局，2014。

马茂军：《宋代散文史论》，中华书局，2008。

钱钟书：《管锥编》，生活·读书·新知三联书店，2008。

汪涌豪：《中国文学批评范畴及体系》，复旦大学出版社，2007。

吴承学：《中国古典文学风格学》，北京大学出版社，2011。

章培恒、王靖宇主编《中国文学评点研究论集》，上海古籍出版社，2002。

祝尚书：《宋代科举与文学考论》，大象出版社，2006。

龚宗杰：《明代戏曲中的词作研究》，中华书局，2019。

梁启勋：《词学》，北平梁氏曼殊室，1933。

龙榆生：《唐宋词格律》，上海古籍出版社，2010。

龙榆生：《龙榆生词学论文集》，上海古籍出版社，1997。

唐圭璋：《词学论丛》，上海古籍出版社，1986。

吴熊和：《唐宋词通论》，上海古籍出版社，2010。

徐珂：《清代词学概论》，大东书局，1926。

詹安泰著，汤擎民整理《詹安泰词学论稿》，广东人民出版社，1984。

董健、荣广润编《中国戏剧：从传统到现代》，中华书局，2006。

胡忌：《宋金杂剧考》，中华书局，2008。

江巨荣：《剧史考论》，复旦大学出版社，2008。

李祥林：《元曲索隐》，四川教育出版社，2003。

钱南扬：《戏文概论》，上海古籍出版社，1981。

谭帆等：《中国古代小说文体文法术语考释》，上海古籍出版社，2013。

汪经昌：《曲学例释》，台北中华书局，1984。

许之衡：《戏曲源流·曲律易知》，中国戏剧出版社，2015。

王守泰主编《昆曲曲牌及套数范例集·南套》，上海文艺出版社，1994。

王守泰主编《昆曲曲牌及套数范例集·北套》，学林出版社，1997。

吴梅著，江巨荣导读《顾曲麈谈·中国戏曲概论》，上海古籍出版社，2000。

朱万曙：《明代戏曲评点研究》，安徽教育出版社，2002。

周维培：《论〈中原音韵〉》，中国戏剧出版社，1990。

史念海：《中国国家历史地理 史念海全集》，人民出版社，2013。

姜澄清：《中国色彩论》，甘肃人民美术出版社，2008。

吴淑生，田自秉著《中国染织史》，上海人民出版社，1986。

〔英〕特列沃·兰姆、贾宁·布里奥编《色彩》，刘国彬译，华夏出版社，2006。

图书在版编目（CIP）数据

词曲文体与批评：以明代为中心 / 冯珊珊著. --
北京：社会科学文献出版社，2021.4
ISBN 978 - 7 - 5201 - 7839 - 6

Ⅰ.①词… Ⅱ.①冯… Ⅲ.①古典诗歌 - 文学评论 -
中国 - 明代 Ⅳ.①I207.2

中国版本图书馆 CIP 数据核字（2021）第 022022 号

词曲文体与批评
——以明代为中心

著　　者 / 冯珊珊

出 版 人 / 王利民
责任编辑 / 范　迎

出　　版 / 社会科学文献出版社·人文分社（010）59367215
　　　　　　地址：北京市北三环中路甲29号院华龙大厦　邮编：100029
　　　　　　网址：www. ssap. com. cn
发　　行 / 市场营销中心（010）59367081　59367083
印　　装 / 三河市龙林印务有限公司

规　　格 / 开　本：787mm × 1092mm　1/16
　　　　　　印　张：21　字　数：354千字
版　　次 / 2021年4月第1版　2021年4月第1次印刷
书　　号 / ISBN 978 - 7 - 5201 - 7839 - 6
定　　价 / 149.00元